U0598573

阳子◎著

梦回东川

云南出版集团公司
云南人民出版社

图书在版编目（CIP）数据

梦回东川/阳子著．—昆明：云南人民出版社，2009
ISBN 978-7-222-06118-7

Ⅰ. 梦… Ⅱ. 阳… Ⅲ. 文学—作品综合集—中国—当代
Ⅳ. I217.2

中国版本图书馆 CIP 数据核字（2009）第 165384 号

责任编辑　杨　澄
装帧设计　杨晓东
责任印制　段金华

书　名	梦回东川
作　者	阳子　著
出　版	云南出版集团公司 云南人民出版社
发　行	云南人民出版社
社　址	昆明市环城西路 609 号
邮　编	650034
网　址	www.ynpph.com.cn
E-mail	rmszbs@public.km.yn.cn
开　本	889mm×1194mm　1/32
印　张	11.75
字　数	300 千
版　次	2009 年 9 月第 1 版第 1 次印刷
排　印	云南省地矿测绘院印刷厂
书　号	ISBN 978-7-222-06118-7
定　价	35.00 元

尊敬的读者：若你购买的我社图书存在印装质量问题，请与我社发行部联系调换。

发行部电话：（0871）4194864　4191604　4107628（邮购）

目　录

让心感叹（序）

天地以钟情的目光，注视着小江的流淌，凝视着铜都东川。

有人以生命的笔墨，丈量着她情感和灵感交汇的这块地方。

梦回东川——行走在小江的河滩上，她寻找记忆的底片；她检索情感的目录；她问询穿透自己空间的幽香。以风化的眼光，她祭奠群山的悲怆，她追赶烤熟了红土的太阳；她悼念种下的那一叶伤感；还有某年随着泥石流，涌现的一股忧伤。

梦回东川——透过文字的镜头，文字的目光，你的诗行，吟咏任性的小江，为它的狂野放歌，为它的性情张扬，也为它温情的孤单感叹。将小江揽入心领神会的境界，在生硬的河床上，你歌唱着摇篮般柔情的诗章。

你的散章，与红土地侃侃而谈，将文字的情感种入土壤，你就收获了心中的粮仓，也收藏下了一份你崇拜的力量。与山花起舞；与神树交谈，诗回归自然，句回味自然，心自然，情自然，人问道自然。

你的故事，在敲击谁的情感？

陪伴着你的细节，你的人物用昨日的情弹奏出今天的彷徨。缅桂花不再飘香了，年轻的爱情，为何总有几章让人茫然、让人感叹？

在文字的大地上，你塑造心中的物象，你讲述着驻足于心中的东川，你血管里却流淌着小江。

大幕落下了；追光熄灭了。

小江如镜，你为谁对镜梳装？

东川似家，你为谁梦回家乡？
小江，你来路上的太阳！
东川，你回途中的驿站！

徐　刚

诗 歌

铸 剑

铸剑
点燃熊熊的炉火
鼓起红红的烈焰
在落雪、在汤丹、在碧谷
铸剑
高抡镐锤把山门敲开
深凿矿洞让铜石涌来
在堂琅、在乌蒙、在红土地上

铸剑
我们冶炼耕作的锄镰
　　收割丰收的麦谷
铸剑
我们磨造锋利的宝剑
　　斩杀来犯的寇贼
铸剑
我们逐鹿在高高的山冈
　　狩猎在莽莽的林间
铸剑
我们播种在绿色的原野
　　收获在金色的秋园

在古代、在现代、在未来

铸剑
我们点旺理想的火焰
　　冶炼生命的轮回
我们烧红精神的熔炉
　　浇铸不屈的信念
铸剑
我们把希望敲成震天的交响
　　将荒芜锻成美丽的家园
铸剑
在烈日下、在风雨中、在征途上

父亲的脊梁

穿过岁月般漫长的矿洞
弯了父亲挺直的肩膀
趟过沙土般流淌的尘世
曲了父亲健壮的腰板
经过四季般轮回的沧桑
老了父亲年轻的脸庞

父亲的脊梁是铜铸的
　　　一头挑着命运
　　　一头担着风霜
父亲的背骨是钢炼的
　　　一边扛起黑夜
　　　一边托起太阳
父亲的双手是铁打的
　　一支葬埋了爹娘
　　一支把儿孙喂养

冷遂洞里承诺着父亲的担待
热灶头上煮沸着父亲的依恋
老树根下浇灌着父亲的承诺
新栅栏上开放着父亲的情爱

归去来兮

一

那年那月的那一天
昏昏的日头、厚厚的云彩
那年那月的那一天
冷冷的冰雪、萋萋的野草
那年那月的那一天
兄弟姐妹分手在岔路口
你往南、他朝北、我们往西

走吧　风说
离开冷凉的谷川
沿那条山石流成的大河
去往温暖的地方

流浪啊流浪
日日夜夜复夜夜日日
流浪啊流浪
年年岁岁复岁岁年年
彷徨啊彷徨
他乡的太阳晒不暖寒凉的胸膛
惆怅啊惆怅
异土的甘泉润不透干裂的心房
爹娘啊爹娘
你的骨肉儿女在天涯苦望

归去来兮
有个声音在暗夜里叫喊
冰消了、云散了
日头就要出来

归去来兮
有支歌儿在晨曦里唱响
冬去了、春来了
大地就要苏醒

浑重的颤漾的是风
呜咽的哭泣的是娘

招魂的山林在喊
喊醒儿女离家的梦
月下的山莺在唱
唱湿游子干涸的心

故乡的川谷啊
拴着我们破散的梦
屋里的娘亲那
系着我们远离的魂

归去吧　风说
回到召唤你们的地方
异乡的路儿不是路
别人的屋檐不是家

归去来兮

你自南、他自北、我们自西
心里、情里、魂里、梦里
归去来兮

二

梦般的欲望
玫瑰的甜香
天堂的引惑
香江的波澜
引我
别你而去

从此
我
不再是我
避风塘助长了我的迷狂
迈阿密走乱了我的脚步
泸浮宫讥笑了我的无知
塞纳河冲走了我的幻想

岁月拂袖而去
只遗下我
苍白的脸庞和青春的忏挽

像梦游
从山的那一端到海的另一端
在昏黄的冷月下

我辩不清
是我在梦里还是梦在心里

安大略湖还是昨天的样子
唯远处的山影
让回忆在徒叹中日夜更新
呼唤我吧故乡
别让尼斯加拉山的飞流瀑布
阻断我的视线
你在那里
我在这里
头上有天
脚下是海
中间是来往的记忆

我该归属于谁
但愿不是足下的异邦土地
我的灵魂属于我的故里
梦般的远离
不过是让我加倍的爱你
虚幻的诱惑
只能加深我对你的痴情

我要回去
凭着风的引领
飞越海的屏障
投向我遥视中的
远方的山影

三

我寻你而来
　　穿过大漠的荒烟
　　踏过古都的长廊
　　涉过江南的溪涧
　　闻着山间的马铃
我寻你而来

仍见
金沙在你身边流淌
乌蒙把你揽抱在怀
云彩在你头顶绕缠
花朵在你面前盛开
起伏的山峦
是你苍茫的音律
缠绵的彩云
是为你舞动的灵
红壤中的艳朵
是你无暇灿烂的心

如今还有我
连同我的思念一起回来

我回来了
　　涉过海洋
　　渡过风浪
　　步过原野

爬过山冈
我终于
归来

我来
只为不再抗拒
我来
只为被你吸引
抑或
为那份最初
最后
最真
和最浪漫的
情

落雪…落雪…落雪

一

落雪疯狂
起舞在三千八百米高空之上
落雪柔情
漫步于重峦起伏的叠叠峰岭

落雪
　　把自己投进大山的青林
落雪
　　将乌蒙揽入洁白的臂怀
落雪
　　用痴爱把涌动的炽热凝固
落雪
　　用沉眠将流淌的岁月封埋
落雪
　　缠绵于千丈之巅美梦延绵
落雪
　　沉眠在百里山梁不愿醒来

当开山的钎斧把崖壁劈破
落雪
　　在震荡中苏醒
当冷硬的镐锤将山岩凿开
落雪

　　在惊悸中睁眼

落雪看到
高山于破裂中坍溃
崖门在战栗里瓦解
山门里涌进灼热的欲望
洞穴里喷出愤怒的烈焰
那些流淌在大地上的财富啊
闪着金子般灿烂的光芒

如今一千年过去了
涂炭的绿林不再生长
飞去的雀儿不再回来

落雪
　　不再去往宇宙游荡
落雪
　　不再迷恋俗尘凡埃
落雪
　　掩覆了千座大山
落雪
　　冷却了万世沧桑

二

你终于
停息了狂乱的舞蹈
安睡在黎明

高山
变成你白色的宫殿
云雾
幻为你美丽的篷帐

晨曦里万籁静寂
鸟儿不唱
风也不响

我轻步走来
踏着你的雪
揣着你的梦
从你的银色里
飘然经过

我舞蹈
撩起长裙奔跑如风
我舞蹈
张开臂膀翩翩似蝶

我小心翼翼
旋转的舞步轻盈得
没有一丝声动
也不曾留下践踏的痕迹

此时
你像一幅美丽的水银画
我是你画中的紫蝶
你用白色的落雪

绘出山的风情
我用轻柔的脚步
划出蝶的舞谱

在这里
听不见俗市的喧嚣
在这里
看不见涂鸦的色彩
只有静静的山野
只有洁净的白雪

从此
我的心
变得和你一样
清白纯一

三

我行走在你梦的边缘
拒绝不了时间的打扰
我依然要走

曾几何时
你因为落雪叫做落雪
如今
没有了落雪
你怎能叫还落雪
如果我是一只鸟

踩着你的身躯
也没有了高飞的勇气
但我不是鸟
我是风
行走在你梦的边缘

风不会飞翔
风没有翅膀
但我依然行走
走在记忆中
走在你无雪的身躯上
走在现实中
走在你梦的边缘

乌蒙情祭

一

远方的路很远
你很近
你是乌蒙
我的希冀和绝望之地
天际一抹辉光
心里一抹苍凉
所有的浪漫似乎刚刚开始
一切就走向结束
属于心灵的潮汐如此短暂
从此将有一片孤魂在大地游荡

我泛滥的笔墨流淌四野
唯独不敢描你
但世间已有太多赞美江山的诗
总有一首该属于你
红尘已有太多赋予风物的情
总有一份要还给你

伟岸的荒芜的清高的磅礴的
具体的模糊的棱角的圆柔的
多情的孤寂的畅快的惆怅的
恋也罢怨也罢
爱也罢恨也罢

我该用怎样的诗笔述写

把你置于远岸
我在水里
等风起云归时
我闭上眼睛
你活着站起来
我的灵魂沉下去
下坠时深潜时仍然带着渴望

叫笔墨风干了吧
让所有的诗语沉淀在血色深处

二

从还没有进入东川到走出东川
乌蒙，很长
从山的脚底看不见山的峰顶
乌蒙，很高
走进山的躯体走不出山的胸襟
乌蒙，很大
山在云雾里云雾在山里
乌蒙，很美

你是延长的生命之旅
铜都的历史在你脚下起步
不包括草与动物的轮回
永恒的苍茫

野火、青山、熔岩之焰
背负着万代的信仰
永不消失也难以消失

奔来的乌蒙
金沙江畔最高的旗帜
鲜明而苍劲
你的高峰和陟崖
令我可笑的浪漫止步
站在你的山嵴
乱风吹散做作的矜持
除非勇于盘旋在你高处的鹰
其他都被视为渺小
不言颓败者也要屈服
风在呼啸
你在微笑
俯瞰云海潮起潮落
几番沧海
几度夕阳

我看见一条道路连接天际
纵然坎坷
也有凌霄花在高崖怒放
人迹罕到之处
我和飞鸟一起归巢
你的眼睛在注视我
并怀疑我的攀爬
我被你的目光燃烧
你看见了

我的眼睛干净如泉

陷入你的胸怀才知晓
你是我前世今生的必经之道
苍凉、险峻、召唤、牵引
颤悸、渴念、纯洁、怯惧
在你的注视和宽容面前
我显得惊惶而弱小
我从来只相信母亲
你却让我相信你的怀抱
奇迹般的承受
没有挣扎我就屈服于你的怀抱
转世的灵命
我和飞鸟
从原来的僵冷中被你暖醒

在纵横交错的生命线上
我来时就已濒临死亡
眼泪枯干
呼吸被暗夜潜散
寒冷凝固了血液
灵魂躲在漆黑的尘岸
冰凉的躯体
以及冻硬的心脏
脚步从东到西
孤单似无冢的游魂
呻吟着无奈的彷徨和凄伤
如今
寻着去路回来

再上乌蒙
千百年的故事从头叙说
真情还在
心中好不喜欢

曦霞和晨光沸腾在东方
暗夜退尽
你幻作一匹烈马
载我的美梦上高险的峰梁
攀踏岭上
众山在我脚下浮荡
站在你肩上
我拂开双臂去高远飞翔
你倾空了爱的甘露
让我的复活
在山崖里变得灿烂
你的雄性的无畏使我勇敢
于是
我的狂野的才情
随崖畔的蒿草
一起发芽、疯长

风吹着崖边的枯蔓
梦的翅膀在飞翔
我的灵魂掠过无涯的天际
快乐得像蝶儿一般轻狂
乌蒙当然没有尽头
但灵魂在飞

飞到你的高处
我看见
崖后有一条通往绝壁的路
朝南的坡地
大片的山杜鹃容颜灿烂
伏跪在你的地上
四野寂静无声
离天最近的地方
我独自不被人知晓地
放飞灵的翅膀
我听见自己祷告的心跳
向着最高处的主宰
我祈求与你结合
析一截纯洁的树枝为证
我的爱情将与身后的山崖一起
永恒

春天如此动人
万物苏醒
高岭上绽放花朵
朝露湿润满地的树根
温柔的风亲吻野草
我的再度点燃的恋爱
鲜红的颜色和生命
在这个被世人遗忘的
或到达不了的角落烧旺

阳光与土结合了我们
空茫的尘海

在汹涌的云涛簇拥下
在风的端顶
我们的激情和云霄花一起绽放

从这一天开始
你把爱
种植在我的生命里
不会随月出日落而消失
永不消亡

三

脚下没有路走
山在远方
天边一抹灰暗
心底一杯苍凉
我终于懂得
周而复始的只有黑夜

我依然小而单薄
长大的是心情
我的背后是你
你的背后是苍茫的土地
从告别的那天开始
我的脚步就在丈量黑夜
从离开的那天算起
我的向往就被笼罩在黑夜
走不出夜晚

看不见曙亮
走得再远也是流浪

一声不响
你重重地放下
我轻轻地拾起
你站在原地
我不知要走出多远才能忘记

这是伤痛的黑夜
践踏的黑夜
血泪流淌的黑夜
退到千里之外也不甘心的黑夜
从此我懂得思念
用思念
祭奠那个放下和拾起的晚夜

真实的黑夜并不漫长
心里的黑夜不短
当然还有灵魂
灵魂总是想逃过黑夜
还有一种挣扎
无论如何要走出阴暗
由于那个夜晚
山和黑的颜色相近
白天也一样
听不到山里的风响
心情亦然是灰暗

荒原里的黑夜比黑色更黑
直坦的道路比山道还陂峭
有一盏灯就好了
或有一堆火
叫脚下的路明亮一点
让孤独听到燃料的声响
抑或有一群生灵做伴
除却虎豹豺狼
最好也不要全是羔羊
如果能有这样一次聚会就好了
有一盏灯
有一堆火
有一群生灵
和我
我要跳舞
我要歌唱
我要忘却那个
伤痛的践踏的血泪流淌的
夜晚

四

这是谁与谁的离别
春与夏还是秋与冬
夜与昼或星星与太阳
还是晚霞与朝露
泪滴挂在睫毛尖上
心窗被风刮破

远处是你的山影
花的温床渐渐冷凉

我无声地
在大地上来来回回
总在深夜想你
有路灯和没有路灯的
有流水和没有流水的
有霓虹和没有霓虹的
有窗户和没有窗户的
有美酒和没有美酒的
有笑声和没有笑声的
与我有关和无关的深夜

这是谁与谁的离别
晴与阴还是圆与缺
古与今或昨日与明天
还是年轻与垂暮
为什么要离别
为何有泪滴
春江依在秋月未老
远处是你的山影
孤寂的月光洒满花床

洁净无暇的月光之地
一个人走在诗里
萤火虫照亮蜗牛的居所
可爱的河流充满光亮
有露水抚摸花瓣的声音

世界还不曾死去
我在深夜想你
纵使离别也挡不住的想念
随清风潜入你的夜晚
一遍又一遍
在玫瑰花悄然绽开的时候
在没有你就没有笑颜的深夜

这是谁与谁的离别
别后的夜晚只剩回忆
回忆里只有悲酸
泪滴挂在睫毛尖上
你的山影浮在我的心里
月光爬上花的温床
我在深夜想你
一遍又一遍
在烛火点燃心情的时候
在四野寂静星星沉默的深夜

这是谁和谁的离别
亲娘与儿女或父辈与儿孙
情人与情人或爱人与爱人

没有离别
也没有泪滴
只有遥远的呼应
牵着一根筋风扯不断的线
我在深夜想你
在风雨里在诗歌里

在心上和路上

五

未曾仰视过你
因为
你我之间缺少仰视的距离
那是一处山崖
有窗
有门
有很多人
你站得不高
我们平线相视

我从未接近过你
因为
你和我不需要刻意的接近
那是一座山峰
有窗
有门
没有别人
你离得不远
我们互聆心声

有一个温暖的夜
听得见溪水潺流的夜
有一种碰撞
被溶解在寂静无声的喘息里

呼啸的山风也变得温存
目光掠过晴空
看见缀满天际的星星在眨眼睛
星星每眨一次眼睛
就好像在拍摄一个秘密
山影呢
树丛呢
还有被月亮洒一身清光的山杜鹃
它们此时在哪里
如入无人之景
除了另一颗心脏的跳声
我听不见其他

天亮是一种惩罚
所有的一切
在白日的强光下变得虚假
虽然不需要仰视也不需要接近
距离就是距离刻意仍是刻意
那个温暖的夜
　　碰撞的夜
　　喘息的夜
　　温存的夜
还有星星的眼睛
已经不再保守秘密

山还在原地
移离的只是身影

或许从此以后
我只能伫在远处静默无声
抑或唱着歌去流浪
为你独走四方

血 土

一

远远近近
不尽浴血战事
有哪一场杀戮
能把这山峦渗红

这烁目的红呵
重重叠叠
深深浅浅
从眼眸灌进心田
放射周身
使得脉管满涨

心颤之际
有了窒息的痛

伫在这红壤地里
我若大风吹来的土粒
坠落谷底
混沌中
这寂寞的潜伏的暗流
暖耸而鲜亮
如母腹里的色彩
斑斑殷红

漫延、弥散、扩张
涨满在心里和眼里的红
映染着白的天
黑的夜
无色的霞云
和有光的日头

于是
我站在远处
看着母亲倒下
看她哀求火的神灵
用她的血把她的躯体点燃
熔成土泥
把埋她的土泥垒成她的山
堆成丘陵
好叫她的儿孙们
耕种、收获

无头无尾的日子过到眼前
才发现
那绿的枝和白的果
是母亲的花环和肉体
它裸露在红土之上
任凭
电打雷击
风吹雨淋

二

仰在光亮亮的日头下
你仍然梦得香甜
没有遮凉荫盖
鸟儿也不飞来
你没有怨言
并静静地
任那紫色的洋芋花
盛开在胸怀

我匆忙前来
靠近你
你苍茫的红
炽亮我的眼
走进你
你沸腾的赤
点燃了我的血

扑伏在这赤红的
丘陵谷地
我的心和你的梦一样
缠绵
我的梦与你的血一般
稠粘

我不是嗜血的徒
我要离开

但我无力离去
我的梦
被你的血凝固
我的血
被你的梦粘连
即使我的心能走出你的眼
我的魂也走不出你的掩埋

让我变一粒种吧
植在你心田
不管是蚕豆还是荞麦
叫我发出芽来
　　窜一根苗
　　开一朵花
不管是紫的还是白的
叫我的灿烂
点缀你的笑颜

三

我来了
像一粒种子
被风吹走了又来

凝看你的模样
飘落你胸怀
我是你被云彩带回的种儿

我来晚了
要不
就是来早了
这里不是耕种的季节
你在冬眠

霜寒让你在银白的披盖中
退色沉眠
抑或
经历了收获的忙碌
你身心疲倦

我将自己投入你胸怀
你却睡得如此香甜
我怎敢呼喊
喊你从梦中醒来

依着你的冷凉
披一身无眠的寒光
四周静夜深沉
月色浓稠如浆

我轻轻地哭泣
眼泪流到你的脸上
被寒夜速冻成霜

闭上眼
我一寸一寸
小心翼翼地触摸你

不需看
我的手指可以辨认你
你的色彩
你的心跳
你的呼吸
于是
我确信是你
你是我永远的母亲

可是母亲啊
在这酷寒的冬夜
你若再不醒来
揽我进你怀里
我的灵魂就要冷硬
躯体也会冻僵

我的泪被冷月凝冻成冰
母亲仍未醒来

风啊
如果我将要死去
请把我送往遥远的地方
别让母亲触摸我僵死的躯体
别让母亲看到我苍白的脸庞

风啊
如果我将要死去
请把我送往遥远的地方
别让母亲听到风哭的声音

别让母亲看见雨洒的泪滴

风啊
假如我已经死去
别让我的身体遭受霜雪的侵犯
别让我灵魂在凄风冷雨中流浪
请你把我的葬在母亲身旁
让我的心魂与我身体一起
安睡在母亲的梦乡

天亮了
风走了
我还在这里

杜鹃鸟在叫唤
母亲的眼睛在清晨睁开
看见我的泪
母亲眼里流出悲伤

偎在母亲怀里
我似死而复活的婴孩
被焐热、被温暖
吸吮着母亲的甘乳
我若行将枯萎的蓓朵
被滋补、被养护
聆听母亲的心跳
我如获得重生的根苗
得成长、得开放

一遍又一遍
母亲用温柔的指
抚摸我受伤的肢体
一句又一句
母亲吟无字的歌
慰藉我悲泣的心灵

流泪的母亲啊
你可知道
在离你远去的途中
我被冷硬的尘世挫伤
在寻你而来的路上
我历尽坎坷孤独迷惘
如今在炎凉的风里
我已心碎梦残
只盼回归时
仍记得你的模样

回来吧我的孩子
母亲说
天地间没有长久的凄凉
红土地没有不走的冬天
既然你是一颗种子
母亲就是你的土泥
你只要
把心植在我梦里
将梦植在我心里
你就会
比春天更早地

开放在母爱的土壤之上

四

你
赤红的
在你一览无余的赤颜面前
没有一双眼睛
不被征服

你
高贵的
在你生机潜动的殷红深处
没有一颗心脏
不怦然悸跳

你
圣洁的
在你忍受践踏的宽容里
没有一副灵魂
不自惭形秽

你把鲜明的爱
写在天上
你把过往的恨
埋进土泥

你包容死亡
　接纳新生
你掩埋生命
　孕育生命
你滋养生命
　奉献生命
你把一幕幕生死轮回
唱成一首首岁月插曲
而你自己
是永生的
守护生命的神灵

你的沉静
是我冷却的回忆
你的寂寞
是我遥远的惦记
你徒然的悲壮的美丽
是我怀念和复来的凭据

我爱你
爱你多情的红
爱你坦荡的赤
裸露着的
是你红色的躯体
开放着的
是你自由的美丽

你袒露在俗尘
人间却没有一种颜料

可以描绘
　　　　你的奇丽
　　　　你的神秘
　　　　你的思绪
　　　　是的
没有可以画你的颜料
唯有明亮的天际
和我纯一的梦想
可以张狂地
绽放在你宽厚的怀里

五

海
　　　蓝色的
　　　白色的
　　　黑色的
唯未见过
你这染着天色的
　　映着曦霞的
赤色的
海

我
是一叶泊来的小舟
　　　　　流浪的
　　　　　孤独的
　　　　　迷惘的

任凭着风的驱使
　　在那遥远的
　　　　陌生的
　　　有航标的
　　没有航标的
阔旷无际的尘海里
飘

飘
从你出发
向你驶来
随那望而无边的
　　　蓝色的
　　　白色的
　　　黑色的
海洋的涛涌旋转
没有坦途
只有历程
只有红色的泥土
在我心中塑成风浪不催的
海的
湾

（写于不同时期）

川上小江

组一

一

无声地
任那温暖的溪流
穿过深林
潜入你的肢体
让你
复活在寂静的黎明

呼吸着昨夜的苦雨
灵魂没有醒来
你的梦
又怎能在我悄然的注入中苏醒

似在颓丧中睡去的
某种绝望
你梦着
曲伏着
倦躺在轻薄的曦雾里

轻透的沉暗的搅在一堆
把你的脸涂抹得狰狞怪异
清莹的污浊的混在一起

在你身上闹腾得乌烟瘴气

不要把光收起
不要让黑暗在你梦里无边无际
既然你是一张苍凉的脸
就不要把创痕掩去

让暗沉的流走
叫污秽的荡去
若还有梦
就梦见你自己
在沉眠里
在醒来的时候
没有悲泣

二

我是溪
告别我的高山草甸
在母亲的哭里
跌落谷底

抚着受伤的身躯
我边走边唱
在崖壁深谷间奔淌
怀着梦的希冀
我边走边看
在低林灌丛里穿行

我朝前走
一步一回头
看你
看我高山草甸上的母亲

母亲说
万物要沉入泥土
溪流要汇成河川
我要嫁给你
于是
在树的喧笑与鸟的注视中
我无知而快活地
进入你敞开的苍凉

三

你恍若不是我梦里的小江
你是干涸的大河
你的尖硬的岩石
撞碎了我多情的流淌
你的泥沙的暗旋
窒息我着天真的梦想

你恍若不是我梦里的小江
你是苍凉的谷川
你的寒冷的沉寂
让我嗅到了死亡的气息

可是你仍然活着
你屈服在延绵百里的乌蒙山下
你的眼睛看着苍天

我在这里
你视而不见
你的强硬
让我的痴心粉身碎骨
你的荒茫
让我的渗入彷徨焦虑

在没有到达之前
你是梦
是我梦在高山草甸上的梦
在梦里
你是我英朗的新郎
我是你美貌的新娘
你用你的河毡为我架设新床
我拿我的明泉流成你的河川
我们结合
眼睛一起欢笑
生命一起绽放
　　一起用爱
灌满这溪涧细流的河川
把你的江岸
变成一个绿美的天堂

可是你埋葬了我
你残虐的沙暴

覆没了我痴情的渗淌
你咽下我的骇骨
流出你的眼泪

在你冷凉的躯体里
我的梦被肢离
　　　被潜散
　　　被封冻
我愈是挣扎愈是无力
越是哭泣越是痴迷
直至
散失了逃亡的勇气

如何开始这可怕的旅程
或许是梦的期许
抑或是命运的驱愚
到达你时
我的梦仿佛已走至终点

此时
天际苍茫
我的身被你的渴念紧拥着
你的魂被我的沮丧浸泡着

从你的目光里
我看见风暴刚刚过去
凶猛的雨洪流沙残殓大地
强暴的泥石席卷了一切
花的欢笑

树的爱情
连同芳草的记忆

风暴走了
你躺在这里
遍体鳞伤
像一条僵而不死的蝼蟒
伴着残破的幻梦
奄奄一息

那些看似缥渺的淡去的
仍然潜在谷底
那些貌似远走的过往的
亦然阴魂不散

厉厉的风
撕扯着岸上那棵老树的叶
纵不是秋
亦然落碎满地

拥着我吧我的爱人
让我捧出我的溪
浇灌你的焦渴
温润你的呼吸

别流泪
别让我的爱情变成悲情
别让我的梦化作乌有
跳动吧你的心脏

请激励我怀揣一种希望

抱着我
就这样抱着
不要问来与去
　　离与聚
　　生与死
让我的心靠紧你的心
让我记忆的指尖
掠过你冷凉的胸腹
去触及
你那冰固而绝望的躯体

寒寂的夜晚啊
天上有一弯孤独的残月
川上有一片枯萎的荆棘
你在风里
我在你的怀里

闭上眼
屏住心悸
让我们梦着
让那野蔷薇的芳香
在我们无望的碰撞中苏醒
任凭那白色的紫色的血色的花冠
在炽烈的爱情中战栗开放
让生命
再次经历不死的秘密
不要中断

如果中断了
连风都会失去记忆

忍耐吧
我和你
等大风卷去严寒
待春天带回生机
既然春不可挡
谷底的花朵就要开放
岩石上的小鸟也要歌唱

相信我你就不会死去
因为我的血
流淌在你奔腾的脉管里
你的生命还将
继续活在我的倾注里
你还要相信
把我们压缩在一起的
是天地
不由我们主宰运命的
是岁月

只要我们不死就有明天
希望虽远却不渺茫

等待吧
只要还有一个雨季来临
我就会在你的泛滥中
变成一摊肥美的稠泥

任你播种繁殖
任丰硕的果实
缀满你这壮美的谷川大地

可是现在
我只能一点一滴
　　一丝一缕地
爱你
我要把倾情的热爱
渗入你苍凉的谷底
渗湿你枯涸的土泥
滋润你干渴的心灵
哪怕
我的渗透
只能浸润一方焦土
催绿一片花叶

四

不知疲倦的
你的深吟浅唱
似永不得解除的
魔鬼的咒语
在这寂寞的幽谷里
呜咽弥漫

有一万载了吧
我依着你

你唱着我
在这幽寂的谷川里
相守不弃

枕在你臂弯里
你的眼注视苍茫天际

分明听见
远处传来一阵阵陌生的喧嚣
分明知道
那些激昂的声响不属于我们
在这冷清的寂寥里
我们的承受只有相守
我们的依靠只有紧密

可是我如何才能撕裂自己
像川滩上那棵苦艾草
把心搁在你心里
将梦绕在你梦里
可是我如何可以粉碎自己
像谷滩间那颗小岩石
把脸枕在你脸上
将身埋进你身里

今夜
没有一缕月光
梦想在白雾中扩散
不要拒绝
让我化作你的星辰

做你的情侣
让我的梦
变成一片冰莲花的瓣儿
在你的山野里柔情肆虐
让我的歌
随几缕潺潺婉流的溪水
在你的川谷间奔涌激荡

可是我如何吟唱啊
我的
少有涧流畅淌的谷上河川
可是我如何奔流啊
我的
没有波涛澜涌的川上小江

为你
我什么都可以舍弃
你活着
我们就相守
你挣扎
我们就苏醒
偎着你
我永不惧怕黑夜

还是别唱了吧
你这有悲无怨的生灵
我的心在你的歌声中鲜血淋漓
我的梦在你的吟唱里破碎支离
别再引诱

别叫我癫迷痴狂
不要惆怅
别让我寸断柔肠

假若
还有一声召唤
倘若
还有一次撞触
我宁愿
在理智的焚烧中死去
只要我的死
能为你换来一个
清清静静的
黎明

五

或许
你记得那个被我忘却了的
春天的夜晚
有一种爱
在这深川谷地纵横流淌
浓稠得
像刀割破心脏喷出的血汁

你知道爱从哪里流出
你看见血在哪里开放

嗅着合欢花神秘的喜悦
我和你
我们一起融化
沉醉
　　一起疯迷
癫狂
于痴爱中
一起遗忘了那些古老的咒语

从此
你和我
我们被魔鬼的诅咒连在一起
挣不脱情爱的纠缠
逃不出仇恨的捆绑
躲不过灾难的洗劫
从此
藏在这渊谷里的
人与天地的恩怨情仇
没有终止
从此
笼罩在川江上的
古老的报应
不得了结

既然运命已定
你和我
我们
离不开这苍凉的高山峡谷
舍不弃这荒茫的川谷之地

那么
无论春去秋来
　　白天黑夜
我们的灵魂就一起醒着
心脏一起跳动
彼此紧紧依靠
用爱情点燃我们的鲜血
让生命的光芒在燃烧中怒放

你会看到黑夜隐去
日头升起
小鸟跃上树梢
春花在丛林绽放

来吧
你拿你的血液淌成川
我用我的歌吟成诗句
我们一起
把这部深谷里的交响
合成一曲献给母亲大地的礼赞

组二

没有好的诗句给你
你不需要
你就是好诗

干河滩上的青色绘画着你的浪漫
江岸上的石头雕刻着你的手艺
谷川里的花草听见你在吟唱

就连路过的风儿也颂吟着你的情意

当然
不止那些
我回头又见
干河滩上的葡萄熟了
浅沙湾搂着一片凤梨
地沟里的蚕豆在接吻
崖坡上的包谷绽开了外衣
羞得金沙滩头的麦穗将头垂低

这是你身上发生的一切
你娇惯了葡萄
宠爱了凤梨
暗许了蚕豆
纵容了包米
难怪麦穗也要羞得把头低

你谷川上的深峡滩地啊
谁说你干涸、贫瘠
你用潺潺细流灌溉了山谷
你拿苍凉的胸膛栽种了希望

纵然感激
也寻不到好的诗句给你
当然
你不需要
你顽强的生命就是最美的诗句

组三

谁看见了
是秦时的风
还是汉时的月

乌蒙何来
川江何去
他们遇约在此
有上千年了吧

晚了
都晚了
几千年不短
几千万年不长
冥宙的故事长得
装不下世俗的记忆

这是个秘密
只有未刻年轮的太阳知道
去问太阳
请她说出这个秘密

太阳把光芒隐去
请黑夜降临
从东川的山里取出两面铜镜
捧一面朝天
翻一面照地
让划过镜间的闪电
将风月催眠

在黑暗的时空隧道里
被时光隐去的秘密
重现

斗转星移中
风月看见
行走在亿万年前宇宙中的
闪着蓝光的水晶球上
太平洋板块移游东行
印度洋板块脱地西进
于碰撞中
川谷震荡颠覆
平原翻腾坍陷
高山在海底中挤撞凸现
瞬息间
海变成陆
陆变成山
喜马拉雅变成世界最高的巅峰

太阳把黑夜拂去
黎明复来
于是风月知道
眼前的世界
来自亿万年前的造山运动
它叫沉寂的地球变了样
并这方的山从海底托举出来
高的是乌蒙
低的是东川
这条敞现在峡谷中的

干涸的大河
叫小江

从此
乌蒙云缠
东川雾霭
小江苍荒
把这无尽的岁月定格成亘古

组四

川外变了天地
大家都去赶集
你为何还在这里
静静地流淌
慢慢地梳洗
不慌不忙也不急

你说
川外是别人的天地
川内是你的领域
川里的要去川外赶集
川外的要来这里清洗

川内地走了
川外地来了
你仍在这里
打开清泉清洗来的
扬起溪液祝福去的
静静地流淌

慢慢地梳洗
不慌不忙也不急

来地来了
去地去了
你仍在这里
静静地流淌
慢慢地梳洗
不慌不忙也不急

散 文

夜话小江

川上小江一条河，河上江水不成流，晴日溪潺涓涓淌，汛季泥石滚滚流。

这就是我眼中的小江，一条比大江宽敞的河，一条比大河干涸的江。

写了不少关于小江的诗句，虽搁笔在寂冷深夜，然心海余波难平。于是就想借这夜的宁静，让小江翻涌心中的波澜暂且停歇，叫我说说它的来龙去脉。

小江位于云南省滇东北部的东川境内，系属金沙江南岸支流，全长 138 公里，江谷谷底宽达 15～50 多米。小江是一条川谷里的河流，两岸高山绵绵悬崖徙峭，高差相对达到 1000～2000 米以上，水流落差在 900 米左右。小江不是一条通常意义上的河流，由于沿江两岸的山体岩层结构松散，以及江谷两岸植被稀疏和深切割沟谷发育异常，故极易形成规模巨大的泥石流灾害。小江同时也是一条著名的泥石流峡谷自然河带，号称“世界泥石流天然博物馆”。平日江谷里没有流淌的河水，只有一股股细流像血管般潺淌在宽敞而干涸的河床上。每当汛季到来的时候，暴雨侵袭沿岸山体，大大小小的沙石裹着大量的泥土和残枝枯根在江谷里滚流奔涌，形成一条巨大的泥石汇聚的河流。来势汹涌的泥石流平均流量每秒钟高达 1000 多立方米，往往有着摧枯拉朽般不可阻拦的气势。谓为壮观，又触目惊心。过去很少有人知道小江，关注小江。小江的名气因

“2004 年东川泥石流短道汽车拉力赛”蜚声于世之后，便成为一个世人知其名而不知其所的名词。

小江从哪里来到哪里去，小江的泥石流是如何形成的。

前者曾是幼童的疑问，后者往往是成人的困惑。许多人都知道，中国境内有条长江，知道长江流经云南境内时叫金沙江。但似很少有人知道，东川境内的小江是金沙江的嫡系河流。说到长江与金少江、金沙江与小江的关系，的确有些复杂。于是我想，无论是云南境内的金沙江，还是东川大峡谷里的小江，不管对幼童还是成人，似乎都得从头说起，以理清它们的脉络。

先从长江讲起。此时想起老祖母讲的一个古老寓言，不妨引用。那个寓言说，长江的源头在喜马拉雅山之巅，她是冰山的女儿雪域的公主。遥远的太平洋王子想得到美丽的雪山公主，于是请太阳去做媒。于是太阳就用它灼热的光芒，熔化了雪山公主冰冻千年的心。雪山公主答应远嫁太平洋，但她向太平洋王子提出条件，说在到达大海之前，她必须要先做母亲生育儿女，以报答生她养她的家乡和祖国。

长江是一条伟大的母亲河，她在远行太平洋的一路上生下了众多儿女。在进入东海最终汇入及太平洋以前，她在西藏境内叫做雅鲁藏布江，云南境内叫金沙江，在四川境内是扬子江，流经上海时叫黄浦江。这个寓言还说，长江流到云南境内时遇高山挡道，她便转向西南方向，流进风景秀美的丽江石鼓镇镇后，在“虎跳峡”下拐了一个急弯，继续向东。从此“虎跳峡”下这个“弯”被世人称作长江第一弯。长江非常留恋五彩云南的青山秀水和繁盛的森林，于是，她在此放缓脚步梳洗打扮，储蓄精力。因为长江母亲的恩泽，彩云之南的土地得到哺育，变得更加富饶美丽。因为流淌在云南境内的长江所经之地到处是矿藏，遍地是金银。于是，这里的人民就为她起了一个美丽的名字，叫她金沙江。金沙江流过滇中大地，进入滇东北的乌朦山大峡谷，与东川境内的小江合流入川，从此流淌成中国境内的长江。

幼小时听博学的祖母讲长江的故事，总觉得有些神奇。很多年过去了才知道长江是雪山融冰降落谷川形成的河流。长江不是人，但我对流淌在心里的长江记忆清晰，想是因为老祖母把这条河流的身世拟人化了。如今仍对祖母娓娓讲述的寓言记忆深刻，但回想起来，在祖母的讲述中，似没有听到关于东川小江更多的故事，便觉得多少有些缺憾。

过去只知道小江与金沙江有些关系，但的确不知道小江从何而来，也不知道小江的泥石流灾害是如何形成的。后来翻阅世界地理和中国历史，小江的身世终于真相大白。

小江来自邻县寻甸，是高山湖泊“青水海”的山林溪水流入东川峡谷形成的河流。在流入小江以前，这股来自高山的溪流在寻甸境内清亮明澈，沿河两岸山青草碧景色宜人。但这股溪流途经山荒土燥的东川峡谷，进入小江后就渗入茫茫泥沙之中变得无影无踪了。究其原因，是由于小江峡谷幽深苍凉，宽敞的河道常年积泥地质干涸，进入河道的流水自然就显得潺潺细小流不成河了。故而，这条河谷宽敞而没有流水的河流就被人们称之为小江。

其实，小江与众多的峡谷河川一样，是史前地球进行造山运动形成的河道，也是我国众多河流中的一条峡谷河川。据说，小江很久以前河水奔流不息，江河两岸山色青翠，丛林茂盛，所经之地牛羊成群，稻谷飘香。可小江为何会在流淌的岁月中凝固起来，变成如今这条灾难不断，积沙干涸成的河道呢？这得简单地从东川的地质结构和铜矿藏说起。

众所周知，东川有丰富的矿藏资源，与各类金属矿藏相比较而言，铜矿藏有量占据着绝大的比例。史上有据可考的资料证实，自东汉以来，东川的就为历朝历代朝廷纳铜铸币。东川铜矿被大量开采冶炼，至清康乾年间达到鼎盛。从此，东川铜矿被掠夺性开采，为大清帝国铸造财富的堡垒，并被乾隆帝赐予“灵裕九寰”和‘天南铜都’之盛誉。近千年来，历代朝廷对东川矿藏的掠夺开采使得青山架空，古老的冶炼和铸造方式造成东川严重的森林涂碳和水土流失。冶炼铜矿需要大量的木材烧制成木炭作燃料，于是从未中断的大量砍伐毁灭了众多的原始森林，砍光了延绵数十里的青山。清朝几百年间，小江沿岸的植被被砍伐殆尽，森林覆盖率几乎为零。虽然依靠东川铜矿支撑起来的大清帝国最终在难逃覆灭，但掠夺性开采铜矿及森林砍伐给小江流域造成的灾难至今没有结束。进入东川仍然可以看到，高山枯萎水土流失，山体解构，松土塌方，雨季山洪泛滥，小江泥石流成灾。严重的生态失衡形成的巨大灾难，时时威胁着小江这条川谷里的河道，同时给东川的经济发展带来严重的阻碍。

小江流域山不再青，田不再绿，而小江自己缘于雨季来临时翻腾在江里那些汹涌的泥石流，变成世界上排名第二的泥石流生态灾害博物馆。

这就是小江，一条因人类之贪婪而惨遭损毁的，原本清澈美丽的河流。

每每行走东川路过小江，我总会放慢车速或下车伫立，凝视这条干涸的河道，胸中为她的苍凉涨满苍凉。但总禁不住，去怀念她远古时的秀丽，去怀念她穿越青山翠谷时的青春与活力。同时禁不住遥想，小江在欧亚大陆板块断裂时诞生，并奔流在青山巍峨的乌蒙脚下那一瞬间，是否预想到自己将淌入今天这般苍凉的命运。

这就是我眼里和心里的，以及我所了解的小江。而关于欧亚大陆板块断裂而诞生的那些河川，关于喜马拉雅山和乌蒙群山的形成，我想在各国历史学家和地质学家的笔下应该写得都很详尽，有兴者自可翻阅求证，在此恕不赘言。

凝视东川

一

我在世界地图上寻找东川，东川是位于中国西南部地区的一个点。我在云南地图上寻找东川，东川是滇东偏北方位上的几座大山。我没有昆明行政区的分布图，如果有的话，我想，东川应该是离省城昆明最远的一个区，一个城。

东川有几座山，一个城；东川是一个区，一个点。

从这些图文坐标上看东川，形象非常不具体，性质非常不确定。于是，我用眼睛锁定中国地图上那个红点，让它在脑海中定格，把它在记忆中放大成为高山和峡谷，然后让思绪沿着那条被岁月流淌成金沙江的河流，去找寻自己熟悉的东川。

于是我发现，在过去与现代合作写成的故事中，东川是一个被中国古代史称作“天南铜都”的地方，是一个被当代史称为“再就业特区”的一个特殊地区。

二

2005年底，应东川作协的邀请，我混在一帮云南籍的著名作家和诗人堆里跑去东川开作会。会议的议题是为东川的发展做宣传，宣传的目的是为东川明天的崛起助威呐喊。

东川我是喜欢去的，以前也经常去。即使不以开会为目的，也愿意到那个淡泊宁静的小城里走走。不知从何时起我不再喜欢大都市的浮华喧嚣，而喜欢淡泊宁静。

我喜欢跑东川还有一个原因，就是那个尚不发达的地方开门见山，可以让疲惫的目光越过叠叠低平的屋顶放眼群山。眼里除了山还是山，东川小城四周都是山。白天少了车水马龙的拥挤，少了街头和超市的高声叫卖。晚上没有霓虹烁目的灯彩，没有让人纸醉金迷夜不归宿的娱乐城。有人把这个叫做贫瘠与落后，甚至说它是被现代文明遗忘的地方。

的确如此，如今的东川城依然没有鳞次栉比的摩天大楼，没有热闹的商业街区和豪华的商厦，没有川流不息的人潮和打扮时尚的人群，就像20世纪80年代我初到这里的情形一样，一切都显得那么平实坦坦悠悠从容，仿佛一架走慢时针的老钟，缓滞在某个时空里惆然。

众所周知，东川自古以丰富的矿藏资源蜚声于世，是我国重要的有色金属产地，曾为新中国的建设发展立下不可磨灭的功绩。但东川过去的卓越辉煌已经成为历史，改革发展三十年来，这个资源渐枯的地方没有跟上时代前进的脚步，正如一艘曾经扬帆万里乘风破浪的战舰老旧抛锚，被风起云涌的经济大潮搁置沙岸。

我们或许可以这样说，一省一市一个地方的富足与贫瘠，往往可以体现在城区的建设规模和繁荣程度上；一个城镇的性格，却往往体现在这个城镇的文化品格和人文环境上。我到过许多地方的许多城市，或高楼林立天桥纵横，或绿色环抱碧水依依，抑或繁华喧闹众生芸聚。毋庸置疑，东川在我眼中什么也没有，不是一个可以满足一切物质欲望的繁荣之地，也不是一个可以让所有人心有所往浏涟忘返的地方。但它是有性格的，它的山，它的城，它的人，它的过去与现在，它的今天与明天，都浸透在一种自然宁静里生生不息。抑或，我喜爱东川这个地方，就是喜爱它远离俗尘烦嚣的淡然宁静。所以，每当朋友问我东川是一个什么地方的时候，我就会把心里的感受告诉他，东川是一个可以洗净铅华尘埃，轻松自在地坐下来与朋友品茶聊天时心境宁息的地方，是一个可以自由呼吸悠然惬意的地方。

这一年做民族民间文化调研从年头忙到年尾，累得骨头散架也没有得过空闲，我正渴望忙里偷闲出去松松筋骨。作家徐刚先生通知我到东川开会仿佛是美差，像天上掉馅饼砸到饥饿的人。所以我想，此番再到东川就是想伸展四肢放松心情，倒不一定能写出什么东西来。

下午三点半，汽车从昆明出发，往东川方向行进。我睡意沉沉地迷糊一路，醒来后直喊背酸胳膊疼。有个同车的作家老前辈笑我睡得香沉，说我半路还打呼噜了。我不相信自己会打呼，却不敢不相信别人的耳朵。想自己果真是累了，放松得大发了。心想到东川先不忙别的，踏踏实实睡一觉再说。可是没想到，刚到东川当晚就让我们去开会。

拖着疲惫的步子进入会场，看到自己认识的那些云南文坛老将几乎都到了，连我不认识的作家和诗人也来了一堆。我边悄悄溜进会场边心想，这个由东川作协主办的创作会好像还很挺牛，东川的作家们很有号召力，他们把省城的作家统统召聚在此，想必东川这回要做点什么大事了。见大幕已经拉开，各种作家组成的大型乐队摆好了锣鼓家什，却不见主角登场，我迷惑地询问身边的作家前辈，这是怎么回事，什么人主持会议。前辈说，会已经开四十多分钟了，现在稍事休息，你们迟到了。我赶紧拿出笔记，让前辈把前面的事说一遍。

前辈翻开自己的笔记，边看边告诉我说，“此次会议从介绍开始。东川作协的朋友向作家们介绍区政府的官员，区政府官员向大家介绍东川的企业家们，企业家们又向大家介绍自己企业的发展历程和经营现况。继而，官员和企业家们合伙给作家们讲述东川悠久的矿业发展史，讲述东川曾经的辉煌和眼下所面临的困境，希望和期待在‘再就业特区’这个契机中渡过严冬，摆脱困境，努力开辟出一条生存与发展之路，迎接春天的来临。”

当前辈一口气把这些话说完时，我飞速记录的笔尖也停下了，心里顿感沉重。

东川是再就业特区，也是中国目前唯一的零税区，这足以说明了东川在我国实行体制改革后的经济现状。众所周知，靠山吃山靠海吃海，任何一个地方搞建设都需要良好的基础。那么东川的基础是什么。也就是说，东川有什么，它的发展将建立在什么样的基础之上。

我知道东川有什么。丰富的矿藏资源，景色奇秀的旅游文化资源，多姿多彩的少数民族文化资源，天然生态的农作物资源，以及多种工艺独特的地方食品资源。比如，除铜矿藏以外，还有尚未开采出来的黄金、白铜和铅矿、铝矿、锡矿等多种有色金属矿。比如风光秀丽的轿子雪山，景色绚丽的红土地，视野壮阔的小江泥石流自然河带。比如山地少数民族民居文化、少数民族习俗文化和歌舞文化等。又比如味醇色美的干河子葡萄酒、制作精到的东川挂面等等深受人们喜爱和推崇的地方食品。

是的，东川有着太多可以开发利用的自然矿藏资源和丰富的物质与文化资源。然而东川却被改革开放这趟飞奔的列车甩在了后面，这是为什么。难道东川人的脑筋别人转得慢，力气比别人小吗。显然不是，但这是一个让我困惑已久的问题。

接着开会以后，我听企业家们如是说，东川人不缺智慧，三千年以前我们就点燃了冶炼矿藏的炉火，铸造了举世瞩目的青铜文明。东川人不缺干劲，半个世纪以来我们艰苦奋斗为新中国的建设披星戴月。东川人不缺勇气，不管前进路千难万险，我们也要挺直腰板站起来，把东川建设成地肥水美人民富裕的好地方。这些话听来让人感动和振奋，让我想起毛泽东在新中国经历内忧外困压力时用来鼓舞人民的话，‘困难吓不倒英雄的中国人民。我们应该相信，只要有了人，什么样的人间奇迹都能创造出来。’我相信，东川人民不智慧、干劲和勇气，这无疑是让东川发生奇迹性转变的，重要的前提与保障。那东川到底缺什么？

东川的官员们如是说，东川的发展基础良好，但缺乏具有远见卓识的，有实力投资者来参与建设。这是因为，东川人缺点儿自我推销的脸皮，还缺点儿文人墨客们的关注、宣传和鼓励……

座谈会持续到深夜，东川官员们的情绪很激动，企业家们的讲述很深情。作家们也听得很动情，在纸本上写写画画的笔尖始终没有消停。

第二天一大清早，那些激情四溢的作家和诗人们一窝蜂地，上山下矿采风去了。我与大家背道而驰，回了昆明。不是我不需要采风，而是我与东川太熟，熟得只差喊出每棵树木的名字了。真是这样，从20世纪80年代到眼下的二十几年间，因公事或私事，我跑东川的次数连自己都数不清楚，就算闭着眼睛开车，也能找到来回的路。所以关于东川，我不需要再去体验眼目中那些表象的事物，不需要依靠任何物态的显像来引发内心的感慨与创作的冲动。

是的，东川是我心里的东川，我需要用心去触摸她的轮廓，用情去阅读她内在，用感知去思悟她的渴望与期待。

于是，我回到开篇时的状态，爬在书房的地图上寻找东川；按压住内心的悸动，凝视东川。

三

前面说，东川有几座山，一个城；东川是一个区，一个点。

这些从图标上得来的名称不是东川，也不能帮助我们全面地了解东川。可是，东川不能缺少这些名称，其重要之处，绝不亚于告诉人们统治中国三百多年的清王朝建都于北京。为什么要这么说?因为没有人不知道清朝定都北京，但并非所有中国人都知道东川的矿藏曾经支撑起清王朝的半壁江山。是的，至今还有很多人不知道东川这个地方，不知道过去的东川与过去的清王朝有着怎样特殊的联系。

我们放下东川与京城的关系不说，先说东川的山。

东川的山很有名气，它东起会泽西至武定，横跨东川、寻甸、禄劝三县到彝州楚雄，是绵延百里，名声显赫的乌蒙山的成员。东川被古代人叫做堂琅，因山得名。

东川境内的乌蒙山脉山势险峻高如云端，平均海拔4000余米，最高处达到4300多米，且奇峰叠起巍峨壮观，与日夜奔腾的金沙江和纵横流淌的溪泉川涧相生相映，绘成一幅幅壮丽奇美的画卷。

东川的山里有宝藏——东川的山体蕴藏着丰富的金属矿产资源。

据20世纪80年代考古队在东川普车河墓葬的考察证实，以青铜和白银器物为随葬品的墓穴里发现熔炼过的铜矿渣，其冶炼年代可以推朔到战国时期。东川墓葬里的青铜和白银器物从哪儿来，那些铜矿渣是古东川人自己冶炼的吗。其实毋庸置疑，那些宝贝就出于东川。

东川矿藏巨丰，是我国著名的有色金属王国。东川的矿藏以铜矿为主，其次是黄金和乌金等贵金属矿藏，此外还有太多种类的金属矿藏深藏在东川大山的肚子里。何以见得东川的山就是我国有色金属藏量最大的聚宝山，这里不凡引一段现代纪实文学作家徐刚先生在《奇美东川》一书中的文字加以诠释："当印度洋板块与太平洋板块相互碰撞而形成的喜马拉雅山造山运动发生时，那些动荡于亿万年前的大地震，那些喷发于史前时空里的火山，赶着一群群、一块块、一处处深埋在地球深处的宝藏，像朝拜太阳一样涌出大海的胸膛。…两大洋板块的较量，让古地中海变成大地，让大地上长出群山河川。随着山川的崛起，岩浆被造山运动挤压而出。……当丰富的铜矿资源被造山运动托顶而出时，大西南的天地里诞生这块古称堂琅，现叫东川的土地。…它注定要成为中国铜都的矿床。"

东川不仅有丰富的矿藏，还有从古至今没有熄灭过的冶矿炉。从马王堆出土的古铜洗和青铜铸制的刀叉剑犁，到西汉时期的五铢铜钱币；从武当山上的铜殿，到贵州境内的黔灵铜钟；从北京故宫里的铜龟鹤，到平西王吴三桂在昆明凤凰山立起2500斤黄铜铸成的金殿，再到上世纪初在巴拿马国际博览会上获得金奖的滇斑铜菊花锅，以及大量流通于古代中国却被现代当人收藏的铜钱，都让我们不得不以一种诚实来见证这个事实，从东川大山里凿冶出来的滇铜器物遍布我国每一个角落，甚至藏身于海外不少遥远的国度；东川先于欧洲几个世纪燃料起来的矿炉，为中华民族的青铜文明铸就出不朽的辉煌。

东川出土的大量“大黄布千”古铜币，把这一地区的造铜器著录与古滇青铜文明一起拉回到遥远的东汉时期。而那一时期，发明“大黄布千”的王莽篡位还不到八十天，东川就奉旨为他刚刚持掌的天下冶铜铸币了。以这一史实物证来推算，东川开采铜矿和冶炼的历史，似乎还可以推得更久远一些。

位于东川境内的汤丹、碧谷、新村和杉木等地出土的大量石器被检验出含铜物质，并有用火炼铜的迹象，证明铜矿石在东汉以前就已经被东川人地开发利用，出土那些石器的地方被认为是距今三千多年前的新石器时代遗址。

早在我国的殷商时代，东川人就发明了和掌握了“火烧水洗”的冶铜工艺技术，并使之成为人类开采矿藏和冶金工业萌芽的开端。至战国时期，东川的冶铜业已经具有相当的规模。中原地区考古发现商周青铜取于滇，而滇铜惟出堂琅山。东川本地也有锈迹斑斑的青铜出土物刻着殷商的烙印，并以近代滇中古墓葬里挖掘出土的大量的戈、剑、盾、矛、甲等青铜刀兵器件，印证了那个始于殷商时代的伟大开端。而三千年以来的开采历史却用无休止的掘取，印证了这一伟大开端给东川这块矿藏丰富的土地带来的兴盛与衰落。

探铜，采铜，冶铜，铸铜，以及与铜伴随而来的，巨大的牺牲与沉重灾难使得东川人民饱受压榨和奴役。明朝中期，资本主义在中国萌芽，滇铜币作为货币在商品市场流通，东川成为国家铜币的生产要地。明政府为扩大内需，令东川广大新厂，冶铜铸币的同时，还对云南的其他地区大量征收铜料和白银锡铂等其他稀有金属原料。据《元史食货志》记载，明朝天历年间，朝廷诏命云南岁贡云铜（滇铜）三千万斤。明朝嘉庆年间，朝廷旨令云南贡奉京城的云铜铸币一年达三千三百万串之多。明末，朝中昏君无能宦官当道，国家内忧外患民不聊生，东川人民被愈来愈重的矿债盘剥和压榨，朝廷的横征暴敛有增无减。明朝将领吴三桂打开山海关引清军入关，清王朝的八旗大军势不可挡地开进北京，在此之后神话般地铸就了四百多年的帝国辉煌。

与历朝历代一样，清朝政府在建都立业固巩王权的忙碌中，仍然忘不了云南的滇铜，并着手于把东川变成充实大清国库的聚宝盆。清代初年，朝廷开始对东川征集铜料，并向东川下达必须按时运达的，数目巨大的定额铜，且以升官晋爵和赐获厚利奖励开采。一时间，大批矿工从各地蜂拥而至涌入矿区，东川城里客商云集，其兴旺之象繁荣之景前所未有。尽管如此，东川仍旧被掌控在皇权势力手里；东川人民仍然走不出几千年来，被统治阶级剥削和压迫的阴影。

这就说到东川与清王朝的关系了。

当东川在新石器时代点燃的铜矿冶炼炉火燃烧到大清王朝持掌天下的时候，被这堂炉火点亮眼睛的君主决定再凑一把大火，让它燃烧得更旺一些，甚至希望它把东川的十万大山都点燃，让深藏于地下的矿藏都烧涌出来，以铸造大清王朝万世永存的江山。

据云南志书上载，清康、乾时代，大清政府将云南年缴税银增至六百万两，并旨令“铜都”东川深掘矿藏，广采铜源，将东川的铜矿石和粗炼铜运往北京城铸钱造币，拉开了以滇铜充实国库，强壮大清帝国的序幕。在清政府统治天下的几百年中，凡东川冶炼出来的滇铜皆被打上大清财政的烙印，皆被视为国有。仅1773～1882年之间，东川年产粗铜就达到8000吨以上，滇铜铸币占国家制币总量的百分之七十。在康、乾时代，东川一年开采铜矿几十个，聚集在东川各矿区的矿工达几十万人。这些工人来自川、黔、桂、湘、陕、豫等十几个省份，无不是拼着性命来干苦役的劳工。朝廷不断地盘剥，铜矿藏不断被开采，矿区的劳工不断地增加，矿炉不停地冶炼，以保障运往国都北京的京铜日日不缺，时时不断。

云南地处西南边陲，距北地京城可谓天遥地远。且滇中之地穷乡僻壤山高道曲，交通十分落后，没有坦直的道路和有力的车马可以顺抵京城，能够用作南铜北运的工具，唯人和牛马。那时候的云南少有畜牧业，可以集聚起来运铜进京的牛马不过数万匹头。但按朝廷令定每年必须纳足的运铜数额和限抵京城的时间计算，非百十万头牛马连轴运送不能完成。司运官唯恐朝廷罪责，便广招募穷苦役工，用人来充抵所需的牛马牲口数目，肩挑背驮运铜奉京。马帮和运夫驮着沉重的铜矿从东川出发，翻过山高路险的乌蒙群山，跨过急流湍急的金少江，穿越纵横滇、黔、桂、川、陕、豫等七省，用双脚把延绵千里的运铜之旅，踩成一条条滇古栈道，用血肉之躯，把这条运血泪斑斑的运铜线路爬成历史上著名的“京运”线。

滇铜京路线，是一条血腥的路线，其途遥径险道路曲折，长途跋涉的苦役工们往往精疲力竭，苦不堪言。且，沿途还要遭受押官和运司官们的驱使和鞭打，可道人不如畜，暗无天日。据滇运杂史书称：“清康、乾之际，因滇铜巨量运京，险道遇难及劳毙途中之行夫走卒，岁以甚众。然白骨路遗荒者，亦众也。”也就是说，为满足大清王朝永无休止的权益之需，云南铜都的父老乡亲每时每刻都在付出着血泪的代价，每年每月都有不幸的穷苦生命抛尸山野。

是什么支撑起大清帝国四百多年的江山社稷？是滇铜，是取自于东川十万大山的铜矿藏。是什么人铸就了康乾盛世？是那些嘴衔油灯曲身矿洞的采铜人，是那些跋山涉水抛尸野外的马帮运夫，是那些失去儿子、丈夫和父亲的老孺妇幼。难怪有人要说，清王朝400年的统治历史，是一辈辈东川矿区人民的血泪史。

我想，这就是北京城与“铜都”东川在近代史上不可二论的特殊关系。

当然，不止清王朝，东川的铜矿藏在历朝历代都受到帝王的重视。东川的铜也不止以通用货币的形式撑起历朝历代国家货币的江山社稷。除了货币，滇铜还以另外一些众所周知的形式存在于世，铜鼎、铜殿、铜樽、铜剑等数不尽数。事实是，掘之不尽的滇铜一旦掌握在王者手中，无不用作至高无上的皇权的统治象征。皇亲国戚们家中也少不了有几件滇铜铸物，如香炉铜鼎、铜面盆、锅、盏、瓢、勺和一些铜质上好做工精细的生活器品等。而平常百姓对铜的认识，仅限于手中那几玫拿血汗换来的铜钱。

1823～1858年，从道光三年到咸丰八年间，由于鸦片战火爆发以后国外的铜料输入中国和本地回民起义，东川的铜矿业渐于衰落停产。直到1874～1879年间，清政府两次对东川实行“官督商办”和“招绅商办”的政策后，东川铜矿业才又恢复生产。但产量大降，年均产铜不过800吨，只是鼎盛时期的十分之一左右。

大清覆灭后，梦想复辟帝制的袁世凯被高举反帝反封建旗帜的北伐运动推翻，国民政府建立政权。那时，中央政府打着重新振兴东川矿业的口号，在东川成立“东川矿业股份有限公司”和“滇北矿矿务局”，实则还是要把东川矿产资源垄断在手中。民国期间，铜矿不再仅仅拿来制钱铸币，而是用到了更为广泛的工业生产和生活领域，为资本主义市场的开发起着重要作用。虽然有了比过去更科学的勘测技术和生产手段，但是东川的矿业还是受到开采能力的限制，仍然没有达到清朝中晚期的生产规模。

显而易见，虽然时代的炸药替代了劈山凿洞的钎锤斧镐，历史的车轮替换了人们运铜的脚步，东川的铜矿藏和矿业仍为官商权势所用，这里的大好山河和广袤的土地仍旧贫嵴，这里的百姓仍旧劳苦和贫穷。并且，为开采矿藏冶炼铜矿给东川造成的森林涂碳和水土流失，正像这里举目可见的大山一样，压迫着一方人民。直到新中国成立，东川才有了改天换地的面貌，矿区的人民才真正翻身做了主人。新中国成立后的近半个世纪，是东川矿业最为辉煌的半个世纪。除此而外，或许还太多史料可以说明东川的自然矿藏对现代文明发展的价值和在我国金属冶炼历史中的重要地位。

东川山中有山。在东川以北50公里处有一座轿子雪山（又称乌龙山），跨东川及禄劝县两境，属乌蒙山系之首，因峰峦似轿而得名。轿子雪山海拔平均高度4200米，是低纬度雪山，只于冬日覆雪。轿子雪山是景色奇异的山。山上有湖，人称天湖。山上有湿地，溪灌如玉草甸如绿。山上有泉，纵溪潺流湿雾润天。山上有云，纠缠缭绕不离不去的白云。山上有树，漫山遍野的杜鹃花树。山上还有许多叫不出名字的花，那些大朵小朵的显然是野贝母和百合花。轿子雪山的美如果可以用一句话来概括，就是它会令游者以为误闯了上帝的花园。东川山中还有山，东川城以西南方向 50 多公里处有一片叫做红土地的山。美丽的红土烁目燃苒，是诗人骚客们文思翻涌的精神海洋，是画家和摄影家们流连忘返的物语天堂。

东川的大山里有故事。那些故事至今鲜为人知，然而，故事的起因却众所周知。

第二次世界大战、中国的抗日战争、飞虎队、陈纳德将军、驼峰航线、美军 C46—4717 战斗机、东川后山的牯牛寨。如何把这些熟悉的名词与东川大山的故事串联起来。我想，应该让时间倒退至 1942 年，回到抗战胜利以前和以后的那些日子。

1941 年底，企图快速占领亚洲的日军不断加强军事攻势，于 1942 年初攻陷缅甸的首都仰光，切断中国边界与外部相通的海陆通道，对西南抗日大后方形成强大的威胁。

由于海陆通道被日本占领军全部阻断，大批中国军队的战斗装备和给养物资无法送达抗日前线，从而导致前方部队的对日作战陷入危难局面。而一旦日军利用被之占领的缅甸为攻击优势突破西南防线，中国领土将面临全部沦陷的危险。在中华民族面临生死存亡的重要时刻，同盟国将军领陈纳德主动承担起向前线运输物资的使命。此前，陈纳德将军驻扎在昆明郊外的空军基地就投入空中对日作战，且在阻击日军战机突破中国南大门的空中战役中战功卓著。1941 年冬，当陈纳德将军从军事情报中得知日军已大面占领缅甸，并向其首都仰光发起强大进攻时，他以丰富的战争经验和智慧判断出，日军的狼子野心是企图攻破中国的西南防线，从缅甸打开中国的南大门，以全面占领中国。果然不出将军所料，两个月后仰光沦，缅甸国土被日军全部占领。日军攻占缅甸的同时，向缅甸以东南面的中国西南边境展开军事攻势，切断和占领外界通向中国西南的所有交通要道，并把云南保山腾冲一带划为进军中国的突破口，大规模修筑战地工事准备大举进攻。就在这个时候，前方发出告急，中国军队在抗战前线因物资紧缺而濒临危难。当陈纳德将军在军事地图上看到，向中国军队运送物资的后方陆路和水路已经被日军全面封锁时，果断地想到最后一条通道，天道。

走天上的路，靠飞机运输把聚压在西南大后方的抗日物资送往前线。将军当机立断，向中国最高军事机构请愿，让他这支为中国镇守空中南大门的空军部队担此项艰巨任务。这支部队就是陈纳德将军麾下的空中敢死队——飞虎队。

飞虎队成员由中国的热血男儿和来华支援抗战的各国和平志愿者组成，平均年龄不到二十五岁。虽然这队空中战鹰有近百分之八十来自学生，但每个队员身上都有一股视死如归，誓与侵略者血战到底的拼命精神。他们作战勇敢，在与敌人血肉相搏的殊死战斗中以命相搏，前仆后继，不畏牺牲，故而被后人敬称为勇敢的空中敢死队。

为避免与日军飞机正面冲突，这支空中敢死队在陈纳德将军的指挥下，开辟一条沿横断山脉与喜马拉雅山脉边沿迂回飞行的空中运输线，即二战历史上著名的“驼峰航线”。至此，一队队空中飞虎日夜奔行于两山隙缝隙之间，似一队队勇敢无畏的蜂群穿梭于一匹匹巨形骆驼的驼峰之间。

驼峰航线的开辟，不仅为中华民族抵抗日本侵略者的战斗输送武器给养，也为我方边陲守军赢得了反攻的时间，同时激励了大批海外华人和国际友人支持中国抗战的热忱，一时间，大批量的援华物资源源不断运达抗战大后方昆明。为把这些物资即时送抵前线，陈纳德将军又开辟了昆明——贵阳、昆明——宜宾、昆明——重庆三条空中运输航线——小驼峰航线。小驼峰航线穿梭于乌蒙大山之间，使东川成为驼峰航线的主要后续航线。从此，东川的小驼峰航线与大驼峰航线同时被后人誉为——为中华民族取得抗战胜利输血的生命线。

在这条艰险曲折的生命线上，很多中华男儿和国际勇士为取得抗战胜利付出了他们的热血和年轻的生命。抗日战争结束后，前盟军友人和中国人民沿着这条悲壮的生命线，寻找到许多罹难的飞机残骸。其中，见证了这一历史时刻的东川老人带领考察队于2004年11月在东川后山的牯牛寨里，找到了编号为C46—4717的罹难的美军飞机残骸，并考证确定该机属陈纳德将军麾下的空中敢死队——飞虎队，于1944年3月24日坠毁于东川的牯牛寨。

东川区政府非常重视这次考查成果，并收藏了该机1500多件现存的残片和证物。同时也收藏了那阶段，中华民族与亚太地区同盟国携手抗击日本侵略者的感人记忆。

驼峰航线是一条抗战青年用青春和鲜血筑成的生命线，是一把为中华民族抗战胜利点燃的火炬，是一座热爱和平的世界人民和坚强不屈的中华民族在世界屋脊上共同铸造起来的，反法西斯战争的伟大丰碑。

可见，东川的山不是普通的山，它以巍峨雄峻和景色奇美吸引世人，它身怀宝藏所铸就的人类文明声名远扬，它在反侵略战争中立下了不朽的功勋。但是，东川的山绝不以自身的伟岸与高大令世人瞩目，而是以它所蕴藏的内在力量和人间故事感动世人。

新中国成立以后，东川成为我国有色金属的开发与生产的重要基地。

建国初始，全国各地掀起建设社会主义的热潮，誓要改变贫穷落后的面貌，把我国建设成为一个繁荣富强的社会国家。东川人和全国人民一道，把自己的命运与祖国的命运紧紧系在一起，为中华民族的崛起而艰苦奋斗。

一批批有志青年从祖国的四面八方来到东川，众志成城，积极投身到社会主义建设的伟大事业中，在这方热土上挥洒青春和汗水，在美丽的红土地上实现着美好的人生理想。

20 世纪 50 年代初到 70 年代末，东川作为我国重要矿产地受到国家政府的高度重视。在科学勘探与机械化的支持下，大量的有色金属矿藏被开采出来运往全国各地支援国家建设，为中华民族的强盛奉献火红的热量。东川人民在为祖国建设辛勤劳动的同时，也在建设自己的美好家园。这个时期的东川面貌一新，处处红旗招展歌声嘹亮。

矿山处处不夜城，矿区日日换新天。那是勤劳的东川人民在为祖国的建设添砖加瓦，那是不畏艰苦的东川人民在为人民的幸福披星戴月。到处可见建设者们忙碌的身影，随处可见劳动者们新建的楼房。东川的矿业发展得蓬勃兴旺，勤劳的东川人民在汗水中享受着劳动与成功的幸福。这辉煌的三十年，不啻是东川人民难以忘怀的黄金岁月。

东川人民忘不了那些艰苦奋斗的岁月，忘不了在这块土地上洒下的青春和热血。东川人民的劳动豪情就像这块土地上的大山一样，崇高而伟大。

建国后近六十年来，几十万东川矿区人民艰苦创业，勤奋工作；一代又一代，代代相承，为新中国的发展与繁荣奉献着忠诚与热血。

在“文革”造成的十年动荡的结束以后，新一代领导人纠正文革一切‘左的’错误思想路线，提出改革开放，要把我国建设成有中国特色的，富强的社会主义强国。邓小平在“南巡”讲话中不断强调，贫穷和落后不是社会主义，只有一切从实际出发，改革开放，搞活经济，才能给我国带来新的发展机遇。

就在中国全面进入改革开放，各行各业相继掀起搞活市场经济热闹时，东川那些生产于计划经济时代的老旧的矿山机械渐渐停止了转动。事实不啻是残酷的，很多地区的矿藏渐渐枯竭，很多无法更新设备矿区停采停产，大量的铜矿产业和企业破产关闭，与之相配套的矿藏勘探，矿业运输、机械加工修理、粮油食品和商业服务行业，几乎与矿产相关的行业统统与主业同时衰弱和萧条。失业率按人口比例，达到百分之四十五以上，甚至更高，相当于两个人当中就有一人失去工作。有的家庭是夫妻同时下岗，有的是家庭父子两代人同时下岗。人们的生活趋于贫困，就业困难成为东川首当其冲的大问题。显而易见，以矿业为基础产业的东川，在还来不及适应这个伟大的变革时，已经被困在两种经济政策交替转换的夹缝里了。

这一时间，东川仿佛失去了前行的方向，在时代的变革中迷惘了。

改革开放二十年，全国各地有了翻天覆地的变化，许多工厂企业通过体制改革做了事业的主人，并在国家宏观经济的调控和科学的经济政策支持下，逐步地富裕起来，为中国迈向社会主义现代化蓄聚着巨大的财富。

毫无疑义，历史的脚步要向前迈进，中国要走向富强，停滞在“文革”时期的工农业生产水平和物质的匮乏要得到改变，人民的生活水平要得到提高，这就意味着所有的企业要适应时代的发展，搞活经济步履要向前迈进。东川人当然明白这个道理，但历来靠国家计划经济来支撑生产的东川，该如何适应市场经济大潮中的这个变数，由什么人和什么思路来掌舵，带领东川人民走出计划经济的困境，走向宽阔的市场经济空间，再现东川昨日曾经有过的辉煌。这不啻是值得东川人在改革带来的阵痛中，需要认真思索的问题。

1999 年初，东川拆市建区，成为昆明市的行政管辖区。

看到东川矿业的衰败和萧条，有人说东川的矿藏资源枯竭了，由于矿山倒闭矿工们都下岗了，大量的东川人都涌向外地打工淘生活去了，东川的未来不容乐观等等。这些说法都不是风传，东川可开采的矿藏资源的确已渐衰竭，东川的矿产业的确面临着重大的危机，许多失业的东川人四散外地求职谋生。东川在发展路上遇到了前所未有的艰难，但东川的未来就真的不可乐观吗？我看未必。

几年前，曾在东川的饭馆里听到过两种争吵的声音，都是东川口音的年轻人。有一方说，“东川的矿业肯定没戏了，咱们可以在旅游和食品生产上打打主意，难说还能杀出一条生路。”另一方争辩说，“谁说东川的矿藏资源枯竭了？谁说咱们有了现代化设备还不能往深处开矿？东川的矿藏从千百年前挖到今天，只不过是掉了几层破，最好的矿藏还埋在大山底下睡大觉呢。你相不相信，只要有贵人肯从资金和技术上给东川投资和支持，只要咱们注意保护环境科学开发，东川未来的发展前景肯定好得很。”

虽然不知道他们哪个说得更对一些，但我想，这两种说法或许都有一定的道理，都值得人们对它进行科学的研究与探索，并付诸实实在在的努力。所以，尽管人们对东川的迷惘与前景众说纷云，尽管东川人自己也在迷惘中思考和摸索发展的道路，但我觉得东川不会就此沉默下去，它一定会有一个新的开始。我又想，东川的发展阻碍，一是来源于计划经济与市场经济转换位置时，人们的思想意识还停滞在过去的工作体制和陈旧的生产方式当中，对时代的飞跃和眼前的社会现实没有足够的认识，或者还没有转过弯来。二是因为新旧体制的转换给人们带来的思想和经济压力太重，许多矿区和矿务附属企业在与计划经济脱钩后，暂时没有资金和能力开辟一条自主创新的道路。所以，一旦东川有了政府的重视和支持，有了前进的方向与动力，发展起来应该是很快的。因为东川不仅工业底子非常厚实，文化旅游和地方食品加工方面也有独到之处，以此来带动其他一些服务性行业齐头并进的条件应该非常好，这就为东川的发展奠定了良好的基础。而对于东川人民来说，眼前的困难与过去的辉煌一样，它不可能永久存在。我相信，在如此艰难贫困的现实中，不畏艰难，勇于奋进的东川人民不会坐以待毙，他们定能依靠智慧的头脑和勤劳的双手重整山河再创伟业。

2005 年，中国政府给予东川区再就业特区的称号，同时在纳税方面给予东川相应的优惠政策。毫无疑问，这是东川的发展契机，也是东川人民从此走向富强之路的，千载难逢的好机遇。

于是我看到，短短三四年间，东川区的经济总量和生产总值有了明显的增长与提高，失业率正在减少，城乡老百姓正在为安居乐业的明天忙碌耕耘。

显而易见，我几年前对东川现状的理解和对东川未来的希望是对的，我对东川所寄予的期待也是正确的。此时，从地图上再看东川的群山，我心底不禁涌出一种感动。

我看到东川的山不仅蕴藏着无尽宝藏与财富，也孕育出东川人民山一样的坚韧品格。

我相信，凭托这方奇美壮丽的神山灵水，依靠四十五万东川人民的勤奋努力，东川定能走出眼前的困境，向富强的明天一路挺进，再铸辉煌。如果，东川的父母官们在艰苦奋斗发展经济的同时，把与东川同舟共济的老百姓放在心上，那东川人民的好日子就指日可待。

我相信会有那么一天，东川会崛起，东川的大山也会因为它们属于顽强不息的东川人民而骄傲。

四

说了东川的山，再说东川的城。

东川的城，大山怀抱中的城。方圆三至四公里，多为历代迁徙者居。

据说，东川城这块平地是距今七千万年以前，欧亚大陆板块断裂挤压山体而导致泥石流冲击川谷而产生的地面。这块从峡谷地带中诞生的地面何时建成一个人丁兴旺的城池？虽无确定的时间可以考证，但这个问题却并不费解。东川有丰富的矿藏，不啻就会引来八方众人开采。单从明清时期在此从事矿业开采的人数统计中就可以知道，几百年前的东川就已经是个几十万众的居住之地了。既然有大量的采矿人从各地流入这个地方，这些人自然就会为在此安居生活动脑筋。城既是人建的，就要给人提供衣食住行的方便。几十万人在这里生生不息，显然就有能力把一个适于人类生活的地方建成一个住有所居，寒有所衣，饥有所食，行有所路的城池。想必，其他土地上的城，也是这么长出来的。

据云南各种杂史书上称，东川在新石器时代便有古先民在此居住繁衍生息，且多为山地原始部落氏族的后代。至秦、汉以后，有大量外来氏族从西北地区长途迁徙至此。至三国时期，诸葛亮统军南下经昭通入川收复川彝蜀地时，川南蜀边的很多少数民族因避战乱结队潜移此地，成为此地的后来居民。唐代以后，这个被称为堂琅的地方，因南诏统一云南，州县俱废，就不再称县。唐，南诏王蒙世隆在此地设置东川府，府辖巧家与会泽等地。至此，这个城池才有了一直沿用至今的名字，东川。想来是东川城位于会川以东，故称东川。

听说在三十年以前，东川的城与东川大山外的那些城一样好，甚至还更好。我只能是后来听说罢了，因为三十年前的我还很小，还没有到过东川。

1984 年 7 月，我初次到东川，从此与东川结下不解之缘。二十几年间，因工作及其他事务之故，巡回往返东川的次数多得连自己都记不清楚。在我眼中，如今的东川小城依然如故。不管你从哪里来，不管你漫步游走还是落脚小息，这座小城里淡泊宁静的气氛，悠悠从容的人群，都会让你感觉轻松自由而少有居身都市的压迫感。

每次踏上东川土地我都会忆想第一次到来的情景。因为印象很深刻，所以至今记忆犹新。

那是一九八四年的夏天，我随部队文攻团下地方慰问演出到达最后一站——东川。

我们经过长途跋涉，从开远、蒙自、建水、玉溪一路巡演到东川来。汽车刚进东川城，车上的年轻人就懵了。宽敞洁净的马路，马路两边整齐高大的楼房，气派的百货大楼，绿荫蔽日的街心花园，门庭若市的新华书店和游人悠闲的人民公园……年轻人嚷嚷道，这个大山深处的小城，比省城昆明好像差不了多少嘛。

进入东川剧院，大家又懵了。似没想到，如此一个山中小城，竟有如此气派的剧场，与我们所到之处那些露天大棚和简陋的礼堂相比，可说是天上与地下之别。

我比其他人还懵，觉得环境熟悉就仔细地巡看，越看越熟悉，越看越慌恐。我以前来过东川吗，我走进过这个剧院吗，我反复问自己。答案是否定的，我没有来过东川，没有进过这个剧院。但眼前的一切为什么那么熟悉，这让我百思不得其解。

我如同做梦，仿佛是梦引领我穿越时间和空间，来到这个陌生而熟悉的地方。

“小女兵娃娃，你不舒服吗？”

我转头看见一个说北方话的老伯，他自我介绍是这家剧院的管理人员。我对老伯说，不知道为什么，我以前从来没有来过东川，可是眼前这个剧院我好像来过，而且不止一次。

老伯打量着我身上的军装，似乎明白了些什么，便笑了。他说，东川这个剧场是苏式会堂建筑，当初建它的时候，使用了省城国防剧院的图纸。我恍然大悟之后才发现，东川剧院的舞台长宽与原昆明军区的国防剧院一式一样，而国防剧院与昆明剧院是一个设计图，所以建筑风格相吻。于是我再次确认眼前的环境，宽大正规的演出式舞台，空荡荡的大观众厅里可容纳千余人的座位，楼厅两端延伸出来的耳厅像古罗马的半弧形楼台。

是的，这座剧院几乎与我从小熟悉的昆明剧院一式一样，如同一个图章印盖在两张纸上那样丝毫无差。我的心情立刻温暖和愉悦起来，这个熟悉的环境竟让我在马不停蹄的奔波疲惫中有了回家一样的归属感。

年轻人们把服装道具搬往剧院后台时，都忍不住好奇地议论，东川是个怎样的城市，它如何会有如此气派的剧院，都有些什么样的团体和剧目在这里演出过，本地的剧团是怎样的情形，这里的观众都是一些怎样的人群。

入伍前曾在东川插过队的舞美老师解答大家的疑问，说东川出铜，新中国成立前，这个小城叫东川矿务局。他说自古至今，东川都是我国重要的金属矿业基地，也是全省范围内的一个移民最多的矿务城市。但东川的人口结构并不复杂，人数最多的是矿区工人，其次是搞矿藏研究和勘探的工程技术人员，再其次是矿务机关人员和从事医疗等其他服务行业的人。东川各类人才聚集，经济实力雄厚，无论城市建设还是居民的住宅建设都走在全省矿业地区的最前头。所以，东川有那样一些宽敞洁的街道和整齐的楼房，有这样一个像模像样的剧院就不足为奇了。老师又说，东川本地有一个专业文艺团体，叫东川文攻团。东川文攻团跟咱们部队文攻团有些相似，它有歌舞团，有京剧团、有管弦乐团、还有云南的地方剧种花灯团和滇剧团，从建团初始到20世纪80年代初一直活跃在省内外的艺术舞台上，演出过不少优秀剧目，出过不少优秀艺术人才，是省内文艺群体中最年轻，最有活力的一支队伍。东川文攻团的文艺精英非常多，当年全省文艺团体争夺到上海学习舞剧《小刀会》的机会时，实力雄厚的昆明市歌舞团差点就输给了人才辈出的东川文攻团。可见东川这个矿区小城不简单，奋进的东川人当让世人刮目相看。说罢老师问我们，“吃过东川的凉面和酸辣凉粉吗?”见我们摇头，他故作遗憾地摇头摇晃脑道，“可惜可惜，东川的凉面和酸辣凉粉可是比昆明的凉米线好吃多了。小姑娘来东川不吃凉面和酸辣凉粉，那不等于没来过东川吗?”

听舞美老师这么说，女孩子们立刻跑去跟团长和政委嚷嚷要上街，要吃东川的凉面和酸辣凉粉，要看看东川这个不错的小城，看看东川文攻团比我们文攻团好在哪里。团长和政委答应放假休整半天，但有两条纪律必须遵守，换上便装，严守时间。这是和蔼的团长和严肃的政委第一次未经商定就做出的决定，这让我们像获得大赦那般兴高采烈。他们或想这趟巡回演出快两个月，姑娘们一路行来，只能各地的小县城里的小街上转悠，憋屈坏了，不容易来到这样一个环境不错的小城，应该放她们出去走走动动了。

剧团出外巡回演出往往就是这样，男同志卸车装台的时候，女同志就可以休息或出去逛街，尤其手无缚鸡之力的小姑娘们，最能获得领导的照顾。部队文艺团体其实也一样，年轻的小伙子们始终愿意照顾不如自己强壮的姑娘，身穿军装的姑娘们也像普通女孩那样对外面的世界充满兴趣和幻想。所不同的是，我们是军人，军人必须服从命令，严守军人风纪。

换了便装的姑娘们疯跑在东川城里，从眼眸到内心都在惊讶和感受着这个躲在深山大峡里的小城。我们觉得它并不比省城昆明差多少，而且竟然差不多同昆明一样漂亮。是的，那时候的昆明方圆不足十里，在我们眼里不比东川城大多少。

东川不大，抬头可见山，足行可量地，不用三小时就可以逛遍它的旮旮旯旯。可别看东川城小，它同样有宽敞洁净的马路，新式整齐的楼房，热闹繁华的街道和商店，有花木幽深的巷道和穿戴讲究的行人。而且，居然还有一个把各种货物摆得琳琅满目的，宽大明亮的百货大楼；有一个曲径通幽绿草如甸，比昆明翠湖还大的人民公园。

东川城里的姑娘很时髦，身上的花衣裳比我们穿的布裙子漂亮，长头发梳得比我们脑后清一色的马扎还好看。东川城的老年人很慈祥，他们三五成群坐在街心花园里，不是看书就是看报，遇上有生人打扰问路，他们就推推鼻梁上的老花镜对你微笑着，把你要去的地方过几条马路转几个弯说得清清楚楚，好像挺有文化修养。东川的小孩子也很可爱，我们在商店里忘了一把阳伞，他们就高举着这把伞追着你满大街乱转。东川人也不排外，他们目光里透着的那份亲切，仿佛没把我们当外人。东川人以礼待人，无论你进饭馆吃饭还是逛商店买东西，店主会在你说话之前先对你微笑致意。他们笑得很真诚，说话很亲切，没有半点讨好做作之嫌。于是我想到邓丽君唱的那首小城故事，唱的好像就是这个温情的地方。

男孩儿们上街多半是走马观花，有要买之物也是直奔主题。而女孩子们逛街多半没有目的，她们就是为逛街而逛街，她们的兴趣往往在道路两旁的商店里。有街必逛，逢店必进，进店必看，有衣必试，试成必买，似乎成了姑娘们逛街的通病。就仿佛，能让姑娘们在任何情形下都能兴奋起来的，唯有商店里那些稀奇古怪的，有用没用的商品。所以从离开剧院步入东川街道那一刻起，姑娘们就像上了发条的小狗那样，兴奋得不知疲倦。

我们首先奔进东川的百货大楼，在每个楼层的每个货柜货架间徘徊。与许多城市的百货大楼相同，这个百货店的柜台里有国内最好的花露水和雪花膏，有各式各样的锅碗瓢盆和生活用具，有颜色漂亮的花布和毛巾，有各种质量上等的衣料和纺织品，也有国内知名的缝纫机和自行车等物。是的，这个有四层楼的百货大楼里几乎拥有所有普通的商品，就连在昆明市面上难得一见的日本进口彩色电视机和摩托车都有，但这样的特殊商品得凭票购买。

我们逛到二楼鞋帽柜前，有个同伴姑娘忽然惊喜地大叫起来。我们跑去一看，见柜台架子上摆放着几款样式时新，皮面幽亮的女式皮鞋。这不是我们在昆明跑遍大街小巷也卖不到的，上海出的半高跟小牛皮鞋吗。我们一群姑娘蜂拥而上，七手八脚地从柜台架上抢夺自己喜欢的样式。两个女服务员笑盈盈地从柜箱里拿出所有的女式皮鞋，耐性极好地候着我们十几个女孩子试穿。样式时尚的小牛皮鞋穿在这些跳舞的脚上是很漂亮，可看一看价钱，姑娘们就不再叽叽喳喳了。是的，大家都哑了。三十五块二毛八一双的小牛皮鞋，差不多是我们在排练厅和舞台上汗流浃背地摸爬滚打一个月的津贴，谁舍得不管不顾只要漂亮。刚才向大家叫喊的姑娘先掏出钱来，似要给我们做个爱美的板样，随后又把伸出去的手缩回来，小声对我们说，“这种皮鞋在上海只卖二十九块。能不能让她们把零头去了，我们付三十块？”

大家吓得直摇头，说这是国家的商店，服务员不能做主，别难为人家。在一旁听见我们嘀咕的女服务员问过我们从哪里来，来东川做什么之后，让我们等一等，她去请示经理。很快，有个戴近视眼镜的中年男人来到柜台前，果断地把九双皮鞋按二十八块一双卖给我们。我们不敢相信，都拿怀疑的眼神看着他。他说自己是经理，有权利把这些皮鞋按成本价出售给我们。我们你看我我看你，不知如何是好。这个态度和蔼的经理笑道，“我知道，你们都是部队文攻团的战士，津贴很少。我们按低价把鞋卖给你们，只不过是没赚你们的钱，但我们已经收回了成本，你们不要觉得有什么过意不去。”见我们迟疑着不敢接受，经理忽然有些急了，说，“部队跟地方本来就是一家，你们是来为东川人民服务的小艺术家，东川人民用这种方式对你们表示欢迎和感谢，你们应该接受才对！”

女孩子们惊讶不已，以为自己听错了。但的确就是这样。我们做了自己该做的事，这里的商店却用减价来向我们表示感谢，而且不接受还不行，这种人情礼待事情在任何地方都不可能发生。这让我们非常感动。千恩万谢之后，女孩子们记下了这些好人的笑容。

从百货大楼出来之后，我们在东川的每条街道的每个小店间浏连。刚在小店里吃过酸辣凉粉和炸酱面，又在街边喝冰水吃米线。吃饱喝足以后就溜溜达达去了人民公园。

东川人民公园很大，绿草如茵，曲径通幽，长满荷花的水塘边架着弯弯的长廊。走累的女孩子有一大半都坐躺在幽静的草地上休息，却有几个胆大的姑娘不知疲倦地奔去抢小男孩儿们脚下的足球，有的甚至挤在小朋友们中间去滑水泥大坡。

我坐在一棵朴树下休息，浓密的树荫和徐徐的凉风驱走了适才的闷热，心情无比静愉而惬意。我在想象，想象这个小城千百年前是何模样，而未来的东川将又怎样。想象某年某月的某一天，我会以何种方式再次踏上东川的土地，来到这个美丽的小城。

我会以什么方式再次来到东川，我不知道，但我知道，东川是我喜欢的地方。

从公园出来后，姑娘们一窝蜂地奔进文攻团大院，直奔二楼排练大厅。

时间已近4点，空大的排练厅里只有三个姑娘和两小伙跑跳翻腾的身影。乍一见我们破门而入，两个小伙子愣了片刻，眼里泛起同行见同行的微笑。有个汗水淋淋的姑娘尖叫一声，朝我们中间的几个女孩奔跑过来，嘴里刚刚亲热地喊罢亲爱的老同学，转眼又娇嗔地骂她们狠心的死鬼，到东川也不早些来接见同窗姐妹。年轻人见面自然熟，熟人之间招呼几句大家就围坐在楼板上说说笑笑成了朋友。我们海阔天空地吹牛，所讲所说的事情都离舞蹈和此次演出不远。对方说团里正放假，但每个人都发了观摩部队演出的票，晚上全团人民都会去看我们的演出。他们说团里虽然放假了，但年轻人都很自觉，每天清早都会来这里练功，白天和晚上谁先抢到地方谁进来排练，几乎都是自发的，团里没有任何强制要求。后来我们才知道，他们刚刚抢到这间排练厅，在这里编排一个三人舞，其中一个年轻女孩儿就是这个节目的编导。我们羡慕他们的工作环境，同时敬重他们对事业的执著与顽强精神。他们却很谦虚，解释说剧团业务抓得紧，领导重视扶持积极进取的年轻人，大家都很积极努力，很少有人会放弃提高业务技能的机会。于是，我们不敢跟他们多聊，全部起立站在把杠边上观摩他们排练，在坦诚相见的相互学习与交流中，渡过了这段与地方同行见面的时光。

天快黑了我们才与东川同行分手，大家一路小跑奔回剧院。

演出之前全团战士在后台例队，政委对我们宣讲到东川演出的重要意义，让我们牢记两个词，热情、认真。他让我们念念不忘，我们是来慰问地方老百姓的，这里的老百姓大多数是矿工，这些矿工是为国家建设日夜奋战的劳动人民。我没见过真正的矿工，我想我的小女伴们也没有见过。我们虽然无法想象矿工的模样，但我们可以猜想日夜工作在矿道里的那些男人应该是什么样。没想到，大幕拉开后，我们看到观众席里的矿工老大哥个个眉清目秀神采奕奕，并非我们想象中那种黑嘴黑脸，满身矿灰的黑汉子。他们都很年轻，有的还非常英俊，也很精神。他们静视舞台的目光炯炯。我们同时发现，东川的观众很有修养，演出进行中没有人无故起身退场，节目结束前绝不胡乱鼓掌喝彩，他们不仅对文化艺术有着极高的欣赏水平，对艺术家们在舞台上的辛勤劳动也很尊重。我们终于懂得，是怎样一群人造就了东川的美。

是的，80 年代的东川城很美，东川的人民的心灵更美。

我也爱上了美丽的东川。但唯我最爱的，是其他城市少有的，夜幕下的缅桂花香。

东川大街的道路两旁种满绿荫蔽阳的缅桂花树，幽幽淡淡的芬芳沁人心脾。夜晚闻着那些暗来的蜜香味寻到街上，人和树影皆陶醉在融融的月色中。

东川的月很美，弯弯的一道，明亮亮地悬在小城后面的高山顶上。这样月亮容易让人生产美的梦想，容易让人把这个玲珑之城梦作自己的故乡。

但可惜它只是个梦，一个如今不复存在的梦。我知道它是个梦，是个已然消失但仍然存留在记忆深处的梦。所以在以后的很多年里，来到东川，难免就会在记忆中唤起一些缅桂花香一般的，幽幽淡淡的感伤。

1995 年，离开东川那些缅桂花树影十年以后那个寒冷的冬天，我随省市文艺调演专家小组审查节目来到东川。

故地重游，又是一番惊讶，与过去不一样的惊讶。

东川城箫瑟苍凉，地上的落叶在寒风里翻卷，道路两旁的楼房陈旧不堪，冷冷清清的街上行人寂寥，货物匮乏的百货大楼门可罗雀。夜幕降临时，冷风萧瑟的街头不再有记忆中的缅桂飘香，灯光灰暗的高杆灯影下，那些满地落土的手扶拖拉机震耳轰响。擦肩而过的人们没有了往日的笑颜，曾经熟悉的地方已经找不见昔日的伙伴，不安和焦虑写在一张张陌生的脸上。或许，东川的萧条之象仿佛还不止这些。过去那个金碧辉煌的剧院如今灯光暗淡，天幕上挂着 80 年代制作的塑料条毡，观众大厅里那些老旧的木制坐椅已然破损不堪，演技幼稚的小品演员在台上说着尊老爱幼和拾金不昧那些被人遗忘的台词，舞蹈节目的伴奏带里还唱着‘光荣属于八十年代新一辈’。演出失败的人们眼里不再有自信的光彩，专家评委们的目光里透出深深的失望和遗憾。这一切仿佛时空错乱，让我不知身处何方。

东川怎么了，我不知道，我很难过。站在满目萧条的东川街头，我想到距此百里之外的省城，想到那些更远一些的城市，想到翻天覆地的中国以及整个世界。于是我想为那首正在流行的流行歌改改歌词，说外面的世界很精彩，东川的现在很无奈。

东川城变了吗？不，东川城没变。东川城还是过去的东川城，是外面的世界变了。

外面的世界变了，我们的目光就跟着变了，心情和向往也跟着变了。当华夏民族的聪明才智被世纪末的现代化和高科技启蒙时，逐步走向先进的工农业便联起手来向商品经济市场进军。全球性的经济大潮推动着历史的进程，各种经济利益让国与国之间联系紧密，国际化的互联网时代和信息时代把所有东西变成可交易的商品。思想开放的中国人民对各国的货币不再陌生，飞机和通信让城市与城市之间不再遥远。于是乎，所有的城市照着几乎相同的建筑模式堆建起来。古雅秀气的小街小巷连同百年树木被推土机铲平，鳞次栉比的高楼大厦如雨后春笋破地而起。麦当劳和肯德基进驻中国，玩具般的食品勾引着孩子们的食欲。梅赛克斯和凯迪拉克大摇大摆开进中国，富豪和气派擦亮人们的眼球。于是乎，人们的日子越来越富，精神越来越穷，车辆越来越多马路越来越窄，气候越来越热人情越来越冷。朋友不再是可讲真话的朋友，邻居不再是可托嘱的邻居，亲戚不再是可随便走动的亲戚，儿女不再是可与父母相守的儿女。人们到底在忙碌什么，奔富。似乎人人都在奔富，不管能不能富。再于是乎，被生计所迫的学者不再重视严肃的学术，忙于升学率的教师不再重视人格的教育，年迈的父母被奔忙的亲人扔进养老院里，年轻的父母把残酷的竞争手段交给年纪尚小的幼童。学成毕业的孩子们找不到出路，永不关闭网吧和互联网上满是虚浮的假话与迷惘的杀戮。

仿佛每种事物的发展都会向着正反两个方面，有的越变越变好，有的越变越坏。在这个到处充满诱惑的物质时代，不少被欲望驱使的人蜕变成经济动物，许多不再相信理想的青年开始崇拜金钱。有人可以为金钱出卖人情，更甚者可为利益出卖良知与灵魂。

变了，这个世界真的变化了。但有一种东西始终不会变，人类固有的善良心性和对美好生活的追求。这就是希望，这种希望终究要冲破浊流滩找到真正的方向。于是，我们希望这个世界再变一变，让城市变得繁荣而不浮华，让人们变得真实而不虚假，让年轻人相信理想从尚文化，让儿女们孝敬父母时常回家，让老人们身体健康养草种花，让孩童们生活的家园不再是童话中的美丽世界。

世界在变，东川也会变，而且一定会变好。

我尊重东川的昨天，期待和祝福着东川的明天。就像前面说到的，期待东川拥有美好的未来。但我总希望，东川有朝一日撅起了，富裕了，不要像我们看到的许多城池一样，满地高楼林立，处处霓虹闪烁，街头车潮涌动，人群浮躁不安。我希望东川的美，永远美在真实的内在，美在人无我有的良好境界。

是的，对于东川的崛起和富裕，我确实有着美梦一般的幻想。但我最大希望是，东川的崛起显现在物质与文化并存的建筑上，东川的富裕书写在普通百姓微笑的脸上。把东川未来的繁华隐身在高尚的文化里，让东川的美丽栽种在绿荫满街的树木和花草间，这抑或才是这个大山深处的小城真正的崛起与富裕。

我不禁在自己绘画的蓝图中想象，在未来的东川城里，四处可以看到绿色的树木和草坪，街边有幽静的茶吧画廊和图书馆，路旁有芳草奇石溪水流淌，公园里可见老人们在欢笑，游乐园里可见可爱孩童在玩耍，小媳妇们有耐心的丈夫陪伴，年轻的小伙子身边都有漂亮的姑娘。

我希望是这样，希望地图上这个红点变成一个这样东川。

到那时，如果我还有力气行走，我想我会不惧路远再到东川。我会在那些芳香淡淡的缅桂花树下走一走，在那些熟悉的小道上找寻曾经年轻的脚印；或许还会找个幽静的茶室或画廊坐下来，欣赏一道风景，忆想一段往事；或给同行人讲述一个已经走远的故事……

五

我喜欢幻想。所以对于东川的未来，总是抱有一种近似于幻想的祈愿。但我唯愿东川的明天不是诗人的幻想，而是东川人用智慧和双手创造出来的美好现实。

凝视东川，地图上的东川。

凝视东川，我心魂里的东川，我深爱的东川。

我凝视着你辉煌的历史与无数苦难的过去；凝视着你崛起的今天，展望你美好的明天。

红土印象

一

去得次数太多，似乎很难把我对红土地的印象一次说清楚。只能选取其中两次特别的经历来讲。或许只有这样才能把那个地方留给我的深刻印象和特别感受说得明白。

第一次去红土地是十年以前，一个夏秋交替的时节。

那时东川峡谷很闷热，白天男人穿短裤女人穿薄裙。即使到夜里，扑面而来的晚风也没有一丝凉意，甚至有些像电吹风喷出的热气那般烘人。上红土地那天气温亦然，朋友们始终热情高涨兴奋不已。唯有我，与众不同地，受到寒冷的袭击。

被冷哭。是第一次红土地之行在我心里留下的记忆，也在是后来的日子里，与人谈论起红土地的时候，我唯能瞬间记忆起来的事情。

记得那时已经过了中午，我从半山腰处一个小村庄的农户人家里出来，独自一人步上红土坡路头去找跑散的同伴。红色的山丘一个连着一个连绵不断，仿佛没有尽头。我独自一人沿着前人踩出的盘山小路走了很久，却始终走不到一个视野宽阔，可一眼看尽低矮山丘的高地。我累了，双腿像被人抽了筋似的酸软。我停歇下来，举目仰视四周的山顶，发现自己脚下这条小路所通往的山头是附近最高的。于是，我提起精神，硬着头皮往上蹬爬。不知又爬了多久，终于在精疲力竭时，到达一个没遮没挡的红土坡头。

我在灼眼的阳光下放眼四视，一望无际的红土地层层叠叠地涌入眼帘。就在这一瞬间，我忽然感到眼球胀痛，眼前一片血红，继而漆黑。我感到冷，似有一阵寒气从天而降，从我的后背灌进前胸，冻得全身的血液凝固起来，酸痛的腿脚也在这一刻僵硬麻木起来。我努力站稳颤抖摇晃的双腿，张大眼睛环顾四野。延绵开阔的红土地上看不到一户人家，前后左右的山丘上没有一颗可以依靠的树木。我无力行走，且无处躲藏。于是我哭，双臂抱紧自己的胸口，哭得昏天黑地。

我知道我哭了，是因为我听到了自己哭的声音。当然，山上的温度会比山下低一些，但天气肯定不是原因。北方的冰天雪地也没把我怎么样，何况南方的初秋并不冷。更何况，红土地上阳光灿烂，白云蓝天，连一丝风都没有。

硬说自己被冷哭，显然是荒唐的。但当时就是这样，我独自站在红土地上放声嚎哭。

我从小象男孩儿一样痛恨哭泣，挨责怪受委屈统统不哭。有伤痛，我哭在心里。只有两种情形能让我会哭出声来，要么失恋，要么恐惧。我要否认前者，因为那时候不是恋爱的季节。但我确实哭了，哭得那么的悲伤，那么的忘乎所以，那么的宣泄和自然。

事隔多年，别的情形都已淡忘，唯有哭这件事能让我记忆犹新。

暂且放下第一次上红土地的事情不说，先说第二次，这次上红土地跟第一次有些关系。

二

是2002年的10月，秋季里天气最好的那个时节。

有位在北京工作的好友打电话来请我帮忙，让我在昆明接待几个来自北方和国外的摄影界朋友，带他们到名扬中外的世博园看看，或想辙儿弄辆好车，带他们四处走走。

那位北京朋友是我第一次上红土地的同伴，在中国文化部某单位工作，地道的云南昆明人，画得一手好画，写得一手好诗，跟我这个异性学友一向以哥们相称。我上北京时，他把家里的钥匙丢给我，任我在他那间挂满油画的豪宅进进出出，或随意招待那些跑来聚会的狐朋狗友。他喜欢吃我做的云南腾冲菜，喜欢我用普洱茶煮咖啡的怪味，喜欢带着我跟新朋旧友出去四处撒野，曾想把我调到北京陪他一块儿吃喝玩乐，怎奈我是家乡宝不想去北方生活，于是在痛骂我不够哥们之后他显得很失落。虽如此，他仍拿我当哥们，凡我的亲戚朋友到北京公干或旅游，他亲接亲送像款待伺候自己的亲戚朋友。他从未让我帮过忙，这次难得让我在昆明接待他的朋友，我岂能不赶紧答应他以求投桃报李。

我有些像昆明人笑话的大口马牙那样，大口大气地跟他说，昆明世博园就是我们家的后花园，保证车接车送中间还有人陪同，且可以请朋友为他们当向导报树名，数说尽全世界的花花草草。除看世博园，他们若想再看看丽江、大理、西双版纳，本哥们也全程陪候义不容辞。

“真的吗?”北京朋友问我，“那红土地呢?接着说?”

电话那头没有听到下文便嘲笑我，怕鬼就把鬼看清楚，以后就不怕了。

北京朋友显然记得我那次在红土地出洋相的事情，所以他让我以毒攻毒，重上红土地去治伤。其实，那时候的哭并不是什么伤，只是一种超自然环境与个人情感交织在一起的，心情。这种心情很复杂，事后也说不清道不明。于是我告诉他，那次在红土地上嚎哭的伤痛已经痊愈，谢谢你给我机会再上红土地，上去寻找曾经让我感到过恐惧的秘密。

他问我要去红土地寻找什么秘密，我没有说破。因为连我自己都不知道，那个秘密到底算不算一个秘密。

几天后的傍晚，我在昆明机场出口大厅接到三个提着铝皮箱子的专业摄影师。

三人皆为年轻男性，两个各来自北京和青岛，矮个儿的姓杜，高个儿的姓汪。另一个来自加拿大，叫麦克·鲍菲，据说爹妈的祖籍在苏格兰。

我把三人带到昆明饭店安排住宿，准备在吃晚饭时把在昆明景区游玩的日程对他们做个交代。可是没想到，刚进房间安顿下来，还未等我请他们到餐厅吃饭，这三个男人就像准备战斗一样打开各自的铝皮箱，把大大小小的相机和一堆笨重的镜头拿出来擦拭摆弄，相互间说话的内容无外乎摄影，但几乎全与东川和红土地有关。

我瞬间明白了，这三个男人多半是冲着红土地来的。他们或许并不想在昆明逗留，也不想到其他地方去兜风观景。此时，他们完全处在去红土地的兴奋与激动当中，以至从北到南坐了三个多小时飞机，应该吃饭和休息都觉着不重要了。更可笑的是，两个北方男人全然迫不及待，就像小男童摆弄变形金刚一样，齐齐嚓嚓往各种相机上拧转着那些炮筒子一般又粗又长的镜头，并把几个三脚架拉开伸长的支稳在房间里，上下左右地摆弄不停。那架势，好像红土地就在这家酒店的大楼后面，拉开窗帘他们就能扫个痛快。

我注意到，那位黄发碧眼的老外没怎么摆弄相机，而是打开背袋包，把不知从哪儿弄来的一堆图片和照片铺得满床都是，像一条长毛虫那般爬跪在床边的地毯上，将那些五颜六色的图片和照片顺头一二地，排放得整整齐齐，然后从头一排开始浏览，并从中捡起几张红土地的图片捧在黄毛茸茸的手里，一张张地品味，一幅幅地欣赏，一双蓝得发青的眼睛里闪烁着无限的惊叹与迷茫。

“Will you do me a favor?”他抬起头，很认真地问我是否能帮他一个忙。

我点头，“I'd be happy to help you in any way I can。”表示愿意尽自己的能力帮助他。

听我能用英语回答，他显得很高兴，好像找到一个可以对话的人。接着，他非常礼貌地问我，去红土地需要准备一些什么。见他脚上穿着一双很休闲的羊皮软鞋，我建议他最好能换一双方便行走的旅行鞋，并且多卖一些感光度好的胶卷；因为你会发现那里有许多山路要走，有许多值得拍摄的好风景。当然，我得跟他说明这是我个人的建议，他可以按照自己的愿意行事，对外国人讲话只能这样。于是我又把这个意思补充表达给他，“It, sonly a suggestion and you can do what you please。”

“Ok, thanks for the advice!”

他说，是的，你的劝告很有用，这很重要。然后兴味盎然地，把一些红土地的图片捧到我面前，让我跟他一起欣赏。或为了跟我拉近距离，他操着夹生的中国普通话问我，东川离云南有多远，红土地真有照片上那么美吗。

我仍然用英语告诉他，东川离云南并不远，因为它就在云南本土。但是红土地离你所在的昆明很远，有差不多有170多公里那么远。还有，别再看你手里那些图片了，红土地的美不完全反应在薄薄的图片上，你得亲眼去看看，那些山的色彩能从你的眼目一直渗透到灵魂里去。用你习惯的话说吧，东川的红土地是上帝的花园，值得你为她远行万里。

这个外国男人拼命对我点头说“上帝的花园？OK，我相信你。”

鲍菲仿佛要让我相信，这正是他不远万里来到中国的原因。他说这些红土地的图片是两个法国朋友送给他的，他不相信人间竟有这么美丽的地方，所以他要亲自去看一看，用他的眼睛看见图片上的那片神奇的红土地。可是中国太遥远且太广博，他虽然曾经在广东工作过几年，亦然分不清这个国家的西东南北。更糟糕的是，他的法国朋友无论如何说不清楚从加拿大去中国红土地的路线，所以只好把这些图片的另几个主人的姓名和地址给他。他拿着朋友给他的朋友的姓名和地址，迂回了大半个地球，终于在北京找到那个说得清红土地方位的中国朋友，并在他的指引和介绍下来到昆明，认识了我这个最直接的向导。

两个北方男人的情况似乎比鲍菲好得多，从他们决定去云南的红土地，到他们乘坐的飞机在昆明机场降落，只用了一天半时间。他们是我北京朋友在异乡的同类和哥们，只不过他们不画画，他们绘画的工具是照相机。他们从未到过云南，只在云南哥们那儿看到过许多名山大川的好图片，觉得其中的红土地值得一去。于是他们纠缠云南哥们，让他无论如何找个云南本地朋友接待他们，陪同他们一起上红土地。我的北京朋友答应了他们，说只要他们到了昆明，自有最哥们的云南哥们接待他们，并带他们到想去的地方。他们原以为，在昆明等他们的这个哥们是男的，给他带了几条北京大前门。可没想到，他们在机场却看到个穿裙子的哥们跑来迎接。这是哥们说的那个昆明哥们吗？瞧这小脸小嘴小身材板的小模样，能带我们上红土地吗？

他们当时有点懵，心里完全没底。要不是悄悄打电话向北京哥们证实得知，接他们的昆明哥们的确是个女的，保不齐还以为我是个骗子哩。

鲍菲倒没去想这个朋友应该是什么性别，他只是高兴。这里有个女性朋友可以陪伴男士们一起旅行，一起上红土地，他觉得这很浪漫，很有情调，也很幸运。他从地球的那一端跑到地球的这一端，在寻找东川红土地的路上走了整整十六天，途中没遇到过一个能够跟他亲切交谈的女性朋友，于是这段旅程就变得既遥远漫长又孤独乏味了。他在北京找到那个朋友时，似才结束了那漫长的孤独和乏味，而且终于看到有个热情的女朋友等在这里，并可以带他去到梦想中的红土地，他当然没有理由不高兴。“但这很辛苦。”鲍菲如是说。

两个北方男人说，不管五湖四海，朋友的朋友就是朋友。

于是我想，这个世界真大，这个世界同时也很小。大到人们天南地北互不相识，小到人们为着一个目标聚在一起，成为彼此信任的朋友。

于是我又想，红土地的昧力和影响实在不容轻视，就连老外都不远万里跑来瞧它，我这个离红土地最近的人，真不该去了一回就不敢去第二回。我需要再去瞧瞧，就像北京朋友鼓励时我说的那样，去瞧瞧那块土地上究竟有什么，是我那次光顾着嚎哭而来不及发现和看清楚的东西。

两个北方男人的性子显然有些急，想当天吃过晚饭就动身去东川。鲍菲不同意，说他们国家的人做事情习惯以安全起见。所以他不同意走夜路，坚持次日再启程。在昆明饭店里的佳宁娜吃过晚饭，我们转移到主楼大堂的二楼咖啡厅。大家坐在一起休息聊天，主题还是东川的红土地，以至于让那个习惯喝咖啡的老外鲍菲，在服务小姐毕恭毕敬的询问中，无意间跟我们说了一样的话，要了一样的茶饮。

这次谈话让我再次确认，这几个朋友一心只想去东川红土地，无心逗留昆明。

我赶紧跟在世博会工作的朋友打电话，取消第二天瞧树看花的日程安排。接着又赶紧通知那位事先说好借车的朋友，让他马上把汽车开到酒店来备用。

半小时后，在烟草集团上班的朋友把他私人的丰田吉普车开到酒店停车场，将车钥匙抛给我说油已加满，跑红土地两个来回都没问题。又说车了备了两箱矿泉水和饼干，保证几个人在野外三天饿不死。车子的问题很快就解决了，却出了另外的问题。晚上，我送来客们回房间的时候，三个男人因为谁开车上红土地的问题发生了争执。

他们看到了那辆黑色的奔驰吉普车，听说是我开车上山当场就毛了，死活不同意。我老马识途又能开车，可他们大男子主义，因我是女人而信不过我。他们要求由他们来驾驶汽车，我来给他们指路。我坚决不答应。不是我小瞧他们，而是我不放心他们。曾经有个北方朋友跟我们到昆明西山旅游，轿车的方向盘在他手里好像端着个大铁饼，还没到半山腰就打退堂鼓和我交换场地，还挺要面子地说，这么多的急弯陡坡叫他瞅着眼晕，不想承认北方平原与云南山林地带的区别。我量这两个北方男人没开车走过什么真正的山路，何况东川乌蒙大山的平均海拔有四千多米，从昆明出发到东川的路程有一百六十多里，到红土地还有六七十里，他们不开晕，也得坐晕了。显而易见，眼前这几个男人虽然自信会开车，但他们并不熟悉云南的山地路况，且上红土地的路弯多坡急，万一有个差错和闪失，我如何跟北京的哥们交代。我不能让他们动车，我不能冒这个险，更不能把借来的车子交到他们手里。

我们就这么僵持着，互不妥协。实在没办法，我只能再联系那个车主朋友，想请他开车陪同前往。幸好，这位朋友事情不多也够哥们，稍做安排就赶过来了。

第二天清晨8点，我们从昆明出发到东川。在东川城里匆忙吃过午饭，沿着我知道的新杨公路，经乌龙去到离城五十里外的新田，上红土地。

上红土地这一路，三个男人可把我和我的昆明朋友折腾惨了。

车子过了新田乡的花沟村后，沿着山道蜿延爬行在上山的路上。这还没沾着红土地的边呢，三个男人就激动得大呼小叫起来，一会儿让把车子开慢点，一会儿让车子停下，兴奋不已地端着相机猛按快门，以为太阳光下那些泛着点红色的大山就是整个红土地。我怕他们跑迷路，从车窗里伸出头去喊他们，说这是去红土地的半道，真正的红土地还在上面，不要在这里耽误太多时间。三个男人嘴里应着，脚步仍往公路左右两边奔跑，就像是上足了发条的玩具狗一般停不下来。我看得出，这几个男人被红土地迷住了，就连沿途的风景也觉得美不胜收，也不想放过。就在他们第三次喊停车，跳出车门离开公路奔跑时，危险发生了。

两个北方男人跳下车上山奔跑时手机掉在公路上，自己却毫无察觉。我的昆明朋友怕对面来车压坏手机打算去拾。为了让出对方车道，他在窄长的公路右侧停车熄火后，匆匆跳下车去捡拾公路中央的手机时，竟然没有拉死手刹。

我坐在驾驶副座上，眼睛注视着奔跑向公路中央的昆明朋友，身子却明显感觉到坐椅在动。我以为自己没坐稳当，赶紧端正身体离开座背。可是我的身体离不开座背，它万有引力地粘牢着我。我立刻反应过来，不是我没坐稳，而是座下的汽车在移动，它正载着我往坡下缓缓滑退，往右下方的山箐滑退。我则眼看到，坡下二十米开外是一个万丈深崖……

我伸出软弱无力的手抓住手刹大声呼叫，快回来…救命呀…

我的惊声尖叫不仅吓得昆明朋友魂飞魄散地返身奔来，就连跑在公路前方山坡上拍照的三个男人也扔下相机飞奔过来。

当昆明朋友飞身跳进车门的一刹那，我想他肯定是送死来了，他想跟我同归于尽。可是我看他并不像来送死的样子，他忙乱的表情里有一种自持的镇定而没有丝毫的恐惧。

"放开手刹，放开！"昆明朋友在喊叫中拼尽全力扣拉方向盘，努力地着改变车身下滑的方向，让汽车依着自然下滑的惯性往公路对面的山壁撞去。

我瞬间知道了什么叫做千钧一发，什么是不怕牺牲睿智冷静，什么是秒的速度。如果时间来得及，我想我还会用不断闪现脑海的，排山倒海的形容词来赞美他的勇敢，同时批判自己的胆怯与慌张。另外我想，我们不会死了，大不了闹个二级伤残终身卧床。当车子滑着退着，撞上对面的红土山壁停下来时，我惊喜地断定，我们没残，但车屁股肯定残了。

"没事，只是后保险杆断了。"

我的昆明朋友把汽车查看一番，拍拍脏手这样口吻轻轻松地安慰我，着实有些昆明伙子处险不惊遇难不慌的懒散模样。其实我心里知道，他特别慌张，他不敢再吓唬我啦。

抹着额头上的冷汗，我看看同样是一头冷汗的昆明朋友，看看三个奔车头前面目瞪口呆的摄影家，心想，如果有人问我什么是惊心动魄，我肯定会告诉他，是有人在坡道上没拉汽车手刹。但是我要忘了这种惊心动魄，我不想让任何人用生命去体验这种惊心动魄。猛又想，如果没有公路对面那道结实的红色山墙，如果没有这方红土和蓝天保佐，此刻的我，恐怕正在魂荡渊谷吧。

我保住了性命，于是，我爱上这块充满灵性和仁爱的红土地。

我至今感念红土地的恩慈，她或许知道我是好人，所以她不会让我在还没领略到生命与泥土的关系时，就让我把性命匆忙归还于她。她或许想让我再看一看，看看她身边的那些大山，看看她四周这些红色的泥土，看看她柔情与宽厚的本质。

我们在一座山的半山腰处一个农家大院里停车，步行走上红土地时，已经是下午五点多了。适才从半山腰处往上走时还看到太阳当顶，可眼下太阳已经下降偏西，不久就该日落西山了。此时，眼目中的红土地在夕阳的辉光下虽然仍旧色彩绚丽，但东面几座大山投在红色山梁上的阴影很重。在相机镜头里，此睦的红土地最多只能看到一片红色丘陵被山影遮挡光亮的重重叠阴。但是我身边那群男人们仍然兴奋不已，他们仍然抬着炮筒子一样的相机在红土山上一通疯跑，一通乱扫。

见三个男人对红土地如此着迷，我的昆明朋友把他的相机扔给我，说，“我怀疑他们是不是技术过硬的摄影师。难道他们看不出来，眼下的红土地与他们带来的图片相比，在样子和色彩上都有很大的差别。要不然，就是我的相机不如他们的专业，他们的相机镜头里能看见的光和颜色，我的相机看不到?”

我举起昆明朋友的相机从镜头里看出去，远处的大山是墨青色的大山，大山投在红土地上的阴影所形成的斑驳光色非常模糊，有的地方甚至漆黑一片。我虽然不懂摄影，但我看过许多专业摄影师和朋友们在红土地上拍摄的作品，也跟他们一起评论过那些被称为败笔的照片，知道光线和色温对摄影的重要。想必，把这个时候的红土地拍在胶片上，无论色彩还是山型，还原都不会很好。所以，我对那几个不知疲倦的人难以理解。

“天都快黑了，他们还这么疯跑，脚刹不住车了。”我的昆明朋友有点急了，“你问问他们，想拍到什么时候?”

我不知道，但以我的经验，往常这个时候该是摄影师们收工下山的时候，或更早一些的时候，那些懂照相的人就收兵回城了。这是我知道的，人们必须在这个时候下山。因为此时在山顶上看天是亮的，没等下到半山腰天就黑定了。我还知道，这里高山档亮，道上又没有路灯，下山的路不好走。所以很少有人在山上玩到天黑，除非那些上来就没打算下去的守夜者。昆明朋友让我赶紧采取行动，问那三个摄影狂是要下山，还是打算在山上当山大王。

近七点时，昆明朋友把三个各奔东西的男人找拢到一起，让我把自己知道的，关于在红土地拍照需要了解的事情告诉他们，目的是为让他们做出决定，下山，还是继续留在山上等候明天来临。他们说当然要下山，但还得稍等一会儿，他们准备把刚刚上了膛的子弹打光。我明白了，他们适才躲在山坡下猫着是在换胶卷。我的昆明朋友显然有些不耐烦了，因为他饿了，他嫉妒那三个男人不饿，他催促我命令他们收拾家伙下山回城。我没有照办，反过去命令他再等一等，别让客人以为咱云南人做人待客不地道。

其实，我完全可以就此宣告旅行结束，带这三个男人下山回城。因为他们已经看到红土地了，而且这一路上拍了不少与红土地相关的照片。关键是，他们已经显得很满足了。但我不忍心这么做。因为他们来路太远，他们只是站在这些红土丘上，他们并没有看到真正的红土地，没有拍摄到他们应该拍摄到的照片，甚至没把扛上山来的那些长枪短炮和器材设备用到极致。我们不能催促他们，让他们尽情跑吧。为了对得起北京朋友对我的托附，为了那个不远万里来到中国红土地寻梦的老外鲍菲，为了让他们看到更美的风景而不虚此行，我想我必须这样做，必须让他们知道，那些拍在胶片上的红土地，还不是他们应该拍到的，最美的红土地。我的昆明朋友表示理解，说我这个哥们做事真够哥们。

三个摄影家带着感激接受了我的说明，并顺从我的主意，到山丘附近的农户家里去借宿一晚，原地呆在山上等待明天的来临。

傍晚，我们借住在半山处的一户老乡家里。

是个小围院，院里种着几棵树，一幢老旧的房子有五六间屋子，中间一间大的是客房皆吃饭的地方，地面是水泥磨石地，墙是白灰刷的墙，墙腰下刷过半截子绿油漆。客厅旁边有道门通向后围院，后围院里有幢两层的小楼，墙下堆着几捆小树烧柴和干枯的豆杆，依着后墙搭建的偏厦下面是个厨房。

这户老乡家里人口不多，仅有四个成员。一个六十多岁的老大爹，是这家里的户主，平时守在家里种花养草接待客人。一个老大妈很少露面，有个二十多岁的年轻男子和一个年龄相仿的黑俏女人，是大爹的儿子和女儿，仿佛是这个农业家庭的主要劳动力。另外，还有一匹黑黄相间，身壮如虎的看门大狗。大狗并不凶恶，而且能训练有素地跑到院子门外来点头迎客，把客人送进堂屋后，自行跑到院门后面爬下来守门，是一只尽职尽责尽忠尽力的好狗。上次到红土地是住在山上的村户人家，家院大小和环境与此户相仿，生活水平差不多，主人待客做人也很真诚实在。不同的是那户人家有一个儿子两个女儿，并且二老膝下还有两个孙儿。

居住在红土地上的农户不多，但沿道往上的公路边都有人家，而且家家户户情形大抵如此。红土地上的老乡不太似这方泥土的色彩那般爆热，说话很温和表情很亲切。他们总是自然而然地欢迎每一位客人的到来，自然而然地跟人相处，自然而然地拿出家中最好的食物来款待客人，让你自然而然地享受那份宾至如归的自然心情，就像他们自然而然地居住在这里一样。

我们被安排在后院小楼住宿，老爹的女儿分别把各人的旅装行头搬到属于他们各自的地方。我们晚餐吃的洋芋焖饭，一盘萝卜干和茄子鲊拼成的咸菜，一锅黄灿灿肉嫩汤鲜的土鸡。饭后，我们以每个人一百元计算，把住宿钱和吃饭钱算给大爹。大爹好像没反应过来，没伸手接钱。我说，我们五个人要在这里住一夜，加上今天的饭钱，一共给您五百块。如果不够的话，我可以再加。大爹接过钱看看，退了二百给我，说，五个人三百块吃住足矣，明早起来还可以吃一顿鸡汤鸡蛋面。我们拗不过善良固执的大爹，只好照老人家说的办，给三百。这时鲍菲硬把一百元塞到我的手里，固执说AA制是旅行者的规矩。

吃完饭没别的地方去，鲍菲提议看看电视。我见客厅的矮橱柜上倒有个半新不旧的黑白电视机，就去拧开。可能没有外接天线的缘故，十个台有九个台雪花飘飘，噪音不小，没法看。女孩子边收拾碗筷边说，这个电视机只有白天瞅得见人影，晚上只能听见人说话，真是没法看。又说山上晚间有些冷，她去灶房生个火炉来给我们烧洋芋烤白薯吃，让我们先看看屋里那些照片，都是住过这里的客人照完从远处寄来的。我们便开始浏览挂在屋墙上那些红土地的照片。

只见大大小小的照片挂得整整齐齐，并且下面都有作品者的签名和对老乡的祝福寄语，更多的语言则是赞美红土地上的风土人情。这时大爹从里屋拿出一本练习簿来，请我们在上面签名写字留念。两个北方朋友还没反应过来，老外鲍菲已把本子抢到桌子上去了，并摇头晃脑煞有介事地往本子上写些英文字，然后递来给我，让我翻译给凑过来瞧的老人听。未想，我还没念到一半，老人就说他知道那些字，说外国人来过很多，他们在这个书本上写的外国字无非是中国云南、红土地，美丽神奇，像诗里说的天堂一样好看。鲍菲激动地伸着大拇指赞叹大爹的聪明，说，yeah！ yeah！然后拿出红土地的画片给老人看，让我告诉老人这些图片在欧洲和全世界都能看见。老人听罢轻轻地点头，脸上是一种宠辱不惊的淡淡笑容。有我在中间两边说话，老人与鲍菲自然地交谈起来。

两个北方朋友大为惊讶，问我大爹身居大山如何听得懂英文。我告诉他们，红土地上南来北往的游客旅人很多。不少外国朋友和摄影家到这里来都会选择住在山上老乡家里，跟农户们同吃同住一段时间，并像鲍菲这样，把自己国家的语言连同赞美红土地的方式传播给他们，以至他们对一些简单的英语词汇能听能懂。我的昆明朋友坐在堂屋门槛上正抱着巨狗大花玩耍，听到我们的议论就插话进来，自豪地告诉他们说，不止是东川红土地上的人懂英语，这样的事在云南其他的大山里随处可见。又说云南的山民对几百年前就步入深山为上帝传达福音的老外们司空见惯，甚至不识中文的老阿妈捧起五线谱起还会唱诗。两个北方男人大为惊叹，说真这是不可思议，并粗口说云南人真是太他奶奶的聪明了。我的昆明朋友取笑道，你们说对了，云南人的奶奶都那么聪明，所以就连云南奶奶养的狗都聪明。大狗像是听懂了这句话，讨好似的把头靠近我昆明朋友的胸膛里，再转过头去朝着我们的两个北方朋友眨眼睛。

这时，老乡家的女孩端来一个土火炉子，随后又端来一铜盆漂洗干净的大白薯和新洋芋，并亲自把它们前后左右地堆在火炉上下烧烤。于是，我们围在堆满洋芋和白薯的土火炉子前，听我的昆明朋友给三个外来朋友讲云南大山的故事。他围着滇池转了一大圈，说着说着又回到了红土地。两个北方客人听得心驰神往，挺佩服我的昆明朋友能说会道，说他们退休之后定要走遍云南。

鲍菲倒很现实，他希望趁年轻力壮的时候跑遍全中国最美丽的地方。他希望昆明朋友教他一首中国古诗，等他回到拿加大碰上中国人时，他就可以骄傲地告诉他们，他不仅到过中国许多地方，也了解中国的文化。昆明朋友悄悄跟我嘲笑鲍菲，说他念过唐诗三百首也没把中国文化整懂呢，这个傻老外单凭学会一首古诗就敢说了解中国文化，牛吹大了。我埋怨他说，你废什么话呀，外国朋友想了解中国文化是好事，你就教他一首最有代表性的诗，让他感觉自己很有学问就是了。昆明朋友抱着脑袋想了半天，似终于想到一首合适的了，操着昆明“马普”跟神情专注的鲍菲念道，“离离原上草，一岁一枯荣，野火烧不尽，春风吹又生。”接着，他摇头晃脑跟鲍菲解释这首古诗的含义，但说得有些乱了。鲍菲越听越迷糊，终于忍不住，小心翼翼地问他，“…你说哪里的野草被烧了？谁放的火？”

两个北方男人顿时爆笑不止。我的昆明朋友被鲍菲气得抱头鼠窜，继而暴跳如雷，大呼对牛弹琴。我也被鲍菲的提问弄得啼笑皆非，忍俊不禁。心想，鲍菲并不懂得中国诗歌的意境需要用心灵去体会，他需要依靠具体的事物来说明一种现象的成因，可能这就是中国文化与西方文化在理解上的差别所在。好面子的昆明朋友又跟鲍菲解释半天，横竖还是说不清楚，就气急败坏地指着我，让我用英语告诉鲍菲，所有自然灾难和一切帝国主义的侵略和威胁都是野火，我们中国人就是那些踩不倒烧不死的原上野草。昆明朋友这下总算是把那首古诗的意思说清楚了，可惜他这些情绪化的意思只能用中国话跟中国人表述清楚，如果用英语直接翻译或解释给鲍菲的话，他是不会明白的。我想，至少帝国主义跟这首古诗的联系就有些牵强，照直说会让鲍菲在对中国诗歌的理解上产生没有必要的误会。所以，对昆明朋友让我翻译给鲍菲的话，我只是照原样翻译了前半截，并把中国人对待生命和生活的积极乐观的态度，向这位外国朋友做了简单扼要的阐述。

鲍菲这回全听明白了，并且显得十分感慨。他用英语跟我说，中国的诗歌很伟大，很短的语言就可以把这个东方民族的伟大精神表现出来。而英语是做不到的，因为这些意思太复杂了，需要用很长的词汇去加以说明。他又向我的昆明朋友称赞说，中国人把自己比作烧不死的野草，真是很了不起。你也非常了不起，你教会我一首中国最好的诗歌，我会把它和你一起记在心里。昆明朋友又跟鲍菲并肩坐在了一起，并用大白嗓唱中国的京戏给他听。于此，这场语言官司才算在恢复友好的气氛中结束。

我很高兴，并觉得这个夜晚很有意义，起码又有一个外国朋友爱上了我们博大精深的中国文化。

晚上，同行的四位朋友两人住一屋，我独自住一屋。

这户人家很干净，床铺上的被单都洗换过。屋里有简易的塑料衣柜让客人放穿戴行李，床下有灭蚊器，桌上有治蚊虫叮咬的花露水，想得很周到，用心很体贴。两个北方朋友住东头屋，或是爬山劳累，他们睡得早。我的昆明朋友和鲍菲住在我隔壁，我听见他们一直说话到深夜，好像是鲍菲在向中国朋友学习汉语。我怕次日起不来叫醒朋友，特意把手机闹钟调到凌晨五点。

手机闹钟响的时候，我从睡梦中醒来，心奔向红土地，身体还在床上犯懒。我从床上爬起来穿好衣服是 5 点 20 分，准备跑到院子里去梳洗同时叫醒朋友们，却发现外面的天还没亮。而且糟糕的是，我发现自己比同行的朋友们起晚了。更糟的是，我发现他们一个个整装站在楼下，望着院子上方的天空发傻。我抬头看天，黑蒙蒙的天上飘着小雨。

不会呀，我奔下楼梯跑进院子，伸长胳膊展开双手，芝麻粒大小的雨点落在我的手心和头顶。我焦急不已，心想昨天晴得好好的，蓝蓝的天空，白白的云彩，怎可能隔了一夜就变天下雨。老天爷太不够哥们了我想，过了今天再下雨，给我点面子不好吗。四个男人不言不语地走进前院堂屋里，坐的站的呆若木鸡。见他们神情沮丧，我真急了，心想自己这回算是闯祸了，因为是我硬把人家留下来的。且不说这种天气出去拍不成什么照片，就是改主意下山进城或打道回府，那也得等天晴了才能走。可是天什么时候才会晴，谁知道。就这么傻等吗，把一帮行色匆忙的朋友留在这个上不沾天下不着地的地方等待天晴，显然是件极其荒唐的事情，却又是无可奈何的事情，万一等个十天半月，雨不停呢。

我正发愁呢，老爹喊我们吃饭。

老爹端来一大盆青菜煮的鸡汤面，家里妹子手里端着一个大盘子，油煎荷包蛋层叠层叠得好高，足有二三十个。我从未见过这么轰轰烈烈煎鸡蛋的，就好像那些鸡蛋可随便从地里捡来而不花钱。忽想起昨天进院门时看见篱笆下面跑着一群啄食的大母鸡，足有二十来只之多。心想，这家人永远有轮番下蛋抱窝的母鸡，难怪这么慷慨激昂地拿鸡蛋招待客人。

摆好桌子和碗筷，老爹见我们不动筷，就催大家赶紧吃，说吃饱肚子好赶路上山。

我们五个人齐刷刷看向老爹。外面明明在下雨，不知老人如何出此昏话。

老爹见我们一个个表情迷惑不解，笑说，这场雨等不得你们出门就要停。在山上，秋天的早雨就像过路的风，糊弄一阵也就过去了。还说，小雨过后，红土地的颜色更好看。

“你们赶紧吃东西吧，多吃些，吃饱些，出去走山路爬坡是要把力气的。”

没等大爹絮叨完，几个男人饿虎扑食一般奔到桌子跟前把起碗来稀哩哗啦，三下五除二就把一大盆子面条扫个精光。我动作慢些，只赶上吃盆底的碎面和鸡蛋，幸好家里妹子去厨房给我重新煮来一碗，尽管细嚼慢咽谁也不敢来抢。

大爹说得没错。这阵雨果真没下长，6 点不到就停了。

我们摸黑出门上山时，空气里还洋洋洒洒地飘着毛毛细雨，似是从加湿器里喷出来的水雾一般，滋润着秋天里干燥的空气。但奇怪的是，天上落雨，我们脚下的泥土路却是干燥紧固的。我的昆明朋友见多识广，他说那阵小雨对山地来说就好像人渴了要喝水，水喝到肚里身上是看不见水迹的。我渐懂了，有雨地不湿，是因为厚厚的泥土把那阵小雨吸收得无影无踪了。路不滑就走得快，刚过 6 点我们就到达一座山的高处了。

此时天色已经有些放亮，东方云层深处透出几缕亮光。

借着渐亮的天色和几缕晨曦的光线，见脚下四周的山丘缓缓凸现。抬眼看，远处是一座座相接相连的，层层叠叠的山群；更远处是延绵不尽的乌蒙大山，山峰被笼罩在弥漫的浓雾，显得神秘莫测。近处的山和远处的山悄然寂静，静得可以听见风吹草动的声响。当东方渐渐扩大的光亮使得天地间一片光明的时候，远处那些高山的轮廓、身形、色彩就清晰地显现出来，硬朗、陡直、气势磅礴、幽蓝近于青墨。

7 点 10 分左右，太阳从东边的高山背后慢吞吞地爬出来，像一玫桃红色的蛋黄被隐形的托盘托举在高山顶上。缭绕在山前的浓雾渐渐变薄变淡，从山后飘浮起来的云彩慢慢去往空中。

天正式地亮起来了。此时，我们惊异地看到，我们站立的山头不是最高的山头，我们眼前这片红土地也不是位置最高的红土地。放眼望去，四周远远近近的地方，还有许多更高的红色丘峦，它们一座接着一座，圆阔而平缓的山头向四方伸展开放，似乎没有边沿，也没有尽头。就好像，这边的山脚连着那喧的山脚，这山的肩比着那山的肩，一层叠一层地连成绵绵相接的一片。此际，在这些层层叠叠的，没有尖突峰芒的，没有茂密林木的丘峦上，金黄色的油菜花和淡紫色的洋芋花与白色的荞麦花竞相盛开着，与大片空阔的，殷红湿润的泥土形成强烈的色彩反差，仿佛大自然挥笔绘成的图画。

是的，满目殷红的泥土。

我想起第一次上红土地的事情，想起北京朋友让我看清楚的鬼怪。即使心里不敢正视这片红色的土地，也鼓励自己张大双眼，往它身上发现秘密。

我大步走进红土地，踩踏着红色的土壤，在红色的泥土中寻找。我寻找了很久，捡拾了很久，把它们捧在手里观察了很久，最终认定，它们就是我要寻找的秘密。虽然这是一个我已经知道的，将信将疑的秘密，我还是需要亲眼看到，亲手拾到，亲自破解。

我在红土地上蹲了许久，有些眼晕，故而站起来把目光放远，眺望远处的青色山峦和高峻的乌蒙山巅峰，尽管它们在我眼中不尽是青色。是的，我想看看这片红土地所依附的乌蒙大山是怎样的苍茫，想看看盘踞在我心中的乌蒙大山是怎样一种豪迈，想看看乌蒙大山有何种引力吸引着我，并在我心灵深处留下挥之不去的山影。

就在我举目眺远的时候，看见天上的太阳有些异常，它好像在动。不止是太阳，太阳光仿佛也在动。不，太阳没有动，太阳光也没有动，是太阳四周那些色彩怪异的云在动。

我看清楚了，是云彩在动。我的眼睛一眨不眨地盯着天上，盯着那些原来成团状块状的云朵，在晨曦笼罩的高空中翻腾变型，变色，扩大、浓缩、向上拉长、铺垫、瞬间变成台阶状的紫霞云梯，一层层由深而浅地，往高远处延伸而去。

我没有做梦，天上的云朵在我的注视中变化成云梯，紫色的云梯。我没看错，天上的确有一道紫色的云梯。紫色云梯的边沿镶着金色的霞，紫色云梯的上方弥漫着一团红色斑驳的光雾，奇异、神秘。

“天堂!”

是老外鲍菲失控的喊声。

鲍菲说的是英语，我熟悉这个单词。在那些未被翻译和配音成中国语言的欧洲电影里头，在耶稣基督的教堂里，在众多相信这个单词存在的人眼里或心里，它显得无比神圣。我还来不及把‘傻瓜’相机从挎包里掏出来抢拍架在空中紫色天梯，身边这个信仰上帝的老外的手已经按下一串快门，并双膝一弯跪在地上了。

他在胸前飞快地划完十字，双手紧握放在胸前，微闭双眼默声祈祷。再睁眼时，那双看向上空的，蓝色的眼眸里闪烁着稚气和慌惶的，虔诚和洁净的光芒。

我不忍打扰麦克·鲍菲，因为理解他此时的颤抖与诚惶诚恐。虽然我不知道，我们看见的是什么景象，但我清楚地知道，我灵魂深处所能想象和梦想的天堂，想必就是眼中这样的形状和色彩了。只可惜，它像一个美梦，还不及让我们看够，就瞬息消失了。

此后，蓝天如洗，白云悠悠，红土地的秋天瞬息万变。

我们一行五人分成两队，两个北方男人一伙，我和我的昆明朋友一伙，麦克·鲍菲独自一伙，在红土地上转了一天，下午4点开始返程下山。

往回走时，鲍菲跑来与我和我的昆明朋友凑成一堆。两个北方男人离我们不远，情绪很不错，他们都拍了不少自己认为满意的照片。鲍菲自吹拍到不少好照片，并与我和我的昆明朋友说起很多关于“天堂”显现的事情。他说，他们全家都是虔诚的天主教徒，他们相信冥冥中有上帝存在，相信浩瀚的宇宙中既有天堂地有地狱，相信善恶终有报应。他说适才天上出现那道瞬间即逝的云梯，就是上帝吉祥的指引和好征兆。只是，他不清楚冥冥之中的很多事情，他得回去找个好牧师请教。我的昆明朋友显然不知道云梯出现的事情，说那时候他正巧躲到山坡背后的树林去小便了。听鲍菲说得这么热闹，他直后悔没忍住那泡尿。鲍菲不知道云梯出现的时候，那两个北方男人在哪儿。扭头问他们，他们说那时只顾找背阴处换胶卷往对面的山上跑，天上有什么他们没瞧到，好像并不太感兴趣。于是，鲍非没再跟他们多说什么，只是一路上小心翼翼地，照看他那个背相机和胶卷的大黑包。

后来鲍非问我，为什么总见我在红土地上埋头寻找，找什么。我说，找秘密，找我自己的秘密。有教养的外国人从不打探别人的隐秘，听我这么说，他便不再好奇了。

我们6点多回到东川城，在一家小饭馆吃晚饭。

云南菜必须放辣椒，辣椒放得太多，鲍非和两个北方男人都吃不惯。没办法，我只好跟饭馆老板商量，让我那位烧菜手艺一流的昆明朋友亲自下厨，我做他的帮手，另外做一些清淡的汤菜，好让外国朋友和远方来的客人吃饱。年轻的老板非常通情达理，不仅不另外加费还帮着我们做不放辣椒的菜。没有辣椒的五菜一汤重新端上桌子，老板笑容可掬地对和善的鲍非重复说着一个英单词，'索端，抱歉！抱歉，索端！'跟两个骂骂咧咧的北方朋友，他却大着嗓门嚷嚷说，不吃辣椒在云南得言语一声，真受不了你们。

依着鲍非不喜欢走夜路的好习惯，我们准备次日清晨返回昆明。两个北方朋友希望住得舒服一些，于是我带着朋友们住进新村路上那家我所熟悉的酒店。晚上，我们相约出来找咖啡馆，因为鲍非想喝咖啡了。

东川没有什么正式的咖啡馆，只有一些门店小得不能再小的冷饮茶店。我们溜溜达达逛了大半个东川城，在团结路背后的小街上选了一家看上去环境还不错，且有速溶咖啡卖的冷饮小食店。

店里有个四川口音的小姑娘把客人招呼进来后，往柜台下摸出几小包泰国生产的速溶咖啡，统统撕开来抖在一个小铁桶里面，提着水壶就要往桶里倒开水。我赶紧制止小姑娘的鲁蛮，让她把咖啡粉分开，分别装在杯子里再加水。小姑娘嫌麻烦，不肯照我说的做，继续往小铁桶里冲开水。我拾起装咖啡空袋子看看，发现上面打印着的有效日期是1993年，现在是2002年，过期整整五年。我让小姑娘喊老板出来，我得告诉他们，过期的食品不能卖给客人。小食店的老板娘很热情，见来客中有老外，马上吩咐小姑娘去后屋拿一罐没过期的雀巢咖啡出来。随后跟我们解释道，刚才那些咖啡是过期才扔在柜台下面的，小姑娘并不知道，她绝对不是成心这样做。把几杯咖啡端上桌子后，老板娘亲自送来一大盘南瓜子和油炸土豆片，说是免费品尝东川特产，而且对鲍非的态度好得不得了，似怕刚才的事传到国外倒了小店的招牌那般殷情。

我们五个人挤在一张不到一米的圆桌前，喝着小姑娘用土杯子盛上来的雀巢咖啡，听着昆明朋友半导体里的京戏，像相识甚久的老朋友友那样吹牛聊天，好像还挺浪漫的。

两个北方朋友跟我们说起青海和西藏，说起草原和雪山，说起所有他们曾经走过的名山大川，虽然也有许多令人叹为观止的湖光山色，有许多令人为之震撼的壮丽景致，但像这片红土地一样的奇丽的景象，他们是从来没有看到过的。他们没想到，红土地在他们的眼里会是这个样子，比他们看见过的图片和想象过的景色更加美丽，更加迷人。鲍非说世间名胜各有其美，鬼斧神工雕琢的自然山景固然美，但人类只能抬头瞻仰它们，而不能与它们相近相融。所以，说到自然风光与人和谐共美，还得数奇景天成的红土地。他喜欢人类可以靠近和走进的红土地，他喜欢有风情的地方。

听着男人们聊天，翻看鲍非递给我的影册，我才知道，眼前这个国外哥们是真正的行者和旅人。他的脚步遍及世界各地的天涯海角，他的图片尽收了天下美景和世间百态。这些图片上不光有山有水有景有物，也有世界各地的千奇百怪的人，男的女的老的少的，白的红的黄的黑的，美的丑的洁的污的，笑的哭的乐的愁的；年龄和肤色，境遇和情绪，大千红尘形形色色。我把三本画册看完之后做个比较，觉得风景图片多于人像图片，心想这位外国摄影师还是比较偏爱大自然的造物。

“送给你。”鲍非把我归还他的画册重新摆在我面前，掏出一支蓝色的美工笔，在三本画册的封面后页上龙飞凤舞地写上自的名字，“你可以打电话，可以用电脑上网，三个月后我就回家。”说罢，把他的住址电话和网址仔细地写上。

“谢谢。”我领了鲍菲的情，同时告诉他，“我至今不会上网聊天，但我会好好收藏你的画册。欢迎你再到云南来，到美丽的东川红土地来。”

“我会。”鲍菲激动地点着头，“我有朋友在这里，好朋友。”

大家兴味盎然地喝着不太好喝的速溶咖啡，兴致不减地说着属于东川的红土地和东川山外的世界。从东川山外的世界再说回东川来。两个外乡朋友对眼前的东川不大理解，说东川是一块被现代文明遗忘的处女地。昆明朋友不同意他们的说法，说来说去说不清楚就跟两人戗着抬起杠来。鲍菲听不懂三个男人争论什么就问我，我也做不到全部翻译，只能告诉他朋友们在争论东川是否落后。

“不不，”鲍菲立刻摇头说，“这个地方不落后，这个地方的自然资源很丰富，差一些经济发展。于真正的文明来说，是否拥有强大的经济和丰富的物质并不重要，重要的是经济和物质为人的精神服务。”

“老外哥们说得对！”昆明朋友得意得像有人助阵的勇士一样喊道，“开玩笑，东川可是千年铜都！别说是现代文明了，古代文明也没忘记从它身上钻矿洞捞矿藏，你知道东川的历史。”他用手指着我，“你跟他们说。”

怎么又是我，我拿眼睛埋怨着推我出来做挡箭牌的昆明朋友。昆明朋友问两个北方朋友愿意不愿意洗耳恭听，北方朋友表示愿意。于是，我把自己了解的东川现状向朋友们做完介绍后，从古至今把东川的荣辱兴衰简单地叙说了一遍。至此，两个北方朋友像是开悟和理解了眼前的东川，我的昆明朋友也这才心满意足了。

这时，那个北京籍的朋友跟我开玩笑道，“听说你曾经在红土地上鬼哭狼嚎？而且就因为你那场爆哭，十几个人去九寨沟的旅行计划惨遭夭折？”

我忽然很尴尬，没想到北京朋友问得这么直接，并在问话中使用那种过于北方男人式的，调侃的形容词。昆明朋友见我不说话，幽默地问我，是否真有这回事，是不是被昨天那场几年前不可预见到的汽车滑坡事件吓哭了。

我很狼狈，说昨天汽车滑坡我做梦都想不到，我那次上山是被冷哭的。四个男人拿看西洋镜的眼神看我，仿佛不相信也没听说过这世间居然还有被冷哭的人。继而，几个充满好奇心男人的异口同声，非让我说说那次旅行。

为满足朋友们的好奇，我跟他们讲起第一次上红土地的事情。

对我来说，那是一次把我从人生的低谷拉出来的，短暂的旅行；也是一段使我无法忘怀的旅行，好像从始至终都发生着不可预知的事情……

三

1998 年 8 月初，我和一帮朋友和同学在聚会讨论中决定放弃西藏之行，把出行计划改成滇川之旅。方向指定为，东川——昭通——四川，目的地，四川西岭和九寨沟。

8 月 6 日上午 10 点，我们开着三辆吉普车，九男三女十二人从昆明出发，沿昆曲公路（昆明至曲靖）和松待公路（松明至待普）向滇东北行进，于当天下午两点到达东川。

云南山多，出了昆明就能看到山，但数滇东北方向的山高而多。从崇明至寻甸的公路两旁都是山，但几乎都是平缓的丘陵山体，即使夏秋交替之际也可看见山峦上绿草青青，牛羊成群。出了寻甸县的大草坝子，汽车就进入东川境内，沿路可见道路两旁高山耸立，幽谷深深。这些山属于有名的乌蒙山系，庞大的山体连延百里，山峰高处可接碧天，那些飘飘荡荡的云彩，似乎只能飘浮在半山之间。

我们在一个叫做打马坎的地方全体下车，休息方便。此时，北京朋友双手叉腰站在路边一块石头上仰望高山，他说，离这儿不远的乌蒙山北峰后面就是著名的金沙江大峡谷，是当年红军长征走过的地方。他刚说完，就有个嗓子洪亮的男人引吭高歌，“…金沙水泊云崖暖……乌蒙磅礴走泥丸……”

这个男人一引头，所有男人都扯着嗓子唱起来。三个女人仰看高山不敢吭声，仿佛这样雄壮的歌是专门写给男人唱的，男人才唱得出当年红军上乌蒙渡金沙的悲壮。

十二个旅行伙伴是朋友聚会时凑在一堆的，大部分是大学教师，赶上放暑假就倾巢出动。九个男人其中之一是专程从北京回来发动此次聚会的哥们，另两个是从外地回来探亲的朋友，其余六个全是本土学友，他们几乎都是做绘画教学和摄影工作的艺术职业者。三位女士中除有一位是大学教师外，另一位和我一样做一般文艺工作。很显然，这帮背着相机扛着画夹上车的哥们是清一色的“好色之徒”，他们之所以选择这条线路外出旅行，其目的不言而喻。

别瞧这帮男人看起来悠闲浪漫，情趣高雅，实则都是些在现实中奔波忙碌的耕牛。我们之所以叫他们耕牛，是因为他们出门工作是耕种文化的未来，他们在家画画则是耕种自己艺术家园的一亩三分地，从来没有闲着的时候。听这帮男人在旅途中的议论才知道，他们中间最长的有十年没有出过远门，四五年没有长途旅行是普遍的，最短的也有两年没有过出门了。他们显然是憋闷太久了。他们把这次旅行的时间定在二十天，想是为长期的工作压力和生活的苦累，找个长长的出口宣泄一番吧。女人们则不同，她们跟随男人出远门的最大动力往往来自爱情。三个女人当中的一位是这帮好色之徒其中一位的妻子，另一位正与他们其中的一位热恋。而我，却是昆明人说的那种干草或孔雀，纯粹是去点蜡烛凑热闹的梦游者。

是的，我是被两位女伴从书桌上拉来的梦游者。我对这趟旅行毫无心理准备，因为我得了一场大病，正处于身心虚弱和自我封闭状态，而且我并不喜欢集体旅游。那天朋友聚会时，大家坐在一起商量旅行的事，我的心思还在寂寞的书桌边，在意想连篇的文字里，全然不知他们议论的事情跟我有何关系。我在女伴的喊叫中清醒过来时，只见她们伸着手管我要钱，说我得为她们把我从痛苦的文字深渊中拯救出来付费。我稀里糊涂地交了钱，却仍然没有反应过来，大家为什么事情凑份子。她们看我眼露迷惑就嚷嚷说，出门在外吃喝拉撒得花钱，十二个人实行AA制，所交之钱多退少补。于是，我这才心颤地发现，敢情我趴在桌上写一年的稿子，还不够一趟旅行的费用。我不想出门，问她们可不可以退出这趟旅行，并开玩笑说，因为挣钱不易，所以花钱心疼嘛。女友得意地嘲我嚷叫说，交出去的钱就是泼出去的水，你现在后悔可来不及。怕女友骂我小气，我小心翼翼问，交了钱不去还不行吗。她们说不行，交了钱就必须去。说，我们被钱奴役太久，难道就不能让它暂且轮为奴隶而让我们快活起来吗。这笔钱是友情和快乐的奴隶，我们要因此快乐起来。是啊我想，或许我应该跟大家一起出外走走，好好享受这趟放松身心的旅行。毕竟，我的女友们用心良苦。我就这样从孤独中走出来，跟久违的朋友们一同上路，去大自然中去寻找那些被遗失的快乐。

我跟我的北京朋友在一个车上，汽车由一个画家朋友驾驶。男人们谈笑风生，说如今这个时代，仿佛就是一个提倡花钱买快乐的时代。城里的各种娱乐场所让人眼花缭乱，歌舞厅夜总会比比皆是，而远离都市的度假区里什么玩法都有。过去可不是这样，玩什么都有警察看着，不允许舞厅里灯光太暗，男女舞伴搂太紧就会被人拍肩膀，三个人以上窝在一个屋里看电视就被调查是否聚众看黄色录像，朋友们坐在一起搓麻将赢几个小菜钱就得上派出所交罚款，这些啼笑皆非的事多数人都遇到过，好像玩什么都会心惊肉跳而防不胜防。现在好了，天地宽了，跳舞打牌搓麻将都不算违法乱纪了，人们反而没有玩的兴趣了，因为可以玩的东西实在太多了。玩来玩去，人们的兴趣最终转移到玩钞票上去了。可不是吗，国门朝外开了，中国人看到外面有个不一样的世界，看到外面的人好像都在忙于赚钱，赚到足够的钱就忙着长途旅行周游四海。如今中国人的口袋里有点钱了，有点文化品位的人不再满足于为票子、房子、车子、妻子、儿子，五子周全而辛苦奔波，而想突破围城重压去寻求一种自身的解脱，哪怕只是暂时的解脱。于是国内外旅行热一夜之间热遍了整个中国，各种度假场所雨后春笋蓬勃生发，时髦的休闲养身之所也比过去多起来，商家们挖空心思给人们提供各种休闲度假的场所，目的就是要把大家口袋里的钞票想辄掏空，好让大家空着口袋回去赚更多的钱，赚够了钱再来让他们掏空。各种旅游公司仿佛有足够的把握让人们旅游上瘾，因为他们知道大家在钢筋水泥的建构的丛林里拼打得既紧张又辛苦，紧张辛苦之后就要找个可以休战的地方去放松。说到国家政府给予的各种假期，大家一致表示欢迎。

北京朋友说，“我觉得咱政府挺人性化的，如今给国民挪出这么些假期，就是考虑到大家工作压力大，生活不容易，挣钱挺辛苦，让大家歇歇身子出去散散闷，别憋出什么病来。”

“可不是吗?”另个画家朋友玩笑道，“现代人的心理疾病多了去了，过去谁听说过谁是得忧郁病死的？为什么，不就是因为压力太大无能负重吗？所以如今玩法多了，好像还允许个人宣泄郁闷的方法有所不同，唱歌跳舞玩牌钓鱼搓麻将玩什么不过瘾的话，就到网络游戏里去跟陌生人浴血拼杀，甚至跑到街头看谁不顺眼打一架出口恶气，只要不随身携带武器伤人就行。可咱们能玩什么，咱们拿什么去跟这个时代玩？画笔？相机?”

我边听边想，现代人的确有太多的玩法，而我们这帮好色之徒的玩法则不同，虽然他们各自手里都有武器，但他们只能拿这些武器捅破各种压抑。因为他们的武器仅仅是一些只能用来绘画或摄影，宣泄艺术才情的东西，既不能用来伤害他人，也不能保护自己不受他人伤害。显而易见，经济时代就是经济学家和商人的时代，这个天下是有经济头脑和商业实力的弄潮儿们的天下，二者皆无的艺术家们在疲于奔命之后，只能站在岸边观潮，睁眼看着眼前这个经济海洋里厮杀吞咬弱肉强食而枉生哀叹。我了解这些艺术家，他们性情狂热又疾恶如仇，所以他们在纷杂的世事里只能感到迷惘和压抑，所以他们需要拿起思想的武器，去这个纸醉金迷的世界里抢夺一片可以寄存心灵梦想的天地。当然，他们最终的武器还是画笔和相机，他们只能把想说的话写在画布上，把世间的美丑善恶记录在胶片上。

我们三个女士在思想上少有男人们对繁杂世事的深刻感悟，虽然挎包里装着各式各样的小型照相机，也打算沿途收藏些个美景奇观，但充其量，只能是业余的摄影爱好者和这帮专业战士的跟班罢了。

对了，有个男人我忘了交代。他不是我们这个圈里的人，他是我的北京朋友临时从家里拉来的哥们，在云南某地质研究所当工程师，据说是恢复高考之后第一批学习地质学的博士后，他的足迹遍布云南境内的危山险岭，也曾涉足四川境内的高山河流。因此，北京哥们把他视若野外旅行高人，对他很是敬重。这个男人虽身高八尺仪表堂堂，但性格阴柔不善言辞。他说话，要等别人说完以后才说，笑，也要等别人笑完之后才笑。第一天见面，我那两位嘴损的女友就在背地给他取了个绰号，叫他‘后半拍’。他丝毫听不懂女人的嘲弄居然还笑，而且依然笑在后半拍。不过，后半拍做人挺踏实也挺地道，他刚出现就为这帮好色之徒的滇川之行做了周密的行走计划和旅程安排，而且几分钟之内就按行计算出十二个人在野外行走二十天所需消耗的给养。他说，滇东北除轿子雪山而外，东川的小江和红土地是两条值得行走的路线，而且是两个此次旅行不容错过的地方。北京朋友的赞同换来大家对他的一致信任，除了钱财归细心的女士管理使用之外，大家决定一切行动听他的指挥。于是，他主动陪同三位女士上街疯狂采购，仍然还是以后半拍的速度，提着三个女人甩到他怀里的大包小包，小跑着跟在六只高跟鞋的后面，是个尊重妇女和能吃苦耐劳的旅行同伴。其实，后半拍不喜欢跟女人打交道。他之所以总跟女人在一起，是因为他知道这趟出行男多女少，得有个头脑清楚的男人帮着三个弱不禁风的小女子们伺候那帮粗枝大叶的爷们。

可不是，我们三个女人不仅要把十二个人出门在外吃喝拉撒的事想周到，还得付诸行动把旅行必备的大小物品从商店里运输回来，然后根据男人们各自的需要分发给他们，顺带着替他们把穿戴行头收拾一番，够得上古代的皇帝和王爷们随行丫环的级别了。可是不管怎么劳累，三个小女子还是挺高兴。能跟着一帮子自称艺术家的男人出外闯荡江湖，总会有点小花小草被大树衬托出来的幸福感。可是这种幸福感到东川就消失了，那些大树们把东川的山统统视为我们的禁区。

常言道，人多心多嘴多麻烦多。十二个人到东川的当晚就起纠纷，男人们要抛弃女士们自行上轿子雪山和红土地。而且他们异口同声，说凡是车轮可以到达的地方，女人可以同去，反之则不可同去。这不是猪八戒耍猴，拿人开涮吗。九个男人九张嘴，三个女人说不过他们就义愤填膺地收回堆在各辆吉普车上的给养，发誓要让这帮忘恩负义的家伙在山上喝西北风当穷光蛋。在女人团结起来的力量面前，男人们不得不做些妥协。他们说，先让男人们上轿子山上去看看，要是没有什么不好的情况，以后才能带我们上红土地。我们占了点上风心里还是纳闷，开玩笑问，是不是山上有漂亮的民族姑娘等他们，否则，为什么不敢带女人上山。这帮男人最终的解释是，山里有野人和土匪。女人力气小跑不快，难免中途遇险或被抢去做压寨夫人。

三个女人全懵了，仿佛时空倒错，他们说的话我们显然听不懂。那个当大学老师的女友道，以前听说过乌蒙山剿匪的事，好像还被军旅作家写在小说里。我不是好蒙的人，于是告诉她们，书上说的是共和国刚刚诞生那些年月，躲在山里的土匪是国民党反动派的残余部队，后来全部被咱们英勇的人民解放军进山清剿收拾干净了。哪怕是山里还有个别漏网的残兵败将，若能侥幸活到现在，已然是七老八十的老人了。人老都老了，他们有贼心贼胆抢女人上山压寨，恐怕也不会再有那个贼力了吧。我这么一说，两个女人显然也不太相信大山里还有土匪一说了。至于男人们说大山荒岭有野人出没，她们倒觉得这是很有可能的事情。我的女友说她在近期出版的一些纪实报道里看到，有人在贵州和四川的一些偏僻山区发现野人的踪迹。说那些雄性野人身体高大魁伟健壮，四肢粗长有力，全身长满棕色的长毛，而且跑动灵活神出鬼没。有人怀疑雄性野人是冒险出来找性伴的，并怀疑那些失踪的女性是被他们给掳走了。见女人们犯了嘀咕，男人们趁机说，云贵川三省的许多山脉是连成一片的，位于滇东北的东川就与这两个邻省挨得很近，而且轿子雪山又是乌蒙山的一部分，从川黔那边溜达一群或个把野人过来转悠，是极有可能的事。这太可怕了，我们想，如果我们一意孤行慧要进山又与男人们失散，发生被野人掳掠失踪的事件，不管三个还是一个，后果都是不堪设想的。于是女同胞们私下商量之后，决定放弃上轿子雪山，一个都不要去冒那种被男野人掳掠霸占的危险。

此时，男人们或许都在暗笑，笑我们女人经不住恐吓，笑我们女人生性胆小轻信成不了气候。更可笑的是，女人们并不以为自己轻信胆小，还觉得自己挺聪明挺明事理的。虽然我们不太肯定眼下东川的山里是否有土匪和野人，但念想着男人们不让女士上山还算是惜玉怜花之举，当然就只能信任和感激着他们的怜惜了。于是，我们主动把刚才没收来的大包小包从房间里拖出来，自动送货上车，对那些边发动汽车边向我们挥手辞别的男人千叮咛万嘱咐，依依不舍地放行。

东川我是熟悉的，从上世纪 80 年代起就多次来到这里巡回演出。我带着两个女人在方圆不足五里的东川城里转悠了两天，把每条大街的每条巷道和每个店铺统统走完几遍之后，终于百无聊地歇在宾馆不再出去，靠读书或看电视打发时间，或懒散地圈在床上谈论男人们的轿子山之行。按照后半拍绘制的路线图，我们知道，男人们出了东川城后，会从城郊北面经过‘碧谷’到‘绿茂岔口’往西行走，绕过汤丹矿区到达晓光桥，往北再走十多里就上了轿子雪山。这就想，男人在山里会不会出事或玩得忘乎所以，让我们在这里等得望眼欲穿。

男人们终于回来了。他们在轿子山上搭帐篷住了两夜，第三天下午下山，傍晚就返回到东川城里了。我们以为他们至少得去四五天，结果他们才去了三天，看来轿子山离东川并不太远，而且在山上也没遇到什么野人，不禁有些后悔没有坚持跟他们上山。

我们去北京哥们的房间，见男人们正在休整身心打理行囊，并商量着次日上红土地的事情，便问他们轿子山上的情形如何。他们说，刚上轿子山的当天山上就开始落雪，只不到半天的功夫大雪就覆盖了山头。又说山上没什么可看的，除了下雪还是下雪，他们觉得不好玩只好打道回府了。三个女人等了两三天，却等不到他们讲述山上的更多精彩，显然有些失望。我们觉得他们在撒谎，不太相信山上下雪的事。眼下还未近秋，东川城里还闷热，身上只穿一件衬衫也不觉着冷。轿子山离东川城不远，哪来的大雪。男人们说，轿子山是一座海拔四千多米的雪山，雪山嘛，自然是要终年落雪的。我的女伴们被唬住了，不再提问。我却关心另外一个问题，问他们是否在山上遇上了土匪和野人的踪迹。要是没有的话，我们是不是可以跟他们上红土地了。男人们全懵了，好像忘记了他们编造的谎言。或许，他们怕女人们纠缠不清便借口回房睡觉，一哄而散地跑了。

房间里剩下三个女人对着北京朋友和后半拍嚷嚷，问他们在山里到底看没看到土匪和野人，如果没有就得带我们上红土地。北京朋友反应快，说因为山上落雪的缘故，这趟上山倒没看见土匪和野人的影子。不过在外行走还是小心为好，女士们最好还是别跟男人上山，这样可以省去许多不必要的麻烦。这时，忍无可忍的后半拍说话了。他指责自己的好友做人不地道，说，“你们会撒谎吗？她们在东川随便逮个人问问就知道，如今的轿子雪山只有在冬天才会积雪，这个时节是轿子山最好的旅行季节。你们连撒谎都不会，还把什么土匪野人搬出来吓人。”“可不是？”我们跟着后半拍嚷，“东川也是咱们共和国的天下，浩浩之山河朗朗之乾坤，哪来的什么土匪和野人？你们编造耸人听闻的谎言，分明就是不想带我们上山嘛！你们带我们出来，又不让我们上山，到底安的什么心？真把我们当伺候你们的丫环吗?”

“什么丫环不丫环的，多难听，不管男女，大家不都是多年的哥们吗?”北京朋友在后半拍的批评和我们的埋怨中做无理狡辩状。后半拍继续拿出男人的气魄来批评好友，“既然朋友多年，大家一起出来机会难得，可别弄出什么不愉快的事情来。你们不就是怕她们在山上慢吞吞拖后腿，耽误你们拍几张照片吗?你们拍你们的照片好了，我陪她们，丢不了的。”

北京朋友或心有余愧，做低头认罪状之后，代表男人们作检讨发言，说本来带女同胞们出来旅行的愿望是好的，但想女人生下来就不是爬山的料，肩扛不住手提不了，叽叽喳喳跟男人上山只能制造麻烦耽误事。后来大家一合计，就想出了这么个损招，把土匪和野人搬出来吓女人，想设法减少麻烦。他说后半拍批评得对，他们一定根除思想中的封建残余，让新中国的女性与男人们一起共赴祖国的大好河山。又说这回他们不敢编故事骗女人了，只求女人们上山下坡累了别让他们背。我们觉得北京朋友代表男人的发言，或浅或深总有自我批评的表现，但还是没有从心里肃清轻视女性的思想，还是觉得跟女人一起累得慌。于是痛打落水狗，把以北京朋友为首的每个男人都批判一番，直到他代表男人向我们举手投降。在后半拍的调解下，我们决定不再追究并原谅他们。是的，只能原谅。只要男人们不敢再说女性是累赘的话，我们似乎就得原谅他们，因为女人们出行的安全感得靠男人来给予。

我觉得后半拍真好，很有正义感，要不是他痛定思痛挺身而出，我们三个女人肯定上不了红土地。而且很难说，回去后还会以讹传讹，说东川的山里有土匪和野人。后来我们从后半拍嘴里知道，轿子山上有个湖水清澈的高山天池，天池的四周有许多野生的杜鹃花和野百合。再后来，我从北京朋友那里知道，轿子山果真像后半拍讲的一样美丽，空气清幽草绿花香，杜鹃和野百合满山遍野，山中有个湖水清澈如玉的高山天池，整座山美得跟天上的仙境差不多。我是个可以凭感性想象事物的人，听北京朋友这样的描述，就可想见轿子雪山是何等的美丽，于是后悔当初没有死缠硬磨，跟男人们上山观景。后悔归后悔，心想只要我想去的地方，日后定可以去，眼下最要紧的事情是不能错过明天上红土地。

次日清晨，我们如愿以偿跟男人们上红土地。

红土地位于东川新田乡的花沟村，全长约五十公里，车程三小时左右。

从东川城出来，有一条新扬公路往西北方向延伸，是一条大概有二十多公里的柏油马路。走过这条柏油马路，随后就是一些大大小小的上坡弯道了。上山的路不算太难走，路面上铺有红土和碎石。汽车在山路上行驶时，抬头可见两旁雄峻的山峰，山上少有树木，朵朵白云在山顶缠绕飘荡。

爬过几座山脊，再绕过一些山梁上的弯道，汽车到达新田乡的花沟村。红土地就在新田乡境内的花沟村上面。这个花沟村不大不小，是一个农舍民居相对集中的村落。汽车再往山上走，看到公路边的山林间幽静怡然炊烟袅袅，零零散散的农户人家镶于其中，有的三五户人家相伴相邻，有的独门独户，但更多的山上只有庄稼而罕无人烟。

前面领头的车在一座山半山腰处停下，后半拍从车里跳下来说，红土地就在上面，可以把汽车停在老乡的家院里，大家徒步上红土地，一路上的风景都很好。我们见路边有几户人家，于是统统下车准备步行上山。男人们从车里拿出各自的摄影器材和绘画工具背的背扛的扛，迈开大步朝山坡上走去。女人们把吃的用的搬下车，用大旅行代装好背在身上或拎在手里。尽管我们对爬山有十足的勇气和信心，但跟在身强力壮的男人们身后还是感觉有些吃力。男人们在前面大步流星地走，我们跟在后面一路小跑。我们不敢停歇下来，怕掉队，怕男人说我们是累赘，怕给他们嘲笑的机会。所以，尽管累得上气不接下气，我们仍然相互鼓励，咬牙硬着头皮往山顶爬去。

就在一行人到达一处山顶，看见远处山峦上的红色泥土时，原来还集中在我们前面行走的男人们一下子跑散了，各自朝着吸引他们的目标奔去了。此时，我和两位同样背着大旅行袋的女士别说是奔跑，就是空手走路的力气也没有了。可是我们挺庆幸也挺自豪的，我们没有拖男人的后腿，我们终于与他们同时爬到同一个山顶了。我们精疲力竭地坐下来，见远处还有太多红色的山顶，竟不知我们一行人最终该落脚在哪个山顶，我们该到哪里去等跑散的男人们回来集中。见男人们散落在远处奔跑和摄影，对身后之事根本无暇顾及，两个气喘吁吁的女伴同我商量，要不我们就此歇息吧，找个目标明显的地方生火做饭等他们回来。

我四处巡看，发现左前方的山坡低凹处有些树木和青瓦屋顶，好像是一个村落。有村落就有人家。我建议她们不要自己在山上生火，到老乡家去借锅借灶烧水煮米，这样可以省些拾柴火的力气。女伴说，也好，此处离男人们跑散的地方不远，他们饿了，自然会寻着去路找回来。就这样，我们与同行的男人们暂时失散了。

从我们歇脚休息的地方看那处村落很近，走起来却很远，需要翻过两道山梁，半个小时左右才能走到。当我们喘着粗气把大包小包背进一户老乡的小院，出门来迎接我们的老乡笑了，说他们这里家家户户粮食充足，客人进山来玩要图轻松，用不着带这么多的吃食。

我们在那户老乡家里烧火煮饭忙碌一上午，为十二个人的午饭忙碌了一上午。

老乡家里的两个女儿跟我们一起忙碌，把准备吃好几天的腌羊腿拿出来和着白萝卜煮成一大锅羊肉汤。她们还怕不够，又跑到屋后的地里去，拔了一大堆青笋苦菜来，煮了一大盆子绿菜，并拿出家里所有的碗盘，将我们带来的一堆红烧肉黄焖鸡等速食罐头装好，摆了满满当当一桌子，专等那帮男人回来开饭。

这户老乡家里可能没有在同一天为十多号人准备过饭菜，难免心中无数，同时也有些担忧。直问我们，那些男人平时胃口大不大，我们煮的那些米饭到底够不够他们吃。我说三斤大米煮成饭足有六斤多，我估计足够了。如果不够，那就紧着奔山跑路的男人们吃。我们女人不运动消耗不大，多吃点青菜萝卜也能扛得住。这户老乡家的姑娘们很善良，听我这般说，跑去小木楼上，把瓦盆里和好的荞面拿出来，蒸了一蒸子荞糕，又煎了一大盘子苦荞粑粑，把上好的冬蜂蜜从土坛子里倒出一碗来，说，苦荞粑粑蘸蜂蜜是最好吃的，也是他们这里最独特的食品，好多客人都喜欢吃。

这里一切就绪，就等那帮男人回来了。我们一直在等，老乡也陪着我们等。已经过了吃中饭的时间，我们仍然没把那些男人们等来。直下午两点半，还没见那帮男人们回来，我们急了，想男人们肯定是找不到我们了，他们此时或正在山上瞎转悠呢。我们很着急，老乡却一点都不急，他们似有经验。满脸慈祥的大妈说，那些照相的男人跑在红土地上就不晓得饿，不到累得跑不动了，他们是不会回来吃饭的。可是我们还是急，毕竟我们没有跟那些男人相约过集中的地方。即使他们知道饿，也想不到我们会猫在这里等候。

我让女伴和老乡赶紧吃饭，我出去找他们回来。老乡告诉我，上山头往西有条小路连着对面的山梁，大多数照相的人都喜欢跑到山的那边去观景。又说对面的山地势比这边要高些，看得见大片的红土地，他们一准都猫在那里呢。

我照老乡说的路线，一口气跑了两座山头。果真，在山的这边，放眼就能看见大片的红土地。可是这边山上全是一片片光秃秃的红色，哪看得见一个人影。

我跑到山坡最高处，眺目远处和近处的红土地时，忽然一阵眼晕。

接着，我的眼球就像突然间爆裂开那般疼痛，感觉眼前有些点状的血色物体从旋涡中心层层地放射扩大在脑子里。再接着，我感到五脏六腑翻江倒海，像晕车时的感觉一般难以控制。我很难受，难受得险些栽倒在地。当我摇晃着身体好不容易站稳双脚，却见脚下的泥土殷红似血。我身上怵然一阵寒冷，冷到骨头里去。我在发抖，像伤寒病人那样全身痉挛地颤抖。我冷，是那种把自己融进岩浆一样的红土也温暖不过来的冷。

我身上只穿一件薄毛衣和一件薄薄的外套风衣，因此我想，可能是山高气寒的原因使得红土地奇冷无比。可是，我很快就否定了自己的想法。这是个艳阳高照的夏末之季，况且上山时我并没感觉到冷，相反闷热。我想，自己一定是生病了。

对，生病。我忽记起自己小时候晕血。曾有一次，手指被小刀割破时晕死过去。眼前这片土地是红的，红得这么烁眼，红得这么渗心，就像刚刚被血液浸湿过的泥土一般，鲜润而殷红。我怕血，所以，即使此时太阳当顶，即使头上蓝天白云，这阵从心底里刮起的寒风也让我感到冰针刺透骨头那般悚冷。

我为什么要把这些山泥视为血的土地，我不知道。我此时只知道冷，我感到自己的身体在红色的淹没中快要僵硬，我的双腿陷在红色的土泥中软弱无力。就是这样，我抗拒不了红土地带给我带来的钻心刺骨的冷，控制不住我惧怕这种颜色的颤抖与恐惧，并在惊吓中循入无知的迷惘。此时，我需要有人来救救我，帮我走出这片血色的土地。可是我知道人们离我太远了，远得连喊叫都无能为力。

我哭了，我抱紧身子站在土坡上，放声大哭。

我哭了很久，从大声号淘到嘤嘤哭泣，最后终于哭得没有力气跪倒在地。

有人拍我的肩膀。我抬起头来，眼前站着后半拍。

他没有说话，伸手把我从地上扶起来时，目光里透着些迷惑与同情。我很难为情，心想，他或许并没走远，只是在附近我看不见的什么地方游走，否则他不会听见我哭的声音。此时，他正拿奇怪的眼光看着我，脸上是那种想笑不敢笑的神情。他试探着问我，“怎么啦?”我答，“没什么。”然后问他，“你听见了?”“当然。”尔后，他问我为什么哭，哭得那么莫明其妙歇斯底里。我说，我冷。

他脱下外衣披在我的背上，坐下来才说，见过被打哭的孩子，没见过冷哭的大人。

“不过，这山上的确让人感觉冷寒，我每次上来都有这种感觉。只有那些处于疯狂状态的人不会觉得冷。”他说话时，眼睛眺望着远处山上那些往回缓缓移动的，模糊的人影，眼神是那种精神病大夫隔着栅栏审视一群疯子的眼神。

我注意到他上山没拿照相机，也没带什么画板和纸笔，而且在那帮兴趣盎然的男性朋友当中，是唯一沉默少言的男人。我问他为什么不跟他们去拍照。他说，他跟上红土地的人们不一样，他敬畏这块土地。我问他为什么，他不回答。然后他说，他找到后山坡那户老乡家去了，老乡说我出来喊人半天不见回去，他怕我迷路回不去有些着急，这才赶紧出来瞧瞧，没想老远就听见我哭，像被狼咬着的声音，跑来见我没事才放了心。说罢，他收回眺望远处的目光说，他们回来了，我们回去吧。我站起来走了几步，发现腿脚瘫软走不动路。他问，要不要我背你。我不好意思，没同意。他扶我坐下来说，那咱们就歇会再走。我问他，你既然不拍照也不画画，上红土地来干什么。他说，来给朋友们当向导。

俩人攀谈起来我才知道，他就是东川人，父母过去是驻守部队的军人，他大学毕业后被分配在省城工作，搞的是地质研究工作。我说，云南的土质普遍偏红，但绝非血色，问他这里的大山为什么没有树木，眼前的红土地为什么像渗透血液一样，这般殷红。

砍伐。这位搞地质研究所工作的男人告诉我，从东川发现大量的金属矿藏以来，人们就开始砍伐山里的森林，东川的水土流失和泥石流就几千年砍伐造成的结果。而这一片片光秃秃的红土地，则是近代大炼钢铁造成的土镶变质。我问他，矿藏跟森林有什么关系，人们为什么要砍伐森林？冶炼。他说，人们把金属矿藏从山体里挖掘出来，必须经过冶炼才能成为有用的东西。东川其他金属矿藏也很多，但主要以铜为主。从东川发现铜矿至今，冶炼炉子就没有消停过。人们一代接一代地砍伐森林烧制木炭去炼铜，连续不断地冶炼了几千年。

我问他，炼铜不是要建冶炼厂吗，冶炼厂怎么可能烧木头。怎样的森林经得住几千年的砍伐，到底需要多少木炭才能把东川的铜冶炼完。

我不懂冶炼，自然要出洋相。他笑我冶炼知识差，说东川远古时期发现铜矿的时候冶炼技术尚不发达，人们不懂得使用焦炭或其他可燃物进行冶炼，所以只能砍树烧炭炼铜，直到木炭炼铜的历史被现代冶炼技术替代。他说完后，给我补上云南青铜史的辉煌一课，让我回去后找他借书，看看东川与中国古代与近代史的关系，看看清政府的“滇铜运京”对东川矿藏的巨大开发和掠夺，就会知道东川周边的大山上为什么没有树木，小江的泥石流是什么导致的了。

“那红土地呢?”我有些迷惑，“红土地上的土镶为什么这么红?有人说它是远古时期冰川到达不了的最后一个角落，还有人说红土地是史前退海显山的沙镶堆聚地，是吗?”

“你从哪儿听来的这种理论?”他显然不完全同意这种说法，并纠正道，“我了解红土地，它就是近代砍伐造成的土壤变质。”

“你考证过吗?”

“当然，我是地质学家。”他的目光很自信。“准确地说，红土地是全民大炼钢铁时期造成的山丘失林地带。当时这片丘陵的砍伐很严重，我的父母就曾经参与过那场史无前例的砍伐战役。在我的记忆中，几乎在一夜之间，这里的青山就变成了土丘……”

从这个男人凝视这片土地的目光里，我看到一种不易从男人眼中看到的疼痛。

见我沉默不语，他对我解释道，“当然，我只是从地质学和人类学两方面来跟你分析这块土地，并非有意驳斥其他学术观点。你可以不相信我。”

“我相信你。”我说，“因为从我的父母或更老的老人嘴里，我们几乎没听说过关于东川红土地的事情，似乎它以前根本就不存在。所以我认为你是对的，这片红土地就是大炼钢铁之后诞生的。”“谢谢你的相信。”他说，“其实，人们在一种蒙昧的疯狂状态中是没有什么理性可言的，也是很容易犯低级错误的。”

“你觉得可以原谅吗？”

“不可原谅。”他的表情很严肃，“但这并不耻辱。”

我不知道他何出此言，便聆听他讲下文。

他道，“那时候帝国主义实在太猖狂，中国实在太穷，人民希望国家富强起来。用那个时代的口号说，我们需要用钢铁支撑起民族的脊梁，需要用钢铁筑起不倒的长城，全国人民万众一心坚决要炼出自己的钢铁来，给帝国主义一个狠狠的打击。这是真的，那个时代的中国人都自觉自愿的，把自己的命运与国家的命运拴在一起。全民大战钢铁的时候我还小，看到人们把家里的铁门铁窗铁栅栏铁锅铁铲什么的，凡是能炼出铁来的东西都上交了。东川人也一样，只要祖国能够强大，不受外国人欺辱，别说砍几座山林，哪怕赴汤蹈火把自己炼成钢铁都愿意。其实，这也是一种美，志气的美，不屈的美。红土地就是见证。”

我虽不知道后半拍记忆中过去是怎样的一种情形，但我宁愿相信他，因为我被他的话语感动了。并且我可以想象得出，那时候的中华民族是怎样的艰难困苦，又是怎样的团结爱国众志成城。不甘受辱的人民所流出的血汗和做出的牺牲，是何等的悲壮和感人。

这番触动内心的感慨之后，我终于明白，东川大山里有铜，这里的人们过去砍伐森林是为了炼铜，同时我还明白了一个科学道理，红土地的山体是因为没有树木的庇护和水的养分才会缺氧变质，继而枯秃变红。因为同样的原因，东川其他的山脉因水土流失导致了山体滑坡，并导致了小江的泥石流。这不啻是学问，是后半拍教给我的学问。

虽然知道了土地变红的原因，我仍难以置信，甚至难以想象，我眼目里这些一望无际的大山峻岭，以及这些红色的丘陵山冈之上，过去曾经有着茂密的原始森林，有过郁郁葱葱的绿树；或许，还有过美丽的花草和鸟类。

是的，按照后半拍的说法，红土地的红，是砍伐树森造成土壤变质生成的。可是在我的眼中，这些山土的颜色无疑像血，像殷红渗眼的血！它可以让我想到任何一场人类相互残杀的战争，想起任何一个母亲在血泊中分娩的疼痛。而面对这静无声息的大山，我心里的痛却无言可诉。

我只能将心轻轻靠近这块殷红的土地，贴在她袒露着赤色肉体的身躯上，问她，你疼痛吗？当你被你所养育的人们剥去绿色的外衣，当你的灵肉被裸露在光天化日之下，当那些嗜血而无知的人们称赞你这血色的艳丽，当迷恋着你的人们在你身上疯狂奔跑，把你的疼痛当作天物追逐猎取的时候，你像我一样哭泣过吗？

没有应答。

红土地没有应答。此时，她的沉默和恬静所能呈现给我的，仍然是她那赤红的面容上浮现着的，血色的宽容和美丽。

当天夜里，我们一行人从红土地下来，回到东川城里的招待所。晚上，我没有兴趣去参朋友们兴奋不减的高谈阔论。第二天，我也没有力气跟他们去小江看泥石流带。我独自躲在招待所房间里，翻开随身携带的笔记本，没写几行字就落泪了。

我又哭了很久，写了很久。继而发烧，烧得天昏地暗，我生病了。朋友们手慌脚忙地把我送进医院。我在东川的中医院里躺了整整两个白天和晚上。

我在东川生病那些天，除了北京朋友和后半拍留下来陪护我以外，其他哥们都沮丧地返回昆明。朋友们不得不半途而废取消这趟旅行，说出师不利不宜远行。

我后来知道，和我一起上红土地这些朋友当中，有几个人在不同的时期又去过红土地，而且不止一次。

在此后不久的日子里，我收到后半拍赠我的一件礼物。准确地说，是一个过去曾让我恐惧过的秘密，一小袋晶莹剔透的水晶石。

这些水晶石非常漂亮，大的比米粒稍稍大一些，小的只有芝麻粒那么大，但是只有浅红和近于水蓝两种颜色，捧在手里像天上的星星一般晶光闪烁。

我问后半拍，你如何得到这些可爱的小水晶石，它为何只有两种颜色。后半拍表情诡异地笑着说，这些东西就是你在红土地看到的血，那种殷红渗眼的血，它们就嵌在那些红色的土壤里。

我将信将疑。于是把那些小米粒般的水晶体捧在手心里看，忽然觉得这些冰晶闪亮的小东西像冰粒，仿佛稍有温度就要融化掉一样清透。我有些紧张地问后半拍，它们会化成水吗。后半拍说不会，但这种石质的确像水一样晶莹剔透，会欺骗人的眼睛，它嵌在干燥的土壤里，就会让人从视觉上产生湿润的错觉。

当我知道，这些水晶石是后半拍特意上红土地捡来的，心里很感动，想他真是用心良苦，于是就感激他。后半拍说，他相反应该感谢我。他说我对红土地湿润殷红的恐惧一直让他很纳闷，他想揭开这个秘密，于是他再次去了红土地，最终发现土镶殷红的秘密，原来是这些晶亮如水的小石头在红镶中作怪，这不啻是一种新的地质发现。他承认，他的发现有理性和非理性两种成因在里面，可能在学术性上不太靠谱。所以他想再跑跑，看除了东川的红土地以外，其他地方的红土是否隐藏着同样的秘密。

我佩服后半拍的学术态度，他不仅从感性的角度为我解开了心中的结症，也从理性角度教会我科学的眼光用来看待和分析世间的事物。

从此往后，我和后半拍成了最好的朋友，并与东川红土地结下了不解的缘分。

四

我这次上红土地的目的，有一半是为北京朋友所托尽地主之谊；另一半则是为了证实后半拍已经证实过的东西，叫自己看清楚北京朋友说的那个鬼怪。这就是我为什么在红土地上埋头寻找秘密的原因。我找到了，从今往后我不再惧怕那些殷红渗眼的红色土壤了。

“你讲的故事很动人，让我记住你!”

鲍菲抬起相机对准我，让我表情随便一些。我让他别拍，赶紧找烟灰碟熄灭香烟。他说不要把指间的香烟扔掉，他喜欢自然真实的东西。因为，越是自然的东西越有情趣。

于是我就这样右手指夹着香烟，左手握着咖啡杯，倚在靠墙的椅子背上，让他足足拍了十分钟。我想，只要朋友高兴，拍就拍吧。只是我觉得这样不够幽雅，昏暗的小冷饮店，老旧的墙壁和破旧的桌椅，土陶烧制的土咖啡杯，还有一脸的疲惫。可是鲍菲说他喜欢，凡是黑头发的东方女人他都觉得很美，就好像我们喜欢他们眼睛的颜色一样。

收起相机后，鲍菲长时间地注视着我，说我是他所认识的中国女人当中，最哥们和最幸运的女人。又说我是他的红土女神，他要把这位与他一起看到天堂的女神带回去，让他的太太和朋友看看，还要像我讲红土地的故事一样，把他眼里的红土地讲给他的太太和朋友们听。

第二天清晨，我们从东川城西出发，沿小江峡谷去看了泥石流，又经太阳谷上寻甸至嵩明的公路，回到昆明是中午1点正。

在昆明饭店吃过午饭，五个人就散了。

后来据北京朋友说，北京人回了北京，青岛人去了香港，麦克·鲍菲临时打主意去了西藏。

五

此后的六七年里，我又去过几次红土地。因公出差去过，因私与朋友同游去过。去的次数多了，对红土地的了解和映像也就越来越深了。

红土地四季都很美。除了冬天山上较冷和少有绿色植物而外，其余三季天色和气温都差不多，尤其春秋两季景色最好。春天是春耕的季节，山上的老乡二月间在红土地上种下的荞麦和洋芋种子，此际已经长出星星点点的嫩叶。地是一片片的红，叶是一层层的绿。到五六月间，地上农作物开花了，油菜花也开了，黄黄的一层层，绿绿的一片片，紫紫的一块块，就这般深深浅浅地，姹紫嫣红铺天盖地，统统绽放在广阔的红土地上。此时的红土地，恰似一张张红色的婚床，托着那些轻薄薄从天飘降的绸缎，惟妙惟肖。秋天近冬之时，红土地又是另一番景色。此时地里的庄稼和果实被相继收割，大块大块的泥土露出它本来的颜色，鲜艳而湿红。不过这时候地里还会有一些未被收割的荞麦和油菜等农作物，大大小小层层叠叠间地镶嵌在的红土上，白的洁白似雪，黄的橙黄如金，唯绚唯美。

其实，无论什么季节到红土地，人们都会发现它有不同的美。

依我的见识，最美的红土地莫过于拂晓至黎明这段时间。这个时候，大山的倩影很美。晨雾缭绕的晨曦里，那些若隐若现的山峰，就像一个个清纯少女亭亭玉立在天空的梦里，显得格外的神秘和美丽。清晨七八点钟的时候，山间的浓雾散尽，暖融融的太阳从东山升起，延绵的大山颜色葱绿，红土地的色彩更加鲜明，红与绿两种色态交相辉映融合一体，令天空下的画面变得无比柔和奇异。到上午 10 点 11 点之间，阳光缓缓爬上山顶，朵朵白云飘浮在碧蓝的天际。在阳光与云彩交织相透的光线下，种植着各种作物的梯田深深浅浅层次分明，就像被时光雕刻出来的板画一样绚丽。其次是午后的 3 至 4 点，此时太阳渐渐偏西，不再炽烈的阳光透过多彩的云霞照射大地。那些从高山的缝隙里投射出来的一道道光线，宛若从舞台侧幕顶上投下的一束束光柱，把置身于彩光下的红色山体，映染得若似幻景中的诗梦一般美丽。

这就是我眼里的，心里的，梦里的，美轮美奂的红土地。

我想，除了用写实的手法介绍我旅行印象中的红土地而外，似乎还有一种与红土地相系的心情还应该写一写。

六

距第二次去红土地半年之后，麦克·鲍菲从加拿大给我写信，并把他在东川和西藏两地拍摄的画册寄赠给我。这本画册印得很讲究，面里的照片都很漂亮，尤其是红土地上那些掠影非常美丽。画册中有一张我觉得很丑他觉得很美的，我抽着香烟喝着咖啡的照片，下面有一行英文小字写着感谢的言语。当然，他没有忘记在信里感谢我对朋友们的帮助，尤其感谢我在紫色“天堂”出现时与他同在。

鲍菲信里还说，同一时刻看到天堂的人将会有好运同时降临，而且在下一辈子会成为最好的朋友。老外也迷信？我们下辈会成朋友吗？我不知道。干吗下辈子，这辈子不就曾经是朋友吗，四海之类皆朋友。世界本来就不大，说不定我哪天兴起就去旅游，逛逛加拿大的黄土地。

不过，麦克·鲍菲给我写信我还挺高兴，说明这个老外有人情味，他懂得感激。其实我也很感激他，就因为他在红土地上那么一跪，让我在从未有过的震颤中，深深爱上了那块红色的土地。同时，他让我像我的朋友‘后半拍’那样，明白了以前不明白的道理——人，需要有所敬畏。敬畏未知的事物，敬畏天地。

我觉得这似乎很重要，就像对待我们自己的生命一样重要。

鼓响中国

彝鼓嗵嗵，宛若祖先从远古走路来的脚步，那样沉重，那样漫长；彝鼓声声，如同父辈一路行来的不屈抗争，那般艰难，那般坚强；听吧，让我们聆听这魂韵铮铮的鼓声；聆听它从昨天走来的脚步，聆听它走向明天的壮美与辉煌……

在“中国文化遗产日·昆明民族民间歌舞乐展演”晚会上，电视台的节目主持人如此动情地叙说即将开演的东川彝族神鼓舞。我却看到座无虚席的观众厅里毫无反应，甚至有不少观众仍在座位上交头接耳，起起落落。可是当大幕拉开，当蓝色的灯光从红色的天幕下方渐亮，当一尊尊铜像般伫立在台上的舞者将鼓锤抡起，当那些振聋发聩的鼓点似心脏跳动的韵律嗵嗵响起时，千百号人为之一振。继而肃静，继而动情，继而爆发；掌声如雷叫好不断。

我知道，肯定会是这样的。在这台我做晚会导演的民族民间歌舞的节目中，我认定东川歌舞团的彝族神鼓舞是这台晚会的最好华章。观众为这个神鼓舞凝神静肃，为台上那些年轻演员的精彩表演鼓痛手掌，疯狂喝彩，这种结果我不是第一次看到。尽管如此，我还是忍不住像观众一样激动亢奋，忍不住把双手拍痛为止。

我是泡在锣鼓声中长的，对舞台上的各种表演司空见惯，我自问曾几何时把真实的感动倾注在一个鼓舞身上，从未有过。坐在侧台边，看着从东川来的姑娘小伙子们谢幕跑下台来，个个汗流浃背却不忘仔细收拾他们的宝贝，那些给他们带来辉煌与好运的神鼓，我不禁感慨万千。于是，想起2007年在成都举办的“中国非物质文化遗产节”和不久前赴上海参加中国非物质文化遗产保护工作会议的情形。

成都遗产节盛况空前，文化部主要领导亲临会场，全国各省市自治区派演出团和代表参演参会，多个国家选派当地的民间文艺组和节目参加开幕式巡游。中国文化部带来一台精彩的专场晚会，涉及民族民间音乐、戏曲、舞蹈、器乐等各种艺术门类，演出节目和演出阵容之精锐堪称中国一流。在此，我们感受到中国传统文化之深博，感受到中国民族民间艺术的昧力之璀璨。同时，我们联想到拥有二十多个少数民族并有着几千年文化历史的，我们的故乡云南，她所蕴含着的与汉文化兼容并蓄的各种少数民族文化浩瀚如星，在中国乃世界皆有深远的影响。但遗憾的是，在这场空间盛大的文化聚会里，找不到云南文化的影子。于是有成都的同行问我，为什么不把东川的神鼓舞带来参演，如果这支队伍来到成都，那将是最能代表云南少数民族鼓舞文化的，一个最精彩的交流节目。会的，我说，他们以后肯定会来的。我这能这样说。因为，这不仅是兄弟城市艺术同仁的希望，也是我的期待。

2008 年 12 月，中国文化部和国家非物质文化遗产保护中心在上海举办的非物质文化遗产保护会议同样盛况空前，来自全国各省、市、自治区的代表和与会者甚众，各种形式的学习交流和观摩演出活动排满会议日程。

关于非物质文化遗产保护工作的学习交流活动进行了六天，中国民族民间文化保护与发展的专题研讨会也开了六天。全国的专家学者针对我国非物质文化遗产如何进行保护与发展进行学术交流，有许多修养深厚的文化专家在会上不止一次说到云南，说到云南众多少数民族的文化形态和独特的文化现象。其中有人提到彝族的支系分布和信仰与习俗，以及彝族民间传统文化的种种表现样式。我以石林彝族支系的火把节说到阿细跳月，再从禄劝的罗婺神鼓说到东川的彝族鼓舞，从历史与文化的源头把云南众多民族文化的表现形式和内涵介绍给与会者。目的不仅仅在于宣传云南所拥有的丰富的文化资源，重要的是真正赢得人们对云南民族民间文化的关注与重视。

会议闲暇，参会的各地同行坐在一起聊天，多数人的职业与音乐和舞蹈不沾边。知道我来自云南，大家十分好奇，也禁不住有些羡慕。他们说云南的少数民族最多，丰富的民族民间文化资源得天独厚，无论是戏剧戏曲还是音乐歌舞，都能表现出独特的云南风情。大家聊到不同样式和风格的云南少数民族的歌舞时，有人说到云南东川的彝族神鼓舞，说起这个鼓舞在2004年中国文联在山西临汾举办的“中华文艺山花奖鼓舞大赛”中获奖的事情，赞叹彝族神鼓舞不止是精彩，更是夺魂，他们在观看现场很受震动。北京同行立刻说起长城脚下举办的“中国民族民间鼓舞大赛”，说东川彝族神鼓舞也有不俗的表现，它的雄浑气势绝不输给人数众多的安塞腰鼓，给观众留下深刻印象，他至今记忆犹新。他原以为云南地处湄公河澜沧江流域，很多地方都处于亚热带地区，鼓的种类和鼓舞的形式可能就是以往看到的那些，傣族的象角鼓舞柔情跳跃，景颇族的木脑纵歌鼓点扬亢，其他鼓舞顶多不会超出瓦族木鼓舞的激情与凝重。而且他还以为，只有黄河流域的安塞腰鼓或中原的威风锣鼓能敲出振奋人心的气魄来；他全没想到，来自云南大山深处的鼓也能擂出如此不同凡响的古韵风骨和精神气质。现在看来，他的想法是错误的，他没想到云南的鼓竟是这么个敲法，它能直达人心，让人的潜在视觉随着听觉走，从古韵雄浑的鼓声中去意览云南的山川和河流，去感受与众不同的民族文化风采。这时，南方省市的同行也说起那场声势浩大的比赛，说他们也有节目参加那场赛式，问北京同行是否有印象，或说一说观感。北京同行表示知道但没太注意，解释说可能云南的彝族鼓舞把他的视听感官控制了，以致他对其他节目的印象不深。说起举办过多次的中国鼓舞大赛大家兴味盎然，把所见所闻的鼓舞的样式数罗了个遍，说来说去大家仍然觉得云南的鼓舞最有特点。

我不知道这些文化界人士何以这样评价东川的彝族神鼓舞。但我想，这并不是因为有云南人在谈论现场，而是文化人对一种地方文化所带来的震撼所致的，由衷的赞美。于是我想，我有必要从一个舞者或研究者的角度出发，与这些从事民族民间文化研究的同行们讲讲中国鼓舞的一些种类，让他们在形象与形式的比较中，认识和了解曾经给他带来感动与震撼的云南彝族神鼓舞。

中国以击鼓为表现活动内容的文化现象很多，东西南北，不同民族都有他们以鼓代言表达心理活动的方式。每一种鼓和鼓的敲法都有特殊的文化象征。黄河流域的安塞要鼓和威风锣鼓敲起来响声震天气势恢弘，朝鲜族的长鼓能够敲出白山黑土的苍松气韵，安徽的凤阳花鼓敲起来别有一番江南秀色的风情，新疆维吾尔族的鼓敲起来热情洋溢跳跃欢快……这就是鼓的文化，不同民族有不同样式，不同地域不同的表现手法，不同文化内涵有不同表达风格的。似乎每一个民族对属于自己民族的鼓的喜爱，都胜于对其他乐器的喜爱；每一个民族敲鼓的技法和鼓点的节奏都有自己的特点。云南是个多民族及多种不同民族文化的省份，不同民族都有属于自己的鼓文化。云南的鼓的种类也很多，手鼓、腰鼓，鞭鼓、象脚鼓、太阳鼓、长鼓、短鼓、大鼓、小鼓，数不甚数，而且每一个民族都有关于鼓的来历和故事。

云南的彝族神鼓舞起源于东汉，从早期的彝族盆鼓舞演变而来。（盆鼓为青铜铸造，最大的直径为80厘米，高58厘米，最小的直径50厘米，高40厘米。铜盆鼓中腰内凹，下腰至盆脚外开，盆壁有太阳及水波雕纹。）据考，彝族盆鼓舞最早源于彝族同胞对太阳的崇拜和祭奠祖先的活动，是一种具有少数民族文化崇拜的舞蹈形式。居住在云南许多地区的彝族都有鼓舞，其文化特征和表现形式大同小异。彝族的神鼓舞在过去一般被人们视为祭祀性舞蹈，有祭祀太阳和对一些图腾崇拜的意思。它最早来自人们对天地神灵进行祭拜的一种祭祀活动。彝族人在春耕季节或秋收时节集中在一起，由毕摩（祭祀仪式的主事人）带领长幼尊卑祭礼天地，祈求神灵降福灭灾，保佑族群兴旺发达，保佑族人生活的地方风调雨顺，五谷丰登。彝族鼓舞还应用在另外一些祭祀活动当中，如族人们出征抗敌的时候，男人们巡山狩猎的季节，族人们造屋搭桥或婚丧嫁娶之时，把鼓舞这种形式融入祭祀仪式当中，营造一种庄严肃穆的气氛，唤起族人们对神灵的敬畏之情。随着历史的进程向前迈进，人们渐渐对自然界的风物造化有了一定的认识，对所谓神灵在天的蒙昧意识淡化后，这种依然存在的鼓舞从内容与形式上都起了一定的变化，由毕摩带领族人祭祀天地的仪式被大众参与的文化活动取代，敲打神鼓的棒槌不再完全掌握在男人手中，鼓舞的原始样式在传承中改变和发展。鼓舞的活动形式似乎变了不少，但鼓舞最基本的文化内容没有变，大山神韵赋予舞者的灵感和启示没变，彝族祖先留给后人的情韵风骨没变，祖祖辈辈生活在大山深处的彝人对大自然造物的感谢和热爱没变，与人类同共祈福美好生活的主题没变。

被中国历史称为“铜都”的云南东川金属矿藏丰富，从殷商时期就开始采铜、冶铜和铸铜，汉代古墓葬出土的青铜盆鼓被考古学家鉴定为云南铜铸无悬念可议。但东川的彝族的神鼓舞始于何时，如今尚未有详尽的史料记载和说明。我们只能以原始彝族迁徙聚居于此地的起始时间来做推算和研究，但迄今为止没有任何资料可以说明它的来龙去脉。我们除了将云南境内其他地方的彝族鼓舞拿来与东川鼓舞做一些文化表象上的横向比较而外，只能在将来的探索中去寻求答案了。但我们看到，东川的彝族神鼓舞在思想内涵上以求保持原风，在文化审美上力争达到一种怀古励志的境界，在艺术风格上力求为人们展示最为完好的历史风貌和地域文化特点。如果静心聆听的话，你会感觉到彝族神鼓有一种不同的意境，那些或缓或快或轻或重的鼓声，仿佛能把人的思绪带往一个壮怀激烈的古战场，带进彝族人庆贺胜利与丰收的祭祀场，或带入一个既熟悉又陌生的灵魂空间，让人们的心灵在穿越时空的旅行中体验生命与大自然相互依存的奥秘。所以，彝族神鼓听起来仍有那么一股古韵神风令人心魂震荡。

听罢我对云南各地彝鼓舞的介绍和对东川的彝族神鼓舞的阐述和诠释，这些从事民族民间文化研究工作的同行不禁点头感叹，说东川的彝族神鼓舞给予他们的就是这样一种时空再现的感觉。所以他们的心脏会随鼓声跳动，他的情感会随着鼓点节奏激昂，他们的灵魂会在鼓韵中震颤。有两个从未到过云南的北方同行说，看过《云南印象》之后情绪很激动，总有一种印象挥之不去——高山民族的红土情结。说这就是云南民族文化给予他们最直观的高原反应，所以他们怀疑云南的少数民族文化与多山少水形成的特殊地理环境有关。

我说，你们只说对了十分之一不到。云南除了有山以外还有水，珠江的源头在云南境内，长江最早从云南境内经过，湄公河在云南叫澜沧江，当然还有红河、怒江和瑞丽江等等这些众所周知的河流。云南除有山有江之外还有原始湖泊和森林，在这 39 点 4 万平方公里的土地上，几乎容括了地球上可能存在的一切地理征象。云南有多个少数民族，云彩南民族的文化现象有一半受自然环境的影响而产生，另一半则与少数民族地区至今仍保持的多种民族宗教信仰和生活习俗有关。我的话引起了大家的兴趣，都向我了解云南有多少种不同的民族文化表现样式。

这个题目简直大得让我无法开口，我只能说多如繁星，数不胜数。

是的，云南的自然环境形成的地理结构是立体而复杂的，高山、湖泊、河流、原始森林和热带雨林，山区、坝区、高海拔区和低海拔区；复杂的地理结构形成的自然气候也是立体的，高寒、半高寒、温带、热带和亚热带；故而分布在各地的各种少数民族受地域环境影响形成自己独有的生产和生活方式，不同的生产生活方式所创造出来的文化也不同，这就决定了不同民族有不同的文化信仰和文化特性。至于说到有多少种文化种类和样式，那就太多了，民族民间文学、戏剧、音乐、歌舞、美术、建筑、工艺、节庆、风俗、礼俗等这些大类种中所涵盖的小类，那更是浩如烟海列数不尽了。但是，尽管云南有多种少数民族文化，却并不拒绝中华民族的传统文化和其他民族的优秀文化，地方戏曲与南腔北调兼容并蓄的云南花灯和滇剧就是典型的例子。说到底，云南民族文化是中国传统文化与地方少数民族文化相融并存的多元文化。如果说北方大地一马平川的地域风貌造就了中原文化的古朴风韵、江南的青山秀水滋养出这方水土细腻的文化个性，那么我是不是可以说，云南这块神奇美丽的土地铸就了多种少数民族的文化风骨，也创造了云南文化多样性的特征。

大家听罢我言，有的感叹，有的沉默，有的神情向往，有的却表示难以想象。

文化部的一位老专家赞同我的观点，他说，“云南奇美的山川地貌和独特的风土人情造就了多姿多彩的云南民族民间文化。有人说云南是音乐的摇篮和歌舞的海洋，但我说，云南是中华民族文化的一个缩影。我在北京看过云南东川那场神鼓演出，虽说作为文艺作品它是后期创作排演的，但它的艺术表现形式却来源于特殊的文化意识，来源于那个民族最原始的图腾崇拜和精神信仰。艺术讲求精神实质，而精神来源于文化母体，文化母体是只有人的内心和灵魂才可触摸的天地之灵。由此你们就不难想象，云南东川彝族神鼓舞为什么在视觉和感官上对观众形成冲击了。任何一种文化现象都是这样，它们一旦被赋予了特殊的历史文化内涵和独特的精神气质，它就具有观赏价值与审美价值。”

听罢这位造诣高深的文化老人讲述他对云南文化的理解，讲述东川神鼓给他带来的震撼与思考，在座的文化同行们不禁感慨万分。我想，我的感慨跟他们一样，不同之处在于我对东川彝族神鼓舞的熟悉和了解，在于我对东川彝族神鼓舞艰辛历程的感动。

第一次听到彝族神鼓舞振荡灵魂的鼓声，是在东川歌舞团的排练厅楼下。

那是 2005 年初，我们为普查调研民族民间传统文化项目行走东川。在黄永坚团长的带领下，我们走进东川歌舞团的排练大厅。

映入我们眼帘的，是一个空大残损的排练厅，残破的门窗，陈旧的楼板，锈迹斑斑的把杠，摇摇欲坠的天花板，尤同废弃多年的库房一般不堪。就在这样一个窘困的环境中，舞动着一群光膀子的男孩儿和穿花衣花裤的山里妹子。男孩子们有着健壮的臂膀和黝黑的皮肤，有着充满激情的目光和似火的热情，飞动的鼓棒在他们手中敲得疯狂；女孩儿们有着不染俗尘的质朴和美丽，跳动的舞步在她们脚下跳得痴情。他们精力集中旁若无人，好像我们这些外来客根本不存在。

男女孩儿们在汗流如柱的排练，一段一段一遍一遍，不歇不停不怨不烦。这让我想到距离他们一百多公里以外的省城，想到在那些灯光明亮，地板锃亮的大排练厅里，再也看不到这样的景象。我被感动，被这样一群勤奋踏实的舞者深深地感动。

这些孩子实在太可爱了，我说，城里那些条件优越的孩子可没有这么玩命的。黄团长告诉我，这些正在跳舞的姑娘小伙多数是从山里招来的年轻人。是的，我看得出，这是一群朴实的孩子，他们似乎个个都憋着一股劲，一股拼搏向上和奋力争先的劲。从他们青春激昂的跳动中，我仿佛又看到当年他们上几辈同行那股奋发向上的气势，看到我年轻时怀揣梦想在排练厅里摸爬滚打的身影。我很激动，我好久没有这么激动过了。

我是早产儿，从险些被母亲生在舞台上时开始，或许就意味着我这一生将与舞台和艺术有扯不断的关系。从地方剧团到部队文艺团体，从部队文艺团返回地方再到高等艺术院校深造，然后从事艺术创作和编导工作，我人生的大部分岁月，几乎全部消耗在自己和别人的舞台上了。好不容易可以挂鞋息舞，把最后的事业定位在文化艺术研究领域，却又让这摊工作把我带入一个全新的民族民间文化天地，带进东川歌舞团的排练大厅，带进这样一个让我热血沸腾的舞蹈场面中来。至此，我百感交集，缘分之情难以言表。

是，我对曾从事过的舞蹈仍有难以释怀的情结，这里的气氛让我忆起当年在部队舞台上的血汗拼搏，忆起岁月寒暑闻鸡起舞的苦练。此时我的心脏与这帮年轻人的激烈舞步频率相同，我灵魂深处的情感律动随着孩子们的鼓点节奏跳跃起伏。

第二天做完手上的工作，我又去了一趟歌舞团，想了解这个彝族神鼓舞的来龙去脉。

我还是在二楼的排练厅找到了黄永坚团长。黄团长在指导演员排练，他知道我是云南第一届舞蹈编导专业的毕业生，笑称我是真正的学院派，谦逊地让我指点这些来自大山的质朴青年，说他们大多数不是专业的舞者。你错了，我说，这些孩子才是本质上的舞者。他们的舞步在与大地交流，他们的鼓韵在与天空对话。只有能够与天地通灵对话的人，才是天生的舞者，而天生的舞者才是真正的舞者。

我一边听黄团长向我介绍排练这个鼓舞的来龙去脉，一边安静地，不以打扰地注视着眼前这群姑娘小伙子们排练。看着他们为实现一个理想的调度场景和画面，总是不知所向地左右跑动，我本能地站起来伸臂示意，并抬腿导向，只为给他们一些指引或提示。没想到他们竟然看懂了，并在我的注目下，非常有序地自动调整队形，自然地变换着队形动作和跑动方向。或许，这就是舞者与舞者之间语言交流。用不着说话叫喊，只在举手投足之间，相互就能领会对方的心思。孩子们真聪明，好好培养能成大器，我高兴地说。黄团长对这帮孩子的喜爱成度并不亚于我，他把对他们的希望寄托在对未来的设想中，并打算以东川的地域文化为主打造一台民族民间歌舞节目，重振东川歌舞团当年的辉煌。

看过排练之后，黄团长和副团长把我带到他们办公室，二人轮番跟我讲起排练彝族神鼓舞的起因和过程，既满怀深情又有难言之隐。其实，不需他们多说，当我踏进那间两位团长合用的简陋的办公室，我就明白他们的困境和苦衷了。

我们聊起东川歌舞团的前身，一个有着歌舞队、话剧队、京剧队和一个庞大乐队的东川文攻团，聊到这个团体过去曾经有过的辉煌历史，同时聊到这个团体所面临的种种萧条与困难。

其实，十年前到东川审查调演节目我就知道，东川歌舞团曾经有过的辉煌已经烟消云散。是的，东川歌舞团面临着严重的不景气，演员队伍整体老化，艺术人才青黄不接，业务经费和业务活动几乎为零。很显然，这是体制改革给所有专业文艺团体带来的阵痛。我觉得既然是阵痛，那就不会是永远的。文艺团体必须适应时代的发展，依靠自身的力量和优势脱离困境，在市场经济时代闯出一条生路来。黄团长和书记对此表示赞同，并对东川歌舞团能在逆境中闯出一片新天地深信不疑。所以他们摸着石头过河，在困境中探索，把体制改革带来的阵痛时间尽量缩短，让这个团体在死亡与复活交界处重新看到希望的曙光。让云南少数民族文化走向更加广阔的天地，在现代经济领域中争得一席之地，是云南的文化艺术定要达到的目标，也是东川歌舞团目前需要做的事情。可是，经济领域是经济学家和商人的奋斗领域，艺术领域才是艺术家的创造领域，二者风马牛不相及。文艺界究竟要怎么做，才能让游离于商业体系外的艺术与经济挂钩，让文化与世市场相融相生于同一现实世界，这不啻是曾经让所有文化人头大的事情。从中央到地方的很多文艺单位一次次面临解体的危机，甚至有许多经济效益不好的文艺团体已经解体，东川歌舞团眼下面对的困境不是孤立存在的。虽然创作彝族鼓舞的初衷和以后的成功给他们带来过一些信心，但对如何通过这个节目的成功去打造更多和更好的节目，大家难免还是顾虑重重。

可不是吗，这个处在新旧交替时期的文艺团体当何去何从，他们应该作出怎样的选择才算正确，没有人知道。但他们想，解散一个剧团倒是省事，但重建一个剧团决非一朝一夕之事。尽管经济时代的步伐不可阻拦地向前迈进，人民的物质生活得到满足以后，仍然需要精神文化生活来充实。东川四十五万人民只有这么一个专业文艺团体，这个文艺团体担负着为东川人民提供精食粮的重任，这就像一座高楼林立的城市没有绿叶鲜花来点缀就显得苍白而没有生机。所以，这个歌舞团不能解散。不但不能解散，还要将她振兴起来。可是如何振兴，剧团没有经济来源举步艰难，如今就连卖道具进行排练的经费都没有，更不要说购置现代的灯光音响设备排演一台令人瞩目的好节目了。他们又想，这个世界上许多东西原本都是没有的，房子，自来水，电灯，电话，所有人们生活中不能或缺的东西，哪一样不是无中生有依靠人的智慧创造出来的。所以，他们必须拿出勇者之心去面对艰难困境，以顽强开拓的精神去做出生存与发展的选择。最后，他们决定先拿出一个彝族鼓舞来鼓舞士气，以大家对这个团体的深厚情感来激励全团演职员，树立走出困境的信心和勇气，重振雄风，东山再起，付出智慧与汗水来来实现明天的辉煌。

我学过编导，我知道任何一个艺术作品的创作过程都是一个艰险的过程。尤其对艺术舞蹈而言，如果没有绝妙的创作思维，没有绝佳的编导思路，没有演员们愿意付出艰辛的配合作和编演人员共同的努力，就不会有一个可以让观众承认的作品立在舞台上。想编一个随随便便的作品糊弄观众倒是简单的事情，把人叫齐三两天跑跑走走比划比划就拉到台上演出的节目多得很，可那样的东西想让人叫好买单无异于自欺欺人，也就只能糊弄那些雾里看花的外行人。所谓内行看门道外行看热闹，行里行外不管哪一行都这么说。东川歌舞团毕竟不敢拿自己的命运去糊弄观众，不管他们的观众是内行还是外行。所以他们力求完美，誓要打造出一个，既让内行看得清门道又让外行看着热闹的，有筋有骨有精有神的彝族神鼓舞。

舞蹈本身没有可用声音传递的语言，故而，舞者必须用肢体运动来完成他们的内心语言表现，向观者诉达他们的内在情感。两肢胳膊两条腿就是一个舞蹈演员的交流工具，运用这些工具准确地说出你想说的话，让观看者看懂你的肢体语言，达成台上与台下的沟通与交流，就是一个舞者的终极任务。但这决非易事。舞蹈不是夸大的哑语，舞蹈是建立在情感基础上的肢体行动，是超越普通语言表达的艺术思想再现。就算它是放大的哑语，又有多少正常人不借助哑语翻译可以看懂那些动作呢。所以当很多喜爱舞蹈的孩子问我，掌握舞蹈的技巧和情感是否很容易掌握的时候，我负责任地回答她们，掌握舞蹈技巧很容易但把握舞蹈情感不容易。这是对一般的舞蹈而言。一般的舞蹈运用肢体动作表达情感且不容易，鼓舞就更难了。鼓舞没有更多的舞蹈语汇和肢体语言可跟观众交流，它只能靠简单的身体移动和鼓棒运动来表现演员内心的情感，只能靠鼓槌敲打出的鼓点节奏来体现不同的情绪和不同的时空状态。不言而喻，单凭不鼓点节奏就要引起观众的共鸣，把观众带入某种时空想象而得到心灵情感的体验，无疑是一件难以做到的事情。

我与团长和书记聊起一个舞者都知道的故事，说俄罗斯的芭蕾舞剧《天鹅湖》堪称世界艺术经典，舞台上那些美丽的天鹅姑娘个个舞步轻盈跃跃欲飞，在观众心目中留下一幅幅鲜活的生命景致。但这个舞剧最初对天鹅们的造型设计并不好，演员姑娘们上台时个个身上都绑着一副笨重的大翅膀，想跳跳不动，想飞飞不起，闹了许多笑话，把创作舞剧音乐的柴可夫斯基气得扬长而去。后来这个舞剧的编导决定对最初设计做完全修改，他带姑娘们去天鹅湖体验生活，让她们看湖上的天鹅如何飞翔和跳动，让她们把自己的四肢想象成天鹅的翅膀和长足。最后的结果是，姑娘们统统解下身上那副沉重的翅膀，在不求形似但求神似的飞翔中成就了这个伟大的经典。

黄连团长和书记眼睛发亮，说他们知道这个故事，他们当时想到的就是，不能让孩子们敲死鼓或死敲鼓，他们要让彝族神鼓舞抛弃形式，在表现上达到神情兼备的完美境界。于是他们多次带队下乡体验生活，从东川附近的阿旺乡到法者乡，再到一些有彝族聚居的边远村寨，让年轻的演员们体验和观察生活，让孩子们从那些能够打动和感动他们的事物中去寻找感悟，去体会那些可以感动观众的东西。他们找到了，他们发现这种东西叫做情感。

其实，这种情感无处不在，它就在彝族人勤劳朴实的劳动和生活里，在老阿妈千针万线织出的绣片上，在年轻母亲的怀抱中，在彝族汉子点燃的火把上，在小伙子们高唱的酒歌里，在美丽姑娘跳起的舞步中，在彝家人欢庆贺丰收的打谷场上，在彝族人祭祀天地和祖先造化生命的鼓声里。年轻演员们高兴极了，好像浑身有了使不完的劲。他们决定把彝家人对大自然的崇敬和对生命的情感带回去，把彝族汉子的粗犷和彝家阿妹的柔情跳在自己的舞蹈里，把原汁原味的少数民族文化融进神韵铮铮的鼓声里。

为更好地把少数民族文化渗溶在鼓舞当中，团领导决定招用当地的彝族男女青年，让他们参与到这个以鼓为主的舞蹈中来，发挥他们身上独有的少数民族气质，扬洒他们生命中年轻而宝贵的质朴和热情，跳出山地民族的豪放，擂出大山深处的激情。

歌舞团吸收了二十多个彝族男女青年，让他们与汉族青年演员一起生活一起训练，相互影响取长补短，尽快适应工作环境，融入这个由年轻人组成的艺术大家庭中来。纯朴的彝族青年们身上充满青春热情，很快就与团里的年轻人情感相融打成一片。可是问题出来了，这些从田间地头走出来的孩子没有舞蹈基础，甚至没有一个人在专业舞台上跳过一次舞，谁也不敢像在山寨里一样纵情歌舞张扬个性。团领导心有余惧，他们看到两支队伍站在一起参差不齐，该跳的地方跳不起来，该喊的地方喊不出来，原本轻巧木制鼓捧在他们手中重似千斤，跑动迟缓笨拙舞步七零八落，排练进行不下去。

这怎么办，团领导作难了。这些彝族男女青年非常纯朴，小伙子往大鼓前一站，屹立挺拔像模像样；姑娘们跳起舞来纯朴自然，优美大方。他们当初要的就是这股劲儿，可现在孩子们使不上这股劲。是啊，团里对这些山里孩子的要求太高了，既要让他们在鼓舞中保持本民族独有的质朴风情，又要让他们步调一致跟上专业演员的动律节奏，不啻是一件难以办到的事。他们看到，这些散失自信的孩子眼中有了低落的情绪。毫无疑问，他们让这些彝族青年投入到鼓舞当中的初衷是好的，但实际操作起来是困难的，甚至是不容乐观的。

难，怎么办。有困难就不上吗。不能不上，这个鼓舞一定要上，并且一定要成功。这是文化局领导对彝族鼓舞的重视与关注，是团领导对演员们下的死命令，也是这二十多个彝族青年和歌舞团的青年演员们对自己下的生死战书。

人们常说，舞蹈是力气活，舞蹈是吃青春饭，舞蹈同时也是众多文艺形式中最能吸引观众眼球的耀眼光环。这个耀眼的光环，可能就是吸引众多爱好文艺的孩子投身舞蹈事业的最大动力吧。但搞过舞蹈的人心里都明白，没有一个舞蹈演员可以不付出艰辛与汗水，就能轻松摘取那个光环。跳鼓舞的孩子们需要那个光环，需要那个标志着他们的青春热情与事业成功的光环。他们同时知道，只有咬紧牙关，不畏困苦与艰难，才能摘取那个耀眼的光环。

创作这个彝族神鼓舞的艰难经历还不完全表现在对演员的培养上，也不全在创作和排练这个舞蹈的艰难进程中。如今歌舞团不再缺演员，不再缺信心，缺的是支撑这个节目立起来的经费。没有钱，工作不能正常运转。跟这个舞蹈关系最直接的道具就是鼓，鼓从哪儿来也得自己动脑筋解决。

他们跑遍昆明大大小小的乐器厂，哪怕买个单鼓也是价格不菲，何况，这个节目需要几十个鼓才能敲出应有的气势。做吧，咱们自己动手做鼓。从设计这个鼓舞开始，似乎就注定了这种运势，不靠天不靠地，只能依靠自己。几个团领导在一起商量之后，决定自己做鼓做道具，依靠自己的力量为这个鼓舞撑起一片天地。

剧团不富裕，只能靠大家东拼西凑掏腰包，拿出自己的积蓄来买皮买木买材料。就这样，全团演职员上下一心众志成城，在团里摆开了做鼓的阵地。

在那些艰苦的日子里，白天排练晚上做鼓，晚上做鼓白天排练，就这么白天黑夜地连轴转，精神可嘉地做出了大大小小三十多面鼓。做鼓不是容易的活计，皮子大了、小了，干了、湿了都不能往鼓桶上蒙贴，牛皮胶水轻了稠了都沾不牢。好不容易沾紧了鼓面吧，又敲不出鼓的响亮声音来。没有响声的鼓，还能叫鼓吗。

剧团领导带领演员做鼓，让别人听起来有点像是在开玩笑。可是别人笑归笑，他们还是得做，因为他们买不起。演员们做鼓是外行，但这不要紧，拿出谦虚的态度去请教内行总是个办法。团领导亲自向外地的做鼓行家学习做鼓的经验，被感动的做鼓师傅们让贫穷而谦虚的文化人得到了一些真传。经过不断的学习与摸索，苍天不负有心人，既有鼓样又敲得响的鼓，终于做成了。

就在喜悦来临的时候，糟糕的事情又发生了。那些力大无穷的小伙子在排练中把鼓皮给捶破了。这还得了，孩子们焦急地说，咱们排练就把鼓敲[illegible]出的时候咱们拿什么去敲呀。团长忍俊不禁啼笑[illegible]事，演员能把鼓敲通了，说明他们把自己[illegible]是啊，我们不控制演员的情绪，不能排[illegible]但我们可以想个两全齐美的办法，把鼓[illegible]练的时候可以用，演出的时候也不耽[illegible]有聪明人想出了好主意。他们用与[illegible]之后，蒙贴在皮鼓面上，这样既能在[illegible]好地保护鼓面不受破损。还别说，这[illegible]意。往鼓面上蒙一块胶皮加一层木板[illegible]出需要的声音和节奏来，演出的时[illegible]的鼓面，真是个排练演出两不误的好点子[illegible]

就这[illegible]，在歌舞团领导的鼓励和亲自带领下，几十个热血青年继承文攻团努力奋斗的优良传统和作风，在极其艰苦的条件下排除重重困难，用自己制作的神鼓，擂出了当代青年勇于开拓和创造的精神风貌，擂出了大山民族的长风神韵。

彝族神鼓舞成功了，它走出了大山，从县区到市区，从省城到京城，短短三年间，它就包揽了全国和省内外民间鼓舞大赛的奖项。

2003 年五月，刚刚诞生不久的彝族神鼓舞走出东川大山，前往在省城昆明举办的“昆明国际旅节全国民间鼓舞大赛”现场。在几十支参赛队中，东川这支鼓队看起来显得十分的年轻和没有大赛经验。是的，东川的姑娘小伙子们第一次走进这种竞争激烈的赛场。那些跃跃欲试的，准备跟他们进行较量的队伍，几乎全是参加过无数次全国比赛，获得过无数项大奖的，比赛经验丰富的沙场老将们。

怕了吗？东川的姑娘小伙子们在心里问自己。不怕，他们固然有历经各种比赛的技巧和经验优势，我们有初生牛犊不怕虎的优势。最重要的是，我们有冲破重重困难千锤百炼的奋斗经历，我们有十万大山赋予青春斗志的昂扬勇气。不管你是比赛场上成绩显著的击鼓高手还是声名远扬的昨日冠军，既然在此相逢，那就是劲敌与对手。中国不是有句老话吗，狭路相逢勇者胜。这没什么说的，拼了！

比赛结果出来了，彝族神鼓舞仅以 0.01 分的弱势负于鼓舞大赛的沙场老将山西运城鼓舞队。东川的姑娘小伙子们勇气铮铮精神可嘉，但彝族神鼓舞以微弱的比分与冠军奖杯失之交臂了，那个美丽耀眼的光环被别人摘取了。

姑娘小伙子们都哭了，在银奖面前泪流满面。但这并非是耻辱的眼泪，而是这群热血青年鼓励自己胜不骄败不气馁的感慨之泪。或许不完全是这样，他们还想拼，还想搏，因为他们还有勇气，有年轻人不认输的勇气。

团长安慰和鼓励这些比赛失利的姑娘小伙子们，告诉他们，有拼搏的勇气就要永不言败，有永不言败的精神，就一定会有成功的未来。

他们暗下决定，找出与强手的差距，回去埋头苦练。相信总会有那么一天，他们站在冠军的领奖台上，用真正的成功去摘取那个耀眼的光环。

2004 年 5 月，东川彝族神鼓舞带着积蓄了一年的力量，再次走出大山，走进《云南国际旅节全国民间鼓舞大赛》的赛场。

东川彝族神鼓舞在过五关斩六将，与无数个劲敌和对手较量之后，终于在观众的欢呼声中，精神抖擞地走上了这个鼓舞大赛的最高领奖台，摘取了那个光辉耀眼的冠军光环。

东川的彝族神鼓舞成功了，姑娘小伙子们终于实现了他们梦想中的辉煌。

同年十月，在由中国文联在山西临汾举办的《中华文艺山花奖鼓舞大赛》赛场上，东川彝族神鼓舞一举夺得“中华文艺山花奖”，捧到一个与中国金鸡百花电影奖同等分量的奖杯。继而，在首都北京，在长城，在《中国民族民间鼓舞大赛》上，东川的彝族神鼓舞荣获最佳荣誉大奖“铜鼓奖”，并荣获中央电视《舞蹈世界》栏目组颁发的“舞林证书·最具特色奖”。

我想，这个“最具特色”应该就是东川彝族神鼓舞的特色了。

东川彝族神鼓舞的特色，在它于与众不同的艰辛与奋斗经历，在于它印刻着乌蒙大山不同凡响的精神气质，在于它凝聚着东川人民生生不息顽强拼搏的生命信念，还在于它对优秀的民族文化所怀有的深厚情感和传承发扬，更在它于饱含对明天和未来的希望。

东川的彝族神鼓舞在大山深处擂响了希望，在中国的大舞台上擂了辉煌，在天地间震撼着人们跳动的心房。

彝鼓嗵嗵，宛若祖先从远古走路来的脚步，那样沉重，那样漫长；彝鼓声声，如同父辈一路行来的不屈抗争，那般艰难，那般坚强；听吧，让我们倾听这古韵铮铮的鼓声；聆听它从昨天走来的脚步，聆听它走向明天的悲壮。

让我们倾听这雄魂铮铮的鼓声；它在大山深处擂动着希望，它在赛场震荡着人们的心魂，它在中国大地上鼓响未来。

至此，我仿佛又回到那个民族民间歌舞晚晚的现场，又听到那个节目主持人深情而凝重的叙述，听到一段关于东川彝族神鼓舞从大山深处来的传奇，听到观众由感动而发出如雷鸣般的掌声和喝彩。是的，我们应该感动，我们应该鼓掌，我们应该喝彩，为那些古韵铿锵的鼓声，为那些奋发上进的年轻人，为顽强的生命，为不屈的精神。

我们是不是还能有另一种希望，希望东川的彝族神鼓鼓响中国，鼓响未来。

小 说

梦 回 东 川

一

肖筱月还未下飞机就感觉到了，多伦多的这个冬天比往年寒冷。

她极不情愿乘坐超过十个小时的长线飞机，这样的高空旅行往往让她如负重压翻山越岭般疲惫。幸而这趟从香港直飞安大略省城的航班在强气流中震颤近十五个小时后，准点降落在多伦多南部的皮尔逊国际机场，这多少让她遭遇颠簸折磨的身心得到一些安慰。最起码她知道，今天的早餐不用再吃那些渗着机舱味道的洋葱腊肠面包或西红柿拌通心粉了。

这架体形硕大的空中客车刚降落地面，正向停机坪滑进中，不少神情疲倦的旅人便纷纷起身离座收拾行李，在空中小姐的制止和喝阻声中挤出过道涌向舱门。机舱里持续十几个小时的寂静顿时被打破了，有人向空中小姐抱怨此次辛苦而危险的飞行，也有人写字条让乘务长向航空公司转达有关飞行安全的建议，甚至有人向值班机长表示将投诉这架飞机有避震设施不完善等质量问题。

老人居多的头等客舱里反而很安静，乘客们离开机舱的时候也秩序井然。肖筱月身在其中心有感悟，她想，这或与飞机尚未落地前有人在颠簸中静默祷告，有人在震颤中闭目忏悔，有人往胸前默画十字有关。她最后一个离开座位走向舱门，瘫软踉跄的脚步显得有些不听使唤。在空中小姐们的抱歉与问候声中，她始终微笑着，什么抱怨的话也没说，但苍白的脸色表明她的忍受已到极限。她清楚飞机颠簸是遭遇强气流的结果，不可在此怨天尤人。

走出窄长的出舱过道，穿过敞亮的后厅走廊，她乘代步电梯往机场大厅下行时，见乘电梯上行的人穿得都很厚实，且用异样的目光打量着她，便不禁抬眼向机场大厅望去。宽大的电子屏幕下方用英、法、德、意、日等国文字滚动着相同的提示说，安大略省受冷空气影响导致多伦多气温突降，未来两周多城将持续低温天气，并显示当天气温为摄氏零下九度。

她显然穿少了。多伦多突变的气候让她始料不及，她知道自己从香港穿来的棉布衬衫和麻织长裙难能抵御这乍来的严寒。她记得几天前香港电视预报说，多伦多近期是少云多雾的晴好天气。未料，单衣薄衫地来到此地，却是另一番不及应付的森冷。她打着寒战站在取行李的队伍中，听与她一样穿戴单薄的旅人抱怨恶劣的天气并议论圣诞节的打算，心想是啊，西方人重视的节日即要到来，寄身外地的人们为与亲人团聚都往家赶，纵千山万水也挡不住归心似箭的脚步。而她迫不及待地离开香港，挤上这趟拥挤不堪的飞机，夹在这些行色匆忙的归人中间凑热闹，算是怎么回事呢。按照以往惯例，她会在圣诞节前两天离开香港回到多伦多，把离家一年累积起来的各样家事杂务清理安顺，然后与丈夫及表兄一家相聚过完圣诞节之后，就该准备新年礼物去温哥华的夫家给长辈们请安了。

缘于这一年太多的变故，她回多伦多的时间比往年早了近十天。

她之所以提前回来，一则是缘于常驻台北的丈夫打算结束那边的杂事回多伦多主持公司事务，并声称将对夫妻常年分居状况做强制性调整；其次是她的玉芹姑妈年前将从香港到多伦多来看望孙子，并打算移民过来照料她这个多病多事的侄女。除此而外，或许还有更多更复杂的，令她措手不及的事情发生。这一年她总是疲于行走，诸多纷至沓来的世事令她身陷其中理不清头绪。故而，就算严词微令的丈夫没有限定她离开香港的时间，也没有向航空公司定购机票为她安排这趟回程，她也必须提前回来，做好应对丈夫和迎接姑妈的准备。是的，她需要独自安静下来，回到那个无人搅扰的寂寞空间，清点自己的旧账，盘算自己的未来。

她又想，尽管多伦多也不见得安静，但比起香港那样的嚣噪之地，斯城郊外那个已被她断绝世交的居所，还算是一个可以暂避烦扰的清静之处吧。

“早上好小姐！”金发碧眼的机场服务小姐认真对照一遍她的护照和行李托运单据，把一个棕色大提琴盒子提出来，笑容可亲地提醒她道，“请仔看您特别托运的物品，看是否有所损坏?”她打开琴盒查看一番后向服务小姐微笑致谢，“完好无损，谢谢!”“您不怕冷吗?”仍然笑容可亲的服务小姐关切道，“您穿得很单薄，您的脸被冻得很白。请穿上大衣，以免出去受凉伤风。”

她微笑点头，再次向服务小姐的善意提醒表示谢意。却想自己的单薄和苍白并不完全显现在身上和脸上，更多的则应该是潜藏在内心深处才对。还有一点，她想是这个笑容可亲的外国姑娘说错了，她并非不怕冷。

是的，她怕冷。寒冷留给她的痛苦记忆，无异于她对死亡的恐惧。尽管尚未走出机场大楼就把搭在臂弯里的短风衣穿在身上，她仍觉得冷寒难耐。于是停下脚步，把随身携带的帆布挎包打开来翻腾一阵，想找到一件毛衫或披肩什么的。但包里除了一堆护照证件和有用没用的零碎以外，连一条围巾也找不到。而她知道身边的旅行箱里除一些常年旅行必带的物品和书籍等物，绝无一件可以上身防寒的衣物。她不啻埋怨自己走得匆忙，离开温暖的香港时竟忘了大洋彼岸是冬季。由此她恍然想起，香港的家里似乎并没有什么厚实的冬衣。不但香港没有，多伦多好像也没有。她过冬的衣服几乎都堆留在温哥华的婆家。因为这十年以来她和丈夫冬春两季的交替之际，几乎都是在那里度过。

在外国过中国年，过年必须举家团圆，这是数代侨居异乡的夫家约定俗成的规矩。从圣诞节后的第二天开始到新历年间，生活在外的儿女必须放下各自的忙碌离开小家，汇聚到温哥华的大家，守在长辈的身边渡过农历的冬至和春节，然后是元宵节此类被华人所重视的传统节日。

长辈健在，膝下儿女不得分散外地过春节，这是夫家辈辈相传雷打不动的铁定的规矩。但是眼下，夫家这个铁定的规矩对她来说，似乎已经显得不再那么重要了。如果她没有意料错的话，自己和丈夫分合不断聚散无常的现状就要得到改变了。她希望这种改变是她自己想要的改变，而不是丈夫所计划和声称的那种改变。她眼下虽然尚不能确定自己的婚姻是否即将走到尽头，但有一点她是可以肯定的，今年的圣诞节和春节她将不再与身在台北被百事缠身的丈夫一起渡过。她于是便想，是否搭乘最近的航班去一趟温哥华的夫家，把多年堆积在那里的过冬衣物取回来，免得日后为难人家不好留也不好扔。

她向国内航班购票厅走去的一瞬忽然犹豫起来。去温哥华不与丈夫同行从未有过，而她一人到夫家怕有诸多的不便与不妥。万一婆家人要是琢磨起来，恐怕不会是取几件衣裳那么简单。透过机场大厅的天窗和玻璃，看看户外灰暗阴冷的天空，看看那些寒风里畏首畏尾的行人，她打消了去温哥华的念头，并努力地抑制着自己欲想瞬间得到温暖的冲动，催促自己赶紧回家。心想只要回到有火炉的屋子里就不冷了。

她累了，她不想再走了。从多伦多启程香港，从香港到台北，从台北回香港再到云南，从云南展转到上海，再从上海返回香港后，从遥远的东半球到脚下的西半球，近一年的劳碌与奔波已经让她身心疲惫。

她拖着沉重的步履走出机场大厅，抬手招来一辆计程车，往多伦多城外的约克区驶去。

计程车开出机场大道，驶上通往多伦多城郊的公路后，黄发灰眼的男司机从倒车镜里打量一阵蜷缩在后排座里的女客人，操着略带捷克口音的英语问她是否要去约克区的爱·丁堡别墅，仿佛他适才没有听清楚客人的要求，故需要再次向这个心困神乏的中国女人得到确认。

“是的！爱·丁堡别墅。”

当她用说得还算标准的英语复重自己要去的地方时，看到这个白种男人的灰色眼睛里泛起一丝不屑与迷惑。她熟悉这种眼神，她知道这个西方人眼睛里的不屑是来自对东方世界和中国人的无知。而他的困惑则是因为他想不通，或者他认为如爱·丁堡别墅这类上等阶层白人居住的区域，像她这种穿戴随意的东方女人不可能随便就能进去。她把同样不屑的眼神从这个男人脸上移到车窗外，丝毫不去理会见过不止一次的白种人的迷惑。

马力强劲的奔驰牌计程车似有意载客观光一样，穿过著名的麦克艺术馆和典雅的约克区博物馆，穿过世界一流的约克高尔夫球场和沙滩公园以及艺术广场，穿过一个个景色秀美的乡树小镇和一片片绿荫起伏的葡萄种植园，朝着依山伴湖的爱·丁堡别墅方向行驶着。这疯狂的汽车向前飞奔一路，车载高音喇叭震响一路。曾经风靡一时的猫王爱尔维斯·普来其利、流行不减的麦克·杰克逊以及另类被西方青年痴爱的现代摇滚音乐，似都集中在这一时刻和这个窄小的空间里嘶吼了。

她纹丝不动蜷缩在汽车后座里，目光越过寒雾笼罩的多伦多城，凝视着远处黑色楼影上方那沉霭一线的天空。心想往年圣诞节前的多伦多没有这么冷，除非下雪或是滴水成冰的时候。看来，天气有时候很像人的心情，说变就变。

看着异乡寒冷的天空，看着雾霭之下一如远山般起伏交错的墨色楼影，她心里浮起几许迷惘，几许惆怅。

像是一种逃亡，从天涯的那一端，逃到地角的这一端。她不知道，这个世界究竟有多大，生命的脚步到底可以走多远。如果时间是一条河，那么空间是不是一片海，她还需要走多久，才能到达自己心灵的圣地。可是显而易见，她已经走得太远，太久了，似乎找不到那片圣地了，仿佛没有那片圣地了。时间和空间已经交错混乱，无论距离有多远，面积有多大，这个世界已经被共有的事件缩小了。老弱的贫病者在饥饿中死去，贪婪的掘金者富可敌国，财富变成罪恶的通行证，美德被践踏者踩在脚下，恶性爆炸，恐怖谋杀，巧取豪夺，尔虞我诈，这些屡见不鲜的新闻，充斥着每个角落的每一双眼睛和每一对耳朵。可是时间分明是一条河，空间分明是一片海。她想，哪怕这是两种事物，如果把它们和成一种事物，她是否还能把经纬分开，从现实的裂缝中，看见久远的从前，看到可能永不再来的，那方干干净净的土地，那个纯纯洁洁的年代。不可能再有了。至少在上帝以某种方式清算以前，她曾生存过的那方土地，她曾生活过的那个时代，不会在交错混乱中重现。所以她逃亡，无论路途有多远，天地有多大，她拥有过的好梦是那么具体，具体到她走到每一处，都看不到它的影踪。而多伦多，这个常年奔波往返的繁华都市，在她眼里依然陌生。她视野中那些重重叠叠的楼影，仍旧让她感到压抑。在这里，她如同一个找不到家的游魂寻来往返，蹉跎年华，却始终看不出它是她可赖以寄生的归属之地。但令她确信无疑的是，此时她要去的地方，正是她最后的归宿和漂泊的终点。

汽车愈往前行，她愈感觉到不踏实，甚至有些儿慌恐。像是无意间忽略了什么重大的事情，或是匆忙中拉下了什么重要的东西。可是在哪儿呢，上海还是香港，或者在更远一些的地方。自己到底遗忘或丢失了什么，她绞尽脑汁也想不出来。她把目光从车窗外收回来，裹紧身上的风衣，把头倚在冰冷的座靠里闭上眼睛，让自己的思绪停滞在现实而无奈的静默里，劝自己什么也不要去想。

她在有意让自己的思想与意识冻僵，恍惚就快要睡着了。当汽车喇叭里那些震耳欲聋的现代摇滚音乐被一首叫做“人鬼情未了”的美国电影歌曲替代时，她忽然感到一种莫名的伤痛向自己侵袭而来。

她在十年前看过那部电影，记得那是一个把两个有情男女分隔阴阳两界的故事，她曾经为那个天妒真情的故事掬一把伤感之泪，但却喜欢穿插在电影里那一段悲情浪漫的歌曲音乐。然而此时，那些浪漫的旋律和悲情的歌词却像一把柔软的利剑，穿透她的皮肤刺入她的心脏，并割裂她的血管，让她周身的血液在亢奋的旋律中燃烧沸腾之后，在一片休止无声的寂静中冷却下来，并渐渐驱于凝固。

这种凝固压迫着她的心跳和呼吸，让她的思绪不得片刻的宁息。

于是，她想到西方人所信仰的灵魂归所，一天堂；想到中国人把生命的终点叫做一坟墓。

由此她终于想起，在距此万里的天边，在遥远的大山深处，埋藏着她几近丢失的记忆。

那方土地，那个时代，虽然有血有泪，却是她灵魂可达的净土和圣地。

二

仿佛是天意，仿佛一切皆是冥冥中的注定。

肖筱月伫立在大山深处的一座孤坟前，惊愕不已地想，如果自己连石碑上镌刻的中国字都遗忘了，那么她果真不敢相信，眼前就是海东的墓地。

岁月变了，天空变了，山色变了，道路变了，视野中的一切似乎都变了，唯有她心中的方向没变。

从东川城出来，她一直往大山深处走，被十年前的记忆牵引着，没有丝毫的彷徨与犹豫，没有任何阻碍与迷惘，沿着自己认定的一条盘山公路来到这里。这在她看来，不啻是一件不可思议的事情。因为在她可搜索的记忆中，这些属于东川的大山，这座位于大山深处的墓地，她只在十年前来过一回，全记不清来路与行程。环视眼前身后的山影，仰视头顶上高远的蓝天，她渐渐明白，这是冥冥中的指引，不需要记忆。是的她想，只要东川的大山依然矗立在她的心里，大山的路就会在她脚下延伸。只要被情感和愿望牵引着一路向前，她就能够到达令自己魂牵梦绕的境界。可是十年梦回，令她恍若隔世。

或许对亘古永恒的天地来说，十年的光阴不过是一闪即逝的瞬间。但对她和眼前这座孤坟而言，却是风雨天涯两地茫茫，尤同过了一生那么漫长。她离开了，走远了，回头再来时，发现它已不再是昨天的模样。原来凹凸不平的山路已经平坦了许多，道路两旁的山壁也垒砌起层层牢固的石砖。以往寸草不生的山坡上铺起了一层幽绿的青草，荒凉的坡地后面也长出一片苍翠的竹林。但想，眼前的一切虽不再是昨天的模样，但至少她身后这些大山还在，她眼前这个山坡还在，山坡上这座孤零零的，用矿石垒成的坟墓还在。

她不知道，这十年都有谁走过这里，有谁来过这里，在这里种植了一片绿草和竹林。可谁知道海东生前喜爱岁寒三友，谁知道他曾梦想把青竹种满房前屋后的院寓。抑或，谁也没有来过，这里的绿草和竹林原本就蕴藏在土里，只待喜爱它的人到来之后，便和着他的希望在风雨中一起破土发芽，在阳光下成长茂密。

她走近墓地，奉上一把野花，伸出指尖去轻轻地触摸石碑上的名字，强起微笑的眸子凝着冷凉的泪。曾几何时她想到过，人的生命终将要以这样一种方式与泥土融成一体，孤单单伫立在这人迹罕至的荒岭高处，以一种从容和静默的目光看红尘来往，观世事沧桑。

“你还在吗？”她抚摸着石碑上的名字问，“如果你在这里，我为何听不见风动的声音？为何墓边的草儿不向我摇摆致意？何许，你已不在这里，你的灵魂在天上。相信上帝的人曾经对我说，好人死了灵魂就会去天堂。那么我想知道，被葬埋的是谁？是谁的身躯在这里沉睡？这里果真躺着一具灵魂已去的躯体吗？哪怕真是这样，那我仍然记得，那个远去的灵魂曾赋予一个男人生命，他有形的躯体曾存活于世。”

肖筱月当然记得，那个健康而强壮的，智慧而善良的，年轻而鲜活的，男人的生命和有形的躯体。以及在此前此后灵魂远去的，母亲的生命与有形的躯体，父亲的生命与有形的躯体，那些与她有血缘关系和没有血缘关系的，男人与女人的生命和有形的躯体。

三

“男人的生命从离开母体那天开始独立，女人的生命则从得到爱情之日走向成熟。”肖筱月十分信奉这些不知谁对她说过的话。因而，她认定自己十九岁以前的人生是白过了。

肖筱月20世纪60年代末降生在一个灾患不断的人家。父亲是精神病院最出色的主治医师，母亲是交响乐团最好的大提琴手。这两个风马牛不相及的男女认识得很偶然，但如今看来却是一种必然。

是那场革命运动暴发的年代，各种思想形成的派别斗争得很残酷。除非麻木不仁者，几乎无人可幸免卷入这场轰轰烈烈的运动。她父亲潜心医学没有参加任何派别，故而运动初始就被归入臭老九的行列。可笑的是，这个年近不惑尚未婚娶男人，几乎就属于那种极端的麻木不仁者，头上戴了一顶臭老九的帽子然不知此名头何来，硬搬个楼梯去图书馆爬架子翻书查辞典之后，说古今中外的书里翻不到臭老九这个名头的来缘，把那些赠他名头的人逗笑得死去活来。这个呆儒的男人还有另一种呆愚就是，他翻来覆去想不明白，为何自己被视为‘坏人’的同时，又被剥夺给‘好人’看病的权利。其实原因很简单，别人说他信奉外国人弗洛伊德的精神心理学说，50年代初曾去德国读过书，个人历史很不清。

肖筱月的母亲虽然很有艺术才华也很年轻，却因父母是反动学术权威而背上反革命后代的罪名。这个姑娘虽然年轻却并不糊涂，当做大学教授的父母畏罪自杀后她就想到，自己的下场不会好过父母。不过她始终认为，敢对这场运动说真话的父母亲没有罪，故而拒不承认自己是反革命的后代。她横冲直撞跑进革命阵营捣乱，向关押父母的革命派索要她的亲人，向宣布她有罪的人讨还清白，向对她举起拳头的男人朗诵诗歌。她如此这般折腾，便得了一个疯癫的名号，叫人五花大绑捆起来送进精神病院。

很显然，肖筱月的父母一开始是男医生与女病人的关系。倘若没有那场翻天覆地扭动乾坤的大革命运动，这两个年龄悬殊性格迥异，爱好职业风马牛不相及的陌路人，抑或一辈子不会相遇相知，成为相亲相爱的患难夫妻，当然也不会把他们的女儿带到这个世界上来。

或是缘于母亲的遭遇，筱月生下来瘦小又苍白，且自幼患孤独症，少言寡语惜话如金。她从不欢笑，似也没欢笑的记忆。她很少跟人交谈，多数时候连亲人也不了解她的思想。她怕见陌生人，听到异样的声音就紧张恐惧。她反抗恐惧的办法就是藏在别人看不见的地方，用利器割破自己的手臂玩弄流出的血汁。她时常在夜深人静时梦游般跑出去，痴痴呆呆望着天上的圆月自言自语，甚至把自己捆在树枝编成的花环上淌到冰冷的河里，任由流水把她冲向未知的尽头。

有人说这个可怕的小姑娘遗传了母亲的精神病，也有人说她在母亲肚子里就感染了孤独和忧郁，但是没人关心她幼小的心灵是否会因封闭而残缺，也没人在意她是否会在自闭和恐惧导致的自残中死去。

筱月知道自己曾经有过父母亲，但她却对家的概念十分模糊。或换句话说，她一直以为自己是一个从小失去父母的孤儿。

她没有见过自己的父母，不知道在她出生前发生过的事情。她知道，自己很小就被出远门的父亲寄养在奶奶家里，年迈的奶奶临终前又把她转寄在大伯父家里。后来大伯母说自己家小摆不下侄女的一张小床，就此占了奶奶的老宅又一次带她搬家。就是这样，她仿佛没有固定和安稳的居所，她觉得自己从生下来那天就是一件被转换寄存的物品。总是被亲人们挪来挪去随意转移安置，而最初把她当作物品寄存的父亲，或只负责为她交纳少得可怜的寄存费。

肖筱月的大伯父在一所医学院里当教授，平时总四处去讲课做研究，虽然喜爱五岁的小侄女，却少有时间回来照顾小侄女，于是，不得不把小侄女托嘱给自己的妻子来照管。肖筱月的大伯母在大学食堂上班，忙碌起来就把她扔到临时托儿所交给阿姨看管，有时竟到半夜都想不起接她回来。

筱月小时候体质不好，常上医院打针吃药，这让大伯母很是心烦。年龄稍大些的时候筱月的身体状况渐渐有好转，但大伯母仍嫌她哭闹烦人是个累赘，时时把她淘神费钱的话挂在嘴边，骂她是上门要债的讨债鬼。

因为伯母不喜欢她，堂兄妹就常常欺辱她，做了坏事就赖给她，然后躲在暗处看伯母骂她打她罚她来取乐。大伯母常罚她跪门外的石板，有时一跪就是几个小时不让她起来。曾有一次，她跪在地上打瞌睡时把头磕到台阶上，流了许多血。她把鲜红的血汁从头上抹到手上，感觉这种液体的色彩很奇怪，于是将它抹涂在墙上，画一个殷红的太阳。她怕冷，她就喜欢红色的太阳。

大伯母看到墙壁上的血后吓坏了，直骂小侄女是疯子的女儿，像躲避瘟疫一般赶紧离开她，跑得很快很远。她终于知道，玩弄自己的血汁可以吓退凶恶的伯母。于是，只要大伯母将要骂她或罚她的时候，她就快速跑到角落里划破自己的胳膊，将流出的血汁涂抹在脸上和身上，以此来吓跑大伯母。

筱月八岁那年中秋的晚上，大伯父与朋友把她带到大观去楼赏月游玩。

大人们坐在凉亭里观月谈笑顾不上孩子，她便寻着清亮的月光跑到一条河流面前，坐在草地上，瞧看映在河里的月亮。她忽然想起，小时候奶奶给她讲过嫦娥奔月的故事，她就想扑到水里，到月亮里去看嫦娥跳舞。河水在流，月亮随着河水往西游，她就把自己绑在树枝上，跳到河里，去追赶流动的月亮。当身体往下沉她才知道，河里没有月亮，幸得过往的小船把她捞起来才没被淹死。

上小学后，她和堂兄妹们抢占大伯父的辅导时间，同时和他们分用不多的零花钱。这让大伯母很不高兴，把她当成这个家里多余的烦人精。她不喜欢说话特别爱哭，哭起来没完没了，要大伯父哄她才不哭。这就更加深了大伯母和对她的不满和厌恶。所以在她刚满九岁时，大伯母为图省事，坚决而果断地把她送到郊外一所可以寄宿的舞蹈学校上学。

她不喜欢舞蹈学校，哭着哀求大伯母不要把她送去。无奈大伯母是个狠得下心的女人，在扔下小侄女自顾离去时，对这个被吓得手足无措的小姑娘明言，这叫眼不见心不烦。

舞蹈学校离省城有20多公里的路程，市内没有直达学校的公交车。只有到周末的时候，学生们才能坐学校的班车回城。舞蹈学校的生活很艰苦，早上七点不到学生就得进练功房压腿练功，下午练习舞蹈，夜间补习文化课。

肖筱月刚进学校的时候会想家，想家的时候就哭，哭得老师心烦意乱。班主任老师常来安慰她，学校放假的时候亲自把她送回家。可是筱月知道回到家也难得见着喜欢自己的伯父，除了要遭受堂兄妹的欺负外，还得忍受大伯母的嫌弃和叨唠。就这样，她渐渐地不想家了。即使偶尔有想家的时候，也不会再哭了。有同学见她不回家也没有父母来看她，取笑地问她是不是一个孤儿。她说自己就是孤儿，她没有父母。她觉得同学有理由怀疑她是孤儿，因为就连她自己也怀疑自己是孤儿。在她心目中，和气的大伯父可以算是她的亲人，狠心的大伯母则只能算她的家长，他们决非她的父母，他们的家对她少有爱护和温暖。

所以尽管学校生活艰苦漫长，尽管每天只能见到老师和同学，尽管内心很孤独也很凄凉，她也不情愿回家。

因为筱月个子细高，四肢修长，学校安排她去学习古典芭蕾。

她不喜欢跳舞，也不适应从早到晚练功跳舞的集体生活，故而把进舞蹈学校看成一件可怕的事情。但是，当老师强迫她把大腿放到齐胸高的把杠上，让她把身子压紧的大腿的时候；当老师让她面壁坐下，用脚把她的身子蹬到墙上紧贴的时候，她会在撕裂般的疼痛中咬紧牙关，强忍着不让自己的眼泪掉下来。她就这样苦撑苦熬，到训练结束以后才奔到人迹稀少的小树林里，对着无有应答的天空哭嚎叫喊。在这种日复一日的疼痛和折磨中，她开始怨恨大伯母。她认为自己在学校遭受的所有不幸，都是那个恶婆在用最狠毒的方式报复她。

肖筱月不是一个娇气的女孩子，练功学舞的苦累她自己能忍受，但唯独不习惯学校的饮食。她从小没吃过母乳也不喜欢肉食，对牛奶和肉食过敏吃完就吐常常反胃。老师不知道仍逼她喝牛奶吃肥肉，说学舞蹈需要付出很大的运动量，如果不吃肉身体就会垮掉，没有好身体就学不好舞蹈，将来可能要被学校淘汰遣送回家。她虽然不喜欢舞蹈，但从心里害怕被学校淘汰遣送回家。她不能重蹈覆辙回去忍受大伯母和堂兄妹们的讨厌和欺负。所以不管是牛奶还是肥肉她都闭着眼睛往下咽，等老师走后就跑到卫生间扣挠嗓子吐出来。因此她越来越消瘦，十二岁的年纪就长到 160 公分的身高，体重却只有三十公斤不到。

肖筱月只长长度不长宽度，不久就在同龄女孩子中鹤立鸡群般高出一个脑袋。这让老师们感到很是奇怪，都说她的个子长得比体重快几乎两倍，非常适合做芭蕾舞演员。班主任于是就特别关注她的学习和生活，在她身上下的功夫也比其他女孩多，不但对她的作息时间和饮食习惯进行严格的控制，在保持体形和训练技巧上也对她一丝不苟，费尽心机要把她培养成一名出类拔萃的芭蕾舞者。很快，她的学业有了突飞猛进的提高，她的艺术修养有了全新的面貌，她的舞者气质有了突出的显现。

每当学期末拿到优秀学生证书的时候，筱月都会从大伯母脸上看到一种诧异和尴尬的表情。她心里感到很痛快，觉得狠心的大伯母把她送进舞蹈学校不啻是歪打正着，倒不一定是慧眼识才看出侄女能学好舞舞蹈。于是就开始从心里感激讨厌她的大伯母，觉得这个恶婆娘竟还是为她做过一件好事。

舞蹈学校的风气不太好，十三四岁的女孩子就会涂脂抹粉扭捏作态，花很多的心思用在穿衣和打扮上。稍大些的姑娘虽没有公开谈恋爱，但敏感的内心似已懂得情为何物，并时常聚在一起对过往的男人评头论足。由此类女孩儿构成的群体一向排斥异己，谁要是稍有不慎跟男同学说话或拉扯，就会遭到她们指桑骂槐的妒忌和群起而攻之的发泄。

筱月往往不在此列，学校发生绯闻佚事的时候都看不见她的身影。并非她那颗幼稚的心灵懂得清高自重是女性的美德，而是她早被女孩子们视为排挤和孤立的对象。她突出的身高和容貌，良好的素质与气质，寡言寡语的内向性格，皆与聚众成群的女孩们格格不入。当姑娘们在一起说三道四的时候，当女孩们于人前显富的时候，当女同学们结队出去玩耍的时候，她所能去的地方，不是练功房就是图书室。她是被孤立的另类，她自己也明白，女孩们把她视为无利亦无害的同性另类。但是在她三年级的时候，还是发生过这样一件事情。

在一天训练的间隙，穿得极少的筱月汗水淋淋地跑到大镜子前喝水时，有个漂亮的高年级大男孩进来找她，邀她一起跳《天鹅湖》的双人舞片段，说是作为他的毕业作品。当筱月从镜子里看见身后一双双向她瞪起的妒忌的眼睛时，她拒绝了男孩儿的诚意邀请。她并非不愿意帮忙，她只怕答应下来会遭到同班女孩的妒忌和打击。未想，这个胆大的大男孩儿并不罢休，天天来找她邀请她，并当着女孩们的面说服她。她左思右想同意了，结果大男孩刚转身离去，她就遭到女孩们的围攻。姑娘们对她拉拉扯扯，说什么也不让她去跟那个男孩儿一起跳舞，从辱骂到动手搡打，直至把她逼到无路可退的墙角。她奋起反抗大打出手，结果是女孩们一片娇气的哭爹叫娘。她以为自己闯祸打伤了同伴，吓得跑到小树林里躲藏起来。她感到害怕，怕女孩子们找到她，报复她，这便下意识地，划破自己的胳膊，看到鲜血从自己皮肉里渗出来才感到安全，才感到有一种从恐惧中生发出来的兴奋与痛快。大男孩儿在树林里找到她，看见她流血就上前拥抱她，向她说出自己的爱意，她举起渗血的长甲向男孩儿脸上抓去。男孩儿把她按倒在地亲吻她以后，把她送到校医室包扎伤口，并到校长那里，把她被女孩们围攻羞辱和她伤害自己的情形汇报给校长。

在校长和老师面前，女孩子们拒不承认对筱月进行过任何围攻和羞辱，反说她孤独上瘾，是神经病和自虐狂。此时的筱月沉默不语，既不揭露同伴们伤害过她的事实，也不承认对自己的身体有过任何伤害。当老师问及，她解释胳膊上的伤是跑快摔跤叫树枝划的。那位大男孩儿感到不可思议，力图申辩说他亲眼看到女孩子们欺辱筱月，学校以证据不足不了了之。吃了亏的筱月不怨不诉对此如释重负，反视对维护她的大男孩儿为仇敌。女孩子们从此不再与性情古怪筱月过不去，被伤了心的大男孩儿也从此筱月敬而远之。

仿佛就是这样，肖筱月愿意独来独往，做一个冷癖成性，拒人千里的孤单的女孩。似没有哪个女孩子想跟她一起玩，也没有哪个男孩儿敢于接近她。于是她就习惯了孤独，习惯了自己缝补衣服，习惯了自己打理衣食住行，习惯了计算父亲寄来的钱文独立生活。别人说她是疯子神经病，远离她。想到自己的种种不端行为，她也觉得自己或许真有那种，被母亲遗传给自己的疯病。

缘于从小寄人篱下的生活境遇，筱月的日子过得拮据而简朴，穿戴也是平实朴素。但她似乎并不羡慕姑娘们有富足的生活和漂亮的衣裳，也不妒忌女孩子们有宠爱她们的父母和完好的家庭。她想，她们虽然拥有温暖的太阳，而她却拥有夕阳下无限美好的遐想。

筱月十四岁那年的秋天，大伯父一家即将迁往国外定居。

她回去收拾自己的行李时，大伯父把她父亲读过的书交给她，同时把一个装有大提琴的棕色盒子交给她。大伯父说，这是她父亲留给她的物品和她母亲留下的遗物，吩咐她妥善保存它们。

她把父母亲留下的东西搬回学校，把它们安放在无人居住的高低床上层，很久不敢打开它们，面对它们。

半夜，她从梦里醒来，看见窗外的月光照射在头顶上方，照射在亲人留给她的物品上。在寂静的夜晚，凝视着温柔的月光，她从心里感到一丝温暖。于是蹑手蹑脚爬上高床，打开对她来说显得无比神秘的大提琴盒子，伸出颤抖的双手，抚摸着母亲曾经抚摸过的琴弦，幻想着那些曾经从钢弦上流淌过的美妙旋律，想象母亲拉琴的时候，会是一种怎样专注的神情。这时，她看见琴盒底处有一本漂亮的影集，便取出来打开把它捧到窗前的月光里。她惊呆了，完全没想到自己的疯子母亲竟然如此的年轻，如此的美丽。

她从母亲在爹娘身边的少女时代，翻阅到母亲身怀有孕时，被父亲拥在怀里的最后一张照片。这些照片让她感到既陌生又熟悉。陌生的是那些她从未去到过的环境，熟悉的是从母亲眉眼里渗透出来的端庄与清丽。她再看母亲身边的父亲，细高的个子，修长的身体，长方形的脸庞显得儒雅和英俊，鼻梁上架一副黑边的近视眼镜。母亲的笑容很甜蜜，父亲的笑容也很甜蜜，心想这是一对多么恩爱和幸福的夫妻。可是，这样的夫妻为什么要生离死别，他们为什么把她带到这个世界又离她而去。她想不明白，这个问题从她记事之日就一直困扰她的心灵，她的身世仿佛是一个奥秘。

美丽的母亲已不在人世，她安静的琴弦无能为女儿解读这个奥秘。筱月只盼望活着的父亲有朝一日回来，解开这些令她茫然迷惘的奥秘。

这天下午，筱月到教师办公室交文化课作业，偶然听到老师们在议论有关她的身世，便站在窗下偷听。老师们声音模糊的谈话让她略微知道了一些自己出身以前的事情，比如史无前例的文化大革命，比如那些被认为有罪的人会被关押或下放到哪里去。但她更为关注的，是她至今没有音信的父亲。因在窗台下面偷听的缘故，她无法听清老师们怎样议论她的父亲。她踩着墙砖凑近窗台时，恰好听见班主任老师说出几个字，东川矿区。于是她想，那个叫做东川的地方，或许就是父亲远离她所在的地方。

她显然不清楚父亲在东川的矿区做什么事情，也从未听奶奶和伯父等长辈说起她父亲过去的情形，关于她父亲的全部情况，她仅仅知道，他以前曾是给人看病的医生。她想念父亲，想到那个叫做东川的地方去看看，或许她能在那里的矿区找到自己的父亲。

放寒假的那个冬季，筱月出发了。

她手上攥着大伯父从国外转寄来的一个月的生活费，离开学校跑到昆明北郊，坐上开往东川的长途汽车，经过一天的颠簸与跋涉穿越高雄险峻的乌蒙大山，来到一个欣欣向荣的矿务小城东川。

她刚下汽车就四处问人，东川的矿区在哪儿。别人告诉她在汤丹、在碧谷、在落雪、东川城外的大山里到处都是矿区，问她要找哪一个矿区。她不知道自己究竟应该去哪一个矿区，只想每一个矿区都找一找。于是她把攥在手里的，父亲的名字和照片给人看，问别人认不认识她父亲。别人当然不认识她父亲，但别人很同情她，并把她引向开往矿区的货车，请货车司机把小姑娘随便带往哪一个矿区，同时帮小姑娘打听其他矿区是否有她的父亲。

整半个月，筱月从汤丹到碧谷，从碧谷到落雪，磨破了鞋底翻山越岭寻找她的父亲。可所到之处的矿区医疗所没有人认识她父亲。她失望了极了，怀着沮丧的心情从她进去的最后一个矿区出来。

她是步行走出来的，因为等到太阳快落山也没有汽车回东川城。可是她并不知道，这些坐在汽车上可以瞬间走过的山路，用脚走起来竟然是那么的漫长和艰难。这些重重叠叠的大山，不是凭着她弱小的身躯就能一座座翻越的。她甚至不知道大山有多大，不知道自己会在走不到尽头的山里迷路。

黄昏的时候她迷路了，绕来绕去找不到来时的方向也找不到出山的道路。

山里的阵阵寒冷向她袭来，她又冷又饿双脚疼痛走不动了，于是抱着走得肿胀的双脚，坐在一道山梁边的小路上哭泣。她在心里呼喊父亲，希望父亲听见她的呼喊并回应她。寂静中没有父亲的回应，只能听见山里响起一阵阵风声。

身边的干草被冷风吹得沙沙作响，好像在问她为什么哭泣。飞过头顶的野鸟在风中叫唤，好像问她为什么独自一人跑到山里。她说她很伤心，伤心找不到自己的父亲。她说她很害怕，怕自己被冷死在这人迹罕至的山里。

不知道过了多久，她忽冷忽热的身子开始抽搐并渐渐地僵冷。当失去饥饿和寒冷的意识后她就想睡觉，并在山坡上的干草丛里睡了过去。不知道又过了多久，她隐约听到有人说话的声音，听到有两个人的脚步声离她越来越近。

她想喊出声来让过路人听见，可是她头疼喉痛没有力气喊出声来。

当她从人体散出的温暖中恢复意识时，迷迷糊糊地感觉自己爬在一个男人的背上。他的步伐是那么有力，就像一个经常征服大山的勇士那么有力。他的身体是那么暖和，似胸中有一团永不熄灭的火。他的呼吸和声音是那么年轻，似散发着朝阳般的气息。她一直感到很热，分不明是他的身体发热，还是她自己的身体在发烧。她希望这个背着她走路的男人是她父亲，但她知道这个男人不是她的父亲。此时，他正背负着她走在下山的路上。她忽又听到另一个男人的声音，他在谈论她，说这趟进山收获很大，不仅找到有价值的矿石，还拾到一个从天上掉下来的小姑娘。

背她的年轻男人听了似乎很高兴，步子走得更有力了。

“咱俩换一换吧？”那个男人对他说，“你背得太久，累坏了吧？”

"我能行。"他说，"小姑娘轻得像一片树叶，背着她走遍天涯也没问题。"

"你小子别撑能。"那个男人说，"小姑娘在发高烧，两条腿都红肿了。咱得加快脚步上公路，拦一辆车把她赶紧送到医院才行。"

她感觉到身子下面的步子越走越快了，心跳似乎也加快了许多，呼吸也有些急促起来。他背着她走了很久的山路，他仿佛很劳累。她忽然有些心疼，想从他的身体上挣扎下来。但是她头重脚轻，没有丝毫力气让自己和他的身体分离。

她真正恢复意识醒过来是躺在医院里，身边只有为她打针的护士，没有背她的年轻男人。护士告诉她，昨晚她独自一人昏倒在大山里，幸好有两个勘探队员发现了她，并把她从山里背出来送到医院。她刚到医院的时候腿脚都肿了，高烧40度昏迷不醒，情况很危险。护士说罢，拿奇怪的眼神注视着她，问她从哪里来，独自一人在山里做什么，问她有没有矿区家属的看病卡。

她赶紧摇摇头，把身上的钱都掏出来递给护士。护士把钱还给她，说，你的救命恩人早就猜出你不是本地人，他们走的时候拿自己的诊病卡为你交了住院费，且留下了一笔足够你打针治病的钱。她胆怯地问护士，两个背她出山的男人在哪里，他们叫什么名字，她将来要报答他们。护士说，他们在这里守你一个晚上，看你安全了，没事了，今天一大早就进山去了。他们没有留下姓名，他们只说希望你早些康复离开医院，并早日找到你父亲。他们如何知道我进山是为了找父亲，她问。护士说，他们或许是猜的，他们在你手里发现一张照片，照片背后的名字大概属于你父亲。

她被感动了，被两个做好事不图恩报的好男人感动了。

这是她有生以来最初的一份感动，对人间温暖的感动。她在心里记下了这份感动，并记住了那个背她走出大山的，年轻男人的气息和声音。

她在东川城的医院里住了三天，当高烧全退、腿肿全消的时候，她准备出院回昆明了。可是无巧不成书，就在她收拾东西准备离开的时候，护士从她掉在地上的书里捡起那张照片，并认出照片上的男人曾经是这个医院的锅炉工。

她大吃一惊，因为护士说的锅炉工，正是她要寻找的父亲。她说出父亲的名字，问护士是否认错了人。护士盯着照片上的人说没错，他以前就是我们医院开水房的锅炉工。她记得那个男人是“文革”时候从昆明下放来的，近十年一直在医院住院部的开水房里烧锅炉，平时也为病房送送开水或干些拖地扫楼的杂活什么的。她问护士，那个男人现在哪里。护士想一阵，摇着头说，“文革”刚结束他就离开医院了，听说是海外的什么亲戚把他给接走了。又说，倒也听说那个男人曾是精神病医生，但谁都不相信。因为平时看起来他就是个脏兮兮很邋遢的男人，自己倒像一个患精神病的人。所以谁也想不到他还能给人看病，也想不到他有什么海外关系。关于那个男人后来的情况，如今医院里的人谁也说不清。

至此，筱月寻找父亲的心在极度的失望中被透底伤害了。她开始怨恨离开她很久的，在东川不跟她联系，出国时不来向她辞行的父亲。

筱月从东川回来后变得更加沉默和忧郁，除非上课，总是身单影只地躲在角落里迷惘发呆。班主任为她担心，问她前些日子学校放假去了哪里。她不理会老师的担心，也不想让人知道她离开学校到什么地方做了什么，始终用沉默与老师的关怀进行对抗，使得这位关爱她的老师很是难堪。老师觉得她不啻是一个倔犟和执拗的姑娘，她孤僻的性格或将给未来的前途和生活带来很大的麻烦。

果不其然，她不信任一切的冷漠和倔犟，使她与父亲的第一次重逢失之交臂。

十五岁那年，筱月接到父亲从香港写来的书信。

父亲在信中称她为心爱的女儿，说他的反动罪名已经得到平反，并在五年前于姑妈的帮助下去往香港定居。他目前在姑妈家的医馆里工作，仍旧是一个精神病大夫。父亲还在信里说，他手上有一张大伯父三年前寄来的照片，是在她十二岁时拍的生日照，她的相貌酷似死去的母亲，眼睛和母亲一样端庄美丽。他无时无刻不想念被他所弃遗的，心爱的女儿。父亲在信里接着说，缘于过去的不堪和走不出往昔的痛苦，他一直不敢贸然来学校看望女儿，他怕女儿看见父亲落泊的窘态感到失望。他现在好了，无论是身体和心情都与从前大不一样，故希望她做好与亲人团聚的准备。父亲在信的末尾处说，他不久将亲自来接她到香港定居生活，并就此请求她的原谅和宽恕。

筱月把父亲的书信收藏在夹有母亲照片的书籍里，心情显得异常平静。

她不知道自己是否能够原谅抛弃她的父亲，她已经心灰意冷，她并不希望见到自己的父亲。她怀念母亲，虽然从出生之日就没有见过母亲，但她仿佛记得蕴孕在母腹中感受过的温暖。她想，如果母亲活着，无论遭到怎样的灾难与不幸，无论遇到怎样的艰难与困境，做母亲的永远不会遗弃自己的女儿。于是，她把对父亲的盼望转移成对母亲的思念，在心里种下了怨恨父亲的种子。

筱月十六岁那年的秋天，她父亲从香港来接她。陪同父亲一起来的，还有她的玉芹姑妈。事前，她是从父亲的书信里认识的玉芹姑妈。

玉芹姑妈排行第二，是肖家六个兄弟姐妹当中最年长的姐姐。姑妈上面的哥哥就是她的大伯父，姑妈下面还有两个妹妹和两个弟弟。她父亲排行第五，父亲下面的妹妹是她最小的姑母。信上说，四十年代初正是二战硝烟四虐，兵荒马乱的年月，那时候日军侵占了缅甸并向她的老家腾冲发起猛烈的攻势。年迈病重的肖家老爷临终前把家产分给年轻的太太和六个儿女，让他们离开家乡速往昆明逃生。奶奶带儿女来到昆明也不安生，时有日本飞机往城里扔炸弹。在腾冲时，奶奶听说日本人在缅甸烧杀抢掠奸淫妇女，怕有一日昆明沦陷女儿们遭此祸害，便想方设法联系国外的亲戚让女孩们躲到远处去。国外有人来接时，在昆明西南联大读书的玉芹姑妈便先带两个妹妹离开昆明，经过上海坐轮船到香港后，展转到英国投靠亲戚改攻医科。五年后日本投降，姑妈完成学业回国时途经香港，听说国内战争爆发，便与同行的男学友廖先生结婚，并从此定居香港。新中国建立前夕，玉芹姑妈携丈夫儿女回大陆到腾冲给老父亲扫墓上坟，顺便想接年迈的母亲到香港定居。结果倔犟的母亲誓死不离开家乡，说死后也要葬在肖老先生的身旁。玉芹姑妈无奈之下，只好按母亲吩咐带走两个弟弟，令他们辗转香港赴国外各自留学去。此后玉琼姑妈的弟妹们便分散在欧洲和香港等地，唯有思想进步的大哥和五弟在大陆解放后返回祖国，参加新中国的建设。玉琼姑妈很恋家也时常想回家乡看看，无奈家中因遭出身不洁连累了兄弟，她生怕再给家人新添海外嫌疑就再没回过云南，与骨肉亲人一别竟数十载矣。姑妈这次回来一是为母亲移坟到腾冲肖家墓地，二是陪同五弟接小女儿到香港定居。这是大陆“文革”结束以后，她把遭受不幸的五弟弟接到香港生活以来，唯一未遂的心愿。

是个礼拜天的早晨，父亲和玉芹姑妈来到学校。班主任老师到图书馆来找筱月，让她去校长办公室去见从香港来接她的父亲和姑妈。

筱月知道父亲一定会来，也知道姑妈想让她去香港团圆。可是她不想见到他们，也不想离开家乡去香港定居。老师不管她想不想去香港，但要求她一定去见自己的父亲。老师说她父亲以前受了很多苦遭了很多罪，希望她去见父亲时从女儿的角度给予长辈应有的安慰。

父亲，姑妈，两张陌生的面孔。她虽从他们脸上看到，自己与他们有割不断的血缘关系，但她并不觉得自己与他们是不可分离的亲人。面对已显苍老，神情期待的父亲，她甚至连一声爸爸都叫不出来。

“月儿……”父亲眼含热泪地呼唤她，“我是爸爸，我是你的爸爸呀?”

筱月仍低着头不吭声，即使从眼皮底下看到父亲的双腿在颤抖也不吭声。

她怕父亲开口说话，怕他说话就要带她走。她不想跟他走，因为他要带她去的地方，就像他给她的感觉一样陌生。她在被亲人的转寄中害怕了陌生，陌生的地方，陌生的人。所以当父亲和姑妈出现的时候，她这双没有见过亲人的眼睛只能把他们看成陌生人看待。玉芹姑妈声泪俱下地拉着她的手，说，她是她最亲的姑妈，说她在香港给小侄女攒下许多漂亮的衣裙和布娃娃，在爸爸的新家为她布置了温馨漂亮的房间，盼着小侄女早日回到爸爸身边与亲人团圆。

她猛力甩开姑妈的手，跑了。她不是因为害怕姑妈的陌生，是姑妈那双慈爱的眼睛让她心悸颤抖，让她想起自小没有得到过的，母爱的温存。是的她离开母体的时间已经太久，她已不再需要姑妈那种母爱般的温柔。她看到姑妈的目光只会颤抖，只会想起自己悲苦的童年，她不敢面对这样的一个姑妈。

父亲在宿舍里找到她，对她说玉芹姑母是个非常善良的老人，她在亲人们中间是最受尊敬和信任的长辈。她这次不远千里从香港来到云南，是想接侄女去与亲人团聚，做小辈的不能不理不睬伤害姑妈的好心。父亲又说，如今他们父女有了一个新家，他们的新家在香港景色最好的半山风景区。她从今往后可以在香港幸福地生活，也可以到国外读大学，还可以像母亲一样学习大提琴，无论她喜欢做什么都可以，爸爸和亲人们一定尊重她的选择。

她说自己已经做出了选择，那就是留在家乡哪儿都不去。她用拒绝的冷眼注视着父亲，让他走，让他从此不要再来与她见面。父亲问她为何不跟他走，为何不回家。她说，她从小就没有家，她被亲人抛弃，她当自己是没有亲人没有家的孤儿。父亲泪流满面心痛不已，伸出颤抖的手来拉她。

她躲闪不及，便发疯一样咬爸爸的胳膊，并抡起书桌前的椅子把宿舍的窗户玻璃砸碎，将一块碎玻璃紧握手中，以不怕死来威胁父亲。

伤心的父亲吓得连连后退几步，见性格执拗的小女儿手心被玻璃划破，渗出了鲜红的血汁，他流着眼泪告诉她，这些年他很想她，但他常常只能在梦里见到她。他不企求女儿能够原谅和宽恕他，只求女儿能叫他一声爸爸。只要女儿肯叫他一声爸爸，他立刻就走，保证从此不再来打搅她。

她没有叫。她很想叫，但是她叫不出来。她不知道自己怎么了，心里想做的事一旦做出来，结果恰恰相反。她想念父亲，她曾经日夜思念父亲，她曾经去寻找父亲。如今父亲站在她眼前，她却用冷淡和过激的举动伤害他。她原本不想这么做，但她控制不住自己，她就像疯了一样。

父亲伤心沮丧地走了。

她在窗前看着父亲的背影走远，她手上的血在流，她心却像被刀子捅破了一样难受。但表面上，她却并不在乎这个伤心的父亲离去时是怎样的伤心。

班主任老师跑来看她，为她包扎沾满血迹的手，问她在看什么书。她擦一把眼泪，把手里的书递给老师。老师见她递来的书竟是一本线装的古典小说，很是奇怪，问她是否看得懂《红楼梦》这样的书，问她是否理解书里那些虽然典雅绚丽，却晦涩难懂的词赋诗义。她没有回答老师，但她知道书里有着一个与今天不太一样的世界，她理解书中那些古代人与现代人大致相同的情感纠葛。因为她从书中那些人物身上感受到了人间的悲欢离合，尤其在林黛玉身上感受到了寄人篱下悲惨境遇。

“我也曾为愁病交加含恨而死的黛玉洒下过同情之泪，但她的性格中有一个致命的弱点，那就是孤僻和自闭。”老师说完问她，“为什么不愿意跟爸爸去香港生活?”

她把头扭到一边，对老师的问话不以回答。

“怎么啦，连我都不理了吗?”老师笑着伸手来拉她，“我虽舍不得你这个学生离去，却不能阻拦你跟亲人团聚。跟爸爸和姑妈走吧筱月，别让长辈伤心?”

她一拧胳膊把老师的手甩开，喊道，“他不是我父亲，我不认识他们。”

老师生气了，“你这丫头怎么这样不懂事?你再这么固执下去，学校就强制让你退学信不信?”

“退学就退学。”她情绪激动地站起来，跟老师说话的态度也很生硬，“要不是大伯母当初硬把我塞进这个破学校来，我才不想跳舞呢!”

“真的假的?”老师让她抬起头，“你看着老师的眼睛说，说你不想跳舞了?”

她不敢抬头，相反把头埋得更低，豆大的眼泪忍不住往下滴。

“不要哭小月。”班主任老师没有跟她生气，把她拉到身边坐下后，把自己的手绢递给这个倔犟的学生擦眼泪。她教了这个女孩子六年，非常了解她外强内柔的个性。心想这个姑娘平日里从未有过蛮横无理的举动，刚才见到父亲就像受了什么刺激，说话做事像疯了一样反常。又想不能再逼她，万一把她的小脑子逼出毛病来，那才是得不偿试。于是按下性子，用轻柔的话语对这个焦虑迷惘的小姑娘进行耐心的安抚和引导。

“小月，爸爸过去离开你是迫不得已，把你寄养在亲戚家里也是不得已而为之的事情，他并没有做错过什么事情。老师也一样，忙碌起来照顾不到孩子，常常也会感到内疚，这时候就需要得到孩子理解……”

“这不一样。”

她对老师说，十几年来她和父亲从没见过面，甚至连相互通信也没有。她想父亲的时候，甚至都想不起他是什么模样。接着，她对老师诉说自己的遭遇，说自己刚生下来几天就被父亲抛弃，从小受尽伯母的虐待和堂兄妹们的欺凌。在她被大伯母打骂罚跪的时候，在她被堂兄戏弄欺辱的时候，她不止一次在心里呼喊过父亲。可是她的父亲在哪里，他心里想过她这个女儿吗。她恨他，恨他在她最需要父爱的时候抛弃了她。

班主任老师的眼睛红了，“老师或许错怪你了。可老师还是要把道理跟你说明。你在伯母家受欺凌是因为你寄人篱下。现在你父亲回来了，他要把你带在身边用爱来弥补欠你的一切，他会给你一个温暖的家。你要知道，那个家才是你自己的家，是与大伯母家完全不同的家。你应该相信，天底下最疼爱孩子的人就是爸爸和妈妈。妈妈不在了，你要跟爸爸相依为命才对。就算你不理解他盼你回归的心情，也不能如此无礼地伤害他对你的疼爱，知道吗？”

筱月点点头，眼里充满对老师的关爱的感激。

“这是你父亲给你留下的东西。”老师把一个鞋盒那么大的长方形木箱交给她，“你父亲说这是你母亲的影集和他过去的日记，他希望你好好看看。如果你想给他写信，箱子里有他在香港的地址。”

她颤抖着双手缓缓接过木箱，眼睛里凝聚着胆怯，好似手中的木箱重似千斤。

她回到宿舍，打开木箱，拿出一本纸页发黄的绿皮笔记，从浸透着父亲斑斑泪迹的文字里，她读到了母亲的死和亲人们的悲惨遭遇。且通过这本日记，父母亲模糊的样子在她眼前渐渐清晰。

肖筱月的母亲叫林小，是理工大学教授的独生女儿。因为老来得子的缘故，这对年近半百的老夫妻对小女儿宠爱有加，街上有好玩的东西统统回来买给她，天上的月亮也恨不能摘给她。

林小皮肤白嫩头发黑亮，很爱笑，笑起来嘴角边有个小窝，样子很好看。因为是教授的女儿，她从小就有良好的教养，对人很有礼貌，无论长辈还是小孩，见面她总要先跟人打招呼问好，故深得父母同事和邻里们的喜爱。母亲喜欢给林小扎漂亮的蝴蝶小辫，并亲手给她缝制漂亮的衣裙。父亲常给林小做些滑稽的玩偶，并教会她拉大提琴。老夫妻俩总是想尽办法，要把女儿培养成一个有着良好教养，受人尊敬的斯文的淑女。

林小二十岁从北方音乐学院毕业时，已长成一个容貌美丽的大姑娘。她回到父母身边不久就被交响乐团录用，两年以后就当任乐团的首席琴手，她用大提琴演奏的音乐非常动听。另外，她美貌的脸蛋和活泼的性格非常招人喜爱，是为许多小伙子所爱慕和追求的对象。但她没有接受同行小伙子们的追求，因为她读大学以前就已跟父母同事的儿子悄悄恋爱了。

政治运动刚开始的时候，林小的父亲因为针对那个女政治旗手对朋友说了些不该说的话被打成现行反革命。她母亲则是因为向革命派讨要公正时，重复过几遍丈夫的话被加以同等罪名。就在老夫妻二人即将接受批判和戴高帽游行的前夜，他们得知女儿的未婚夫恰巧是那个宣判他们罪名的朋友的儿子。于是两位老人双双陷入被友人出卖的悔恨与女儿无知上当的绝望之中。

林小并不知情，她整天沉浸在自己的恋爱与艺术世界里，对眼下正在进行的政治运动不感兴趣，对家里正在发生的灾难一无所知。她仍然那么美丽单纯，那么天真幼稚，仍然对未来抱有美好的幻想。就在她满二十三岁生日，准备与恋人回家与父母商量订婚那个夜晚，厄运降临了。她推开家门看到翻倒的桌椅，看到父母在书房里双双割腕自尽，血流遍地惨不忍睹。

三天后，林小接到父母单位发来的通知。通知说她的父母亲散布反动言论畏罪自杀，要她处理父母的后事并在两天内把祖传的住房交给国家。林小没有哭出来，她以为这一切只是一个可怕的噩梦。直到亲手将父母的遗体火化，掩埋，回到被查抄后一片狼藉的家，把父亲藏在阁楼上的大提琴抱在怀里那一瞬间，才猛然醒悟到，自己的心连同自己的美梦一起被命运捣碎了。她哭了，哭了三天三夜直到声断力竭。她不敢面对怀中这把曾给自己留下过美好记忆的，父亲留给她的大提琴，于是她把它重新藏匿在父亲认为可靠的地方，等待重见光明的那天来临，用它拉出音乐来祭奠父母的在天之灵。所以在革命派为她的家门打上不准入内的封条以前，她只带走几本父亲喜欢的书籍和母亲喜爱的影集。

林小被扣以反革命子女的罪名，同时被剥夺参加样板戏演出的资格和拉琴的权利。就在她被停职并罚她打扫排练厅和厕所的时候，那个曾经对她海誓山盟的男人，那个真正的罪人的儿子毅然决然地离开了她。她自小在父母的百般宠爱与呵护中长大，二十三岁尚不晓人间烟火，不会做饭也不会料理家务。被同行姑娘从集体宿舍驱逐出来后，她借住在乐团食堂旁边那间又旧又破的小屋里。天黑的时候她就躲进被子里悄悄窃哭，打雷下雨的时候她就站在漏水的屋檐下瑟瑟发抖。她想身边有个男子汉保护和照顾她，哪怕有个男人来帮她修修漏雨的房顶也好。但是没有哪个男人敢同情她，曾经妒忌她的女人变本加厉地报复和羞辱她。她挨冷受冻没有照顾自己的能力，她被人欺负也没有诉苦的地方。

昔日的美丽公主变成遭人白眼的灰姑娘，悲惨的命运似乎跟林小开了一个天大的玩笑。于是她想到自杀，想以父母反抗命运的方式结束自己的生命。但她没有得逞，乐团领导发现她的企图后就派人把她监管起来。于是她大哭大闹，只要有机会就寻死，死不成就闹，跑到父母的单位里闹，跑到乐团排练样板戏的地方闹，要人们听一听父亲临死前写的那些诗歌。再于是她被造反派们五花大绑起来，押送到省城郊外的精神病院。戴红袖章的医生把林小诊断为精神分裂症后，交给正在接受医院改造的学术权威肖一凡。

林小被送到精神病院来的时候，手和脚都被粗麻绳子捆绑着，情绪非常不稳定。诊断经验丰富的肖一凡知道林小没有精神病，因为他从她那双美丽而冷漠的眼睛里只看到了深重的苦难和绝望。当他了解到这个年轻姑娘的不幸遭遇之后，生怕她的痛苦经历将导致严重的心理疾病，故而在造反派的同意下，把她安排到一个单独的隔离病房诊治。他每天把镇静剂换成维生素让她服下，用极其专业的手段对她进行心理疏导，试图把她从悲惨命运带来的重挫中拯救出来。

林小并不认为自己是疯子，但她似乎喜欢这个儒雅的中年医生给她看病。尽管她知道这个男人在造反派眼中不是什么好人。这个男人每天都来看她，把她带出牢笼一样的病房外面散步，叫她在树木下晒太阳，耐心地给她讲故事，让她在古今中外的悲惨故事里坚强起来。她信任这个说话和蔼的男人，并相信他是这个世界上唯一不会伤害自己的人。所以无论他让她吃什么药她都肯，无论他要求她做什么她都照办。如果他被医院拉去批斗不能来看她，或者医院换了其他大夫来给她治病，她就故技重施大哭大闹不予配合。医院没有办法使她安静下来，只好对症下药找来肖一凡，并指定他为她的主治医生，戴罪为她治病。

林小的病房窗子后面有个很小的院子，院里有几棵桃树。春天到来的时候，桃花开得很鲜艳。但她不知道那些树木是桃树，往往伫立在窗前看那些桃花飘落时，眼睛里浮着许多迷惑。肖一凡告诉她那是桃树，桃花落尽之后就会结出果实。他说树木与人类的生命很相似，它们在土地里孕育生长，然后开花结果，并经历无数次生命的轮回。

人的生命也有轮回吗？去世的亲人在下一个轮回中还会成为亲人吗？她迷惑地问这个优秀的精神病医生。肖一凡一边思索一边回答她，人的生命是否有轮回我不知道，这个问题属于人类生命范畴中至今没有定论的未解之谜。但我希望是这样，我希望在世间离散的亲人能够在时空的轮回中再次相见，再度成为至爱亲人。于是，在革命派的监督下，一个曾经备受惊吓与损害的年轻姑娘，与一个在接受审查和批判的中年男人倾情相爱。

林小是肖一凡三十六岁时爱上的第一个女人，或许也是肖一凡唯一爱过的一个女人。

当林小被医院核准出院，回到属于她的那个小屋居住后，肖一凡以医生的身份去看望林小，并假借探望病情的名誉去照料她的生活，帮她修补屋顶，为她买米搬煤。林小爱上了肖一凡，她愿意把自己的爱情和身体给予这个帮他度过艰难的好人良医。肖一凡也爱林小，他知道林小离不开他的照顾，但他是个思想传统计的男人，他不能接受林小感情冲动的自我奉献，除非结婚。林小当然愿意，她认定肖一凡是她终身唯可依赖的好男人和大丈夫。于是，在征得双方单位监管人的同意下，一位“精神病大夫”与一个“精神病患者”在众人不可思议的眼光中领取了结婚证。

他们的婚礼极其简单，把两个人的铺盖搬到一起，沏一壶清茶在寒冷的月光下举杯对饮，就算是接受了月老的洗礼和上天的祝福，不见得比那些大操大办的婚礼少些情趣。

婚后，肖一凡和林小日子过得很艰苦，但两个人却非常恩爱。虽俩人各被单位监管失去自由，却能利用一个礼拜见一次面的机会到野外郊游，在精神的世外桃源谈诗论情，享受他们苦中寻乐的浪漫。

林小在婚后第二年怀孕，这给肖一凡带来莫大的惊喜。夫妻俩打算给秋天出世的孩子取一个赋有诗意，并蕴含着他们深刻情感的名字。想来想去，他们决定先不取名，待孩子出生后视男女性别和性格再定。

就要做母亲的林小思念父母，想拉她的大提琴，便去讨要。乐团借口说大提琴要用于演出革命样板戏，拒绝发还给她。为了满足妻子的心愿，肖一凡趁夜黑风高跑到林小父母院里，撕掉封条破门而入，潜上阁楼，为妻子偷出父亲留给女儿的大提琴。随后，他托朋友关系潜入图书馆，在一堆被打入“封资修”书籍的出版物中找到几本大提琴乐谱，用钢笔为妻子通宵达旦抄来几首她喜爱的乐曲。

妻子为奖赏胆大妄为的丈夫，愿意为他破例拉琴，问他最喜欢哪首曲子。丈夫说，自己一直喜欢芭蕾舞剧天鹅湖中的天鹅之死。

于是妻子抽弓架琴，把那段凄美悠扬的曲子拉给对她情深义重的丈夫听。

肖一凡出神凝视着年轻美貌的妻子，眼里蕴藏着无限的幸福与深情，他已分不清是大提琴拉奏的旋律美丽动人，还是妻子专心拉琴的样子更为美丽动人。

林小的小屋里又有了悠扬的琴声和欢笑声。可乐极生悲，他们被人告发了。

林小的罪名是利用琴声宣扬高低级的资产阶级情调，发泄对文化大革命的不满。肖一凡的罪名则是破坏公共财物和入室偷窃，要把大提琴作为罪证没收或是烧毁。为保住父亲的遗物，林小主动向造反派们承认自己的罪过，并保证自己从此不再拉琴。肖一凡死不认错，坚持说拿走属于自己的东西不是盗窃，还说妻子用大提琴拉出的优美旋律算不上资产阶级情调。

后来，林小因为认罪态度较好身怀有孕，被获准免于批判。肖一凡却因为狡辩顽抗，被革命造反派拉去隔离审查，并被清查家庭历史。

经造反派调查得知，肖一凡1935 年出生于旧中国的资产阶级家庭，高中毕业后通过亲戚引导赴德国考入医科大学并攻读精神病理学专业。其次，除他的长兄外，他的其余的一个兄长和两个姐姐都曾经留学国外，他最小的妹妹甚至跟外国丈夫去过台湾。直到目前为止，肖一凡那些长期逗留资本主义国家的兄弟姐妹仍旧没有回国接受改造，且多数人下落不明。精神病院为肖一凡出具的基本简历和评述如下，1959 年，肖一凡因父亲病逝返回中国，并有志为祖国的医学作出贡献。肖一凡被省城精神病院接收聘为主治医师后，工作表现一贯积极负责，曾治愈过几个病情严重的精神病人。结论是，肖一凡出生于反动资产阶级家庭，对无产阶级文化大革命麻木不仁。此人虽然医术精湛医德高尚，但思想中根深蒂固的资本主义流毒尚未肃清，并流露出厌倦革命运动的反动情绪，罪恶深重。

造反派对肖一凡的清查结果出乎所有清查人的意料，于是这份调查结果被精神病院列入开展大革命运动以来最重大的收获。于是罪加一等，被定性为出生于反动资本家的反动学术权威，关进牛棚接受革命群众的批判监督和强制改造。

肖一凡失去了自由，就在他在牛棚里早请示晚汇报接受造反派的批判改造的时候，他的妻子林小就要临盆了。那是中秋节前夕，他大概推算出妻子生产的日期，便向造反派申请出去看望妻子。他的请求遭到造反派的拒绝。原因是他妻子在他被关进牛棚后表现很不安份，时常三更半夜拉大提琴影响革命群众休息。不仅如此，那个女人还疯疯癫癫跑到关闭丈夫的地方胡闹，向看守人员哭哭啼啼吵着嚷着要见丈夫，严重影响了他在牛棚的改造和自省。

肖一凡的请求被拒绝后，他为妻子的担忧更加深了。他知道无人敢接近从精神病院出来的妻子，即使她不是真正的精神病，也没有人会关心她的生死。如今妻子怀胎十月艰难重重，丈夫身陷 囹圄不知该如何是好。肖一凡像一头困兽般愤怒而无奈，对妻子的思念和担忧，折磨着他那颗饱受屈辱的心。

中秋节那天夜晚，林小去牛棚给丈夫送月饼和毛衣的路上，忽然感到腹部疼痛，做母亲的意识告诉她自己将要临产。而此时，她正行走在从城里通往郊区砖厂的一条土路上，附近没有公共汽车站，也少有行人过往。她疼痛难忍地站在路边呼喊救命，希望有过路人听到可以帮帮她。四周一片寂静，没有回应。

天越来越黑，林小怕把孩子生在荒郊野外，便不顾一切地，朝着通往城区方向的道路奔跑。她跑了很久，终于耗尽体力摔倒在地。

她实在跑不动了，全身没有了力气，唯有对爱人的情感和做母亲的渴望支撑着她，她护着肚子的孩子朝大路爬去，直到疼痛难忍昏厥过去。

一辆去砖瓦厂拉砖的大车发现躺在公路边的女人。车上有两位驾驶员，年轻的小伙子跳出车门后站着发愣，不敢靠近眼前这个满身灰土的大肚子女人。有些生活经验的老司机一看就知，这个奄奄一息的年轻女人是位临产的孕妇，让小伙子帮他一把，将这个女人抱到车上去。

正当两个好心的司机小心翼翼，把躺在路边的女人抱上汽车往城里飞奔的时候，突然狂风乍起，天上乌云翻滚，继而下起倾盆暴雨。

此时，肖一凡似预感到将有不幸发生那样，烦躁不安地在窄小的禁闭室不停地走动。他注视着窗外的电闪雷鸣和倾盆而下的暴雨，想到临产的妻子和未出生的孩子，一种从未有过的恐惧涌上心头。他恍惚在雨幕中看到妻子痛楚的脸，在雷鸣中听见妻子呼喊他的声音，她在向他求救。他突然意识到，没有自己在身边照顾柔弱的妻子，她自己没有能力独自生下孩子。而没有做父亲的守护，即将出世的孩子将有何等可怜。他不能再沉默下去，于是他大声喊叫来人，让他们放他出去。直到半夜，他的要求才被批准。他同时得到一个通知，他被下放到一个离省城很远的矿区医院去接受新的劳动改造，三日内必须离开省城到那里报到。

牛棚的门为肖一凡打开了，他不管明天自己将去哪里，眼下他只要他的妻子。

他不顾一切地冲进狂风暴雨，在黑暗无边的夜里狂奔起来。

肖一凡赶到妇产医院时，他心爱的妻子已经而去。失去生命前的林小给他留下了一个嘤嘤啼哭的，瘦弱而娇小的生命——他的女儿。

林小死于劳累和难产。护士长把肖一凡带到妻子的遗体身边说，孕妇除腹部没有受到损伤外，肩臂和腿脚上伤痕遍布。从在爬行中竭尽全力保护胎儿不受伤害的行为可以看出，这是一位非常善良和慈爱的母亲。妇产大夫说，这个看似柔弱的女人内心无比坚强，她为保护孩子安然无恙付出了自己年轻的生命。

肖一凡搂着妻子冰冷的尸体痛不欲生，任医生护士怎样劝说也不肯撒手。林小是他一生的心灵挚爱与情感依靠，他不能失去这个善良温柔的妻子，他们的小女儿不能失去这个温存慈爱的母亲。他不相信温存的妻子忍心这么撒手离去，不相信妻子连一句怨恨的话也不说就凄然离去。

护士长同情肖一凡的遭遇，她把林小临终时的话告诉他说，林小爱他，也爱他们的孩子，她希望他在残酷的现实中坚强起来，咬紧牙关把他们的孩子抚养成人。她若有在天之灵，定会在远处守护和祝福他们父女一生平安如意。

肖一凡是麻木和呆滞的，妻子的死已经让他陷入不能自拔的痛苦。仿佛林小带走的不仅是他的情爱与幸福，也带走了他活着的全部意义。他感到全身软弱无力，他的灵魂随林小一起去了，丧妻的痛苦已经把他推向绝望的深渊。

当护士长把弱小的婴儿抱到他面前，当他听到女儿弱小的啼哭，那颗做父亲的心在痛失爱妻的绝望里猛然颤抖，并渐渐回复苏醒。是啊，嘤嘤待哺的女儿需要他的照顾和保护，这是妻子最后的叮咛。可爱可怜的孩子啊，你已经没有了母亲，从今往后你只能跟父亲相依为命，可是直到现在，妈妈和爸爸不幸没有机会在一起，为你的姓名后面加上最后那个字，我该叫你什么呢，我可怜可爱的孩子。

当肖一凡从护士长手里把女儿接过来紧紧抱在怀里时，窗外风雨顿停，天边的云层里钻出一个皎洁美丽的月亮。

他举目看天，看到的是1968年的中秋明月。它破云而出，又圆又大，清亮的光芒照耀着这个，他有生以来所遇见过的，最黑暗和最凄凉，同时也是最温馨和最感人的长夜。月亮出来，筱风颤漾，他相信这是妻子在天之灵的祈愿。

于是，他为怀抱中的小女儿取名，唤她月儿。

这天深夜，肖一凡把月儿抱回家，把她母亲生前为她准备的衣裳给她一一穿上，把她抱到母亲那张温暖的床上哄睡后，抽笔展纸，在日记里把她母亲的故事告诉给她，并为她立下未来做人的志向。

此时的肖一凡并没有给女儿留下什么伤情的故事和豪言壮语。

他唯一的希望就是，乖小的女儿将来能像妈妈一样美丽，读几本好书，做一个好人。

第二天清晨，肖一凡背上妻子的大提琴，抱起在睡梦中甜笑的小女儿，向母亲的家里走去。他把不知世事的女儿托嘱给年迈多病的母亲时，告诉母亲，这是他和林小的女儿，他女儿的名字叫肖筱月……

筱月捧着父亲的日记哭了，从心里后悔那样对待命运坎坷的父亲。

她从箱子里翻出父亲留给她的书和母亲的照片，一口气跑到空无一人的大排练厅里，躲藏在换衣间的角落里哭了。

她边哭边翻开书本里藏有母亲遗照的扉页，在心里呼喊那个给她带来生命离她而去的美丽女人，告诉她爸爸来了，她见到自己的爸爸了。可是她用无礼的行为伤害了爸爸，她为此感到不可弥补的愧疚和伤心。

她看见母亲美丽的脸上笑容似乎依然灿烂，但那双黑亮的眸子却仿佛流出对女儿的责备与埋怨。

夜晚，班主任老师来看筱月，埋怨她不认父亲。

筱月说她其实很想念父亲，可就是抑制不住内心的胆怯与恐惧，就是忍不住要去敌视他。她并非有意要砸坏宿舍的玻璃，她只是为了吓跑爸爸，让他以为她是一个坏女孩儿而放弃她。

“为什么？”老师露出惊诧的眼神，“你心里藏着秘密，告诉老师好吗？”

她低头避开老师迷惑的眼睛，把藏在心里的秘密告诉了老师。她说，她非常害怕生人。她小时候经常做噩梦，梦里的一张张面孔陌生而狰狞，她亲眼看到母亲被那些狰狞的面孔害死。在大伯父家，看到大伯母凶恶的面孔她就害怕。在学校也一样，看到对她不友好的女孩子一张张仇视和妒忌的面孔，她也害怕，怕她们要生吞了她。有一次，她到城里商店买东西，两个陌生男人把手伸到她的口袋里乱摸，她吓得跑出商店狂奔，直到跑上校车才摆脱他们。当她回到宿舍紧闭房门，把自己封闭在黑暗里才感到安全。可是夜里做梦，又看见陌生人追她，她走到哪里，那些陌生人就跟到哪里，无论她跑到什么地方，总能看到那些陌生人的影子和眼睛。醒来后她害怕极了，她不知道除了宿舍和黑夜，还有什么地方可以让她隐藏自己。所以对她来说，突如其来的父亲就像陌生人，他让她感到害怕和恐惧。她不相信他们说的话，甚至不相信他们对她的爱。她让老师别再管她，她虽然原谅了父亲，但她不需要回家。她说，香港那个陌生的家庭对习惯孤独的她来说，已经没有实在的意义。

“你不需要亲人也不需要家，那你想要什么？”老师问。

她说自己什么也不需要，只要她的舞蹈和妈妈留给她的大提琴。她认为自己的生命是母亲用生命换来的，在这个寒冷的人世间，她可信任和思念的亲人唯有含恨九泉的母亲。如果说，无声的舞蹈世界就是她的心灵世界，那么母亲的琴就是陪伴她灵魂的家园。在这个对她没有任何伤害的天地里，她可以跟美丽的树木花草为伴，可以跟闪亮的星星月亮对话，她可以忘掉人世间的烦恼和悲伤，忘掉自己是一个孤单的孩子。

老师把她紧紧搂在怀里，眼泪流淌到她的脸上。

她知道老师理解她了，理解她对陌生的惧怕，理解她无法接受父亲的痛苦。

“小月，你年纪还尚小，并不真正懂得人世间的悲欢离合，但你不要惧怕和拒绝生活。舞蹈不是一种与生活脱节的单纯的肢体运动，也不是游离于人世之外的独立王国。就像任何形式的艺术一样，它必须建立在人与世界进行沟通的情感之上。老师不希望你把舞蹈当作逃避生活的借口，因为人类的情感世界不是孤立的，人与大千世界存在着不可脱离的关系。亲情，友情，爱情，都是你将来需要面对和体悟的人间情感。所以当有一天你想念爸爸的时候，就勇敢地去找他。”

对这个迷惘无知的女孩子，心地善良的班主任老师似乎什么都说了，但唯独没敢告诉她，她跟她父亲肖一凡谈过了。那位经验丰富的精神病大夫遗憾地告诉她，他的女儿在与人情感沟通和交流上出现了严重的心理障碍，并患有类似强迫症的精神疾病。这种病症的显像就是，强迫自己相信幻想，以及强迫自己不相信一切。沮丧而伤感的父亲怀着深刻的内疚，把心爱的女儿托付给慈爱的女老师，请她从师长的角度给予他有病的女儿以关切。

班主任老师理解那位父亲，相信那位精神病医生或已看出女儿的病症，或从失态的女儿身上看到了妻子的影子，他怕自己强人所难把女儿逼疯，故而不敢操之过急才无奈离去。那头是一个遭遇不幸的父亲，这头是一个心理有病的女儿，她这个做师长的夹在中间不知如是好，唯有悲哀这人间的苦难。她唯愿筱月没有她父亲说的那种疾病，宁愿那位出色精神病大夫诊断错了。但她不能不承认，筱月的所作所为与身心正常女孩子有明显的差别，而不仅仅是封闭自己。更可怕的是，她把跳舞当作自己唯一的精神寄托和与外界隔绝的防护墙。她认为肢体动作可以省去她与人们在语言上的接触，可以让她的情感隐藏在心灵深处不以外露，可以让她的身心胆怯得到完全的庇护。她越坚持这样的意念就越难与人接近和沟通。如此恶性循下去，极有可能导致像她父亲说的那种精神疾病。她身边就有这样的例子，是她的同学，一个优秀的舞蹈演员，因为失恋导致自闭最后精神分裂，眼下还住在精神病院。她不能让筱月这样下去，因为她不忍心看到这个美貌善良的姑娘遭遇不幸，也不甘愿自己培养她六年的心血付之东流。她要想办法为片筱月打开关闭的心扉，让她接纳世事人情。

老师想到办法了，让筱月学习大提琴，让她把对母亲的思念与崇拜融于音乐之中，让她喜爱的音乐把她关闭心灵的窗户打开，把自己融于生活。

“小月想学习大提琴吗?”

“拉大提琴吗?”她惊喜不已地望着老师，“我真的可以吗?”

“当然可以。”老师欣然应诺，“艺术是触类旁通的事物，你可以在学好舞蹈的同时学好音乐。我保证请到一位音乐学院老师教你拉琴，因为他是我的先生。”

此后，肖筱月开始跟随那位班主任老师的丈夫学习大提琴。极好的艺术悟性和母亲遗传给她的音乐灵性令她在音乐海洋里如鱼得水，不久就对母亲留下的大提琴爱不释手了。

老师们终于从筱月的琴声里听到了倾诉，听到了一个孤独少女的脚步从封闭心灵的角落脱离出来，迈步走进充满青春朝气的，灿烂明媚阳光里。

肖筱月知道自己是一个不太合群的姑娘，在舞蹈学校学习多年，她在一群娇气傲慢的姑娘中间活得很自卑。尽管她的成绩在女孩子当中出类拔萃，尽管学校重视她，老师喜欢她，她也觉得己不如人。她一直认为自己没有幸福的童年，且是一个爹不亲娘不爱的丑小鸭。仿佛就是这样，在六年多的时间里，她从宿舍到练功厅两点一线，在艰辛平淡的学校生活中，渡过了孤独迷惘的少女时代。直到她从舞校毕业分配到专业文艺团体，直到她的优秀被同行长辈承认，直到可以独立舞动在属于她的舞台上，直到听见观众对她发出热情的掌声和喝彩，直到有个英俊的小伙子捧着一束鲜花来到她面前，她才渐渐意识到，原来自己可以自信起来，原来自己的生命可以活得很精彩。

筱月不会忘记二十年前，在东川巡演的第三天。她与他的见面那天，恰是她十九岁的生日。开始她并不知道，有个年轻的小伙子连续两个晚上坐在台下观看同一场歌舞演出。也不知道那个不喜欢看歌舞表演的小伙子居然因为喜欢她的舞蹈，爱上了她本人。

这一切发生得那么的突然，却又是那么的自然而然。

四

海东从小不喜欢看歌舞表演，他把看戏剧歌舞当成姐姐对他的惩罚。

他小时候性格很顽皮，爬树上房调皮捣蛋常常闯祸，经常跑到山里捡石头刨树根，时常跑到铁路边往铁轨上放钉子扔钱币等火车来压。姐姐怕他在外面捣蛋闯祸，上班时把他锁在家里，出去时把他拉在手里，就连上剧院看演出也得把他拴在身边。知道他看戏坐不住，姐姐就拿花手绢把他的手绑在椅子扶手上动荡不得。姐姐是个文艺迷，无论唱什么演什么都看得津津有味。但对海东来说，进剧场看演出不啻是一件非常痛苦的事。他不爱看戏，尤其不爱看歌舞。舞台上表演的东西他多半听不懂也看不明白，人家在台上演多久他就睡多久，散了场还迷迷瞪瞪不知所以然。稍懂事时，他恳求姐姐不要带他进剧场看戏，只要不看戏他就保证不再调皮捣蛋。此后，聪明的姐姐就看戏拿来做管教他的武器。只要他调皮不听话就拿带他进剧场看戏看表演吓唬他，他立刻就老实。

或许是舞台上眼花缭乱的表演在他少年的心里留下过无味而无奈的记忆，长大后他便对所有带表演性质的舞台演出不感兴趣。但他喜欢电影，无论中国电影还是外国电影，不管新电影还是老电影，只要是电影他都喜欢，并把看电影当成姐姐对他的奖赏。只要他听话或功课有进步，姐姐就带他看电影，谈恋爱也把弟弟带进影院放在她和男友中间当小数点。于是海东从小成了电影迷，对看过的好电影过目不忘，对电影的精彩片段记忆犹新。海东对电影的迷恋程度绝不亚于他对足球的痴迷。他不但能把电影里的经典台词倒背如流，对东川地界上放电影的场所也是熟门熟路，甚至对能够得到一张电影票而雀跃欣喜。

姐姐知道弟弟喜欢看电影，常托人搞电影票给弟弟。姐夫也一样，单位里发了电影票总是要留给小舅子。两口子仿佛习惯成自然，逛大街时少不了顺脚溜到影剧院门口看看，见有什么好的电影立马掏钱买票回家送给弟弟。海东大学毕业分到地质研究院勘探队后，经常到野外做勘探工作，看电影的机会少了，但姐姐和姐夫替他买电影票的老习惯依然保持着。即使他有事出差看不了，他们也会把买来的票子按习惯写上电影名以后，扔进弟弟的抽屉里给他留作纪念。海东喜欢把看过的电影票收在抽屉里贮存起来，就这么不断地贮存了若干年之后，成百上千张电影票就成了这个电影迷的另类收藏。

中秋节前一天傍晚，海东结束野外勘探回来，听说姐姐找他就匆匆扔下行囊，回姐姐家报到。进门看见桌子上放着一张东川影剧院的入场券，眉头就皱起来。

海东的确喜欢看电影，但最近他看见电影票就头大，尤其看见姐姐王美丽给他的电影票就头大。

海东的姐夫即将借调新疆五年参加一项全国性的地质研究工作，过了明年春节就将携妻儿离开东川奔赴大西北。从三月份接到这个通知到踏上行程，夫妻俩只有半年的时间做准备，两口子须把单位和家里的所有事情安排妥当。姐夫这边没有事情需要处理，但姐姐却有两件大事需要解决。第一件事是取得单位医院的支持，第二件被她认为是当前最重大的事，就是把弟弟的生活安排妥善。

姐姐的第一件事很快就得到解决了，医院支持她留职跟丈夫去支援国家研究项目。第二件事比较麻烦一些，因为让弟弟在半年之内解决个人问题不是一件容易的事情。首先是弟弟对她介绍的女孩子统统看不上眼，其次是性格倔犟的弟弟根本没把婚姻当回事。于是姐姐急了，只好命令弟弟结婚成家，或者不成家有个恋爱对象照顾他也行。

显而易见，姐姐认为海东缺少自理生活能力。从弟弟跟随她到云南插队来到东川后，他的衣食住行一直都依靠她照料。所以她不放心弟弟，怕这个二十八岁不思成家的弟弟过了三十就找不到合适的对象。

这些日子姐姐到处托人寻找年龄合适的姑娘，常把医院里那些没有结婚的护士领到家里来玩，千方百计为弟弟创造恋爱成家的机会。但犟牛似的弟弟并不买姐姐的帐，凡姐姐放到眼前的女孩照片一律不看，凡姐姐领回家的姑娘一律敬而远之，凡姐姐给他的电影票一律不接。被姐姐逼急了，他往往撒谎说自己有相好的女朋友了，结婚的事情有待商量。姐姐不信，姐姐知道勘探队里不是已婚男人就是单身和尚，也知道地质大院里没有弟弟喜欢的姑娘，且成天忙工作的弟弟根本没有机会接触工作圈外的姑娘，说自己有对象完全就是编瞎话骗她。

就这样，姐姐一如既往往家里带姑娘，并一如既往为弟弟买电影票约见姑娘。

"海东，是你回来了吗？"姐姐从厨房把饭菜往外端，对弟弟笑逐颜开，"饿了吧，快洗手吃饭。"

海东洗完手，帮姐姐把厨房里的饭菜都端出来，拿碗拿筷为开饭做准备。

"姐夫和两个孩子们呢？"

"林哲带孩子上篮球场看打比赛去了。"

"有篮球场比赛为何不告诉我？"海东说罢就要往外奔，"饭一会再吃，我得去打球！"

"回来！坐下！你今天刚回来，不打球了，你姐夫已经去给你请假。"姐姐说罢催促弟弟，"你赶紧吃饭洗澡，换件干净衣裳去剧场。"

海东知道姐姐又让他去电影院见女孩子，马上就不耐烦，"你的想法和做法太可笑了。恋爱结婚是人生大事，哪能像看一场电影那么简单？"

"你不要把婚姻看像得那么复杂。"姐姐说，"别听你书呆子姐夫的，非找什么温柔的姑娘。结婚就是过日子，只要俩人条件差不多相互喜欢就得了。"

"喜欢？"海东顶撞姐姐道，"你不是喜欢那个上海同学加知青战友吗？为什么不跟他回上海去过差不多的日子，非要赖在这里嫁给林哲那个书呆子？”

“因为林哲是个好人呀。”姐姐并不忌讳弟弟揭她的感情伤疤，反笑盈盈地教导他，“爱情吃不肚子你知道吗？知青回上海找不到工作也，我跟他回去做什么？人是活在现实里的，没有饭碗要饿肚皮的。可也不是有吃有喝就行了，结婚还得看对方人品好坏对吧？就像当初那样，你们在山里把一个女孩子背到医院来看病，林哲身上一点工程师的架子也没有，跑前忙后对一个不认识的女孩子又爱护又照顾，加上对你这个刚毕业的徒弟也不错……”

“于是，你这双现实的眼睛就看好没有工程师架子的林哲了？”海东打趣地笑道，“再于是，你们两个人就平平淡淡地去看了一场电影，平平淡淡地谈恋爱，平平淡淡地结婚生孩子，平平淡淡的过日子，是吗？”

海东是一路看着姐姐恋爱成家走过来的，她知道姐姐的婚姻观念很现实。姐姐刚从上海插队来到东川的时候独自带弟弟生活不容易，姐弟俩时常吃了上顿愁下顿度日艰难。姐姐可能是穷怕了，当有一个喜欢她并有条件在生活上给她帮助的男人出现后，她便不假思索地放弃那个追求她多年的知青男友，毅然决然地嫁给了工资高得足够养活她一生的男人。他不知道是姐姐的运气好呢，还是姐姐真的会看男人，以他与林哲师徒交往五年的了解看，那个比他大不了几岁的师傅的确是个品性极好的好男人，姐姐的婚姻赌注像是下对了。他的婚姻观与姐姐决然不相同，他是个爱情至上的理想主义者，他对尚未发生的爱情充满着浪漫的幻想和无限的憧憬，对未来的爱人充满着美好的想象和期待。虽然眼下他不能预见自己的恋爱将以何种方式开始，也不确定自己究竟喜欢哪一种类型的姑娘，但他从来没有想过，自己的恋爱会从跟一个姑娘看一场电影开始。总而言之，他不愿意自己的婚姻成为被姐姐操控的，让他失去生活梦想与选择自由的结果。

“我说了半天，你怎么无动于衷？”姐姐见海东不说话，急了，

“你是木头人不识人间烟火呀?”

“我不正吃饭的吗，怎么不食人间烟火了?”海东顶撞姐姐后又道,“你别为我操心了，婚姻是我个人的事情，不需要姐姐帮我解决。”

姐姐恼了,“那你说，你自己怎么解决?你成天不是出勘就是跟一帮光棍凑在一起打球喝酒瞎折腾。你以为天上会掉馅饼，老天爷会白送你一个媳妇?”

“这可说不定。”海东傻笑道,“爱情嘛，就是不期而遇的邂逅。婚姻呢，是两情相悦的牵手;二者于我不可或缺。”

“你不要理想主义。”姐姐板着脸对弟弟喝道,“老大不小奔三十的人了，你以为你经得住几年折腾?你说，你的邂逅在哪里?你的两情相悦在哪里?这个你瞧不上那个没兴趣，想打一辈子光棍是不是?”

海东不屑地笑道,“如今打光棍的人多了，也没见谁少个把老婆就活不了。”

“你敢再说一遍?”姐姐气恼得把筷子拍在桌子上,“你别忘了，王家三代单传，你可是咱家这一门的独苗。可惜爸爸不在人世了，爸要是活着，听见你说这种混账话不活活气死才怪呢。”说着眼泪鼻涕一大把泣不成声,“爸去世早，妈嫁人成家后管不了我们，你说，我一个人把你拉扯大容易吗?我要不看着你在我和你姐夫走前成家个，你让我怎么跟死去的爸爸交代?”

“好了姐，我投降还不行吗?”海东心软了，把毛巾递给姐姐半开玩笑地哄她,“我保证尽快找个媳妇回家，不让姐姐伤心行吧?还不行的话，我今晚不睡觉就上街去溜达，举个牌子，上面写，有愿给王海东做媳妇者赏大洋五千……”

“你少给我贫嘴。”姐姐破涕为笑，抓过毛巾擦了擦鼻涕眼泪道,“看在你悔过自新的份上，我且管你一次。管过这一次，以后的事情你就自己看着办。”

这似是姐姐的最后通喋，海东无奈地点点头。

“你记住，姑娘姓李，跟你同岁，是我们医院外科的护士。大圆脸，圆眼睛，有些胖，但人挺机灵也挺热情的。”姐姐说罢催促他，“快多吃点肉，多喝点鸡汤。吃完赶赶洗澡换衣服，千万别迟到。”

海东居住的地质大院离东川影剧院不远，步行十几分钟就能到达。海东吃完饭洗完澡，从姐姐家出来正好 7 点 30 分。8 点差 10 分，他已经走在剧院广场上了。

剧院广场上有不少人在散步等候入场，也有不少人手持钞票等候有人退票。海东见此情景难免有些兴奋，心想然票子这么紧俏，必定是上映什么好看的外国大片。但又想要跟一个陌生姑娘看电影，心里多少有些别扭，却也无奈。他在广场上溜达了几分钟，见剧院大门已经开启，这便往剧院走去。

“王海东!”

海东听见有人叫他的名字便回头瞧，只见马路对面有个穿红花裙子的胖姑娘跳着碎步从向广场小跑过来，一身闪眼的鲜亮，恰似大号彩色气球从街的那头飘到街的这头般滑稽。他心想，姐姐的眼力实在不怎么样，居然给他介绍这么一位穿戴热辣嗓门粗大的姑娘。又想，不会是自己听错了吧，人家或没叫他。可是当胖姑娘重复叫着他的名字跑近眼前，他才确信，这位圆乎乎的姑娘不啻就是姐姐刚才说的那位，大圆脸大眼睛的胖姑娘，不禁有些尴尬。

“你真帅!”圆脸姑娘激动地表扬海东，“你在人群里，我一眼就认出你了!”

海东只是微笑没有言语。

“别傻站在这儿，咱们进剧场去慢慢聊。”圆脸姑娘大大方方地伸出一支胖乎乎的手，自自然然地挽住海东的胳膊往剧院里带，“咱们走吧。”

海东心里一阵哆嗦，圆脸姑娘带着热烫的体温贴上来这一瞬，他全身起了鸡皮疙瘩一样难受。他飞快地垂下肩臂，让姑娘肥胖的手从他胳膊里自然滑落。他极不习惯别人肉贴肉挽他的胳膊，何况在众目睽睽之下被一个不认识的姑娘挽着，总让他有些不大自在。且他觉得这个姑娘浑身散发着过度的热情，她身上那种刺鼻的花露水味让他感到极不舒服。

进剧场找到座位后，海东先坐下来。圆脸姑娘的身子擦贴着海东的膝盖挤过去后，撩起身下肥大的裙摆一屁股坐到海东身边的椅子里，把肥厚的肩板往身边男人贴过来。海东赶紧挺直身子，以避免自己的身体与这个圆盘大脸的姑娘有接触。

“吃糖吗小王?”圆脸姑娘从花布包里拿出一颗泡泡糖朝海东递来，见海东摇头表示不要，她便剥掉糖纸把糖塞进自己嘴里嚼着，将肥大的头脸脸靠近海东的肩问道，“我听你姐说，你们老家是山东青岛人，你生在上海，你爸爸死后你跟姐姐插队来到东川，是吗?”

海东嘴里应着，心想对方的盘问这就开始了，他得小心应对。

“你姐夫要带你姐和孩子去外地，你姐正为你吃饭的事发愁你知道吗?”

“是吗。”海东坐直身子，让自己的肩头远离胖姑娘的脸，“她愁什么，我又不是三岁孩子我会照顾自己。”

“可不是。”圆脸姑娘嘴里嚼着泡泡糖，眼睛往海东脸上瞄，“你今年二八?”

“差不多吧。”

“你姐说你跟我同岁，我也二八。听说地质大院住房多，单身汉也能分到大房子，工资待遇比我们医院强多了，是吗?”

“是吧……我不太清楚。”

“外科成天照顾不能动荡的手术病人太辛苦。我想换换工作调到内科，你姐是内科护士长，你能帮我说说吗?”

“恐怕不能。”海东断然拒绝，“我没有权利干涉我姐的工作，也不能给医院找麻烦不是吗。”

“你为难就算了。”圆脸姑娘一脸失望，脑子转转又兴奋起来，

"哎小王，我听你姐说你是大学生是吗？你姐还说，勘探大队有十个小分队，你大学毕业就当分队长是吗？"

"嗯，就算是吧。"

"你真够有本事的，刚参加工作就当领导。那你谈过对象没有？"

"没有。"

圆脸姑娘见海东回答得干脆，兴奋的笑容堆在肉嘟嘟的脸上，圆滚滚的大眼睛对身边的男人显现出无限的中意，"你又是大学生，又是队长，工资一定很高了，对不对？你一月能拿多少？"

海东对圆脸姑娘的问话极为反感，不但不想认真作答，连随口应付都觉得没劲了。但圆脸姑娘并不知趣，有用没用的话继续从喋喋不休的嘴里流淌出来，好像跟身边的男人熟透了一般黏乎。

"你姐说，你们外出勘探一百天有三十天休假。你让我算算，你这趟走了一个多月，这次回来就应该有十天的假期，对吗？你还姐说，你放假在家不是倒腾石头就看书睡懒觉，哪儿都不去挺老实的，是吗？"

"是。"海东有些不耐烦了，"我姐还说什么了？她怎么什么都跟你说？"

圆脸姑娘张大眼睛道，"你问得好奇怪，你姐让我跟你处对象，你的事她当然得跟我说啦。"说罢有意将身子往海东身上蹭，"你信不信小王，你的事情我全知道，就连你小时候穿开裆裤的事我也知道……"

这回海东彻底不耐烦了。他板起面孔坐直身子，有意地躲避着目光多情的圆脸姑娘，并决定不再跟她搭腔。圆脸姑娘并不死心且对海东的冷淡视若无睹，说话偏把嘴凑近他的耳根，胳膊肘儿也往他手臂上碰。海东坐不住了，心里感到烦躁不已，同时生出一种惧怕。他怕圆脸姑娘的举动被熟人同事撞到误认为他有了亲近的对象，尤怕被地质大院那些快嘴婆娘看见后把他在电影院搞对象的事传得满城风雨。他不想承认这是他的恋爱约会，因为这个举指轻薄的姑娘不是他可以接受的对象，他与她坐在一起感到浑身不自在和从未有过的别扭。他想起身离开剧场，又怕这事如此处理不好收场。走还是不走，他犹豫着。想姐姐为他安排这场见面初衷是好的，这个圆脸姑娘除举指粗俗些似也没什么恶意。如果自己甩袖走人把做得过分，不但在女性面前有失大气，回去后对姐姐也不好交代。

就在海东茫然无措的时候，剧院的开场铃声响了。

海东看表，时针指向 8 点。他见舞台上两扇暗红色大幕仍关着，好像没有放电影的意思不禁奇怪。仔细看看手里的票，日期和时间是今晚八点没错便纳闷，觉得剧场的气氛今晚有些怪异。而且他嗅觉灵敏的鼻子似闻到某种气味。这种气味不同于圆脸姑娘身上的花露水。它是一种香气，类似于脂粉的馨香。他忽然想起，小时跟姐姐看歌舞戏曲演出时曾闻到过这种芳香奇异的气味。姐姐说这种气味是演员化妆以后散发出来的凝香。他有些疑惑，便自言自语。

“不会不演电影吧？”

“你以为演电影？”圆脸姑娘咯咯地笑起来，“今天不演电影，演歌舞。”

“演歌舞？”海东坐不安稳了，“你没搞错吧？”

“搞错？”圆脸姑娘咧开红辣椒般的嘴唇道，“票子是你姐给钱我买的，难道我不知道演什么？”

海东觉得不对劲，忙问身边一位上年纪的老人。老人家说，“没错，是省城的歌舞剧团来东川演出。”又说，“人家只演三场，好票都被各矿区单位包了，窗口只有三十块的零票，还得一大早来窗口候着。”

这不是出钱买罪受吗，什么歌舞演出值得伤精费神一大早就来排队候着。海东心里这么嘀咕着，身子已经开椅子准备往外遛。

“别乱跑。”圆脸姑娘拉住海东的胳膊，“就要开演了！你快坐下来！”

“我不喜欢看歌舞。”海东还是要走，“你慢慢看吧，我先走。”

“你没听人说吗，这票子三十块钱一张呢！”圆脸姑娘死死拽住海东的胳膊不放手，“你以为你姐的钱是枪打来的？两张票子可是她半月的工资！她要见你没看就回去不捂着胸口晕倒三回才怪呢！”

“至于吗？”海东知道姐姐过日子扣门小气是出了名的，但他不喜欢圆脸姑娘用这种口气嘲笑他的姐姐，便调侃道，“噢，三十块钱我姐就得晕三次？那要是碰到一个占了她便宜还笑话她的人，她是不是得气死五回？再说了什么东方歌舞西方歌舞，那都是你们女孩子喜欢的东西。我一个大老爷们傻坐在这儿看这种玩意儿，纯粹是吃饱了没事干撑的。你慢慢看，我走了。”

“别走！”圆脸姑娘见海东坚持要走便做苦相哀求，“看吧，就算陪我，行吗？”

海东耳根软，怕别人对他说软话。圆脸姑娘这么恳求他，他似再找不到离开的理由了。他无奈地吐出一口闷气，表情严肃地坐直身子，朝拽住他胳膊不撒手的圆脸姑娘歪歪脑袋，表示自己可以留下奉陪，让她把手从他胳膊上松开。

至此圆脸姑娘才意识到，自己碰上一个吃软不吃硬的主，这便稍稍收敛轻薄把拽在自己手里的那支胳膊放开。从演出一开始，她就兴趣盎然地盯住五光十色的舞台，圆圆胖胖的脸和铜钱般浑圆的眼睛，在色彩变幻的灯光里显得异常兴奋。

海东硬着头皮看完上半场一直昏昏欲睡，直到下半场开始后，灯光暗沉的舞台上隐约响起他熟悉的旋律，他才撑起身子，抬起困倦的眼睛往舞台上看。

只见，蓝光似水的舞台上树影枯寂，天幕下碎花飘落，一派风高秋冷的凄清之景。隐约缥缈的旋律渐渐清晰起来，时而舒缓，时而凝重，似流离尘世之外的天籁一般悠扬和空灵。随着舞台上的灯光由深变淡，一位身着白衣长裙肩挑细长锄镐，古装打扮的小姑娘脚踩粉色的芭蕾舞鞋，出现在天幕前的花簇树影中，似一朵娴雅净素的白荷花，悠悠缓缓地旋转着飘上舞台。在快慢交替的音乐中，在明暗交织的舞台灯光映照下，小姑娘身上的薄裙变幻着各种清淡的色彩，时而像一朵从天而降的雪花在风中飘舞，时而似一片翻飞零落的花瓣在地上翻飞起舞。

海东显然不知道这个小姑娘跳的是哪个朝代的舞，也不知小姑娘身姿柔美的肢体语言在表达什么，但他被小姑娘娇好的身段和极佳的舞姿吸引住了。他一边欣赏一边感叹，做一个芭蕾舞演员还真不容易，腿脚要抬得那么高那么直，后腰要弯得那么柔那么低，没有十几年的功夫恐怕练不出来。他从心里佩服这个跳舞小姑娘，尽管她看起来那么娇小柔弱，但是骨子里肯定是个能吃苦的人。他心里这么想着，投向小姑娘的目光更专注了些。

恰在此际，奔跑到天幕下方的小姑娘突然转身迎着台口的跑来，一束红色的追光照射在她高高仰起的脸上，一双举目仰天的眼睛里充满着惆怅与迷惘。

海东浑身一颤，被小姑娘直逼眼前的情绪感染了。就在这一瞬，他忽然从小姑娘眼里看到一种东西，一种与这个舞蹈相近而不相融的忧伤。

他不自觉地想，眼睛是心灵的窗口，这么小的女孩子，恰是天真活泼的青春花季，她心里哪来这种深刻的哀愁和忧伤。但眼下吸引他的，不完全是小姑娘眼睛里的哀愁和忧伤，而是一种似梦非梦的，非常奇怪的，熟悉的意境。他觉得自己应该在哪里见过这个美丽的小姑娘，可是一时又想不起来。于是，他就盯着她的脸使劲地看，命令自己无论如何要把她想起来。

“看迷了吧?”圆脸姑娘拐拐海东的胳膊，“你不是说不喜欢看歌舞吗?”

海东的目光依然没有离开台上的小姑娘，思绪也还在继续，仿佛没有听到圆脸姑娘的问话。

“跟你说话呢?”圆脸姑娘心里起了妒忌，用手肘拐海东一下，“眼睛粘小姑娘身上了?”

“啊？…噢！”海东这才回过神来，见圆脸姑娘眼露妒意，坦荡地笑道，“对啊，小姑娘舞跳得好，人也长得好，值得多看几眼呗。”

“你说她长得好？”圆脸姑娘虽心生妒忌，但把海东的话回味一遍倒也没觉出什么特别的意思，便瞅着台上的小姑娘道，“这个小姑娘专门跳一个人的芭蕾舞，她昨晚跳了一个外国的‘红舞鞋’舞，就是穿上红鞋子就停不下来的那个故事改的。她今晚跳的这个中国舞好像叫什么林黛玉葬花舞……”

“黛玉葬花？”海东立刻恍悟。他思想片刻，似乎瞬间就理解了这个舞蹈所表现的内容，仿佛也理解了小姑娘在舞蹈中所要表达的忧郁情感，不禁自言感慨道，“…难怪，似曾相识。”

“你说什么？”圆脸姑娘把眼睛凑近海东的脸追问，“你认识她？”

海东笑了，“当然认识，她是红楼梦里的一个悲情人物。”

“什么悲情喜情，我不懂。我只知道，她现在跳的中国舞没有昨天的外国舞好看，太闷了。”圆脸姑娘把眼睛抬向舞台上的小姑娘，又将自己的身子忘乎所以地贴紧身边男人，把手伸到他胳膊下，又将嘴巴贴近他耳边，“小姑娘模样倒长得很漂亮，就是身子太瘦了一点，胸也太单薄了一点，啊？”

海东对圆脸姑娘干涩地笑笑，再次把身子移往一边坐直，用躲闪的动作提醒身边的姑娘自重。他现在明显地感觉得到，圆脸姑娘是铁了心要粘住他了。忽又想她刚才说台上的小姑娘漂亮，倒不像是虚假的恭维。女性之间如此欣赏同性的情形不多见，可见台上那个被众目睽睽包围的小姑娘不招人厌。但他不喜欢人们用漂亮来形容没有成年的女孩子，他认为小女孩子的好容貌应该用美丽来形容更恰当。他就是这么想的，他不同意别人把舞台上这个眉清目秀清纯可爱的小姑娘定义为漂亮。他不喜欢漂亮女人。姐姐细眉大眼足够漂亮，但脾气泼辣性情古怪十分难缠，他和姐夫林哲都怕她，惹不起她。他一向认为漂亮姑娘都很难缠都不好惹，所以对漂亮姑娘一向敬而远之。但他从心里喜欢台上这个跳舞的小姑娘。她虽然没有成熟女性的漂亮风韵，但看上去她却是那样的美貌清丽。而且她跳舞很认真也很用心，不像有些姑娘在台上疯跑疯跳对观众挤眉弄眼扭捏作态。他暗想，但愿这个小姑娘长大后不要太漂亮，不要变成姐姐那种火暴的女人，不要十分难缠。海东正想入非非呢，忽听后排有声音议论台上的小姑娘。

是个男青年的声音，“这小丫头有些眼熟，好像在哪见过?”

另一个男青年应声道，“不会是五年前坐咱们的车上矿区找爹那位吧?

“也像……也不像。毕竟是五年前的事，谁还说得准。”

舞台灯暗，小姑娘的舞蹈在后排两个小伙子议论中结束后，海东有些坐不住了，他对正在上演的多人舞蹈和以后所有的节目都失去了兴趣。于是他掏出香烟起身离座，往剧院前厅走去，一直走出剧院，来到朝向广场的台阶上。他点燃香烟抽了几口，回头看看灯光辉煌的观众厅入口，神情迷惑。

五年前那个冬季，他大学毕业分到勘探队刚两年后，被安排跟随林哲做地质课题研究，一年中有大半年皆跋涉野外做采样研究工作，而跑得最多的就是东川境内和境外的乌蒙山。林哲负责的这个团队有八名专业成员，皆为男性，往往出外勘探都会带上两个帐篷，在山里找到一个适宜安营扎寨的地方，大家架起帐篷便两人一组分头散开，各自往一个方向去采集研究标本。林哲往往选择与他搭伴而行，因为他在同伴当中精力旺盛气力最大，能背回的标本也最多。

他和林哲上山采样两天后回来，还行走在下山回营的路上时，天就渐渐黯黑了下来。他背着一帆布口袋矿石样本在黑暗里行路无比艰难，林哲便打开野外手电为他照路。此时，他们远远看见一小簇淡白的茉莉花隐在山道边的草丛里，觉得奇怪，想如此大冷的冬天，哪来的茉莉开在山野间，便走近了瞧。这一瞧不要紧，吓了他们一跳，这簇淡白的茉莉花原来是一个蜷缩在干草丛中的小姑娘，淡白的茉莉花原是小姑娘身上棉袄的花色。见林哲抱起小姑娘后，手电光下是一张瘦弱而苍白的小脸，他赶紧扔下包袱去叫唤小姑娘。还好，小姑娘还有呼吸和反应，只是被冻僵的手脚有些冰凉。林哲说小姑娘像是冷病了，我背上她下山，你把样本送去营地。他说不，扔下包袱给林哲，自己背起小姑娘。林哲似乎不太放心，背起矿石追赶上他，并为他打亮手电继续照路。就这样，他和他的师傅林哲走了大半夜的山路，到公路边拦了一辆拉矿出山的车，把路上病情加重的小姑娘送往城里姐姐所在的医院。高烧不退的小姑娘虽然经过抢救脱离了危险，但始终没有醒来，他和林哲眼睛不眨地守护在小姑娘的病床边。他掰开小姑娘紧握不放的手，从她手里取出一张照片，照片上有一个戴眼镜的中年男人和一个怀孕的年轻女人。他把照片凑近小姑娘的脸，发现小姑娘有着中年男人挺直的鼻梁，并有着年轻女人端正的五官，只可惜小姑娘一直闭着眼睛，使他看不出她的目光究近像不像她这双陶醉在情爱里的爹娘。林哲问他，为何如此肯定照片上的人是小姑娘的爹娘。他回答不上来，但直觉告诉他，年轻女人肚子里的孩子这是这个小姑娘，且如此弱小的姑娘敢独自出门上山，说不定就是为了寻找爹娘。林哲拿过他手里的照片看看，翻过背面，看到一行字，肖一凡，东川。于此，他这个凡事胜他一筹的师傅，第一次对他露出佩服和肯定的目光。天快亮的时候，林哲靠在椅子里睡着了，他见当护士的姐姐为林哲盖上一件衣裳。他却坚持着不睡，他要守护着这个还未睁眼的小姑娘，直到看见她醒来，眼睛里闪烁出他希望看到的美丽目光。可是很遗憾，直到天亮，直到他和林哲将要出发回山时，这个单薄病弱的小姑娘仍然昏睡不醒，他没有看到她睁眼时会闪烁出怎样清亮的目光。

五年过去了。他不时总会想起那个瘦弱单薄得像一片秋叶的小姑娘，想起她时就会遗憾当初没有抛开工作，在她身边守等到她睁开眼睛，让他从她眼里看见他希望看到的目光。刚才在剧院里，他看到台上那个跳舞的小姑娘时，便想起五年前从山里背回来的小姑娘。觉得她身上一种东西似曾相识，但他唯不希望，她眼睛里的悲伤，便是他五年前曾经想到看到的目光。

“王海东！”圆脸姑娘气呼呼从剧院里出来，“为什么不等我就跑出来？害得我跑到男厕所去找你？”

海东转眼看见圆脸姑娘，这才嘲笑自己有些荒唐，竟然心里惦着台上的小姑娘，就忘了身边还有一个粘着他的大姑娘。他向她道歉，说自己有事要先走。

“有什么事儿？”

海东一时难以作答，便简单明了地告诉她，“去找朋友。”

“什么朋友？”圆脸姑娘睁得圆滚的眼睛满是怀疑，“…你在这儿等谁？”

“我不等谁。”海东说罢催促圆脸姑娘，“你要不想看演出就回去吧，我走了。”

“医院那边死了一个病人。”圆脸姑娘装得胆怯，“我一个人不敢回去，你送送我。”说话就去挽住海东的胳膊，“别站着，咱们走吧？”

“别拉扯。”海东说罢，听身后有几个提前退场的观众边说话边往外走，赶紧把圆脸姑娘的手挣脱了答应道，“好吧，我送你回去。”

圆脸姑娘开心了，跳着小碎步跟在大步流星的海东身后往街头走去。

海东人离开了剧院，思想还在剧院。想那个小姑娘到底是谁，她的眼睛为何那样忧伤。适才听后排人说，小姑娘当年到矿区找过父亲。难道她真是那个睡在山里昏迷不醒，被自己背回来的小姑娘。当时小姑娘是在怎样一种情况下进山他并不了解，因为没等她醒来他就重新进山了。他再回来时已经是几个月后，以至小姑娘离开医院以后的情形，他也无能预测和想象。如今五年过去了，小姑娘找到父亲没有，她现在的生活是怎样的状况。她眼睛里为什么闪烁着一种深刻的忧伤。他脑子里这么想着，心里便为那个小女孩平添了几多无奈的忧虑。

他就这么一路心事，不知不觉地，他把紧随身旁的圆脸姑娘送到医院的宿舍楼下。还未等他开口，这位热情大胆的圆脸姑娘就跳到他眼前说话了。

“上楼吧。今天大家都上夜班，宿舍里只有我一个人。”

“不了。”海东断然拒绝，“这样影响不好。时间晚了，你回去休息吧。”

“我又不困。”圆脸姑娘不甘心，眼睛盯着海东的眼睛，“当护士的就是夜猫子，我已经习惯晚上不睡觉了。”说着伸手拉住海东的胳膊撒娇，“走吧小王，咱们上去好好谈谈。你姐说了，要是咱俩谈得好，春节以前，咱们就可以正式登记结婚了。不只有几个月了吗？你总得跟我交代清楚，你想怎么办咱们的婚事吧？”

“婚事？”海东心烦意乱地抽回手来，“对不起，我得走了，我今天有事。”

“你要走？”圆脸姑娘咬着肥厚鲜红的嘴皮，翻眼看着海东，“你不是有十几天假吗，你明天来找我行吗？”

“我想……”海东努力使自己镇静下来，认真思索一瞬，和颜悦色地对眼前这个等他回话的姑娘表明态度，“我应该感谢你今晚留我看这场演出，同时感谢你对我的邀请。但恕我直言，我不喜欢去女人的住处。因为我们之间没有可以交谈的话题，也没有你说的那种可能。”

“哪种可能？”圆脸姑娘似不理解海东的话意，追问他，“你什么意思？”

海东依然和颜悦色，但态度鲜明，“意思是，我们之间彼此不认识也不了解对方，不相识的人在一起说话很别扭。我很抱歉，并祝你找到满意的伴侣，再见。”

海东说罢朝眼露怨恨的圆脸姑娘带有歉意地点点头，转身往外走去。可是还没走多远，他便听见身后传来圆脸姑娘撒泼一般的哭骂声。

“王海东！你敢耍老娘！你神气什么？不就是念过几天大学吗？老娘不稀罕你！你走吧！走了你就别后悔！你就是八抬大轿来抬老娘，老娘也不理你！”

海东惊诧，似没想通一个和他一般大姑娘，竟要当他的老娘。

他有些愤懑，心想这个姑娘是被爹娘纵容坏了，说话做事已散失了起码的礼貌和道德，他应该教训她。可是对这种骄横无礼的女人，他又能如何去与之说理计较。他无奈而庆幸地苦笑着摇摇头，大步流星继续往外走。边走边暗呼自己倒霉，生平第一次跟姑娘近距离接触，就碰到这么一位不拿自己当姑娘的姑娘。却也在心里责怪姐姐眼力太差，竟给弟弟拉来这么一个想吃人的母老虎。

海东情绪烦乱地回到地质大院，径直地走回大院深处那个单身小院。

他奔进回屋里，打算整理一下从山上带回来的石头，但觉心中烦闷焦躁总是静不下来。似乎圆脸姑娘的咒骂在脑子里纠缠不清，圆脸姑娘身上叫他发腻发呕的花露水味还弥漫在鼻子面前挥之不去。于是又奔出屋门，大步往小院蓄水池边走去，伸手拧开水龙头，将头脸伸到冷水管子下透透实实地冲洗一阵，又将胳膊伸到水龙头下冲洗几遍才立起身来，使劲地闻闻手和胳膊，看是不是把那股恼人的腻味冲洗干净了。他虽没闻到身上有什么异味，心里还是觉得不舒服。便朝自己的住处走去，想干脆拿上换洗衣物奔大院淋浴室一趟。

“哥们回来了？”

海东还没靠近屋门就见地上放着一箱啤酒，同事小吴和葛涛两个铁哥们嘻嘻皮笑脸候在门口，说来找他打扑克牌。海东心想三个人能打什么牌，估计这两个家伙肯定是晚上睡不着来跟他捣鬼了。

“我今天没心思打牌……”

“怎么了哥们？”葛涛拉住海东的胳膊往门里推，“是不是屋里有古怪，不想让咱们哥们去瞧瞧?”

“哪凉快哪呆着去。”海东有些不耐烦，“我屋里能有什么鬼怪?”

“没鬼怪不要紧，咱有酒啊!”小吴满脸堆笑地推扯海东，“青岛啤，管够!”

海东被缠无奈只好点头，“那行，进来吧。”

海东把两人让进屋子，小吴又摆桌子又拉椅子地忙碌，葛涛拿杯子倒啤酒招呼哥们，像在自己家里。

“说吧，打什么?”海东把扑克牌从小吴手里夺过来洗着，“百分还是接龙?”

“争上游吧。”葛涛把椅子拉到桌子跟前，“咱先说好了，谁输明天谁请客，吃饭游泳都行。”

“游泳就算了。”海东似算准自己要输掉一样建议道，“吃饭吧，你们随便点。”

“行啊哥们。”小吴一边摸扑克牌一边表扬海东，“你今天是不是碰什么大喜了，还没输就要请客，大方，啊?”

“碰喜?”海东对哥们发泄一肚子的不快，“起早，没倒霉撞鬼算不错了。”

三个好友打了几趟百分，见海东心不在焉总出错牌，两个好哥们笑话海东人在心不在，连扑克牌的点子和颜色都分不清了。海东心神不宁地笑笑没吭声。其实他也不知道自己为何老出错牌，只觉得平时视力良好的眼睛今天总是发花发恍，总看见有个影子在扑克牌上跳舞，想是那个跳舞小姑娘已经嵌进他脑海从他眼底出来，任他怎样使劲也无力将她的影子拿走。这么想着，他又出错牌了。

小吴有些憋不住了，心兆不宣地朝气葛涛使个眼色，笑嘻嘻地瞅着神情恍惚的海东，故作神秘地凑近他的脸问，“哎哥们，那姑娘咋样?”

“姑娘吗?”海东眯着眼睛看看手里的纸牌，稀里糊涂地抽出一张红桃 Q 扔下去，“好吧，给你姑娘!”

“谁让你给我姑娘了？”小吴乐了，眼睛笑成一条缝，“你小子心里是不是在想姑娘？”

“是啊。”海东看看自己扔下的牌，迷糊道，“可不就是姑娘吗？”

“不打自招了吧？”葛涛笑问海东，“这么说，你去见姑娘了？感觉怎样？”

“感觉挺好……”海东仍然稀里糊涂打牌，胡言乱语说话，“小姑娘长得秀秀气气的，挺好看的……好像有点瘦弱……对了，有点瘦弱……”

“啊？”葛涛诧异，看着身边跟他一样傻眼的小吴，纳闷道，“就她那长相那身板，还秀气，瘦弱？”

“哥们在说胡话吧？哈…哈…”小吴干笑两声，动作夸张地，伸手去摸海东的脑门，忽一惊，“哎哥们？你发烧了哎！脑门烫手哎！”

“刚才冲凉水闹的吧？”葛涛赶紧扔下手里的扑克牌去摸海东的脑门，随后跑去写字桌的抽笸里翻箱倒柜，找到一瓶感冒退烧药，倒一杯温开水跑过来递给海东，催促他把药片吞下去之后，把他扶到床上躺下。

“哥们心里有事吧？”小吴拿一块冷水毛巾贴在海东脑门上，“说，怎么了？”

“进山刚回来，太累……没事。”海东感到浑身烧灼无力，但意识还算是清醒的，看着戮在自己眼前的这两个想笑而不敢笑，表情怪异的哥们，板着脸问他们，“你们……不会是知道什么事儿，候在这儿等笑话的吧？”

“算你猜对了。”葛涛笑着点头，“下午篮球比赛看名单上没有你的名字，我还奇怪呢，你小子出勘回来了也不回队参加打比赛，不够哥们。后来在篮球场边碰见你姐夫林哲来请假，问他，他说你看电影相亲去了。我问他哪儿的姑娘跟你相亲，他说是你姐医院那个李胖胖。”

“你小子是叫李胖胖吓病了吧?”小吴说罢忍俊不禁道,“这个女人可太逗了,长得又肥又胖吧,还整天花里胡哨把自己打扮成个大花猫。你出去这两月她天天在你姐家蹭吃蹭喝,在院里逮谁跟谁打招呼,说是你媳妇,没把院里的姑娘媳妇都吓死。你姐那两个孩子更逗,直接管她叫肥花猫……”

“行了说正事吧。”葛涛打断小吴,问海东,“别管别人说什么,你自己觉得那个姑娘如何?”

“那人没法说。”海东想起圆脸姑娘额头就冒汗,“天下的女人要都这般轻浮恶婆,我王海东宁愿一辈子打光棍。”

“出什么事了?”

在两个好朋友的催促下,海东把今晚的遭遇对好朋友讲一遍,从圆脸姑娘对他动手动脚的轻浮举指说到圆脸姑娘最终撕破脸皮对他歇斯底里破口大骂的事情。两个好朋友听得目瞪口呆,似想不到海东这么个要脸要皮的男子汉,竟能碰到这等龌龊的事情。

“勾引未遂要泼皮!”小吴心里憋气,“这真是林子大了,什么鸟都有!”

“所以嘛,”葛涛道,“你刚才说她好看我就纳闷了,心想你小子不会被她灌了什么迷魂汤,给她药糊涂了吧。原来你小子是给她气糊涂了。”

“遭报应了不是?”小吴嘲笑海东,“谁让你小子眼睛长得高?咱大院里有模有样的姑娘喜欢你追你,你小子愣不上眼,你躲。你的女同学给你写,你不回人家,也躲。这回看你躲哪儿去?”

“没错,是报应,可我不后悔。”海东说罢又埋怨,“我姐做事荒唐之极,不了解的人还硬往兄弟跟前拽,她不想一个大活人的婚姻大事怎可这般草率。”

“跟女人看场电影就报应了?”葛涛笑道,“你姐夫借调新疆你姐得跟他去五年,她无非想在离开东川以前帮弟弟安排好他的生活,也是为你着想。”

海东烦躁了,“我知道,知道。咱别再提了,此事就此打住。”

“这就完了？”小吴盯着海东的眼睛问，“王海东，你小子可不是那种有坎过不去的男人。瞧你一脑门子官司，心里肯定有别的事情没跟哥们讲？你刚才说胡话咱可都听到了。说吧，那个长得秀气的，挺好看的小姑娘，怎么回事？”

海东明白小吴想知道什么，本不打算说，但被两个好兄弟盯着不放，不给他们一个交代好像说过不去。于是跟他们讲起跳舞的小姑娘，怀疑她就是几年前被自己背过的小女孩子。

“是咱哥几个跟林哲上山那年吧？”葛涛见海东点头便道，“想起来了。那天你跟林哲一路，我和小吴一路。晚上到汇合吃饭点没见你们俩回来，大家还四处寻找。第二天下午你们才赶回来，说在捡了个小姑娘送下山去了。是她？”

“是。”海东仍有疑惑，“今天看演出听后排人说，她当年进山是为了寻找父亲。但我吃不准，她是不是我和林哲背回来的那个小姑娘。”

“难怪你小子掉了魂似的。”葛涛笑了，“那天你小子回来就一脸坏笑，跟现在一样，像捡了什么宝贝似的。还记得吗，林哲当时说天上掉下个林妹妹，把你小子给乐坏了？

“叫我说，林哲是神，应验了。”

“小姑娘？”葛涛纳闷，“那个跳林黛玉的姑娘现在有多大年纪？”

“不知道。”海东眯着眼睛忆想一阵，似吃不准，“大概有十四五岁吧。看她乖乖巧巧的小样，顶多不会超过十六岁。我有点担心她，不知道她当初找父亲找到没有，我想知道她现在过得怎样。”

“真没看出来啊？”小吴笑话海东，“挺会爱护祖国的小花朵嘛？”

“你懂什么，这叫怜香惜玉英雄本色。”葛涛笑罢小吴，转问海东，“你今晚看到的小姑娘，年龄好像跟你们五年前背下山的小姑娘差不多，她不会长大吗？”

“是啊，世上那有永远不长大的姑娘？”海东也纳闷，思索一瞬，对两个好友笑求道，“承蒙葛吴两位大侠联手相助，明日陪我去一趟剧院吧？不过听说演出票不好买，咱们得想想办法。”

葛涛主动请愿，“这好说，咱出高价从票虫们手里掏呀，我去办。”

“先别忙。”小吴回桌前往酒杯里倒满啤酒，端到海东面前，“干了这杯，明儿哥们陪你去赴汤蹈火。”

海东从床上一跃而起，捧起啤酒杯子一饮而尽。

就这样，不喜欢看歌舞表演的海东，为了证实一个疑问，又硬着头皮走进东川剧院，看了他人生当中唯一重复的，第二场相同的歌舞演出。

小吴带来了一束玫瑰花，这让海东有些诧异。小吴笑劝海东不要误会，说他没有送花夺爱的意思，这束玫瑰花是他买给母亲过生日的，怕看完演出晚了花店关门买不到，所以只好提前买好带来剧院，看完演出再送回家去献给母亲。

舞台上的演出与前一个晚上没有任何区别，但坐观演出的海东似并未感到丝毫的倦意，相反从心里生出一种对歌舞节目从未有过的兴趣。

葛涛和小吴自始至终睁大了眼睛往台上看，只要看到好看的姑娘出来跳舞就问海东，是不是他的小姑娘。海东总笑而不言，让他们慢慢看，慢慢猜。上半场演出就快结束，两个朋友见海东一直坐如泰山就有些奇怪，想他会不会没对小姑娘动心，就只想再来看看她。直到下半场演出开始，两个好友似才从海东眼里看到一种按捺不住的兴奋，想这个哥们有些心神不宁了，那个小姑娘应该快要出来了。于是一起睁大眼睛盯着舞台，唯怕漏过任何一个长相佳好的姑娘。

两个好友没有看错，海东此时的确心神不宁。他这种坐立不安的感觉，就像在等待一个相识多年，心想面对又害怕面对的人一样惶惶不安。他知道那个小姑娘就要上场了，他必须在两个朋友面前尽量控制自己的情绪，别让他们看出什么来笑话自己。可是他控制不住自己，他的心脏跳得很厉害，除了一种从未有过的怯怕和慌张之外，更多的则是一种期待与企盼。

大幕开启，灯光渐亮，悠远空灵的旋律重新响起，天幕缓缓飘下花瓣。白衣素裙的小姑娘又出现了，座无虚席的剧院大厅顿时鸦雀无声，上千观众的视线跟随小姑娘轻盈飘浮的舞姿旋转和游走在花落花飞的舞台上。

海东的心脏跳到了嗓子眼上，似一团幽火把喉咙烧炽得干裂燥渴。他再次从小姑娘低眉凝思和昂首问天的表情里看到了她的孤独与彷徨，再次从她凄惘迷茫的眼睛里看到了凄凉与忧伤。他想，抑或这种情绪只是小姑娘在舞蹈中下意识的瞬间流露，但它深深地触动和刺痛了他的心，让他想起五年前那个夜晚，他守在小姑娘的病床旁，看到昏迷不醒的小姑娘眼角未干的泪迹里，隐藏着他一无所知的悲伤。于是他很快得出一个结论，这个心事重重的小姑娘活得不快乐。

"跳得可真捧哎。"小吴有意对海东起哄道，"看人家小姑娘那腰身，那腿脚都怎么长的，要直就直要弯，像小面人似的柔软。"

"是个很美的小姑娘。"葛涛的赞扬却很实在，"你看那双亮晶晶的眼睛，就跟会说话一样，让人一看就知道，她心里是哭还是笑。"

"美哉，美哉！"小吴兴味盎然地吟讲道，"高挑的身材细嫩的皮肤，干干净净的脸蛋上鼻直眉弯，水晶晶的眼睛像秋天的一弯月亮，舞动的背影像河边的青柳沸沸扬扬……"

"出口成章嘛。"葛涛笑话小吴，"你小子什么时候改行写诗了？"

"不才。"小吴对海东笑道，"小姑娘挺纯的，一看就是个挺姑娘的姑娘。"

海东笑了，"有你这样说话的吗，什么叫挺姑娘的姑娘？"

"好看，干净。"小吴又道，"不行，我得再加一条恋爱评语，出水芙蓉天生丽质，追吧哥们。”

“小吴说得没错。”葛涛对海东道，“你还别说，小姑娘还真有点小林黛玉的样子。挺单纯的，眉清目秀的还真挺好看。慈眉善眼的姑娘，恐怕杀人如麻的屠夫见了她，也得放下屠刀立地成佛。”

“可不是。”小吴跟海东玩笑道，“这么好看的姑娘，是个男人都会心动，难怪你小子冒着背叛自己的危险，也要硬着头皮来看这场演出呢。”

小吴和葛涛对小姑娘赞不绝口，海东听着这些议论心里甜滋滋的，就好像舞台上的小姑娘是他的亲人或朋友，抑或一个认识多年的旧相识那般高兴。

“哥们，我知道你昨晚为什么发烧了。”小吴用胳膊拐拐海东，瞄着台上的小姑娘，“……这就对了。”

“我发烧怎么了？”海东被小吴的话弄得莫明其妙，“什么叫这就对了？”

小吴笑说，“你就别跟哥们装腔作势了，你小子敢说没看上人家小姑娘？”

“她怎么了我就看上她了？”海东脸红脖子粗地争辩，“她这么小，我看上她什么了？”

小吴坏笑着，没有言语，只看着舞台上小姑娘哑笑。

这时候小姑娘的演出结束了，观众的掌声像雨点打在一片芭蕉叶上一般爆响。葛涛拍拍海东，指指小吴手里的玫瑰花，又指指后台的方向，示意他拿着鲜花去找小姑娘。海东使劲摇摇头正襟危坐，表示自己没有不良的企图。

其实不用葛涛提示，海东的心已经飞向了后台，但思想却在犹豫中控制着自己的非分之想。因为他了解自己，让他手捧玫瑰上台献给小姑娘，或者让他悄悄溜进后台把玫瑰塞给小姑娘，他统统做不到，他承认自己没有这种能耐。他觉得自己最大的出席就是勇敢顽强不怕牺牲，他最没有出席的事情就是害怕面对美丽姑娘。不止是美丽姑娘，应该说在任何陌生姑娘面前，他都说不出什么得体的话来。所以无论他是否有企图，有怎样的企图，几乎都是实现不了的。

他记得读大学时，也有过一些关系不错的女同学，她们容貌尚佳性情温和彬彬有礼，待人接物举指大方。有个别女同学想跟他交往，他不敢，从不与之交往过甚。他惧怕与姑娘交往，这种状况一方面来自学生时代的性心理晚熟，另一方面来自父母的婚姻经历。其实他知道姐姐的说辞是假的，母亲不是父亲死后才嫁人，而是与父亲离婚在先嫁人在后。母亲长相漂亮为人热情，婚后仍有不少男性追求，且无中生有闹过一些是非，被丈夫怀疑不忠，夫妻关系一度紧张。父母亲都是个性很强的人，冷战若干年后终于分道扬镳。父亲去世前叮嘱他，长大离漂亮女孩远点，最好不要找漂亮女人结婚。这是他一辈子忘不了的，所以在大学遇到漂亮的女同学他就退避三舍，一心读书不跟她们来往。以至毕业后才发现，竟没有哪个女同学给他留下过什么太深刻的印象，这些年他也没有专门想起或想念过哪个女同学。倒有一位跟他走得近的同班姑娘叫苏玫，身形长相都很一般，南京人，总把家乡特产往他宿舍送，把他的衣服偷去洗好晾干才送来。毕业前夕苏玫约他到操场见面，让他主动说点什么。他什么也没说，姑娘也没有为难他，只把她分配的地方和单位地址给他，用学生式的含蓄表白爱他的心意。毕业至今他一封信也没有写给苏玫，因他觉得苏玫姑娘居住的城市没有他的事业。现在想来也无后悔可言，倒觉得那是一段可珍惜的，青春时代的美好的记忆。

是的，他从来没有爱上那个叫苏玫的姑娘，但很欣赏苏玫姑娘的修养。他希望将来为自己所爱的姑娘必是此类，抑或更加温存自爱。至于姑娘的长相并不是最要紧的，他认为只要手脚齐全五官端正就可以。这不是说，他不注重未来恋人的长相，关键是，长相好的姑娘必须心地善良举指端庄。就如同刚才演林黛玉的这个小姑娘，有一双干净明亮的眼睛，有一副怜木悲花的柔肠。

就在海东全无心思看演出胡思乱想时，全场演出结束，全场观众鼓掌。全体演员在掌声中顺序出场谢幕，地方首长和矿区领导上台与演员一一握手，以感谢省城来的艺术家们在东川的精彩演出。

海东巡视舞台，见演员们从左台口到右台口排排层层地依空而站，却唯独没有那个演黛玉的小姑娘，他的心直往下沉。他突然站起来，鬼使神差一般夺过小吴手里的玫瑰花，挤出座排从太平门跑出去，直奔后台。

“跑哪儿呢哥们?”小吴瞅着海东的背影对葛涛喊道，“这哥们怎么突然跑开了，不会是傻了吧?”

“他不跑才傻呢。”葛涛心中有数地笑道，“这哥们不但不傻，反倒比聪明人还聪明。你小子往台上瞅瞅，看少了谁?你信不信，他到后台借花献佛去了。咱们就别在这儿障手障脚当灯泡了，祝他好运吧。哎，你那花……”

“哥们早料到他这一招了。”小吴得意地笑道，“那花是我有意给他备下的。老娘过生日，我不送银子送鲜花，你信吗?”

葛涛笑答，“鬼才信呢。”

后台挤挤攘攘，化妆间里人出人进。

海东径直闯进后台，捧着鲜艳夺目的玫瑰花在后台通道里横冲直撞。他走到每一个化妆间门口都停下来伸长脖子往里看，从欢笑打闹的姑娘中间寻找那位刚才没有出场谢幕的小姑娘。大家用奇怪的眼神注视这个的陌生小伙子，姑娘们的眼睛多半落在他怀抱中的玫瑰花上。海东顾不上别人拿什么眼光看他，他一心只想找见那个小姑娘。他怀疑小姑娘失踪了，又跑到山里找父亲去了。他突然感到焦虑，像心爱的东西突然从身边飘走一般焦虑。心想不管怎么样，他一定要找到她。哪怕她真的进了山，哪怕找遍全东川，乃至全省全国全世界的茫茫人海，他今生一定要找到她。她想看见她，想让她的眼睛从此欢笑，而不是忧郁。

不到五分钟的时间，海东脑海里就闪现出许多千奇百怪的念头。他已经毫无知觉地，把自己的情感和关心，交付给了那双清澈明亮的，小姑娘的忧伤的眼睛了。终于，他在最后一个化妆间的角落里看到了她的身影。

他心里一阵激动，想硬往里闯。团里的老师把他拦在化妆间门口，问他找谁。

“找她。”他指着正在角落里卸妆的小姑娘结巴道，“能不能让我……进去？”

“她？”老师回头看看小姑娘，有些警惕地问小伙子，“你是她朋友吗？”

“我们不是朋友。”海东很诚实，“但是我有话跟她说，很重要的话。”

表情严肃的老师从头到脚审视海东一阵，看看他手里的玫瑰花，会心地点点头又无奈地摇摇头，闪到一边把进门的路让出来，给这位爽直的小伙子放行。

海东奔到角落里，心跳过速地颤抖着双手，把从小吴手里抢来的玫瑰花猛地塞到小姑娘怀里。当小姑娘抬起迷惑的眼睛怔怔地瞧看他时，他能说会道的嘴巴突然像被胶水粘住一样张不开了，喉咙也似被棉花堵住一样憋得难受。

在两双眼睛近距离的对视中，相互间的目光好像一根无形的线牵连着彼此内心那份熟知的感觉，而彼此又在这份感觉中感到一些尚未证实的迷惑。

“我叫王海东，在地质研究院的勘探队工作。”海东终于说出话来了，“可能你不会相信，为了你，我在观众席里坐了两个晚上，连续看了两场内容相同的歌舞演出。”不由小姑娘有所反应，他又接着说，“我从不喜欢看歌舞，但我喜欢你跳的芭蕾舞。我知道，演出结束后你就要走了。恳求你在离开东川之前，去看看我从山上捡来的石头，好吗？我喜欢石头，我希望你也能喜欢石头。”

海东一口气说了这许多的话，说完他才感到无比惊讶。他从未在任何一个姑娘面前主动说过这许多的话，且把自己买得这么干净。是的，他没想到自己在她面前竟如此失控，居然把想在心里的事情全对她说出来。此时他眼神呆傻地看着小姑娘，心里后悔莫及，生怕自己突如其来的鲁莽吓到这个娇羞怯弱的姑娘。

五

筱月没有被眼前这个陌生而鲁莽男人吓着，她只是抬起头来，怔怔地瞧看着他。她似乎没弄懂，这个年轻的男人突然从哪里冒出来，他为什么跑到后台来找她，他为何跟她说这些，听起来莫明其妙的话。或者，是他眼里的率真和诚恳打动了她。抑或，是他身上有一股强大的磁场吸引着她，让她不可抗拒。

她站起来，注视着他期待的眼睛，沉默地点点头。

她决定跟他走，不管他带她去往哪里，去看什么样的石头，她都愿意跟他走。

化妆间里的姑娘们惊讶不以，一张张彩装未卸的脸上表情各异，但又同时目瞪口呆地，目送着筱月和一个陌生的年轻男人走出门去。

显而易见，这群在舞蹈学校一起长大的姑娘见筱月如此反常，着实地吃惊不小，似乎眼前发生的一幕不太真实，不真实得叫她们匪夷所思。她们或想，这个孤情的姑娘像是突然间疯了，自己的父亲和姑母无论如何也喊不走她，眼下被这么一个陌生的男人轻轻一叫，她竟就着了魔一样，跟他走了。

筱月并没有认为自己疯了，她只是愿意跟他走，因为她相信他的目光。从她听到他说话的声音，闻到他身上的气味那一瞬开始她就知道，并相信，她或许可以跟他走一辈子。

他在前面带路，她放心地跟在他的身后，跟着他穿过长长的后台走道，从剧院的后门出去后，穿过一条宽敞的马路，走过几条小街，步上一条缅桂飘香的林阴街道。他引领她沿着这条路走到底，往右拐下一条缓坡。

坡下出现一个树阴浓密的院落和一片楼房时，他告诉她，树影深处就是他工作的地质大院。大院里那些红砖楼一共有二十六幢，前面有六幢都是单位的办公楼，其余的楼房是本院的职工宿舍，靠围墙那幢五层大楼是大院的招待所，他住在这个大院的最后面的小院，那是一个只有一幢两层青砖楼房的小院。

她顺着他脚步的引领走进地质大院，穿过排列整齐的楼房和散发着奇香的花坛，走上一条花木幽深的石板小径，穿过大院底处的围墙门廊，眼前出现一个独立的小院。

小院很幽静，有一个用矿石堆砌而成的蓄水池，有一幢老式的两层青砖红瓦房，房前屋后种满奇异的花草树木，墙壁上的篱笆间开满秋季里难得一见的，淡紫色的牵牛花。

筱月在海东的引领下走进小院，安静地听他介绍发生在这里的事情。

“这幢房子是在50年代修建的，典型的苏式建筑，是地质研究院专门为外籍专修建的住宅。60年代初专家们撤走后，院里把它分配给未成家的年轻人做集体宿舍。这个院子几十年都是这个样子，地质大院很多单身汉都曾经在这里住过。你看到底楼最边的两间的房子吗，那就是我的瓴地。我和我师傅林哲在里面住了一年多，林哲结婚搬走以后，两间屋子全归我一个人所有。我是目前单身汉里，在这个小院住得最久的人。噢对了，林哲现在是我的姐夫。你知道吗，因为林哲娶了我的姐姐，所以他应该是我的姐夫。”

筱月有些忍不住想笑，笑他以为她不懂得什么是姐夫。

海东把筱月带到宿舍门口，掏钥匙打开屋门，伸手拉亮电灯后，请她进屋。

她将抬脚进去，又收回脚步，有些犹豫地伫在门边。她觉得自己应该先问问这个冒失的男人，他的那些什么石头跟她有什么关系，她为何一定要跟他来看那些石头。因为，她长这么大从未涉足单身男性的独立领地，她不知道这一步跨出去，将对自己意味着什么。

筱月显然不知道这一步跨出去会对自己意味着什么，而且她不知道这一步跨进海东的屋子去，她从此就不想再跨出来了。她且不知道自己将在这里开始有生以来，与陌生男人之间最长的一次谈话，它将持续到半夜让她浑然无觉。

“你会喜欢这里的。”海东像大哥哥一样笑着，对犹豫的筱月伸出手来，“跟我来吧！”

她看着他真诚的眼睛，毫不迟疑地把自己的手伸给他，紧跟在他的身后，进入这间堆满各种石头的房屋，就似走进一个石头迷宫。环视着这间虽然宽敞却被奇形怪状的各种石头占满空间的屋子，她心想这哪里是人住的地方呀，它完全就是一个石头博物馆。不过，除了堆放在墙角边那些，看起来样子有点可怕的黑乎乎的石头以外，她倒很喜欢木架子上那些五颜六色的石头，说不出缘由的喜欢。

“我敢肯定你从未见过如此多的石头。”说罢，他把架在书桌上的活动台灯拉长，将光源转向墙壁上的架子，对她笑道，“过去看吧，我的宝贝全在那儿。”

她走过去，目光往五六米长的，占满整座墙壁的，多层的大木架子上仔细巡视，观看着那些贴有英文字母标签和阿拉伯数字编号的，以及各种看不懂符号标志的石头，它们分别是浅黑的、深紫的、墨绿的、灰白的，月黄的，藏青的，朱砂红的，玫瑰和深蓝的……大大小小色彩斑斓，奇形怪状数不尽数。

“这是铝矿石，铅矿石，锡矿石……这是铜矿石。”海东把架子上的宝贝对她一一地介绍后，说这些石头是都他从各种地探采来的矿石，并顺序说出这些矿石的金属性质和金属含量，给她讲述每块矿石的来历和他在野外勘探工作中遇到的新鲜事，尔后专门说到铜矿石，“东川铜矿藏很丰富，有白铜紫铜斑铜很多种。”

筱月听得入了迷，仿佛注视海东的眼睛里也藏着一个谜。

“你饿了吧？”海东关切道，“我上后台时看到有人来给你们送夜宵。我工作晚了也会饿，可我这里没有夜宵可吃，我常常只能喝咖啡提精神。"

尔后，海东打开书桌子上的小电炉子，用白铁口缸烧一缸云南小粒咖啡倒出两杯，端一杯递给她。她双手捧过他递来的香浓扑鼻的咖啡，眼睛微笑着，仿佛觉得他用这种办法煮出来的咖啡味道很特别。

"到我屋里去坐坐吧，"海东要引她往外走时，看她眼神迷惑，便笑道，"我是做地质勘探和研究工作的没错，可你以为我连睡觉也要搂着这些冰冷的石头就错了。这间屋子是我和林哲做研究的工作间，我睡觉的地方在隔壁那间屋子。"

筱月跟随海东出了这扇门，转进另一扇门。这是一间同样宽敞的房间，她觉得这间房子比起刚才那间，被海东自称为工作间的石头博物馆来，可是整洁和干净多了。清一色的苏联式木制家具，高大的书柜，高背增厚的弹簧床垫，简朴的帆布沙发和石头拱门壁炉，看上去好像充满异国情调，毋宁是外国的学者曾经住过的屋子。她朝与她差不多一样高的石头壁炉走去，抬眼看着壁炉台上那些摆放随意的小木框子，被镜框里那一幅幅摄于高山险岭的照片深深地吸引着。

海东对她说摄影是他的业余爱好，说勘探工作虽然艰苦，所到之处又往往是人迹罕至的深山野岭，却能看到许多常人无法目睹的人间奇景，经历一些常人无法想象的事情。他喜欢大山，也喜欢登山，有时会为忽然在山间看到一些稀有的野生动物而兴奋，有时会为看见一株奇异的植物长在石头缝隙里而感动。但他对大自然的兴趣，仍旧在于发现那些最有价值的矿藏。

她安静地注视着他，着迷地聆听他的讲述，好像他说的每一句话都很有趣。尤其那些在她看来高险重重的大山，在他动情的描述中似有神秘无穷的魅力。她听得入了迷，跟随他的脚步移动时未注意脚下，险些被壁炉边上的什么东西绊倒。他急忙扶她一把，从她脚下拾起一块男人拳头大小的，青紫色的石头。

“这是一块稀有的紫铜矿石，金属含量大约在百分之三十五左右。”说罢将手里石头小心翼翼搁置在壁炉石台上，“这是我五年前上山勘探时带回来的矿石标本。因为成分复杂而特殊，至今没有做出归类研究分析。你别小看这块不起眼的石头，它可能含有多种稀有金属物质，甚至可能含有黄金。其实这种矿石的含铜量还不算是最高的，最高的能达到百分之五十以上。东川山里有不少这样的金属矿藏，而这些稀有矿藏一旦被开采出来，那就等于是挖金矿。”

筱月睁大眼睛看着海东，仿佛对他说铜矿等于金矿的说法有些不理解。

于是，海东给她讲述铜金属在工业生产和人类生活上不可取代的用途，讲述东川几千年以来的铜矿开发历史，讲述东川的铜矿和冶铜工业在中国历史上的重要地位。她安静地注视着这个年轻男人，觉得他虽然很年轻，但他不仅是地质知识很丰富，其他的学识也很丰富。他与她平时所能接触的那些搞艺术的男同事相比，有着不一样的学识修养和男子汉的阳刚之气。而且至此她才完全相信，眼前这个英俊帅气的男人，的确是做地质勘探工作的人，就像五年前她在山里遇见的那两个男人一样。不过她吃不准，他是不是当年把她背出大山的男人。她不可能零距离地闻到他身上的气息，但她想多听一听他说话的声音，以辨认他身上是否有她所熟悉的气息。但她有些奇怪，觉得他不是本地人。且像他这种高大的身体和豪爽的个性，在南方男人中也是少见。

他这回没有看懂她的眼神，于是顺着她的目光地打量自己才明白过来。

“你是不是觉得，我不太像云南人？”

她点点头，从心里佩服他的聪明。

“我怎么不是云南人了？”海东强调说，“我就是云南人！只不过我没有出生在云南，我的老家在山东青岛。其实，东川城自古就一个移民聚居地，全国各地的人在不同的历史时期为着一个共同的铜矿来到这里。我显然不是为铜矿来的，我是60年代随我姐插队过来的，严格算的话，我们只能算现代移民吧。”

海东他对她说起自己的经历。他父母是山东青岛人，因为都是搞海洋植物分的专家，后来夫妻双双被调到上海工作。他姐姐出在青岛，他出生在上海。他六岁的时候，父亲患直肠癌去世，母亲重新嫁人后去了别的地方。1969年跟随姐姐从上海插队来到边疆云南的时候，他还不满十岁。姐姐当年在知青当中吃苦而劳表现很好，被公社推荐去上省城的护士学校，毕业回来之后被分配到医院当了护士。三十岁时，姐姐嫁给地质工程师林哲，生了一对可爱的双胞胎兄妹，如今日子过得不错。他在姐姐的爱护关怀下长大成人后，考上北方工业大学攻读地质工程学。或因父母亲是山东人的缘故，姐弟二人的生活习惯和口音至今没有多少改变。他说自己的家乡虽然在大海之滨青岛，但云南奇丽富饶的土地养育了他，他就把这块美丽的土地当作自己的故乡。他深爱着东川的山川和峡谷，但不止山川峡谷，凡是东川地界上的河流、坝子、村寨、矿区、铁路，没有他不熟悉的，尤其矿山。他声称自己是长在东川的一块石头，是大山的儿子。

她喜欢海东对自己的比喻，在她眼里，这个体格健壮的男人就像她来东川时看到的大山一样，顶天立地，给人一种巍然挺拔的，男子汉的感觉。

海东把姐姐家人的照片拿给她看，让她一一认识他的家人，“姐姐性格很泼辣，但很善良。姐姐的两个孩子很顽皮，但也很聪明。女孩子长得像姐姐，男孩儿长得像姐夫。这是我姐夫林哲，他为人宽厚耿直。虽然我们是师徒关系，但从某种意义上说，他就像是我的兄长，他在事业和品格上对我影响甚深。”

筱月的目光从林哲的照片上移到海东的脸上，好像在说，你有一个非常年轻的姐夫。

“林哲比姐姐小三岁，比我大两岁。你觉得他很年轻？比我年轻，是吗？”

她点点头又摇摇头，肯定和否定着他的问话，继续看照片。

海东对姐夫林哲似有很深的感情，对她介绍起来也很动情，“林哲毕业于中国一流的地质学院，曾经获得地质学博士学位，他放弃出国做学术研究的机会到东川矿区来工作，不啻是对实地矿藏研究有着一番远大的抱负。我大学毕业后执意回东川工作。一是因为姐姐在东川，二是因为东川有林哲这样优秀的地质工程师。我跟了他，不仅学到他丰富的矿藏知识和严谨的学术态度，也学到了怎样做男人。我在他的教导下工作六年多了，亦然是一名老勘探队员了。”

她微笑点头，好像完全赞同他的说法。

“我有人生蓝图，第一是从基础勘探工作做起，像林哲那样从地质行家成为中国一流的地质学家。另一个是来一场轰轰烈烈的恋爱，娶一位像你一样温柔美丽的姑娘。”

海东说完这些话时，看到眼前的姑娘羞红了脸庞。

“你别误会。”海东赶紧向她解释道，“我是说，将来如果我要找媳妇，不能找像我姐姐那样坏脾气的北方姑娘，一定找你这样美丽温柔的南方姑娘。”说罢还是觉得不对，抓着脑袋嘀咕道，“哎，这前后意思好像是一样的，啊？”

筱月的脸羞得更红了。

海东忽然不会说话了一般，抱歉地看着她，“在你面前我仿佛不知道该怎么说话了，但这是我真实的想法。我一直想有一个自己爱上的姑娘嫁给我。”说罢定睛注视着小姑娘那双有些幼稚，但天真纯情的眼睛，恳切道，“我对你说了这么多，你也跟我说说你自己，好吗？”

筱月低下头不说话，仿佛不想对任何人说起关于自己的任何事情。

“没关系。”他笑道，“你不想说就别说，我能看懂你的眼神。不过，你的舞跳得真好。我能理解你演的林黛玉，你把她居人篱下的哀愁和对封建压迫的反抗表达演得很好。你知道吗，你的眼睛会说话，我被你用心的舞蹈打动了。”

筱月此时从这个年轻男人的眼睛里看到的是真诚，且相信他刚才的夸赞是从心里发出的。过去她一直以为她的舞蹈只属于她自己，从来不知道台下的观众有对她的身体语言有着怎样的感受，似也没有人跟她谈起过此类的感受。她庆幸这个男人看懂并理解了她的舞蹈，于是对他充满由心的感激。

“谢谢。”

“你会说话呀?”海东喜出望外，“这么说，我看懂了你的舞蹈，对吗?”

她微笑着点点头。

海东高兴地注视着这个终于肯说话的姑娘，并从她微笑着的眼睛看到了一丝快乐。他有些激动，“真没想到你还会笑，你笑起来这么美……”

她在海东的深情注视中难为情地低下了头。忽然想起那束玫瑰花，便向他表示感谢，说今天正巧是她的生日。

“你不说我倒忘了问。”海东凝视姑娘的眼神似有疑问，“你今年几岁?”

“十九。”她道，“十九年来，我还是头一次在生日里得到玫瑰花。”

海东心里猛打了一个咯噔，呆愣半晌。他似乎没有料到，自己的鲁莽还真是幸运，竟然偏偏撞上小姑娘的生日。但他心里有些别扭，想告诉她，玫瑰花是从别人里夺来的，它或许不能代表他的心意，但他不知该怎样对她解释。且这种借花献佛的事情一旦说出来，搞不好会让小姑娘对他产生误会和看法。想来想去他想重新送她一件礼物，以表达自己对她的真诚祝福。他从壁炉上取下刚才险些绊倒她的，自己收藏多年视如珍宝的紫金石，郑重地捧到她眼前。

“石头?”她迷惑地看着他，“为什么把你的宝贝的石头送我?”

海东说，这是五年前他在海拔四千米以上的乌朦山找到的，因为那天他在山里有过一段美好的奇遇，于是这块石头对他来说就有了一种特殊的意义。”

“生日快乐!”

筱月小心翼翼地，从海东手里捧过这块暗金闪烁的紫色石头，觉得它的形状好像一座小山托起的城堡那样奇异。而且她看到石头上有很多金色的斑纹，成块成点的紫色斑纹里有许多奇特的线圈，这些线圈在灯光的照耀中变幻无常，仿佛童话城堡中的楼台门窗。于是，她把异想天开的想象告诉他，说这块紫色的石头是一座童话中的美丽城堡，那些神秘门窗里仿佛藏着一个古老的童话故事。

海东莫明其妙地眨眨眼睛，觉得这块石头比起黑乎乎的矿石来，无非是形状和色彩独特些而已，没觉得它像什么童话城堡。她说你过来，我教你看。他凑过去，在她指尖的指引下，看那些金色的纹路斑痕。

“你看，这是一个隐藏在山中的城堡，层层凹凸的小道是城堡的阶梯，顺着阶梯往上是城堡中的神秘宫殿，金色的线条和斑纹就是宫殿的门和窗户……”

在她发挥想象的讲解中，海东仔细瞧看，感觉到那些金色的线条果然很奇特，很像是古城堡上的门窗和楼台。他转眼看着神情兴奋的小姑娘，心想自己跟石头打了这么些年交道，从未想象过会有什么故事藏在石头里面，让她捧在手心里这么一说，这块冷冰冰的石头仿佛被赋予生命一般鲜活起来。

“你的想象力真丰富。”海东表扬道，“它要不是一块沉甸甸的石头，我真要怀疑它是上帝为你雕刻的城堡了。”看着她高兴的样子，他开玩笑说，“你没有看到吗，这个童话城堡中除有一个老国王和一个坏王后外，还有一个美丽可爱的白雪公主。你再想象一下，住在这个城堡中的美丽公主应该是什么样?”

她摇摇头，表示自己想象不出来。

“就是你呀。”

筱月从不喜欢别人违心的奉承，拿怀疑的眼神看着海东。

“你当然是美丽的公主！”海东对她说话的口吻不可置疑，“如果你认为自己不美丽，这天下何为美丽？”

筱月的眼睛被晶莹的泪水模糊起来，变得凄凉而黯然迷惘。她想起自己从小灰姑娘一般的命运，禁不住流下冰冷的眼泪。

“别哭。”海东凝视着筱月泪水莹莹的眼睛，“你要知道，每一个王子都有他心上的一个公主。我虽然不是什么童话里的白马王子，但你无疑是我这一生所遇到过的，最美丽的公主。”

她的眼睛哭着，脸上却感动地笑着。

“能告诉我你的名字吗？”

她轻轻说出自己的名字。

“是月亮的月吗？”他对这个字显得很钟爱，并请求她，“那以后我就叫你小月。你叫我哥哥，好吗？”

她点点头，凝视海东的眸子里流露出纯情少女特有的温情，“你叫我月儿吧？我父亲在日记里把我叫做月儿，我父亲是这个世界上唯一背过我的男人。”

海东呆愣一瞬，立刻有所悟醒，“你认识我对吗？五年前，在山里……”

她点头，“是的，你在路上，我在你背上。”

“真是你？”海东的激动里伴随着一丝纳闷，“那天你昏倒在山里，我背你出来。你在医院高烧不醒没睁过一次眼睛，你没有看到过我，如何能认出我？”

“我是没有看见过你。可是你今天到后台来找我的时候，我仿佛听出了你的声音。但我不敢认你，我怕世界上有太多相同的声音。就在刚才，你凑近我看石头的时候，我认出了你的呼吸和气息，世界上独一无二的呼吸和气息，它曾经让我感到安全和温暖，让我永生难忘。”

“难道这是真的吗？”海东欢欣鼓舞，“知道吗小姑娘，当我决定去后台找你那一瞬间，我的心情是多么兴奋。那种兴奋，是我无法用语言来形容的。如果硬要让我打个比喻，那么我觉得，这比发现一座宝藏更令我激动。”

她的眼睛在眼泪里绽放着欢笑，“真的?”

“当然真的。”海东情不自禁地拉起她的手，“我昨天在台下看你演出的时候就怀疑，你是我从山里背来的小姑娘。但我不敢认你，因为你在舞台上的美丽和高贵，跟从前那个单薄得像一片枯树叶的小姑娘不一样。我想如果真是你，那么你长大了。但我发现你不快乐，你眼里藏着太多的寒冷。见你孤单站在台上，我突然禁不住有一种冲动，想要上去把你紧紧抱在怀里，把我身上的体温给你。”

她的笑容渐渐凝固在泪水未干的眼睛里，几多的忧郁与惶恐。

“不要害怕。”他解释道，“我虽然喜欢你，但我知道这是一个非常不现实的奢望。因为你太小，你还不懂得男女之间的感情。请你相信我，我从未如此大胆地接近过一个女孩子。但我尊重你，决不冒犯你。你尽可以把我当成一个朋友或是一个哥哥。从此往后，你什么也不用怕，因为有我。”

她拼命点头，表示她对海东的相信，胸腔里的一股热流涌上眼睛。

海东轻轻捧起她渐显苍白的脸，凝视她盈满泪水的眼睛，亲吻她的额头，“知道吗月儿，我来找你，是想真实地看到你的美丽，灿烂的笑容，而不是眼泪。”

她颤抖着向他伸出冰凉的双手，“你可以……抱抱我吗?”

海东猛一怔，不敢相信自己的耳朵。但看见她充满期待的眼睛里滚落出一串晶莹的泪珠，心脏悸然颤动，难以抑制内心的疼痛与钟爱，伸开双臂，把向他企求温暖的姑娘紧抱怀中。倚在海东的怀抱里，她重新感觉到一种曾经感受过的可靠与安全，以及从未有过的，从亲人身上得到的，身心的温暖。

此后他们携手去了市区公园，在皎洁的月光下漫步直到深夜。公园里漆黑幽静，蝉虫在秋夜里轻鸣。有海东在身边，胆小的筱月似乎什么也不怕了，踩在小径上的脚步显得缓慢又轻快。她的小手让海东的大手紧牵着，她仿佛能在静夜中听见他有力的心跳。她任海东牵着，不管这个花木幽深的公园，有没有脚步可以丈量的尽头。

公园当然有尽头，尽管他们希望它大，却还是漫步走到无路可走的尽头。

海东在月光下看看手表，说此时已是半夜3点，她该回招待所休息了。

海东把她送回剧团在东川下榻的招待所，在招待所门口的榕树下，难舍难离地与她放手告别，再次吻她的额头，祝她生日快乐。她问海东，还能再见吗。海东说会的，他会去昆明看望她，他希望她从此快乐起来。

她点头，清纯的眼睛里对海东的承诺充满期待，她想再看见他。

筱月回到招待所的已是下半夜，同屋的小姐妹们都睡了。她怕吵醒同屋的伙伴们，轻手轻脚把怀里的玫瑰拆散花分发在每个姑娘的床头，又轻手轻脚跑进卫生间洗漱完毕，再轻手轻脚地爬上自己的床铺休息。

虽然屋子寂静无声，她的心里却流淌着一支从未有过的甜蜜之曲。她突然想要歌唱，把内心的愉悦唱出来，让窗外美丽的月亮听到，让她母亲的在天之灵听到。她要告诉母亲，她从此不再惧怕黑夜，不再害怕孤独。因为她从此以后，她有了海东，不管他是她的哥哥，还是她的朋友。

此夜她失眠了。她在想，海东究竟是一个怎样的男人，他有何种神力，为何在一夜之间可以改变她的心境，让她感受到一种从来没有过的快乐与幸福。或许他是上帝派来拯救她的神灵。要不，他怎么知道她内心的忧郁，怎么知道她不快活呢。她希望他是可以改变她的神灵，同时又不希望他是真正的神灵。她怕他搭救完她就走了，她再也见不到他了。不是的，她宁愿海东不是神灵，她希望海东是一个真正的男人，她希望自己还能看见他，希望听到他讲更多的人生道理，希望像他信守自己的承诺，像亲人和哥哥一样，把她当作心上的公主一样爱她。

是的她想，这是海东自己说的，他说她是自己此生遇到的，美丽的公主，而不是她想象出来的那个，石头城堡里的公主。石头城堡呢，她忽然想起她的石头城堡，想起她把石头城堡遗忘在海东屋里了。

这可怎么办，她的心突然被掏空了一样没着没落。但又想，海东回去时肯定会发现她的石头城堡还在他屋里，此时他可能也跟她一样着急的吧。她安抚自己说，不要紧的，明天一早就去地质大院找海东要她的石头城堡。这么想着，她就眼睛不眨地注视着暗黑的窗外，盼着窗外的天赶快亮起来，好叫她去找海东要回她的石头城堡。天将蒙蒙亮了，她的眼睛终于酸困了，渐渐地睡着了。

第二天一早，剧团将从东川返回省城，团长在楼道里清点人名，让大家到招待所门口集中上车。

筱月最后一个从床上爬起来，听见姑娘们挥着玫瑰花对她发出感谢的叫喊声后，这才如梦方醒地穿上衣服，跑进卫生间，用冰凉的冷水清洗自己发晕发胀的额头。因为记不清，昨晚发生的一切，究竟是一场梦呢，还是一件可以相信的真实的事情。听到外面有人催促，她仿佛什么也顾不上想了，只怕行动迟缓掉队叫团长和老师们批评。她快速洗漱完毕，整理行装，匆忙跑出招待所。她把行李扔上汽车，刚要上车时，一眼看见海东从马路对面奔跑而来。

她没想到海东会来，心里一阵激动，急忙跑上前去迎接海东，惭愧而羞涩地看着气喘吁吁的海东。海东笑着说她记性不好，并把她昨晚忘记带走的紫金城堡还给她，在众目睽睽下，亲吻了她的脸颊。

在小女伴们一片哗然的欢呼声中，她脸上第一次有了骄傲的神情。

六

正如肖筱月所想，在这趟东川巡演之前，在认识海东以前，她从来不知道自己是个美丽的女孩子，不知道自己可以活得自信起来，不知道会有一个英俊的小伙子爱上她，也不知道自己可以去爱别人，更不知道这场美好的爱情来临后，她孤独暗淡的生命从此变得绚烂起来。

肖筱月与海东相识三个月以后那个冬天，海东放长假第一次来昆明看她。

是个早晨，海东坐了晚上的夜班车来到昆明，风尘仆仆走进她工作的地方。

她正在练功房里训练，没有注意到有个男人不以打扰地，伫在门口安静地注视着她。直到她练完两趟功，汗水淋淋地跑下来取毛巾时才看见，倚在门外看书的海东向她默然微笑。她些心跳过速地看看海东，好像遗憾他来得不是时候，并喘着粗气向他打手势，让他再等两个小时。海东打手势示意她继续训练工作，他将离开时，带功的老师朝她走过来，悄声责备她，你真是个傻孩子，小伙子来得那么远，你还在这儿发什么呆，快招呼人家去宿舍休息吧。

她像得了特赦令，风一般奔出练功房，拉着海东的手，跑到走道尽头的僻静处，高兴得像孩子一样拽着海东的脖子又蹦又跳。

“你真的来了？你说话算话，你真的来了！”

“看把你高兴的？”海东拿过她手里的毛巾，往她汗水淋漓的额头轻轻擦拭着，“快二十岁的大姑娘了，怎么还跟小孩子一样蹦蹦跳跳？”

她天真地笑着，“我生下来就是为了蹦蹦跳跳，你不知道吗？”

“知道。”海东眼里流露出些许心疼，“你这又转圈子又压腿的，还得跟男孩儿一样翻跟斗。我以前只能想象舞蹈有多辛苦，这回算亲眼看到了。累吗？”

"不累。"她拼命摇头，安慰海东道，"翻跟斗看着有点吓人，实际没什么危险，习惯了就好。"说罢，忽想起海东还没有落脚休息，关切道，"我练完功下午还有排练不能陪你。要不，你到男生宿舍去休息，我去找他们拿钥匙……"

"不用。"海东拉住她，拍拍自己的帆布挎包道，"我有篇论文需要趁这个假期完成，现在先到图书馆去找点资料，等你下班之后咱们再见面好吗？"

她见海东微笑的脸上有挥之不去的疲倦，问，"你真的……不用休息？"

"不用。"海东笑道，"对我来说，看书就是最好的休息。"

"图书馆就在翠湖边，我下班就去找你。"

"嗯。"海东轻轻推她，"快去吧，别耽误了工作。"

她点点头，一步一回头看着海东疲惫的背影走远后，才向练功房走去。谁知她刚进训练大厅就遭到老师的批评，说她不懂人情世故，说人家小伙子坐了一晚上的车子，大老远地来看她，她连一口水都没让人喝就打发人走，这事做得非常不对。女孩子们也埋怨她，说她只想让关心付出而自己不关心别人，这种做法太自私。她不知道自己为何遭此埋怨，只想海东会理解她，用不着旁人说长道短。

筱月无疑知道海东爱她，但她并不知道，该如何来对待这份突来的爱情。她不知道海东需要什么，自己又能给予海东什么。她以为，男女相爱是一件很简单的事情，只要彼此把对方放在心里就可以。或者她希望自己和海东的爱情能够变得纯粹一些，让这份情感仅仅属于彼此的心灵。毕竟她只有十九岁，有着孤单少女对待男性的无知与不成熟。而且，往日所经历的迷惘与痛楚，在她心里还留存着抹不去的，深刻的烙印。

下午排练结束得早，她跑到浴室洗个澡，换一件衣服奔到图书馆找海东。

看到海东坐在那里专注地查阅和抄写资料，她不忍打扰，便安静地坐在他对面的角落里等候着。她在海东对面静静地坐了一个多小时，他居然一直埋头读书没有发现她。于是在她的眼中，这个年轻的男人似乎又有了另外一种样子，对学问孜孜不倦的钻研和勤奋。再就是，她发现海东其实是一个非常英俊的男人，他有一副坐姿挺直的男子汉身架，有两道乌黑浓密的眉毛，有一道笔直的鼻梁，有轮廓硬朗的下颌和嘴唇，还有一双专注于眼前事物的，炯炯有神的眼睛。她忽然觉得海东哪儿都好，觉得这个爱着她的男人，比她更加可爱。

闭馆铃声响了，海东合起书本看看手表，四下观望时看到了她，笑了。

她和海东走出图书馆，说请他到附近吃过桥米线。可是没走几步，海东忽然什么也不说就撇下她朝街对面跑去。她呆愣愣地站在原地，不知道海东为何这样做。可当她看见海东在做什么时，便从心里笑了出来。海东捧着一束紫色的玫瑰花向她奔回来，郑重其事地把花递给她。

她接过玫瑰花，“你这么喜欢买玫瑰花送女孩子吗?”

“啊？…噢，没有。”海东的神情有些难堪，“第一次。”

“第一次?”她笑着问海东，“你健忘吗?你在东川送我的玫瑰……”

“对不起，”海东诚实地道歉，“那是个错误，但不是我有意的。”

她糊涂了，用怀疑的眼神看着海东，似要他说明白是怎么回事。

“你不饿吗?”海东拉她的手，“反正这事瞒不过去，咱们边走边说吧。”

他和海东走在海鸥飞舞的翠湖畔，听海东向她坦白说，在东川送她的那束玫瑰花不是他买的，是他抢来的，而且是从一个好朋友手里抢来的。那时候没有告诉她，是怕她觉得这种行为可笑。可是思来想去，他觉得不能对她隐瞒任何事情。因为对他来说，跟她说谎就像偷东西一样可耻，既对不起自己的良心也对不起她的信任。他知道玫瑰花对女孩子的重要，知道她们非常重视人生的第一束玫瑰从谁的手里得到。于是他觉得自己欺骗她的行为很愚蠢，不比小偷好到哪去。但他与小偷之间最根本的区别，在于他偷来的玫瑰是用于表达对她真诚。

“难怪，你看见玫瑰花就没命地奔过去，原来是这么回事。”她把怀里的玫瑰花来凑近鼻尖闻闻，看着神情狼狈的海东，天真道，“不管那束花是不是你抢来的，我都喜欢。不过，我更喜欢你给我的童话城堡，我一直把它放在枕边。”

“你是说……那块石头？”海东见她点头，毫不掩饰地说道，“它的确是我唯可珍视的东西，但它应该属于你。因为五年前那个冬季，我背完它就背你。”

他们在一个环境安静的餐馆吃过晚饭，往湖清柳绿的翠湖公园走去。

冬夜的公园里游客无踪，四处寂静；竹林岛上风动竹摇，异常幽静。

再次重逢的两个年轻恋人在杨柳树下的石椅上面湖而坐，仿佛有说不完的话贮在心要向对方倾诉。

“你累吗？”这回是她先开口说话，说话就道歉，“我对不起你。老师批评我，说你翻山越岭坐一夜的车，我不懂事，我没让你休息。”

“如果说不累，那是假话。”海东安慰她道，“但我心甘情愿，因为我想看到你。你不想我吗？”

“想。”她凝视一湖幽水满眼茫然，“可是东川太远了。我没有翅膀，我不能飞去东川看你。”

“那就由我来看你。”海东把自己的大衣脱下来，包裹住她瘦弱的身体，伸出手臂把她搂紧，“从我看到你的第一天起，就觉得你心事重重神情忧郁。跟我说说你的故事，好吗？”

她轻轻依靠在海东的怀里，把自己从小的经历告诉海东。

“原来这样。”海东眉头紧锁，“我从小失去父母，有过和你差不多一样的经历。不过幸好我有一个关心我的姐姐，这才让我从小桀骜不驯的顽皮和野性有所改变。你跟我不同，你有些冷情，好像在我之前，从未接触过别的男性。”

“别取笑我。”她靠紧海东，“有人说我心里有病，是一个不懂人情世故的傻女孩。我不否认，我心里常常排斥别人。不止是男性，有时候对同性女孩子也是拒人千里。我有候……我会伤害自己。你不要讨厌我，好吗？”

“怎么会。”海东有些心疼，“你能用肢体语言把内心的情感表现出来，这样的人怎么会是不懂人情世故的傻女孩子呢？你不会伤害自己，你只是有一些封闭自己。有我照顾你，你以后会慢慢好起来的。相信我。”

她点点头，信任着海东的真诚。海东却心情沉重，因为他发现自己体温正常的手，始终暖不热掌心里这双冰冷的小手。

“你说你害怕陌生人是吗？”海东问。见她点头，又问，“为什么？”

“我害怕陌生人的气味。也许你不相信，我可以闻到任何一种陌生的，危险的气息。即使离得很远，我也能闻到它们。”

“是吗？”海东看着她胆怯的眼睛问道，“那你当初为什么不怕我？为什么那天愿意跟我走？为什么现在敢依靠在我怀里？”

“你不是陌生人。”她说，“相反我觉得你很熟悉，熟悉得就像我自己。我不知道你当初为什么从山里背我出来，不知道你后来为什么找我，也不知道我为什么跟你走。但我想，我们前世今生是亲人。”

“你说……前世今生？”海东心里一颤，搂紧她的身子，把滚烫的唇紧贴她的额头，“说得对月儿，我们是亲人。不管前世还是今生，我们一定是最亲的亲人。我会像亲人一样保护你，让你不再感到孤单，不再惧怕陌生，我向你保证。”

海东虽然没有说出‘我爱你’此类的话，但她已经从他眼里看到了。这显然不是他们所说的，哥哥对妹妹的眼神，而是男人对女人的眼神。

海东这次有二十天左右的假期，他把自己安排在离筱月单位不远的地质研究院招待所入住。白天筱月练功或排练的时候，他就到图书馆看书查找资料，或上新华书店买些图书，要不就到昆明同学家去喝茶聊天。筱月下了班，就会陪伴海东去招待所附近的街上走走。到了礼拜天，筱月就陪海东走远一些，到昆明近郊的西山公园或海埂湖畔公园去游玩。如果时间宽余的话，他们就会乘小船出海去一览睡美人和滇池的美景。过了礼拜天然后还是一样，筱月忙碌工作，海东自己去找地方消磨时间。

那个礼拜天的早晨，海东在招待所门口等候筱月，他们约好去昆明北郊的金殿公园。海东等到上午十点，仍不见筱月到来，便到剧团去找她。筱月的女伴把海东令到宿舍门前，说筱月好像是身体不舒服了，一直躺在床上没起来。

海东见宿舍里没有其他他娘，这便进去，正巧撞到筱月很不方便，他立刻退出来候在门外。听到屋里有筱月伤心的哭声传来，他急坏了，在门外喊她，问她为什么哭，他可不可以进来。筱月喊叫着阻止他进去。海东不知情，以为筱月或心里受了委屈不想见他，便硬闯进去，眼前的一幕让他大吃一惊。

筱月倦坐在一片狼藉的角落里，满是血迹的胳膊紧抱着膝盖，脸色苍白浑身颤抖，神情极其恐惧。海东心里猛然一颤，奔到筱月身边，拉起她的胳膊，看见皮开肉绽的伤口正往外渗血。他立刻恍悟，这就是筱月说的伤害自己。可他不明白她为何这样做，问她，是否他刚才贸然闯入让她受了惊吓。筱月边流泪边摇头眼神迷惘，说她害怕怀孕，害怕她像母亲一样死去。

“可是我们没有……”海东一脸茫然，瞬间顿悟，“你听别人说了什么?”

“是。”筱月边哭边道，“她们说我要跟你结婚，结婚就要怀孕生孩子。我不要结婚，我不要怀孕，我不要生孩子……”

“好的月儿，我们不要。”海东把浑身发抖筱月抱在怀里，低头去吮吸她胳膊上的渗出的血，“我们不要结婚，我们不要怀孕，我们不要孩子……”

海东哽咽流泪了，这是他有生以来第一次因为心痛流泪。他深爱自己怀抱中的女孩子，可是她有严重的心理健康问题。她害怕结婚，怕怀孕，甚至怕生孩子做母亲。而她所害怕的这一切，恰恰是他希望从她这里得到的，她对他情感的证明。但她的冷情，她的孤僻，以及她对情爱的恐惧，让他感到沮丧不已。此时他内心矛盾重重，极度的伤感让他想要放手怀中的女孩。可是他狠不下心来放手让她伤害自己，他是如此深爱着她，她的清纯，她的善良，以及她病态的美丽。他深知，一切不是这个姑娘的错。要怨，只能怨命运。她的命运，以及他与她不可分割的命运。

“月儿，站起来。”海东为筱月包扎好伤口，表情严肃地注视着她此时显得愧疚不安的眼睛，“我们去医院，让大夫看看你的毛病出在哪里?”

“不要!”筱月拉住海东哀求他，“不要去医院，我没有毛病!”

“你说得对！我们不去医院，因为你没有病!”海东的眼神仍旧严肃“答应我一件事好吗?”说罢，低头注视着自己手里这支修长的胳膊，眼泪滴在渗血的绷带上，“答应我这是最后一次？否则我亲自把你送进医院，然后我去流放自己!”

“海东不要……”筱月拼命点头，抱住海东的脖子哭泣，“我答应你，我不再这样了，不再伤害自己，永远不……”

“擦掉眼泪，笑一笑。”海东的目光瞬间变得温存，“我们去金殿。”

就这样，海东二十天的假期很快就过去了，筱月距东川之行与海东重逢后的第一次相聚就这样结束了。

与海东分手不过短短两月，筱月就收到很多海东从东川写来的书信。

其中有一封信里这样写道：

“月儿，我给你写过无数封长信，虽然你回信很短，有时只有只言片语，但我能从你的问候中，看出你的心情较过去有了改变，你变得比过去开朗了。你特殊的性格一直让我担忧，于是我特地找来心理学方面的书籍，阅读中我发现有很多人与你相似。他们不愿意与人沟通和交流，长期处于一种内心封闭的状态，久而久之导致心理与精神疾病。你之所以距人以千里是因为你怕别人走进你的内心，你不相信别人和不喜欢跟别人来往，是因为你曾经被伤害而害怕被伤害。你不愿意接触外界，是因为你无法走出心灵的恐惧。但这并不是什么严重的心理疾病。你的脆弱与恐惧，是你成长中有过悲惨的遭遇与痛苦的经历。你要相信自己并克服孤独和胆怯，在与人的接触和交流中，用心去感受生命。

月儿，有我和我的思念陪伴着你，你从此不再是孤单一人。你要知道，你的笑对我有多么重要，从此快乐起来好吗？我还会来看你，不管路途多么遥远，旅程多么辛劳。那方天空下有你牵系着我的情感，纵使奔波劳命亦无怨无悔。因为我爱你。”

筱月终于看到海东对爱情的表白，并为海东在发现她的行为后，对她仍然不离弃的良苦用心而感动。为了改变她的性格，潜心研究地质学的海东竟然看上心理学一类的书籍。为了照顾她的生活和让她快乐，他甚至愿意承担无尽的奔波。

她承认自己是一个活在自己内心世界的人，她二十岁以前的人生几乎是没有任何色彩的。而且从某种意义上说，她的心理是不健康或病态的，甚至是灰暗和颓废的。她想，此后永远不同了。海东爱她，她将在海东的关怀和爱护中快乐起来。而为了海东，她要克服难以克服的，自己性格中致命的弱点，让海东因为爱她而快乐起来。她用了一个晚上给海东写信，把她对自己的认识和想法告诉他，同时决定把自己交给能够包容她的海东，任由他怎样教导和改变她的人生。

海东的回信充满惊喜，他说，她的坦白和希望让他感到莫大的欣慰。他说想让她见一见他的亲人，问她是否愿意。她回信说她愿意，但她不知道，她该以何种心情去见海东的亲人，担心他的亲人不能接受她。海东复信说，他的亲人就是她的亲人。他的亲人将无条件地接受她，因为他们爱他，而她是他爱的人。

七

新年来临之际，海东放假第二次来昆明看望筱月，与筱月在一起渡过他们相识以来第一个新年之后的假期，邀请她到东川过春节。

除夕，肖筱月跟随海东坐长途汽车到东川，去了海东姐姐的家里。

这是筱月跟海东的家人第一次相见面，也是她跟海东和他的亲友们第一次在一起过春节。过完这个春节，海东的姐夫将携妻儿赴大西北参加研究会战去了。

下车后，筱月跟海东回地质大院，到招待所办理住宿登记后，跟随海东回他住的地方，陪他放好行李，洗把脸换好衣服，俩人就出门去姐姐家。

筱月知道海东与姐姐住在同一个大院，但没想到离海东住的小院还不到十分钟路程。她似还没有来得及做好见海东家人的心理准备，眨眼就到了姐姐家楼下了。还未踏进姐姐家的门槛，她便听到屋里传来一阵说话声和笑声，里面真有高朋满座过大年的气氛。海东凑近她耳朵说，他的那些单身汉朋友每年都在姐姐家里过年，眼下大家正忙着包饺子等她进门，这是北方人过年的习惯和规矩。

“一会儿大伙肯定跟你玩笑，你别怕，越怕他们就越要逗你开心。知道吗？”

筱月虽点头答应海东的叮嘱，心里难免还是有些紧张。于是紧贴在海东身后跨进家门，对一张张陌生的面孔挤出非常尴尬的笑容。只见屋子满座的人不说不笑也不做事了，全都张大眼睛看着她，好像她的到来让大家觉得惊异。

“看嘛看嘛?”海东的姐姐是个热情直爽的漂亮小媳妇，见大家这么瞪眼盯着弟弟身后的小姑娘看，赶紧上前护着筱月并挽起她的手来走进屋里，把几个坐着不动屁股的小伙子撵起来，把筱月让到沙发前坐下，又往筱月手里塞些糖果零食，边睁圆眼睛瞧看害羞的筱月，边埋怨睁大眼瞧看筱月的姑娘小伙子们，“你们别傻乎乎的，老盯着人家小姑娘看，人家都被你们盯得不好意思了。”

“哎，老哥，”比海东小的男孩儿起哄道，“客人来了你也不介绍介绍，我们是该叫人家林妹妹呢，还是该叫人家嫂子?”

筱月心跳脸红，只愁脚下没有地缝让她钻进去那般狼狈。

“可别叫妹妹?”小伙子们见筱月难为情，都跟着起了哄，“叫妹妹得给压岁钱，咱们还是叫嫂子划算。嫂子咱们叫着，压岁钱叫海东掏着，多好呀！你说是不是，嫂子?”

“都不想吃饭了是吧?”海东过来替解围，把小伙子们从筱月身边赶走“别一个个电线杆子似的戳在这儿，该干吗干吗去!”呵斥完大家，他有意坐到筱月身边，轻轻推一下她的胳膊，“别傻坐着叫人逗你，你动手包饺子去，去了他们就不起哄了。”

“噢……好的。”

筱月点点头赶紧放下手里的东西，参加到包饺子的人群中去。大家见她不拘束不见生，便重开始说着笑着，继续动手擀面皮，包饺子，与她亲热地说话。姐姐把她重新推到沙发里坐下，说包饺子的人太多了，不需要她沾手。

筱月傻坐一阵，瞥见姐姐家两个三四岁大的孩子躲在书房门后，张着机灵可爱的大眼睛看她。她向他们微笑招手，两个孩子怕生一样赶紧缩回身子，躲进屋里了。她转头看看海东进了厨房，且大家都在手脚不停地忙碌，便有些坐不安稳了，问姐姐她可以做什么事情。姐姐的笑容里流露出对她的喜爱和关照，却也不跟她见外生分，让她把桌子上包好的饺子给厨房送过去。她赶紧站起来端着姐姐递来的圆木板，小心翼翼呵护着上面的饺子，穿过客厅的过道，往阳台旁边的厨房走去。刚走到厨房门口，她就听见里面传来两个男人对话的声音。

她非常熟悉这两个男人对话的声音，其中一个显然是海东，另一个笑声爽朗的男人，她想大概就是海东的姐夫林哲吧。

“好嘛你小子，眼力够贼的，啊？还真让你把她认出来了？你找这么一个小姑娘做媳妇，就不怕人家跟你吃苦头？”

“我哪能让她吃苦，疼都疼不过来呢。”海东对姐夫说话的态度就像对朋友哥们那般随便，“你不是成天嚷嚷，让我把小姑娘带回来瞧瞧，让姐姐相信我有对象吗？这回人家来了，你也过了眼了，总该跟姐姐有个说法呀？”

“说什么？”林哲边笑边问，“说你小子有本事，有能耐？说你实现了什么邂逅之恋？我才不表扬你呢！你姐听说你找了个跳舞的姑娘谈恋爱，可没把她给愁死，她说你不听你爸的临终教诲。”

“得了吧。”海东道，“你别听我姐的，她见了人家小姑娘，脸上笑得比我还乐呢。哎，我说姐夫博士，葛涛和小吴就没跟我姐开导点什么？”

“他们倒也跟你姐说了，保准是个一流的好姑娘。不过还真别说，你小子是有些眼力劲儿，看上去的确是个好姑娘，天生丽质，不娇不邪的很文雅，眼睛里透着本分和温存。我就不明白了，你傻小子哪来这么大福分，能摊上这么个从天上掉下来的小尤物？”

“这不得多亏你老人家当初发现了她，又恩准和命令我背她下山吗？”

林哲打趣地笑说道，“听你小子这口气，好像是我逼你背的？你那意思是不是说，如果当初我自个儿背她下山，她就归我了？”

“那也没准啊”海东打趣道，“你那会儿不是也打光棍的吗？不过你别傻高兴，即使当时是你把她背下山的，我照样从你怀里夺，你信不信？你知道这话怎么说吗，是你的跑不了，不是你的得不着！”

“看把你小子给急的。好了，我通过了。好好爱人家吧，小姑娘不错。”

“我以为表扬的好话完了该说坏话了，感情没有坏话？”海东大喘气，“多谢林大博士，有你这双把门的眼睛，我这下可算过了关了。”

“先别忙着高兴。”林哲把声音放小了问，“你没把人家姑娘怎么吧？前些日子放假上昆明，你小子住在哪儿？都跟小姑娘都干什么了？”

“你说呢？”海东嘲笑姐夫，“你跟我姐恋爱的时候，都干些什么？”

“也没什么呀，就是拉个手亲亲嘴什么的。你小子也亲姑娘了？”

“这还用说？”海东夸张道，“比亲嘴更厉害的事我都干过，信不信由你。”

“是啊？”林哲忽然兴味盎然地问海东，“你小子给我说说，你对小姑娘做了什么比亲嘴厉害的事？”

“想知道吗……”海东故作神秘地笑道，“使劲猜吧。”

筱月站在门外心里一颤，脸烧得通红起来，不敢进又不好退，忽听厨房有脚步声走出来，赶紧转身往回走，被跨出厨房门的海东抓回来。

“哎——端着生饺子往哪儿跑呢？”

她假装生气，不理海东。

海东急了，“怎么了？不高兴吗？谁惹你生气？”

“你。”她白海东一眼，“你刚才胡说什么？”

海东恍然，“你听见了？”他见她手里端着饺子动不了，灵机一动吻了她的唇，顽皮道，“这不是早晚的事吗？要不要再来一个？”

“要。闭上眼，张开嘴。”

她命令海东，见海东照做，她拾起一个生饺子飞快地塞到海东嘴里。

“小坏蛋。”海东吐掉饺子把她推到墙角，伸出两只胳膊夹住她挣扎的身子不让动荡，对准她的唇吻下去，“我叫你欺负我，我叫你给我吃生饺子……”

“没看见没看见，我什么也没看见。”林哲从厨房里出来撞此情景，赶紧把姑娘手里的饺子接过去跑进厨房，又伸出头来对二人嬉笑，“继续，你们继续。”

筱月忽然笑出声来，林哲脸上那种沾着的白面的笑容让她忍俊不禁，海东此时的尴尬也让她觉得无比滑稽。

吃饭时，林哲给大家讲述海东背小姑娘的故事，并由此感谢姑娘给他创造恋爱成家的机会。小吴和葛涛讲完海东借花献佛的事，又揭发海东到野外工作时在帐篷里打着电筒写情书和日记，日有所思夜有所梦晚上做梦喊媳妇的名字，弄得大家不睡觉起来听他梦语。海东不以为然，说朋友们胡说八道是因为妒忌他有漂亮媳妇。听海东这么说，朋友们便对他群起而攻之，拿他的恋爱趣事调笑。

肖筱月心惊肉跳地，听着这些口无遮拦的人拿她和海东的事说笑，难免害羞地红着脸低下头去，尽管海东事先已经给她打过预防针，但脸上还是觉得非常难为情。她心想，这就是海东的家庭和他的生活圈子。年轻人在一起说话遮拘无盖自然朴实，大碗地吃饭，大口地喝酒，大声地嬉说笑闹，没有丝毫的拘束和有意的做作。她虽然从未踏入过这样的家庭，也没感受过这样的气氛，但她喜欢海东的家，也喜欢这样的气氛。她喜欢海东姐姐的热情直爽，喜欢姐夫林哲的坦诚和幽默，喜欢海东这些哥们的自然亲切，也喜欢海东姐姐那对总是笑眯眯地看着她的可爱的儿女。她喜欢这里的一切，凡与海东有关的人和事她都喜欢。只可惜这种让她喜欢的氛围，刚刚让她接触和体会到，它很快就将随着林哲和姐姐的离去而消失了。但这不要紧，她想，有海东在这里，这一切将昔日重来。

筱月这天晚上睡不着觉，从海东把她送到招待所的房门前，到深夜两点钟以后她还醒着。她疲惫不堪地躺在一张窄小的，床板生硬的单人床上，被窗外时断时续的鞭爆声惊扰着，打断着她将要入梦的困倦。当一个响雷般的焰火带着五彩缤纷的礼花上天，强烁的亮光透过窗帘，照亮屋子的时候，她清醒着的心更加彻底地清醒了。

她从床上起来穿上衣裳，拉开窗帘往远处看，小城四周那些高大延绵的山影在满城焰火的托衬下，显得如此的包容，如此的寂静和神秘。她没有方向感，她寻不到东南西北，究竟是哪个方向的山影，是海东曾经背她回来的地方。

她忽然想要看看海东住的地方，他住的方向她倒是非常清楚的，它就在她的身后，在楼下大院最里面的那个小院。于是她打开房门，来到楼道走廊外，将胳膊搭在胸前的铁护栏上，腑目向大院处那个幽深的小院看去。她看到了灯光，那是从海东的工作间的后窗户里，透过垂挂在窗前的缕缕紫藤中映出的光亮。她忽然有一种冲动，想要对着那扇窗户叫喊，让海东知道，她和他一样醒着，在这除夕夜与大年初一交替的夜晚，她或将和他一样兴奋，抑或与他一样彻夜无眠。她知道，在这个爆竹震响人声欢腾的夜晚，她即使叫出来，也没有人在意，但海东肯定是听不到的。她只是这么心想着，她还没等她叫出声来，却看到海东窗户里的灯熄灭了。她立刻有些沮丧，心想她抑或估计错了，海东并没有跟她一样兴奋，也不可能彻夜无眠。他是不是累了，要到隔壁那间屋子睡了。又想海东睡觉该是什么样子，那么一张宽大的床，他会靠左边睡下呢，还是靠右边睡下，他会床上放一个枕头，还是两个，那个空着枕头会被他压在胳臂下面呢，还是被他搂抱在怀里。她忽然有些妒忌了，妒忌那个被她幻想抱在海东怀里的枕头。

一阵裹着焰火味道的凉风袭来，她身上感到了一丝凉意，这便止住胡思乱想收拾心情，准备离开楼道走廊回屋子里去。可她还没转身，就看见通往小院的小径上走出海东的身影，他渐渐地在路灯幽亮的宽道上清晰起来。她赶紧闪到楼道墙边躲起来，想看看海东不睡觉想去哪里。海东走到大院靠左边的职工宿舍楼前停下脚步，跟几个蹲或站在林荫道上放爆竹的小伙子打招呼。小伙子们见海东来了立刻欢欣雀跃，把手里的烟花爆竹递给海东并为他点燃香烟。海东也兴味盎然地蹲在地上，与小伙子们一起放起烟花爆竹。他一边点燃脚下的烟花火炮，一边抬头往招待所这边楼上眺望，五彩闪烁的亮光映在他凝神向往的脸上，好像他出来的目的不是为了放鞭炮，而是要往这幢楼里来。她吓得隐身在墙壁后面，这回就连偷看海东接下来将做什么都不敢了。她快速闪身跑向楼道，回到房间里把房门锁上，奔到床边蹬去鞋子重新睡下，竖直了耳朵，聆听门外的动静，紧张得似能听见自己的心跳。果不其然，十多分钟后，她听见门外走道上响起海东熟悉的脚步声，这脚步声很快就来到她的门外驻足下来。

“筱月！”

她不敢吭声，屏住呼吸，心里却盼着海东再叫一声。

“你一个人怕吗？”

她还是不敢吭声，就连呼吸都差点并住了。

“筱月，”海东的声音放轻了，仿佛有一些失望，“你睡着了吗？”

她更加不敢吭声了，但身子已经坐起来，双脚不自觉地伸到床下摸鞋。

海东走了。门外走道里，渐走渐远的脚步声不再似来时那般轻快，而是显得有些缓慢而沮丧。她有些后悔没有答应海东，她知道海东不放心，所以特地过来看她。她应该让海东进门。哪怕让他坐上几分钟，跟他说上几句话也好啊。于是她发现自己跟海东有神奇的心灵感应，她仿制知道海东会来，知道海东与她一样兴奋，知道他们在这样夜晚，都睡不着觉。

窗外的鞭炮还在响，仍旧时断时续，惊扰着她的这个无眠的夜晚。

肖筱月在东川三天了，她白天跟随海东的足迹一起行走东川，看海东读书的小学和中学，看海东做研究和工作的地方，看海东依恋的东川大峡谷，去海东喜欢的牯牛寨看民族民居，去看海东说起过的小江泥石流灾害区，去东川地界上所有海东认为她应该去看一看的地方。晚上她和海东回到地质大院，和亲友们在一起燃放烟花爆竹，吃年饭过大年。她高兴极了，除了晚上，她几乎每天每时每分每秒都在极度的兴奋中渡过。

初三傍晚，筱月和随海东被小吴的父母邀请到家里吃饭。

这是一个有着三个儿女四个孙儿的九口之家，已经退休的老父亲原来是落雪矿区的工人，母亲是一个普通的家庭妇女。小吴是家里的老小，他上面的两个已经出嫁姐姐。初三这天姐姐们都回带着丈夫孩子回娘家来了，一大家子人热热闹挤在一起过年。海东和小女朋友的到来，给这个平凡而朴素的大家庭带来了极大的欢喜。两个喜爱海东的老人见他领来这么一个娇好的姑娘异常高兴，笑得合不拢嘴。两个姐姐见爹妈似想要儿媳妇了，都开玩一样催弟弟向海东学习，赶紧去找个好看的小媳妇回来，也让爹妈高兴高兴。小吴说他学不了海东，海东是傻人有傻福，他的媳妇不用专门找，山上随便就可以拾到。说罢，逗着海东又把几年前的事情和眼下的事拿出来说一回，叫吴家老人和姐姐们听了开心不少。葛涛不请自到，拎着几瓶老酒进来孝敬给小吴的老爹，坐下撩起筷子就吃饭，听了大家打趣海东的说笑也跟着凑热闹，把海东在剧院抢小吴的玫瑰借花献佛的事，又拾起来说一道，两位老人听不明白也跟着笑，把两个姐姐乐得捂着肚子弯下腰。

筱月似已经习惯了这样的热闹，在众多陌生人拿她和海东说事的笑声中，不再像从前那般感到害臊，只是红着脸不吭声地笑。倒是海东有些不自然了，直向小吴妈妈弯腰赔礼，说要买束玫瑰花为老人补过生日。小吴的母亲听了半天反应不过来，说她自己也记不住生在旧社会的哪一天，小儿子给她买花过生日纯粹瞎胡闹，叫海东不要跟他计较，说一把玫瑰花，值不了几个铜板。

在大家的哄笑中，海东拾起手边的酒瓶盖子向笑得前仰后合的小吴扔去。

从小吴家出来，海东见时间还早，便带筱月去了一趟城中心的百货大楼。他让筱月帮她挑一件礼物，说回头要送给小吴的母亲。筱月平时不大逛商店，不知道该买怎样的礼物送给老人好，于是从一楼逛到二楼，逛来逛去，挑中了一件绸面棉袄，说这件礼物实在，老年人穿它过冬暖和。

海东表扬筱月很会挑东西，让她也为自己挑一件过年的礼物，他一直有心这样做，却不知道该买什么送她才好。

“买一本漂亮的日记本送我吧，”筱月道，“我想记下我们的点点滴滴。”

“那好啊。”海东呼应，“买两本吧，两个人的爱情，必须两个人一起写。”

筱月为海东挑了一本棕皮日记本，海东为筱月选了一本绿皮日记，两个人心满意足地，手牵手回到地质大院。

海东觉得漫漫长夜难消磨，不忍心筱月孤自回到冷冷清清的招待所去，邀她回他的住处说说话，晚些时候困了再送她回招待所睡觉。筱月当然愿意，她时时刻刻都想跟海东在一起，哪怕只是近距离地看着他，不说话也可以。

回到海东的住处，筱月跟他要书瞧，说招待所外放鞭炮，她睡不好觉。

“你想知道地球的秘密吗。”海东说罢，从书柜取出一本英文版的地质学书籍递给她，“这是前年姐夫去加拿大做学术交流给我带回来的书，译名叫《地表下的物质运动》，这是地质学研究领域的最新成果，很难买到。这本书好就好在图文并茂，内行外行无关紧要。”说着把书页翻开凑到筱月的眼皮底下，“你看看里面的彩页就会知道，地球表层以下究竟是怎样一个五彩纷呈的世界。其实你会发现，每一种物质不管大小，包括人类赖以生存的地球和人类自身在内，都是一个个相互联系，而又绝不相同的世界。”

筱月接过书本一篇篇地翻阅，看到一幅幅色彩斑斓的画面，她觉得地球的剖面就像一个多层多色的，漂亮的大蛋糕那样漂亮和有趣，“原来地球的表层下面竟是这样一个彩色的世界，真是太奇妙了。你相信天堂吗？地球上面的天堂？”

“天堂？”海东像第一次接触这个问题摇摇头，“我不知道你指的天堂，是否存在于我所认知的宇宙之中。但我想，总会有一种世界为人类所不知。人类对大自然的认识，有时候是有限的。至于说，科学家用科学述语称呼的，那些未知的天体，与人类的宗教和信仰是否有必然的联系，不啻是见仁见智的事，探索与研究的领域不同，论述的观点就会不同。如果天堂是美好的，而且因为向往它可以清洗我们的灵魂，我们为什么不可以相信它的存在呢？”

“你说得真好。”筱月对海东的说法似是满意，“但愿世间所有的好人，都能穿越时空隧道，在你说的这种天堂相聚。”她情神向往地说着，对眼下一幅幅变幻无穷的彩色图片仿佛更加感兴趣了。当翻到这本图书的后页时，她不禁有些吃惊，“天那海东，这本书竟要五百多美元？姐夫可真是舍得花钱呀？”

“他要是舍不得花钱，我不就没书看了吗？”海东哈哈笑道，“林哲就是这样一个人，他的最大的喜好就是读书，不管到哪出差，先奔书店再奔饭店。衣服鞋袜破了不舍掏钱买新的，掏钱买书长学问却毫不吝惜。”

筱月对海东的喜好有了更清晰的了解，同时对海东的姐夫林哲肃然起敬。

“我把它带回招待所好好看看。”筱月说罢，突然问，“你能带我看小江吗？”

“你不是见过小江吗？”海东问，“咱们去西谷彝寨的半道？”

“那只是路过，隔得太远看不实在。我想近距离地，好好看看小江，看看你跟我说起的泥石流地带。”

第二天一早，筱月跟随海东出发，来到景物苍凉的小江峡谷。

她站在曾经浊浪滔天的小江岸边，听海东讲明清两代对东川矿藏进行掠夺性开采导致的森林涂炭和小江的泥石流灾害。

“过去冶炼技术落后，人们不重视保护森林造成大面积的水土流失，东川泥石流是人为的环境灾难。现在冶炼技术提高了，不再砍伐森林冶炼矿石了，但百年砍树损千年，人类对财富的贪婪和对大自然的无情掠夺与无知破坏，必定让人类为自身的过失付出沉痛的代价。”

“以前我不知道，东川的泥石流是砍伐森林造成的。”筱月凝视着眼前的苍凉之景，心情沉重，“山上树木不生，河畔寸草不长，生活在这里的人们太苦了。你知道吗，有一本书上说，国外有个地方的泥石流曾经冲毁过半座城市……”

“完全有这种可能。”海东道，“眼前的小江就是个悲惨的例子，洪汛到来山体蹦踢滚滚泥石一泻千里，摧毁了不少的田园和村落。如今小江沿岸的大山依然光枯荒凉，雨季到来时山体大面积滑坡，山下的道路和村落时有被泥石冲毁和掩埋的事情发生。就在三年前那个雨季，我在山顶上亲眼到对面山路上有一架牛车被泥石流冲进低谷地带，瞬间踪影全无。”

筱月听罢海东的讲述，心中黯然恐惧，眼里流露出一种莫明的忧虑。

初五这天傍晚，吃过晚饭，筱月和海东帮姐姐、姐夫打点一阵行装准备回小院。

两个双胞胎孩子黏着海东和筱月要跟他们回小院，说要玩海东那些漂亮的小石头。姐姐和姐夫林哲不怕孩子捣蛋不让去，两个孩子就使劲儿哭。海东没办法只好把两个孩子一边一个抱起来，恳求姐姐和姐夫让孩子跟他们去。姐姐不同意，并呵斥孩子说不行，小舅和阿姨有事要做，你们去了只会给他们添乱。

“让他们去玩一阵吧。”林哲瞅着满屋子尚未打理好的东西对妻子说罢，吩咐两个孩子，“乖乖听话别捣乱，一会叫小舅送你们回来！”

“不用送回来，”筱月主动请愿，“让他们跟我睡吧，我能哄睡他们。”

“你？”林哲转眼看着筱月，不大相信地跟她开玩笑说，“你还要人哄睡的吧？算了，孩子们玩够了就让海东送他们回来吧。孩子吵人得很，可别叫他们耽误你俩谈情说爱。”

筱月脸红得低下头。

“这话是做姐夫的人能说的吗？”姐姐埋怨完丈夫又对弟弟道，“你们带点玩具过去，一会好哄孩子。”

“可别。”海东赶紧拒绝，“他们每次去都带玩具，我那儿快开玩具铺了。”

走在回小院的路上，筱月说想不到那么一个爱开玩笑的滑稽男人，竟然是个什么都懂的大学问家。她问海东懂不懂石油勘探，海东摇头笑着告诉她，他就懂两个东西，一个是他的石头，一个是他的爱人。她又问海东，姐夫林哲到底是个怎样的男人，林哲对他的影响究竟能有多大。

海东道，“我晚林哲几届，他读博士那年我刚读硕士。就那阵，他在我们北方工业大学已然名声赫赫了，是我们的学长和偶像级人物。”

“真的？”筱月似想不到身边这个男子汉还有偶像，“那你给我讲讲？”

海东讲述道，“林哲生在西北农村，家里祖辈都很穷。他刚满十岁他父亲就病死了，瞎眼睛的母亲养不起五个孩子，就把他两个妹妹送给了人家。林哲在家里是老大，除了上山打柴打猪草供自己读书以外，还得下农田干活供养母亲和兄弟。他靠勤劳勤俭让自己在乡里完了初中，又靠勤工俭学在县城读完高中，以名列前茅的成绩考上北方工业大学，成为全乡第一个靠自我奋斗实现梦想的大学生。因为成绩突出，林哲每年都能拿到大笔奖学金，这些钱除支撑他读完大学以外，还支援他的两个弟弟读完了高中。他读博士时发表过两篇颇有影响力的地质研究论文，并以此获得了博士后学位，成为地质研究领域最年轻的学术名人。后来有人想出重金收买他的学术成果，也有国外的研究机构向他发出邀请，但他拒绝了，他选择了东川。他认为东川的山里埋藏着大量的金属矿藏与地质宝藏，不啻是他做地质学术研究的天堂。”

“林哲真了不起。”筱月问海东，“你说，像林哲这种出身贫寒，父母大字不识的，山沟里的穷孩子，他如何懂得学习和知识的重要？又如何能成为一个被学术界重视其学术价值的地质学家？”

“因为他仇恨贫穷。”海东似乎非常了解林哲，“他知道没有救世主，必须依靠自己的勤奋改变自己和亲人的命运。有时候，人的尊严与人的生命价值，只能用奋斗来体现，而不是其他。”

筱月瞬间似乎就懂得了，为什么海东跟姐夫林哲的关系那么好，原来两个男人有着同样的精神世界和生命价值观。

筱月和海东把两个孩子带回小院后，把壁炉下面陶瓷盆里好看的小石头挑出来，堆在孩子们面前让他们自己玩，自己捧一本书在旁边照顾孩子。海东蹲在地上，把一堆小石子按色彩分出两个男女孩子各人的喜爱，三两句话吩咐他们一遍，两个孩子他们便各取其乐去了。见孩子们不再纠缠大人，他也捧一本书挨着孩子们身边坐下，边看书边留意照顾眼前的孩子。筱月见孩子们在海东的眼皮底下玩得异常的安静，便把目光从书上移到海东和孩子们的脸上，凝神地注视着眼前这幅天乐融融的情景，心想海东把两个孩子带到他屋里来玩耍似已习以为常，此时他脸上所呈现出的慈爱，不像是这两个侄子侄女的舅舅，倒像这对双胞胎孩子可亲可敬的父亲。由此她可以想见，海东成家做了父亲以后，会是怎样一个尽心尽职的好爸爸。在这一点上，她觉得自己远远不如海东，她或做不好母亲。

两个孩子玩一阵，捧着石头跑到筱月面前，把手放在她膝盖上，拿天真的眼睛看着她，恭敬地叫她阿姨。筱月放下书本注视着两个孩子，笑问，“你们还没有告诉过阿姨，你们各自叫什么名字。”

“我叫妞妞。”女孩子眨着大眼睛指指身边的小男孩儿，“哥哥叫冬冬。”

“好吧妞妞冬冬，想要阿姨为你们做什么？”

两个孩子问筱月可不可以把这些好看的小石头送给他们。她见埋头看书的海东抬眼向她点头，她也向孩子们点头表示允许。孩子们高兴一阵又问她，她什么时候可以来到东川当他们家的小舅妈。筱月尴尬不知所措地看着这对天真的孩子，不知道他们为什么突然不再称呼她阿姨，而改称她小舅妈。心想肯定是海东搞的鬼，便拿埋怨的眼睛看着海东，似想要他纠正错误给她一个回答。

海东扔下书走过来，把两个可爱的孩子一手一个揽到怀里，“放心吧，小舅妈不来东川也是你们的小舅妈，她跑不了。”说罢，转脸向她挤眼，“对吧小舅妈？”

她故意咬牙切齿，刚要跟海东生气，见两个依偎在海东怀里的小家伙也转过脸来，瞪着亮晶晶可爱的眼睛看着她，她赶紧把苦脸变成笑脸，对孩子们点头称是。海东这下不看书了，把格子桌布扯下来铺在楼板上面，把筱月和孩子们扔到楼板上后，把吃的东西和玩的东西全部搜罗出来统统扔上去，说要给他们讲好听的故事。筱月和两个孩子坐在地板上拼命地鼓掌，欢迎海东给他们讲故事。

海东抱起小男孩儿，筱月就把小女孩儿抱在怀里，兴奋与期待的目光闪烁在她和两个孩子亮晶晶的眼睛里。海东从安徒生童话讲到格林童话，从伊索寓言讲到中国的神话故事。海东讲故事讲得绘声绘色眉飞色舞，筱月和两个孩子听故事听得神情痴迷津津有味。直到林哲出现在屋门口，讲故事的海东和两个听故事的孩子仍浑然无觉，倒是筱月有些敏感地抬起眼睛来，看到了愣在门外的林哲。

“这么安静地听故事？”林哲笑着跨进屋来，“我还以为一片哭闹声呢。”说罢，从筱月怀里接过小女孩子抱在怀里，表扬筱月，

“你还真行，真哄得住这个孩子。这闺女是我带大的，认生，有时连她妈都不要抱。”说罢又向海东怀里的小男孩儿伸手，“快来吧臭小子，跟爸爸回家喽！”

“我送你们！”海东抱着孩子站起来，吩咐筱月，“你把屋子收拾一下，等我回来送你上招待所。”

“真住招待所住呀？”林哲玩笑般看着海东置疑道：“你小子真这么好心？”

“你以为呢？”海东笑着推林哲出门，“赶紧吧，孩子们该睡了，别回去晚了叫我姐罚你。”

海东和林哲带孩子走后，筱月起身打开录音机，一边收拾打扫屋子一边欣赏音乐。她把散扔在地上的石头收拾完又去收捡满地的糖果和玩具，把铺地上的桌布收起来又去收拾满桌子的书籍和笔记。这时，她从书桌下拾起一封从南京寄来的书信，是写给海东的书信，字体娟秀规矩像姑娘的笔迹。她把此信放在一本打开的笔记本里夹起时，忽然在笔记本上看到这样的文字：

“昨日接苏玫来信告离婚一事，且回信为她婚姻之不幸表示惋惜，并以鼓励她振作，重新选择正确伴偶生活等言慰之。除此而外，我恐不能再以学友之言论不宜之情。我已经有了心爱的月儿，此后无意再作它想。

月儿到东川五天了。与以往两次不同的是，我终于在她脸上看到了笑容。事实是她的性格在一天天地好转，她的心情也一天天快乐起来。看见她脸上溢出纯真甜蜜的笑，我从心里感到欣慰，同时也为自己感到酸楚。我不啻是一个身体健康情感成熟的男人，我需要她的感情，也需要她的身体，我想拥有她。我极不情愿在白天的欢愉过去后，在夜里把她送回招待所去，然后两厢独处蹉跎时光。我想留她在这里，哪怕一天或者一夜。但我深知她有心理缺陷，且年龄还小，我不能让占有她的欲望，使自己变成罪不可赎的混蛋。我愿意等她长大，等她懂得情爱。我知道爱是无私的付出和给予，不是卑鄙的索取，我不想背上亵渎纯情的罪恶感。可我不知道自己能够坚持多久，半年，抑或一年，或在对她的渴望的折磨中把情欲消磨殆尽。即使有那么一天，我发现她不爱我，或者不属于我，那我对自己的付出亦然无怨无悔。她只需要记住曾经有那么一天，有一个爱她的男人背过她，给过她一个美好的爱情城堡，用爱为她打开心灵的窗户，我心足矣。”

筱月悄然落泪，捧着重似千斤的笔记本，捧着一个真诚男儿心灵的告白，心潮起伏百感交集。她正想寻找纸笔给予这篇文字以回应的时候，海东回来了，看见她流泪看见她手里的笔记本，朝她走来。

“是我让你伤心流泪了吗?”

她摇摇头，说她没有伤心，她流泪是觉得自己很幸福。她问，“姐夫他们的行李都收拾好了吗?”

“差不多了。大人的东西没什么好收拾的，就是带孩子出远门麻烦些。”

“我今天能留在这间屋里吗?”

海东无能应答，看着她手里的信笺纸沉默不语。

筱月见海东不说话，走向屋门准备出去，又停下脚步，思索一瞬，伸手把屋门锁上返身回来，走到海东的床前，默不作声把床单清扫一遍，把枕头搁在床头中央放正，在海东的注视下，缓缓脱掉自己的外衣躺上床去，把被子拉盖在自己身上后将手伸进被子里，将脱去的内衣一件件揪出被子，扔到床边的椅子里，抬起一双泪水盈盈的眼睛，用期待与恳求的目光，注视着呆愣在书桌边的海东。

海东在她定格的目中不知所措，仿佛不知道自己此时该进还是该退。

筱月见海东不动，突然伸手掀掉身上的被子，缓缓闭上流泪的眼睛。

海东目睹着突然呈现自己眼前的，纯洁美妙的玉体，一阵灵魂的颤抖从心底传导全身，一种难以抑制的冲动与欲望让他无法把持自己。他飞奔过去，把自己的脸贴在她起伏的胸前，把唇吻在她的身体的峰点。就在他无法克制满腔的炽热想要吞食她的时候，突然感到身下顿起一种近似痉挛的冷战。他感觉到她的身子在发抖，这种颤抖像是从她心底发出来的恐惧，他的灵魂在一这刻苏醒。

他翻身起来拾起被子，把筱月赤裸的身体裹紧，拥在自己高温未散的怀里。

“告诉我为什么这样做？”海东吼道，“你明明知道自己不可以？”

“我看见你写的日记。”她在哭喊，“我怕失去你。”

“傻瓜。”海东流泪了，把筱月抱得更紧，“你不会失去我，永远不会。”

“你发誓？”

“是的，我发誓。”海东满面惭愧，“对不起，月儿。我爱你，但请你相信这种爱从始至终，并非以占有你的肉体为目的，我只是爱至深处情不自禁……”

“我相信你，”筱月伸手蒙住海东的嘴巴，“你知道吗海东，我也爱你。我到东川这短短的五天，和你的亲朋好友在一起过得很快乐，这是我活到二十岁从来没有过的快乐。你的爱让我第一次有了跟家人在一起的感觉。就是这种亲密无间的，相亲相爱的感觉让我觉得快乐。不要破坏我不易得到的快乐好吗？我知道你是一个健康的男人，你需要我。但我现在还不算一个心理健全的人，我不可能给你带来快乐。如果你不快乐，我就会痛苦。肯求你，等我五年。五年后我会为你修整好自己的身心，把自己健健康康地嫁给你！”

“不，月儿，是我肯求你。”海东在筱月的自我剖白中汗颜，“求你原谅我的躁急。你的要求是我应该做到的事情，我会向你希望的那样坚守自己的承诺。”

初五过后，海东的姐姐和姐夫奔赴大西北。筱月有外出演出任务，初七以前必须返回省城。过了大年初七，海东也要收假出外勘探了。

初六这天早晨，海东虽然心有不忍，却还是把筱月上送了长途汽车“路上照顾好自己，回去后第一时间就给我单位打电话，让我知道你已平安到家。我以后时常会去看你，不会再让你孤自坐车来回。”

“别担心我。”筱月从车窗里难分难舍地望着海东，“你进山要注意安全，别忘了给我写信?”

“我会的。”海东安慰筱月，“几个月以后我会有一个长长的假期，我们很快就会见面的。”

八

海东说的长长的假期到了，他又一次来到昆明看望筱月。

此次海东的假期的确很长，有四十天左右。但很不凑巧的是，筱月这些日子从早到晚忙碌排练，即使到了休息天也要加班加点四处去演出，没有太多的时间陪伴海东。

这四十多天里，海东也很少去图书馆或找朋友聊天了，他的大部分时间几乎泡在帮筱月清洗堆积起来的床被衣物，和打扫和整理乱哄哄的宿舍中渡过。剧团几位老师听说海东是大学生，都跑来请他帮忙辅导孩子的功课。海东欣然答应，并主动为家长们推荐适合高考孩子复习使用的书籍。为了不影响恋人的工作和休息，他就把几个高考年级的孩子带到他入住的招待所集中辅导。

从海东的身影融入人多眼杂的歌舞团大院之初，到人们对他的眼光从陌生与怀疑渐渐过渡到熟悉与好感，只是短短半年多的时间。见海东不仅正直豁达善良勤快，而且文质彬彬待人有礼，人们便开始对海东报以信任和热情的目光，并像熟人和朋友一样，见他就跟他打招呼问好，有时还硬拖他到家里坐坐，赞扬一些筱月出类拔萃的业务能力，又数叨一些筱月的不近人情。海东往往利用这样机会为筱月的身世和特殊性格作些解释，托嘱同行长辈们给予筱月照顾与关心。

或是海东的好为人赢得了同事们的尊敬，大家对筱月过去冷淡处世的性格也理解多了。他们热诚接纳海东的同时，也为筱月打开了一扇扇热情的大门。此后，团里的老师和长辈不再叫肖筱月的大名，而是与她的小女伴们一样，亲热地叫她小月。小伙子们叫海东的时候也不再带上他的姓氏，干脆叫他海东或者东哥，不管筱月在或不在，他们也把海东拉去下棋打牌踢足球，已然把他当做交往不忌的朋友和兄弟了。

海东在属于筱月的地面上这么快就能赢得大家的好口碑和尊敬，筱月似是没有意料到的。当自己终于融入这样一种人与人沟通所形成的，自然亲近的环境之中时，筱月知道，把她推入新生活的那支手，是海东。在她向身边的人绽开脸上的笑容，同时得到大家的回赠时，她总会感到有一股温暖的潜流溢澜在心，而这股暖流的源泉之地毫无疑问，是在海东对她的深深情爱里。

就这样，筱月习惯了海东对她的付出和给予，习惯了海东往返和奔波，习惯了海东的朝来夕去，在日复一日的努力中变成海东希望的样子。海东似也习惯了为筱月两地奔波，习惯了为恋人洗衣做饭操持生活，在无私的付出和给予中坚守着自己的承诺。

时间仿佛过得很快，冬去春来的岁月就这样在筱月和海东聚散两相依的恋爱中流淌过去了五年。此际他们才忽然发现，他们在五年前那个冬夜，各自盟言和承诺的日子眼看即将来临。

九

这年，筱月拿到一个舞蹈比赛金奖，海东完成了一个研究课题，两个人因此要庆祝一番。他们相约去了昆明最好的商业大厦，海东给筱月买了漂亮的裙子和披肩，筱月给海东买了领带和手表。仿佛是约定俗成，每当筱月在艺术上取得成绩的时候，海东就用最男人的方式来奖励她。而每当海东在事业上取得成就的时候，筱月就用最女人的方式来鼓励他。之后，他们去了翠湖畔的一家西餐厅。

海东请筱月吃意大利西餐，筱月请海东喝巴西咖啡。两个人彼此向对方取得的成绩表示祝贺，同时向对方给予自己的爱和支持表示感谢。

“金奖。”她把获奖证书摆在海东眼前，玩笑说，“你女朋友真不错，对吗？”

海东翻开证书认真看一看，高兴道，“何止不错，那是太不错了。”

筱月很开心，她知道如今能得到海东这样的表扬，是件很不容易的事情。三十五岁的海东已是人近中年，比过起去那个风华正茂的阳刚男儿来，成熟和稳重了许多。

“谢谢你海东，”筱月向海东举起红酒杯，眼含热泪，“谢谢你把我从灰色的人生中拯救出来。谢谢你给我爱情，把我变成一个自信的人，快乐的人。”

海东点头笑笑，“你的快乐我能看出来，我现在的快乐你能看出来吗？”

“现在的快乐？”筱月睁大眼睛盯着海东看一阵，笑道，“你脸上的笑容告诉我，你得到课题研究成果奖，额外还有好大一笔奖金，对不对？”

“你猜错了朋友，”海东继续笑着，“我是有钱就高兴的人吗？”

“那是为什么？”

“因为我要娶老婆了，你知道吗？”

“你少乱讲吧。”筱月害羞起来，“我们不是朋友吗，谁说要嫁给你了？”

“朋友？”海东笑问，“有咱们这种一见面就粘在一起的朋友吗？”说着便收起笑容，跟筱月玩笑，“你不想嫁我也行啊，那就把我当朋友吧。但是只能当男朋友，唯一的。我呢，也把你当朋友，也是唯一的，永远的女朋友。这样行吧？”

“永远？”筱月不干了，“永远是什么意思？”

“永远的意思嘛，”海涛故弄玄虚地逗筱月，“就是等我娶媳妇的时候，把你带到我媳妇的面前，告诉她，肖筱月是我永远的女朋友。”

筱月愣了一瞬，气得伸过手去拧海东的胳膊，“你敢，我不许你娶媳妇！”

“那好呀。”海东，“你要是不忍心看着我打光棍，那就赶紧嫁给我，敢吗？”

“嫁就嫁谁怕谁！”筱月此话一出口大呼上当，“好啊，好一个狡猾狡猾的王海东，你就胡说八道欺负我傻吧！”

“哎，女朋友。”海东把牛排切碎放在筱月的盘里，“我能请教你个问题吗？”

“你说吧。”筱月的态度很认真，“只要我知道，我一定告诉你。”

海东一如过去，用深情的目光地凝视着爱人的眼睛，“我告诉你个秘密，我想跟我的女朋友结婚，从此生活在一起，可就是不知道她现在怎么想。你能帮我问问她，她还爱不爱我，她什么时候可以变成我媳妇吗？”

“唔…这个嘛…”筱月用手撑着下巴，以认真的表情对付海东的顽皮，“我问过你女朋友了，她让我转告你，她很爱你。至于嫁给你当媳妇嘛，大概要等到她年满三十岁吧……”

“三十？”海东的刀叉吓得落在盘里，“这就是说，我得再等五年？”

筱月看海东的样子怪可怜的，实在不忍心逗他，但又想好好逗逗他，于是放下刀叉，慢条斯理道，“你女朋友说，她不能在三十岁以前嫁给你。她说舞蹈艺术的生命很短暂，从二十岁到三十岁是出成绩的黄金岁月，她不能因为过早结婚姻牺牲自己的事业。但她说，她对你的情爱和依赖是很深的。除了她痴爱的舞蹈而外，世界上最值得她珍惜的人只有你。她说，你和她的舞蹈，是她生命中的两大支柱，她不能缺少任何一个而存活，所以请你一如既往地理解她和支持她?”

海东的笑容在筱月看似顽皮的坦言中渐渐凝固起来，对恋人说话时全无玩笑的意味了，“你在无意玩笑中坦白了你对舞蹈事业的最后梦想，你应该善始善终出色地完成这个梦想。我理解你，我不后悔爱上一个脱不下红舞鞋的女孩子，并为我在你心目中的分量和你对我的真爱感到欣慰。其实每个人都存活在事业与生活之间，要把这两种关系处理好的确不易，但这是我们必须面对的责任。”

“但是你没有说，你能不能等我?”筱月有些紧张，但态度真诚，“如果漫长的等待对你是一种折磨，那我宁愿牺牲自己的事业。”

海东没有说话，他握起筱月的右手，从上衣口袋里掏出一个漂亮精致的首饰盒，将一玫用紫色水晶石镶面的铂金戒指取出来，默然庄重地戴在她修长的无名指上，似在用无言的行动给予她最后的承诺，表示他会一如既往，耐心地等待她完成最后的事业梦想，然后与他相携相伴，共同走完他们的人世旅程。

海东深情地吻了筱月戴戒指的手，筱月眼含热泪地站起来亲吻海东的脸。就这样，他们订婚了，在没有亲朋好友前来祝贺的，温暖的烛光中相约百年。

于此不久，筱月身边的姑娘们见她手上戴了向征婚姻戒指，都嚷嚷着埋怨她和海东私订终身不请客，把她闹得天毋宁日。她只好建议海东请客，说把全团同事请到饭店，让他把勘探队的哥们朋友全都请来，当众宣布他们只是订婚，没有结婚。海东不愿意，他不想把一个订婚仪式办得像婚礼一样热闹。因为他等待的日子绝不是任何热闹的形式，而是两个相爱的人在一起生活的实质。筱月心里明白海东说的‘实质’是什么，但她不能为这个‘实质’去承诺他什么，心想海东既然不愿意接受她的提议，她也只好尊重海东，让此事作罢。但同时，她也为自己不能给予海东那个‘实质’从心里感到深深的欠歉。

事后不久，团里有人传言筱月的婚礼将在东川举办，还有一种传言说筱月将嫁到东川跟海东一起生活，她工作也将随之调入东川。人们说得有鼻子有眼，仿佛这一切都是真的。筱月正为这些空穴来风的谣言生气时，团长把她叫到办公室去，问她，生活上有困难为何不跟团里说，为什么要调走。剧团培养了她，她正于事业的高峰阶段，不能说走就走不顾后果。筱月只能解释说自己没有要弃事业的意思，但对于那些突来的流言飞语却无从说起，也无法替自己辩解。

领导说剧团需要她，她的事业还将有更大的发展，让她有困难找领导商量解决，不要唐突离开剧团。说罢，交给她一把房门钥匙，说剧团大院后面的宿舍楼刚巧有人搬走，空出一套一室一厅的屋子，虽然小点旧点，但给她和海东暂且解决一下结婚用房，还是蛮不错的。希望她不要拒绝，等以后团里有了大些房子再想办法给她调换。

筱月高兴得快疯了，心想这岂不是因祸得福天上掉馅饼吗。她终于有属于自己的房子了，从此不用再跟团里的小女孩子挤集体宿舍了，海东再来昆明时也不用今天酒店明天旅馆地四处流浪了。她越想心里越激动，握着新房的钥匙跑去跟海东打电话，把好消息在第一时间告诉了海东。海东表示很高兴，但觉得这事似乎不大妥当。总之两个人没结婚住在一起，周围的闲话肯定少不了。他如果答应她这样做了，对未婚妻远在香港的父亲也是不尊重的。他让筱月把房子退回去给真正需要的人，将来结婚时再向单位申请要新的，说是为她着想。但筱月管不了这些，她只想结束与跟海东恋爱这些年，除了电影院就是公园，雨打风吹还在马路上胡逛的尴尬。如今好歹总算有个窝了，不管海东怎么想，她都要把这个小窝打整得像个漂亮温馨的家，让海东回来时有个舒适的地方休息。再说，海东答应过她，以后他们主要的家就安在昆明，这套房子就是他们以后的家。如果他们住进去之前不好好打整打整，以后房子里家具多了肯定就不好打整了。

于是筱月不管海东乐不乐意，便开始请人装修住房，把能搬进去的家具全都买来搬进去，又邀约女伴们逛遍昆明的大街小巷，买了许多漂亮的床上用品和可爱的小摆设回来，把这套不到五十平方米的房子布置得舒适又温馨，比起那些真正结婚的新房来丝毫也不逊色。巡视着属于她和海东的漂亮的小家，筱月虽然觉得劳累，但心里却非常幸福，也非常满足，似就等着海东放假来表扬她能耐了。

海东这次放假没有上昆明来，院里有一个研究项目催得紧，他和葛涛小吴等人出野外勘探回东川后，正忙着写自己的研究报告。

筱月在昆明等不到海东，想是她的一意孤行让海东生了气，这就请假自己跑到东川来，想当面向海东解释一下，以求得他的理解和原谅。

海东不在家，她见太阳出得好，便把屋子打扫干净后，把海东堆在椅子上的脏衣服物统统装在洗衣盆里，再把床上的被单床单全都拆了，一并拿到小院里洗好晾好之后，又为海东去收拾那间乱七八糟的工作间。当她把架子上的石头重新归整一遍，并把堆在墙边的矿石标本清理顺当后，天就黑定了，海东仍旧没有回来。她上小院把晾干的被单衣物收拾好抱回海东的房间折好，抱上几本书，坐在沙发上边看边等海东。她盼着海东早些回来做饭，她一天没吃饭，饿了。

海东回来的时候是夜里 9 点多了，筱月已经靠在沙发上睡着了。

看看被筱月打扫得窗明几净的屋子，看看筱月清洗干净折叠整齐的床单被单和衣物，再看看没吃饭就累得蜷在沙发上睡着的筱月，他有些心疼了。

“月儿，醒醒。”

筱月睡意蒙胧地睁开眼睛，见海东捧着一碗热腾腾的面条站在她眼前。

“你终于回来了？可是我困了，我要睡觉！”

“现在别睡。”海东伸手把筱月扶起来，把面条碗放在她手里，

"你得吃饭。"

筱月捧着面条，像要努力地清醒过来看着海东，"我刚等你一个晚上就觉得时间过得好慢。只一个晚上，就像一年那样漫长。可是你等我五年了，五年对你来说，漫长吗？那再过五年呢，我三十岁。你把我带大，我就该把你折腾老了……"说罢，或心感酸楚，眼睛湿润了，"你知道吗，世界上许多杰出的舞蹈家为保持良好的体型，终生都不要孩子，她们甚至连结婚都不结。我今年才二十五岁，我不想结婚。知道我不想结婚你还要我，你怎么这么傻？我骗了你，你不恨我吗？

"别孩子气。"海东伸个指头掸去恋人眼下的泪滴，"快吃饭，一会凉了。"

筱月感觉海东很奇怪，没想到他不生气，而关于未经他同意和与他商量她就擅自装修房子的大事，他不但不问，也不埋怨，她反倒有些内疚，"原谅我没跟你商量就自作主张装修房子，我不尊重你是我不对。但我们已经订婚了海东，我已经是你的妻子了。现在除了结婚以外，咱们想做什么事情都可以……"

"好了月儿，别胡思乱想了。"海东把筱月拉坐起来，"别说修整房子，你就是把天翻过来我也拿你没办法。但现在你必须吃饭，吃完饭好好休息！坐了大半天的长途车，又帮我做这么些事情，你累坏了。"

海东拉着张椅子坐在筱月对面，看着她吃饭吃得香，心里不啻高兴，想这个女孩子虽然变得比过去温柔多了，性格中的倔犟仍然还在，可是这种倔犟又往往表现着她的真实与善良，故而，他对她的迁就显得多少有些无奈了。但她刚才对他强调的，不结婚的理由却深深刺痛了他，让他觉得自己在她面前像是老了。可不是吗，他想，一个三十老几的男人，身边有个年轻美貌的女人，谈了五年多恋爱，至今还是光棍一条。她若继续让他这么无休止地等下去，可不就是等老么。

晚上，他们跟以往一样，溜溜达达步出大院，上街心花园逛了一圈，从种满缅桂花树大街散步回到海东居住的地方。

筱月让海东把家门钥匙交给她，说她以后不要住招待所了。海东照办，说如今未婚妻的话，对他就是圣旨。筱月拿上钥匙，说要去大院浴室洗澡。海东赶紧把洗浴用品为筱月准备好，嘱咐她洗完澡出门多穿衣裳，小心冬夜风凉。

筱月洗澡回来，见海东仍坐在沙发里看书，感觉有些奇怪。“你怎么还在这儿?”

“你问得奇怪，我不在这儿，你让我哪儿?”

“隔壁呀。”她指着隔壁的屋子，“那间屋子不也是你的吗?”

“是啊。”海东放下书道，“那屋子堆满石头，你不会让我搂着它们睡吧?”

“那……”她咬着嘴皮想主意，“你上小吴那儿去吧，反正你们都是单身汉。”

“那好。”海东站起来走到门口，忽又停住脚步对她笑道，“不过我得先跟你汇报一声，小吴的女朋友今天从曲靖来了，俩人正在屋里起腻呢，我正好去参观学习一下别人怎么谈恋爱。”说着大步往门外走。

“回来!”筱月赶紧扔下梳子奔到门口，把海东一把拽进屋来，把门关死了才埋怨道，“你傻呀，知道人家女朋友来了还去瞎凑什么热闹?”

“是啊，”海东弯腰拾起地上梳子，对她坏笑道，“我这么做，肯定叫人觉着怪不懂事的，啊?可我实在没地儿去。要不，你小人家可怜可怜我，今晚就收留了我?你叫我睡沙发我就睡沙发，你让我睡哪儿我睡哪儿，保证不乱说乱动……”

“你少贫嘴!”筱月的脸红起来，指指床铺，“你先睡，我等你睡着了再睡。”

“你说什么我没听见?”海东一伸胳膊，把筱月拦腰抱起来，把她轻轻抛在床上，“你小人家要不先睡着了，我哪敢睡呀?”说罢，爬在床边凝视着恋人羞红的脸，伸一只手去哄拍她，“乖乖睡吧，我哄你!”

“海东，”筱月凝视着眼前英气不减当年的爱人，把五个手指伸进他浓密的头发里翻搅着，“你真的爱我吗?”

“你说呢?”

筱月羞涩地点点头，“我也爱你!”

“我以为你想说，你不爱我。”

“海东，”筱月呢喃道，“我冷，我的脚冰冰凉，你能给我暖暖吗?”

“行啊。”海东把筱月的双脚搂抱在怀里，“这样就不冷了吧?”

“还有手。”

海东把筱月伸来的手暖在自己胸前，抚摸着她柔软的长发问，“还有哪儿?”

“还有身子。”筱月把脸撒娇地贴近海东，“你脱掉衣服抱我睡，好吗?”

“好的。”海东迅速脱去自己身上衣服，躺到筱月身边，伸出胳膊把她抱在怀里，心动过速地伸手去解她胸前的衣扣，忽又停住，“可以吗?”

筱月轻轻点头，“嗯。”

海东紧张无比且动作笨拙地，解开那些遮掩着爱人身体的衣服扣子，将衣服从她身上轻轻脱下来扔到床里，先拉上被子把自己裹上，然后把她美丽的身体抱紧在怀里。就这么抑制着心跳一动不敢动地，凝视着她羞红在自己眼前的容颜。

“还冷吗?”

“我是冷的，可你是炽热的，你总是让我感到温暖。”

海东无限爱意地看着怀里的爱人，心想彼此相爱五年，他才第一次跟自己心爱的女人贴得这么近，近得可以看清她的每一寸肌肤，听到她的每一丝呼吸，感觉她的每一次心跳。他低下眼，看着她如花蕊般浅粉水润的唇，看着她白皙光滑的皮肤和漂亮坚挺的乳房，长久积压在心里的焦渴与欲望，像灼热的熔岩滚动在胸腔里。当她闭上美丽的眼睛，伸出温软的手轻抚着他的身体时，那股涌动在她体内的炽热终于抑制不住地爆发了。

筱月在海东给予她的，亢奋激昂的情爱里疼痛地呻吟着，同时心想，除海东之外，她这一辈子或许不会再有第二个男人能够这样爱她，也不会再有第二个男人可以让她爱得如此的死心塌地了。无论怎样疼痛和慌张，她一定得忍受着，这种时候不能因为她身体的痛苦和内心的紧张，让海东感觉到一丝一毫的不快乐。

而在此时刻，海东却在忘情的性爱中体验到了身心合一的畅快。当他感觉到自己的身心正在被熔化，被解融在爱人温存美丽的目光里，被融化在爱人柔软完美的身体中的一刻，他知道自己离不开眼前这个叫他喜欢叫他心忧的小恋人了。

“我以前不知道，两个人相爱原来是这样。”筱月伸手抚摸海东坚挺的鼻梁和汗水淋淋的，健壮的胳膊和手臂，“海东，我们结婚吧？”

“那你先告诉我，”海东把筱月的头枕在自己的胳膊上，“你幸福吗？”

“你说呢？”筱月抬眼看着海东的眼睛，反问道，“你不知道吗？”

“我当然知道，你疼，你在忍受。”海东把筱月搂到胸前吻她的额头，“但是我想听你说，听你亲口告诉我，你不怕我爱你，不怕结婚，不怕生孩子……”

“我怕……”筱月忽然扑在海东的身上，颤抖着身子哭了，“海东，求你别让我生孩子，我怕生孩子，我怕……我怕像妈妈一样死去，我怕……”

“月儿别哭。”海东把筱月紧抱怀里，知道母亲惨死的阴影仍旧铭刻在她心里抹擦不去，他心碎了一般难受，“好的月儿，我们不生，我们不生孩子……”

“可是不生孩子，你能永远爱我吗？我知道，你总有一天会离开我的!”

“你明知道我爱你!”海东把筱月搂得更紧，努力控制着爱人突然不稳定的情绪，“放心吧月儿，我永远不离开你，你生不生孩子，我这一辈子都爱你。或者还有下一辈子，下一辈子的下一辈子……”

“你发誓?”

“好的，我向上苍起誓，永远爱月儿，不离开月儿，一生一世，生生世世!”

筱月似是放心了，把脸紧贴在海东的怀里，又将手轻轻抚在海东起伏激烈的胸前，“我也向你起誓，我永远爱你，无论你怎样对我，我都爱你，顺从你。”

“别这样说月儿。”海东一阵酸楚，把爱人的身子重新揽在臂弯里，“你知道吗月儿，爱要相互给予才会幸福，否则就是伤害。我不想让你忍受我，我不想让你对性爱失去兴趣后产生恐惧。我想给你幸福而不痛苦，别拒绝我，答应我好吗?”

“嗯。”她把脸埋进海东怀里，“只要你不离开我，我什么都答应你。”

“小傻瓜。我倒想离开你，可我离不开你呀。”海东重新开始，亲吻爱人的身体，给予她抚慰，直到她的呼吸在他的狂吻中急促，她的身体在他的抚慰中炽热颤抖，问她，“告诉我月儿，我怎样做才能使你幸福……”

筱月说不出话来，她在海东的真情给予中感到陶醉，她在海东忘情的深爱中感到眩晕。在这灵魂荡漾的一刻，她体悟到彼此相爱的给予原来如此的美好。可是在这之前，她并不知道两个人可以爱得如此忘乎所以，也不知道自己的身体能够感受到如此热烈和幸福的爱情。更不知道，她和海东的身体融为一体时，竟然可以体会到如此真实的震颤，而这种生命的碰撞竟会在她的灵魂中留下永不磨灭的印记。此时，她的整个身心都在被海东重新点燃的血液中沸腾和燃烧着，仿佛只要海东需要在她的幸福中得到快乐，哪怕把她烧成灰烬也在所不惜。

筱月要离开东川了，这次她要去很多国家做交流演出。她把新住房的钥匙交给海东，问他是否可以在假期里去看看房子，在墙壁上打几个石头的架子，在露台上做几花架，栽种上她喜欢的牵牛花。海东统统答应筱月。筱月问海东，房子的事为何一直不埋怨她。海东把筱月拥在怀里告诉她，他想明白了，理解她了，因为对从小失去家庭的她来说，有一个完全属于自己的家有多重要。从此她有家可归了，他们的爱情也不用再流浪了。

此后，一对情深爱浓、难以离分的恋人在筱月单位分配的那套小住宅，以及海东在东川的单身宿舍，两地同居了。

海东休假回来后，住进筱月为他搭建的爱巢。他除了带来许多筱月喜欢的石头以外，还带来自己为筱月拍摄的所有舞台剧照。他把整整一箱照片铺天盖地排好，从中间挑出那些筱月舞姿最好笑容最美的，把它们装在镜框里挂在墙上；开始是每场演出的剧照各挂一张，后来改成每个角色的剧照各挂一张，最后只能改成一个剧目的剧照各挂一张，就这样，亦然是挂满整面的墙壁了。然后他亲自动手设计和打制筱月喜欢的墙壁书架和阳台花架，想让筱月无比珍视的爱情城堡有属于它的位置，相让筱月喜欢的牵牛花爬满窗台，为这个新家增添生活情趣。

筱月对海东的爱好和情趣总是很欣赏，往往海东为她做这些只有孩子喜欢的事情时，她都会觉得非常有趣。她常眯着眼看海东忙碌的身影时说，如果结婚不生孩子的话，她现在就很乐意结婚让海东做她的丈夫。海东欣然接受，答应筱月可以暂且不要孩子，等筱月可以歇舞挂鞋的时候，他再做她孩子的父子亲。两个恋人你一言我一语就这么约定了，决定等筱月的下场演出结束就结婚。

就在这个时候，一个意想不到的意外改变了这对恋人的约定。

十

这天傍晚，筱月在加班排练双人舞时，由于身体用力过猛，从与她搭档跳舞的男同事肩膀上重重地摔到地下，腰椎受重伤当场疼昏过去。她被同事们送进医院的当晚，就被推进手术室做腰椎校正手术。

筱月从手术麻醉中清醒过来时，已经是第二天快到下午的时候了。她一睁开眼就看见了守在病床边的海东，但海东却没发现她醒来，他此时靠在椅子里睡觉。看到此次回来的海东脸上瘦了一大圈，眼睛也凹陷进去了许多，她有些心疼，想他或是这段时日工作太辛苦吧。她怕海东着凉，想去抓床边的衣服为他披盖，但却感到不可移动的胳膊和身子疼痛难忍，便喘着粗掘看着海东，想把他叫醒回去好好睡觉。

海东与她有心灵感应般缓缓地睁开眼睛，见她终于睡醒过来，脸上有了欣慰的笑容，“你快把我吓死了，就这么昏睡了一夜一天。”边说话，他边把固定在她身上的绑带解开，凑近她不能动荡的脸，轻声问“月儿想吃什么，告诉我，我这去给你买来？要不，还是你喜欢的天麻炖土鸡汤好吗？我回去给你做？”

筱月无力地点点头，说想要喝海东亲自炖的鸡汤。小心翼翼替她拉好身上的棉被，拖着疲惫的身子走出病房。筱月看着出去的海东背影心疼不已，想海东不会是病了吧，脚步那么沉重，精神那么疲惫，脸色那么苍白。

“你爱人太累了。”给她输点滴的中年护士说，“他从昨天下半夜一直守你到现在，一秒钟都没有合过眼。我说你在麻醉昏迷中不会醒，让他回去休息打个盹再来，可他死活不肯，说他在你醒来之前不能离开。”

“可不是。”同室的女病友对筱月道，“小伙子挺重情的，他就是想让你醒过来的时候，能看到他在你的身边。这种男人真难得，你真有福气。”

这时，团里的女伴们捧着花篮来看筱月了。

“我们刚在楼下碰到海东了。”女伴埋怨筱月说，“你可真忍心，人家大老远半夜跑来守你一天，你不让人休息，还让人回去你给你做饭呀?”

“难怪他看起来那么疲惫。”筱月内疚道，“我不知道他是昨晚来的。”

女伴们感动地告诉她，海东是昨晚闻讯从东川赶来的，而且是骑摩托车来的。

“从东川骑摩托车到昆明本来就是玩命。”女伴说，“刚到昆明就奔医院，接着又睁着眼睛不睡觉守你一天，铁打的人也吃不消啊。”

筱月这下明白了，海东是太劳累了。但她简直不敢相信，从东川到昆明，那可是一百七十多里的山路，海东竟然深更半夜骑个摩托车就跑过来了。

女伴笑说，“你这是傻人有傻福。像海东这种重情重爱，敢为媳妇玩命的好男人，我们打着灯笼睁大眼睛到处找不到，怎么偏偏就让你给撞上了?”

筱月没有觉得海东玩命是她的福，反骂海东不顾安全不要命，说他这么做简直就是疯了。

“可不，当时真是急疯了。”海东晚上守夜时，跟筱月讲说当时的情景，“我接到你同事的电话已是晚上9点多了。那时我结束勘探任务刚回到东川，正拆行李准备洗澡睡觉呢。接完电话我就急傻了。心想这时候长途车肯定没有了，只能奔公路拦过往车辆了。我立马奔大路口拦车，可被我拦下的四五辆车子没有一辆开往昆明。实在没办法，我只好回去骑了小吴的摩托车赶过来。”

海东说得轻松，可筱月的心里并不轻松。尤其当她知道海东刚出勘探回来还没有歇气，又马不停蹄地摩托车在大山公路上狂奔一夜，心疼得掉眼泪了。海东却不以为然地安慰筱月说，男人的力气是用不完的，只要爱人需要，只要能守在爱人身边，别说跑百十里路到昆明，就是绕地球跑五个来回，千里万里跑到天涯海角他也不在乎。

“你以为这样说笑耍贫嘴，我就能原谅你？”筱月假装生气道，“我要你从安全角度出发好好反省错误，并向我保证下不为例，不许那么玩命了。”

“你还是不明白。”海东吻她的脸，“我不能没有你，我们的生命不可分割。”

“你太消瘦了，再这么折腾下去身体会累跨的。”筱月嘴上埋怨着海东，心里却舍不得海东再为她奔波劳累了。她伸手抚摸着海东疲倦而消瘦的脸，哀求他道，“别再奔波了海东，这些年你太劳累了。等我的腰好了能站起来，让我坐长途车去东川看你吧？”说着，她便想挣扎起来，“你扶我起来。”

“你不能起来。”海东情急之下脱口而出，“你的腰不能动了。”

“什么？”筱月睁大了恐惧的眼睛，“你说什么？”

“我没说什么。”海东掩饰着适才的失口，安慰筱月，“我是说，你的腰伤好了之后暂且还不能劳累，坐长途车是很劳累的事。还是我过来看你吧，我累点没什么，重要的是，我的爱人不要太劳累了。”

“别骗我，海东。”筱月吃力地伸手去拉海东，眼里充满哀求，“告诉我实话吧，我是不是不能跳舞了？你要是真的爱我，就不能欺骗我！”

海东沉默一阵，尽量压制着内心的不安与忧虑，假装轻松地对筱月说，她腰伤的确很重，以后得多加小心不能乱动，还可能要在轮椅上休养一阵。筱月胆怯地注视着海东，泪水哗哗直流，问海东她的腰伤有多重，是不是不能再跳舞了。

海东把筱月的手捧在手心里亲吻着，对她轻轻点头，有些哽咽，“不要难过月儿，虽然不能跳舞了，可你还能站起来，还能行走，还能……”

“我不……”她痛哭失声，歇斯底里，“我要跳舞……你骗我!”

海东的眼泪夺眶而出。他何尝不知道自己跟筱月说实话会是怎样的结果，何尝不知舞蹈在她的生命中重于一切，又何尝不知道腰伤对一个舞蹈演员意味着挂鞋歇舞的残忍。可是他不能欺骗爱人，他必须像个真正的男人，与筱月一起面对这场不幸。并伸出自己的肩膀，扛起她的未来，一如他对她的承诺，不离不弃。

筱月出院前，从拒绝轮椅到接受轮椅虽只有十天，但在思想上却是一个痛苦而漫长的斗争阶段，这个斗争阶段以失败和绝望告终。当她看见半夜起来学走路时摔得青一块紫一块的身体，当她拼命挣扎想用腰力支撑自己站立痛得汗水湿透衣裳，并确信无疑她的未来将在轮椅上渡过时，忧郁与悲伤又回到她眼睛里。哪怕她的身边有了海东无微不至的关怀，有了喜爱和同情她师长和朋友，多年前那种极度冰冷的神情又回到她的脸上。她又不跟人说话了，任何人，有时甚至包括守护她的海东。仿佛没有了舞蹈，她的生命就失去了大半的意义。

“月儿，去读音乐学院吧。”海东为深陷痛苦不能自拔的爱人开出良方，“你不是一直都喜欢拉大提琴吗，那就让妈妈的大提琴，为你开辟一条全新的艺术途径，让音乐陪伴和弥补你尚未走完的艺术之路，你说好吗?”

海东见筱月两潭冰湖般冷凝的眼睛里有了一丝光亮，并渐渐流淌出两股寒冰消融般清凉的眼泪时，他才确定自己没有开错的药方起作用了。他把筱月母亲留给她的大提拿出来，让它靠在轮椅中的筱月怀里，把老旧的琴弓拉直锊顺，交到向他伸来的手里，让它握紧搭在琴弦上。

“你需要看爸爸以前抄的那些乐谱吗?”

筱月摇摇头，她用眼睛告诉爱人，母亲的琴在她怀里，父亲喜欢的音曲在她心里，她不需要看见那些凝着血泪的音符，也能拉出对生命的怀念与赞美。

琴弓在筱月的手里回旋行走，琴弦在筱月的手指下鸣颤响，琴声在流淌着筱月对悲苦往事的追忆，对离散亲人的思念，对坎坷人生和残酷命运的抗争，以及对天地恩情和知心爱人的感怀。她眼中的冷雨变成热泪，向空灵的上天，向聆听的爱人，打开沉重的心灵闸门倾诉和流淌出来。

海东也流泪了。他告诉这个重拾生命信念的姑娘，她是一个外表柔弱而内心坚强的女孩，她的艺术生命将随着的顽强生命一起复活成长，她的人生情感将被坎坷的人生经历赋予美好的乐章。然后他告诉筱月，姐夫林哲和姐姐已经从新疆回来了。林哲现在接手了他的研究工作，队里为让他照顾未婚妻的生活给了他很长的假期，他将陪伴她渡过在轮椅上的日日夜夜，并负责为她补习功课考大学。

在近一年的时间里，筱月没有离开过轮椅。

海东一直守护和陪伴在筱月的身边，她要行走的时候，他就是她腿和脚，她要洗澡洗衣做家事的时候，他就是她的胳膊和双手，她要看书写字补习功课的时候，他就是她的书桌和字典，她要是烦躁了哭闹了发脾气了，他就是她的出气筒和抚慰她的良药。春夏秋冬风霜雨雪，海东的人生角色在爱人的不同需要中不停转换着角色，大夫或护士，父亲或兄长，母亲或姐妹，师长或朋友，但最终职责所赋予他的角色，却是现实中的丈夫和爱人。在对爱人始终不离不弃的呵护中，他履行着自己曾对上苍许下的诺言。

筱月在海东的艰辛照料下安静多了，她仿佛接受了这个残酷的现实，并在海东的鼓励和帮助下，在轮椅上开始了对新的事业与生活迈进。她坐着轮椅到音乐学院找过去的老师学习，在轮椅上拉琴训练补习功课，在轮椅上直到她终于能抛开轮椅站立起来，在爱人的搀扶下走进音乐学院和大学高考的考场，并取得优秀的成绩时，海东疲惫的脸上才有了欣慰的笑容。

临开学之前，海东最后一次带筱月去医院复查身体。见筱月这么快就能从轮椅中站起来，连大夫都觉得是个奇迹。朋友们看见筱月多医院直立行走回来，都对她开玩笑说，她好像从猿到人脱胎换骨了。筱月说，她今天能站起来是海东的功劳。因为海东不让她倒下，所以她不能倒下。

开学前那天晚上，筱月让海东陪她去歌舞团的排练厅，她想再看看自己曾经放飞梦想，并抛洒过无数泪水与汗水的地方。坐在空大无人的排练厅里，她依靠在海东肩上潸然泪下。她说受伤以后，她的内心是非常绝望的，想她可以离开排练厅和舞台，但她不能离开挚爱的艺术事业。多亏海东理解她鼓励她，把她从不得不挂鞋歇舞的痛苦中解救出来，把她引向一条比舞蹈更加宽广的艺术之路。她就要走进更高的艺术殿堂去了，她将在那里汲取到更丰富的知识养分，然后回到更加博大的艺术天地中，让自己的艺术生命得到重生的同时，用她的音乐感恩上苍对她的厚爱，感谢爱人用真情为她重新创制造的这个，身心健康的生命。

海东被筱月的感激所感动，想到他十年前在山上背回来的小女孩子，想到从此与她割不断的情感经历，想到与她初识情爱的幸福与欢愉，想到与她相爱这些年的艰辛与无坎坷，想到与她在一起同甘共苦的朝朝暮暮，他亦然百感交集。

“去吧月儿。”海东偻住筱月，“让妈妈的大提琴陪你开始大学生涯吧。”

“可是你怎么办?”筱月的眼中有多般的酸楚与心疼，“四年以后，你就三十八岁了。要是我早知道，我们脚下的爱情之路那么坎坷漫长，你爱我爱得那么艰难和辛苦，我宁愿当初你不要把我从山里背出来，也不要到后台来找我，就让我就那么封闭和孤独下去，直到在封闭和孤独中毁灭自己……”

“你不要自责。”海东道，“爱情的不能只分享欢愉，也得承担苦难。我既然爱你，就得把自己的命运，融入你的命运。其实我早就想通了，婚姻对我们俩人来说是一个不太实际的东西，我们没必要用它所附属的形式来压迫自己。只要我们仍然相爱，仍然在相爱中结合彼此，什么时候完成那种形式并不重要。”

“是你的真心话吗?”筱月凝视着海东的眼睛，当看到这双眼睛里充满着自信与坚定的目光时，她感动了，“你知道我有多爱你吗海东？可惜我不是诗人，如果我是诗人，我会用世界上最美好的语言，吟出对你山一样的伟岸和天空一样宽广的情怀的深爱与赞美。”

“你是未来的音乐家，你可以用怀抱中的琴声去赞美大自然，去吟诵这世间美好的爱情和所有曾经让你感动过的人和事。祝福你，我的爱人。”海东说。

十一

筱月刚过了二十六岁这年的秋天，海东请了三天的假赶到昆明。

海东这次来见筱月的心情很迫切，似乎带着一个不能不完成的任务。他把筱月带到翠湖宾馆一个餐厅雅座间里，尚未开口对筱月说话就要来一瓶法国红酒。

筱月看着桌子上花花绿绿的食物一头雾水，似乎不知道今天是什么重要的日子，海东为何一句话不说就把带来这种地方落座。

“你还会嫁给我吗?”海东手里握着红酒，开玩笑一般轻描淡写地问，“我是说未来，以后?”

筱月看着海东不知所云。

“开个玩笑。”海东说话仍旧轻描淡写，“我今天来为你饯行，你应该高兴。”

“饯行?”她惊讶地看着海东，“我不出去呀?”

“我知道。”海东垂下头来思索一瞬，抬起头来问，“如果你真要远行，是否希望我来送你?”

筱月注视着海东有所疑问的眼睛，点点头又摇摇头，心有茫然无能作答。

海东笑道，“我真不希望有这么一天，如果真有的话，我想我会像歌里唱的那样，在笑容里为你祝福。你呢月儿，我想知，你离去的时候会不会哭？我还想知道，你是否会在遥远的地方想起我来？”

筱月看着海东疑问与渴望并蓄的眼睛，她问，“你怎么了海东？你为什么突然跟我说这些？”

海东沮丧地放下酒瓶，往筱月的盘子里添菜，并把服务生送来水果沙拉摆到她面前，又往手边的杯子里灌上矿泉水，隔着桌子放到她手边，通过这些动作控制情绪后把自己冷静下来，对她露出男子汉脸上才有的微笑。

“吃饭吧小姑娘。”

筱月没动，她看不懂海东今天的举动与表情，似要海东说出个所以然来。

海东用疑问的目光沉默地看着她，足有十几分钟之久以后，从上衣口袋里掏出一封书信，郑重地放在她的眼前。她看见信封上熟悉的笔迹后，心慌心跳茫然失措不知所以，不敢伸手去碰那封信。

“你父亲来东川找过我，跟我谈了很久。是你的同事，把咱们两人同居的情况告诉了他。他生怕我欺负了他的小女儿，对我的诚意坦白表示怀疑。”海东笑着，把书信从她眼皮底下抓过去打开，抽出里面的信纸展开在她眼前，“这是你父亲给你写的短信，我给你念念……”

“……不要。”筱月把信纸从海东手上抓回来要想撕碎，“我不听！”

“你必须听。”海东将书信夺在手里，为她念出来，“月儿，你腰上的伤痊愈了吧？我在香港一直为你的近况担心。前不久跟你的单位取得联系，听说你受伤之后改行拉琴并考入音乐学府，我很高兴。这次重返家乡找你，本打算在你心情好的情况下我们父亲谈谈心，想继续说服你到香港定居。未料在来到此地后，听说你在恋爱且要结婚，故又多出一份担忧。月儿，你年纪尚小，尚不懂得居家日子和世态人情。你母亲不在了，你无法学到为人之妻的真性。作为父亲，我难免为你日后的生活担忧。我之所以去东川，一想重游故地看看生活过的地方和曾给我照顾的人。其次，我想亲眼去看看那个，为我小女儿所爱恋的男人。我看到他了，跟他交谈过。小伙子人品不错，也较坦荡大方。月儿跟这样的人在一起我本该放心无虑，却只怕他忙于常年动荡不稳的勘探工作，很难给你带来好的照顾和生活。故想问一问你，可否真心嫁他？可否携他一同前往香港生活？”念罢，他将信纸折起来扔给筱月，“你父亲希望你去见一见他。不，应该说，他希望你到香港去继承他的财产和家业。或者，他还会为你安排一个幸福美满的婚姻。去吧小姑娘，他眼下就在这个宾馆的客房里等你。”

“我不去。”筱月哭喊出来，“他没有资格带我走，我哪儿都不去！”

“那你该怎么办？”海东埋怨筱月，“他毕竟是你的父亲？他需要儿女亲情！”

“那你呢？”筱月追问海东，“你不要我了吗？”

“我吗？”海东黯然神伤，却笑容依然，“我刚才已经问你，可你并没有回答我的问题。”

“我不跟他回去！”她情绪激动起来，“我不要财产，我去跟他说，我现在就嫁给你！”

海东惊愕地看着筱月，“你是认真的吗？”

“我是。”

海东苦笑，“小傻瓜，该嫁的时候你不嫁，你现在倒是想嫁，却没有那么简单了。你知道我对你是认真的，但我们的恋爱必须光明正大，你懂吗？现在你抬起头来，看着我的眼睛回答？”

“回答什么？”她心情复杂地低下头，不敢看海东的眼睛，“我不知道。”

“你不知道什么叫爱是吗，没关系。”海东抓起桌上的餐刀，伸出胳膊对准自己手腕上的静脉血管似要切下去，“告诉我你现在的感觉，你怕不怕我流血?”

“不要!”她把海东手里的餐刀夺在手里，哭出声来，“不要流血，我求你!”

海东流泪了，“当我看见，你曾经以这样的方式伤害自己时，你知道我怎么样吗？我的心里在流血！这就是爱情，你懂吗？我爱你，我不管你什么时候嫁给我，或嫁不嫁给我，或你的明天生活在哪里，我都不在乎，我只你亲自告诉我说，你还爱我?”

“是的，我爱你！我没有亲人没有家没有父亲，只有你!”

“那好，”海东把红酒打开灌在自杯子里，“我们一起去找你父亲。你把刚才对我说的话向他重复一遍，敢吗?”

筱月摇头，“我不想见他。”

“我知道你的回答。”海东把杯里的红酒一饮而尽，“如果你真的爱我，那你就必须去见他。你父亲非常爱你，他没有一天不思念着你，因为你是他在这个世界上唯一的亲人。你不能执拗任性，让你父亲伤心。”

筱月这时看见了一个真实的海东，看见一个既怕失去她，却仍要给予她选择机会的血性男儿，看见一颗深爱着她的宽容的心。从海东手里夺过酒瓶往自己杯里灌满红酒，学着海东的样子一饮而尽。起身走出餐厅，向上楼的客房电梯走去。

筱月的父亲似未想到，小女儿来得这么快，从前那个对他胆怯躲避的小女儿仿佛转眼就变了，变成眼前这个勇敢不惧的大姑娘了。这个历尽沧桑的老父亲从小女儿美丽脸上再没有看到从前冰冷的表情，从她清亮的眼睛也没有看到悲伤和迷惘，他所看到的，是长大的女儿，她已经变得成熟与坚强。

“那个小伙子没跟你一起来么?”父亲把筱月让到柔软的沙发里坐下，“听说你跟他一样喜欢咖啡，我特意为你们准备了上好的意大利咖啡。”

看着已然苍老满头白发的父亲，看着父亲转身去为她煮泡咖啡的消瘦的背影，筱月从心里感到一丝辛酸。

两个小时后，筱月回到餐厅，让海东去见她的父亲。

“去吧。”筱月拿上自己的包和衣服，“我在咖啡厅等你。”

海东走进筱月父亲的房间刚刚落座，老人便捧来一个精致的，装有劳力士手表的盒子递在他手里。

“您没有说服她，是吗?”

“是的。”这位神情沮丧的父亲点点头“月儿告诉我，她不想离开这里。因为这里有她的生活，有你，有你的爱情，她离不开你。现在，我想听你说。”

海东坐在目光严肃的老人对面，把认识筱月的前经过，把他们目前工作和生活的情形，以及他对筱月的感情和期望，开门见山地坦白给这位父亲。

“那么你呢，你是否考虑过改行做别的工作？我听说地质学的门类很多，你上过中国一流的工业大学，你就不想去国外，坐在干净的实验室做研究，或者在大学课堂上给学生讲课，非要跋山涉水跟矿石打一辈子交道吗?”

海东思考片刻道，“我说不上自己最终会干什么工作，但我不想放弃现在的工作。我没有觉得跋山涉水是件辛苦事。再说，我还很年轻，我觉得自己适合野外工作。或者，我这一辈子注定要跟石头打交道了。起码，在我还能动荡的时候，我不会放弃野外勘探。”

“那你是不是可以帮我说服月儿，让她不要着急结婚?”这位似有难言之隐的父亲问罢海东，干脆把谈话的主题摊开，“月儿的母亲死后我没有再娶，我身体有病且年纪大了，孜然一身几十年，有一个女儿还不在我身边。所以请帮助我，说服月儿跟我回香港定居?”

“您敢把希望寄托在我身上吗?”海东的内心充满着矛盾与犹豫，却仍努力地抑制着激动的情绪，“肖老先生，我同情您的遭遇，但我不同意您这样的做法。您不应该把月儿选择的权利，交到月儿自己之外的人的手里。如果您硬让我表态，那么我可以告诉您，我珍爱您的小女儿，我希望她能永远跟我生活在一起!”他注视着老人失望和沮丧的眼睛又道，“我可用我的人格担保，我尊重月儿选择的权利。您尽可放心，如果月儿决定跟您去香港，我决不以任何方式加以阻挠。我爱她，我希望她得到幸福，而不是跟我受苦。”

“你还没有回答我刚才的问题，你是否愿意陪同月儿到香港定居?”

“我已经回答了。”海东把手里的劳来士表交还老人，“我对月儿好是因为爱情，不是为有朝一日跟您做任何交易。您尽管可以把她带走，只要她愿意跟您走的话。以后不管她走到哪里，我都会在这里为她祝福!”

“那好吧。”老人无奈而欣慰地点点头，“你比月儿大九岁，你是一个可以对她责任的男人。以后在生活上不管发生任何困难的事情，我希望都由你一个人来承当。可以吗?我希望你给她一个家，因为她从小没有家。”

海东似乎不敢相信，“肖老先生……?”

“你可以叫我爸爸。”这位一世沧桑终有报偿的父亲眼里，浮起一层对眼前这个未来女婿的感动的老泪，嘱托他道，“我把月儿交予你了，你要好好照顾月儿。”

海东点头应诺，“爸爸请放心，我会对月儿负起责任，对自己的情感负起责任。”

筱月的父亲走了，老人在临走前她女儿留下一封书信。

筱月看到父亲在信上这样评价海东，他说，他与海东先后进行过两次深刻的谈话，两次谈话都让他看到了一个血性小伙的骨气，看到一个有着良好修养和高贵品格的男子汉。这样的人以及他的美德，在他过去的人生经历中，在他眼前的花花世界中，从未遇到过也绝无仅有。他放心了，他的小女儿可以爱情和生命赋予之。作为父亲，他代表她的母亲，祝福他们。

筱月读罢老父亲的书信，悲喜交加潸然泪下。

十二

筱月以专业高分和合格的文化成绩走进音乐学府，经过四年的学习圆满毕业被交响乐团录用。同时，海东在筱月的支持鼓励下攻下了博士学位，取得地质工程师的资格后被调到地质研究所当任课题研究组长。在这四年当中，他们在筱月原来准备结婚用的小屋，以及海东在东川单身宿舍，继续同居。虽然正在大学读书的筱月还不能正式结婚做海东的妻子，却从海东那里体悟到了做妻子的甜蜜和幸福。海东从情感上非常依恋筱月，但作为一个同样有事业在身的男人，他还必须尽量克制自己对情感的依赖，在努力做好自己的工作的同时，付出极大的耐性与关爱，在生活和事业上像丈夫一样去照料和支持筱月。

筱月虽然不是弦乐班年龄最大的学生，却是唯一的一个走读生。她早上到学校上专业和文化课，晚上回去照料自己的小家，在完成学习任务和照料家庭生活之间疲于往返。与过去在舞蹈学校学习不同的是，她始终认为自己是一个有丈夫有家的女人，她爱她的丈夫也爱她的家，无论多么辛苦她总是愿意回家。不管海东在不在家里，她都离不开他们那个温暖的家。海东回家小住的时候，她总是很开心。在海东埋头钻研的时候，她常常会为他递上咖啡或热茶，或为他收拾书籍整理笔记。海东不在家的时候，海东带来的石头就成了她的陪伴。她每天下学回来的第一件事，就是跑到书房看书架上那些石头，打扫石头上的灰尘，无事就捧着石头观赏。到了晚上，就对着她的爱情城堡说话，让她的呢喃通过这块通灵宝石，传进海东的梦乡。想海东的时候若有空她就跑到东川，哪怕海东出勘在外不在家，她也会把那些摆满书桌的研究笔记归类整理放好，替海东收拾和清洁他那些宝贝石头。她缘于海东而爱石头，凡海东喜欢的石头她都喜欢。海东常常问她最喜爱什么样的石头，她会毫不犹豫地回答海东，从爱人那里得到的第一块紫金宝石。它是她的爱情城堡，她希望她和海东的爱情就像这块紫金城堡一样坚固。

筱月很喜欢东川，但除了一年寒暑两个假期以外，她极少能抽出时间去东川看望海东，只能让海东一如既往地，利用休假到昆明来看她和照顾她的生活。

从东川到昆明的路不好走，开车也需要半天的时间。但海东对此不但毫无怨言，且每次都会背着那些沉重的，筱月喜欢的石头来送给她做摆设。他每次回来几乎都不例外，除了要辅助筱月学习，还得把她忙于学习懒于收拾的小家打扫归落得一尘不染。只要看见筱月脸上有笑容，他再多的苦累都会抛到九霄云外。

筱月见海东放假回来黑了瘦了总是心疼，想给他做好吃的补养身体。可是她从小习惯吃食堂，根本不会做饭。柴米油盐酱醋茶，她统统没沾过手，甚至买菜都不会，去了超市就看着那些不知名的瓜果蔬菜发呆，不知该下手去抓什么。往往她提回来的大包小袋全由海东一个人包揽，不管买得对不对或好不好，海东总能变戏法那样，为她变出一桌子可口的饭菜。从她把花椒油当菜油买回来倒进锅里炒菜以后，海东干脆连超市都不让她去了，从买到做全由他一人担待。跟她开玩笑说，摊上这样的笨媳妇，要不了几年他就可以上厨师学校考证开饭馆了。

筱月总是珍惜和海东在一起的时光，知道海东第二天要走，她就会一直睁着眼睛到天亮，就像离不开大人的孩子那般，依赖着海东给予她的情感。往往这种时候海东就会陪她说说话，让她倒计时数着他们下次相聚的时光。或许因为各人忙碌相聚不多，一对恋人就把彼此难得的相聚当做节日来过。

海东为了支持筱月的事业和照顾筱月的生活，除了自己工作之外，自动地放弃了自己的很多兴趣和爱好，比如他喜爱的篮球和足球等体育活动，比如他最喜欢的电影。筱月知道海东为她做出的牺牲，也尽最大的可能在有能力的条件下做些弥补，比如她设法找熟人让海东去健身房里锻炼身体，以及想办法买到值得一看的电影票。

这天夜里，筱月和海东去看了一场电影叫《人鬼情未了》。电影散场出来以后，一对恋人的情绪久久不能平静，脚步也有些沉重。

海东突然跟筱月开玩笑说，他要是像电影里那位男主人公死去了，他希望自己的灵魂可以保护爱人不受坏人伤害，并希望他的爱人像电影里的女主人公那样相信人有灵魂。

筱月嘴里埋怨着海东胡乱开玩笑，心里却感到有一种莫名的悲伤在涌动。

十三

筱月从音乐学院毕业，改行调到乐团那年，海东三十八岁了。

姐姐催海东和筱月结婚，说他的单身朋友们都成家了，他和筱月的婚事不能再拖了。那些成家有了孩子的女伴对筱月说，男人的耐心是有限的，保不齐海东啥时候累了厌了就飞了，让她无论如何赶紧结婚生个孩子拴住海东。团长找筱月谈话，说团里有不少人在议论她和海东同居的事，两个人不结婚这样下去对谁都不好。她心里也明白这样下去不是办法，可是她刚刚有了新的工作，她得有一段时间来适应不同的舞台，适应从舞蹈演员到大提琴手的角色转换。而且她不能不让海东回家，不能只为自己名声考虑，而残忍拒绝一个男人最起码的生理需要。

或许是流言飞语传得太多影响太坏，又或许是海东的姐姐和家里催得太凶逼得太紧，她承接不了这些来自四面八方的压力了。在海东回来之后，她哭着对他说，她不想过两个人的生活了，让他离开她去重新寻找合适的婚姻伴侣。

海东无言。她看到了海东的眼泪，这个铁一样坚硬的男人在她面前流泪。这种眼泪与以往为她担忧，为她心疼，为她感动的眼泪不同。这种眼泪代表着这个男人为爱人付出情感和生命后，得到的打击与伤害。

筱月不安了，她觉得自己伤害了海东。她向海东认错，说她以后再不惹他伤心了。海东原谅了她，说他自己什么也不在乎，只要她快乐，只要他们真情相爱真心相守一辈子，哪怕不结婚都可以，就是不能说分手的事情，这太伤人了。

筱月相信了，海东就是这样的人，他宽广的心胸一直都在包容她这样一个心灵脆弱反复无常的爱人。她发誓，以后不再说离开海东的话，永远不。

“来吧海东！我要让所有人都听见，让全世界都听见，我爱你！我不在乎流言飞语妒忌中伤，因为我们的爱苍天可鉴！”

在这年的中秋，筱月偶然发现自己怀孕了。

海东很高兴，跟筱月开玩笑说，为了这个孩子，他们该牵手走进婚姻的形式了。筱月对此很犹豫，因为她将到香港等地演出两个多月，怕旅途奔波劳累伤害了孩子。她让海东刻守他们的约定，明年再要孩子，明年她正好三十岁。她要到医院做流产，让海东陪她去。

“能不做吗？”海东舍不得这个孩子，对筱月的恳求几近哀求，“你二十九岁了，咱们不在乎少一年，好吗？”

“不行。”筱月很坚决，“我工作丢不下，这个孩子来得不是时候。”

“我知道，你的梦还有没做完，你得接着做。”海东这回恼了，似对筱月的固执缺少忍耐了，“可生活毕竟不是梦，它得让我们面对现实接受现实。你快要做母亲了，应该安定下来想想未来的生活了。”

“谁说我要做母亲了?”筱月强词夺理，“这是意外，是我不想接受的意外。”

“你太要强了!”海东暴发了，“你就不能做个正常的女人吗?”

“谁要强了?”筱月仿佛被戮到痛处，情绪激动寸步不让，“你说我哪儿不正常了?我少了胳膊了还是少了腿了?谁说我不正常都可以，唯独你王海东不可以这样说我!你不就是在家多做几顿饭吗?你不做拉倒，我饿不死!”

“你还有做女人该有的样子吗?”海东吼道，“这个孩子不是你一个人的孩子，也是我的孩子，你凭什么得不到我的允许就要抛弃他?你这是谋杀你知道吗?你要谋杀我的孩子!”

“可你为什么就有权力，让我在不愿意的情况下要这个孩子?”

“我是这个意思吗?我只是让你把生活和事业分开!”

“你分得开吗?”她把架子上那些石头统统掀翻在地，“王海东同志，你的事业和你的生命不是都镶在这些破石头里吗?分吧，你分一个出来让我瞧瞧!”

海东突然不说话了，惊愕地看着地上的石头发愣。

她顺着海东的眼神低眼看，见那块紫金石竟被自己摔成了两瓣。抬眼看看坐在椅子里神情黯然沮丧的海东，一种莫名的恐惧让她的心脏颤抖并紧缩起来，她扑到海东跟前。

“别这样海东……求你了。我错了，我不该这样……我不是故意的，你听我解释……”

“你还解释什么?!”海东失去控制般朝她咆哮，“你要走就走，我不想听你说话!”

她注视着气急败坏的海东呆愣一瞬，伤心地哭着跑出了家门。

海东捧起一摔两瓣的紫金石，愣在椅子里坐了许久。他似想不明白，如此坚硬的石头如何能摔成这样。忽然的，他心里有了一种不祥的预感。这种预感是什么他自是说不清楚，但心里有一种从未有过的恐慌。

捧着这块石头的碎片，他下意识把它拼凑成过去的记忆。想起十五年前在大山背回的小女孩，想起五年前他坐在台下看她跳舞，想起从别人手里抢来送她的玫瑰花，想起她表达谢意时的纯真眼睛，想起她发现石头城堡时的惊喜神情，想起她初入爱河时的娇羞与柔情，当然还有太多，从那个寒冬之夜演绎到今天的，属于他们两个人的，艰辛漫长的马拉松恋爱史。

他承认自己深爱这个女人。她外表柔弱，极少在言语上与他产生碰撞，但骨子里是倔犟的。她一旦决定要做的事情就义无反顾，十头牛也拽不回来。这无疑是她性格中最大的优点，却也是女人最可怕的弱点。他担心，不知道她跑出家门去了哪里。他知道她一个人是不敢上医院的。他认识她这些年，除非迫不得已被人送进医院，她自己从不敢独自上医院。她怕医院，是因为医院给她留下的都是恐惧的回忆。他有些后悔，想自己刚才的态度有些过分，她认错就该给她解释的机会，或不至于把她吼出去，让她没有回旋的余地。

他知道筱月不会跟他吵，她有了不顺心的事不会在他面前借题发挥寻事找茬，即使两个人偶然发生矛盾她也从不与他冲突争吵，而是自己去解决。她解决问题的方式很特殊。没有离开舞蹈以前，她宣泄痛苦和释放压力的唯一出口就是舞蹈，仿佛只要跑到排练房里疯狂地跳一阵，积压在心里的痛苦就会被汗水冲刷干净。然后带着一身轻松和一脸明媚回来，用她的快乐情绪去感染别人，让别人跟着她一起快乐起来。她现在解决问题有新的方式，不是躲进书房读书消化情绪就是抱着大提琴排泄烦恼，从不出去发泄。等她想明白了气消了，就给他一张雨过天晴的笑脸。想到这些，他又觉得筱月的倔犟中太多成分还是善良，心想或许这就是他对筱月始终对深爱不舍的原因所在。

墙上的时钟敲响下午5点的时候，海东清醒了许多，并惊讶地发现，自己竟然捧着石头呆坐了整整一个白天。他打起精神，收拾屋子，出外采买，洗米摘菜，为爱人准备晚饭。

正如海东所料，筱月没有去医院，她去了过去的女友家。当她讲述与海东发生冲突的事，诉说心里的委屈时。女伴不仅没有埋怨海东半句相反说她做得不对。两个人交谈一天，筱月觉得女友还是不理解她，于是很沮丧，同时为自己怀孕的事情发愁。

“几个月了？”

“快三个月了。”

“你傻呀，”女友焦急道，“要做流产也得一个月左右就做，现在不能做了。你们得赶紧去办结婚证！办结婚证简单得跟个‘1’似的，上民政局不要两分钟就搞定！”

筱月摇头，“可我还没做好当妈妈的准备。”

“……噢。”女友恍然大悟，“我明白了，这就是你一直不想结婚的理由，对吗？你是能拖一天就拖一天，只要不结婚他就拿你没办法，现在终于拖不过去了，你害怕了？”

筱月点头承认。

“肖筱月，你太冷血了。这叫自私，你知不知道？你就不能站在海东的立场上，为他的感受考虑一下吗？”

筱月觉得委屈，“我也没说不为他考虑呀。我原本就没想要孩子的，可是我妥协了，我愿意结婚为他生孩子了，但不是现在，必须得三十岁以后。”

“你为他生孩子？”女友恼了，“肖筱月，你这么说是贬低自己知道吗？孩子是为他生的吗？你要是一点不爱他，就敢跟她生孩子玩，那你肖筱月成什么了？王海东英俊潇洒不缺胳膊不缺腿，大把的工资奖金，你说他上哪儿找不到一个愿意为她生孩子的女人？”

“什么意思？”

女友对筱月坦言，“我的意思是说，海东爱你，他希望你不要杀害你们爱的结晶。”

“这个我当然知道。”筱月有些忧郁，“可是我害怕，我真的很害怕，海东知道我害怕还要我生孩子。我知道他会陪我生孩子，也知道会是个好父亲，可我怕。你说我该怎样办？”

“你是真傻还是假傻?”女友很无奈，“你刚才不是说了吗，有海东陪你，有海东做孩子的好父亲，你还怕什么?别再逞强了月儿，都二十九的人了，该结婚生孩子，就结婚生孩子吧。迟了不要说海东不耐烦了，你自己生孩子都不容易……”

傍晚，筱月怀着忧虑与犹豫地回到家里，见桌子上有个很大的生日蛋糕，探头看见海东的身影在厨房里忙碌，她忽然想起来，今天是她二十九岁的生日，瞬间被感动。

“我回来了海东!”她大声叫着，“海东!”

“听见了。”海东从厨房里端来她爱吃的新鲜包米，似没发生过任何事情般那样对她眯笑着道，“你是闻着味儿回来的吧?赶快，趁热啃你的包米!”说着，用火柴把生日蛋糕上的二十九支红烛全部点燃，“是不是得唱一支生日歌呢?”

筱月使劲拽住海东的脖子，踮起脚尖去吻他的下巴和眼睛。

“好了别闹，让你看样东西。”海东把用金属胶水粘好的紫金石捧上桌子，“虽然不是完璧归赵，但好歹没有破碎难圆。你先放好它，我保证还你一个完好如初的爱情堡垒。”

筱月羞愧难当地流下眼泪，“你别事事让着我，我年龄比你小，但这不是可以在你面前放肆的理由。这是我的错，爱情城堡是我自己摔碎的……”

“不要说，”海东阻止筱月说下去，伸出有些颤抖的手去捧起紫金石，“它没有碎，它永远不会破碎。除非有一天我们不再相爱了，那么，即使它依然完好也没有任何意义。”

筱月注视着烛光中异彩闪烁的石头，回味着海东讲的一番话感慨无限。她明显感觉到海东情绪上有变化，他虽然双手捧着这块补好的石头，眼睛却似害怕面对它的破碎，并口口声声说它没有破碎，好像有些自欺欺人和莫明其妙。她不能揭穿他内心的恐惧与虚弱，因为她不想被他脑袋里胡思乱想的东西言中什么，不想看见他们有不相爱的一天。

这天夜里，筱月久久不能入眠。想起十年前的今天，想想在与海东相识相爱中匆匆流淌过去的岁月，心里生出许多难言的滋味。她在事业上走得这么艰辛，她取得的成就无疑都是以牺牲爱人利益作为代价的，所以她不知道自己的坚持对不对。现在虽然只有她和海东两个人躺在床上，但她的意外怀孕将使得两个人的相爱变得不再单纯。她不知道该怎么办，对明天的一切她感到力不从心。

“想什么呢?”海东放下书本把枕头垫到床背上，让筱月倚得舒服一些，“还在想白天的事情吗?不是都过去了吗，别记在心里自找烦恼。我给你背首诗?还是给你唱首歌?”

筱月无力地摇摇头，把海东的手拉到自己的小腹前，“孩子怎么办?”

“你说呢?”

筱月还是摇头。这回她不是拒绝这个孩子，而是她真的不知道该怎么办才好。

海东轻轻抚摸着筱月微微突起的小腹，把她的小心翼翼抱起来放平躺好，把耳朵轻轻地贴近她的小腹听一阵，将嘴唇放上去亲吻爱人腹中的孩子。

“我想要这个孩子，想要我们自己的孩子。我想做父亲，做你的孩子的父亲。”

筱月心颤了，含泪答应了海东。

“但请你也答应我一件事，”筱月流着眼泪恳求爱人，“等我这次演出回来再结婚，然后我从此一心一意做你的妻子，做你孩子的母亲……”

海东当然点头，“不就是两个月吗?我回东川交代完工作回来，也恐怕得两个月左右的时间。你去忙你的演出好了，我来准备婚礼。但你一定要听话，我不在身边你不要瞎跑，也不可太劳累。我不是怕你伤着孩子，我是怕你腰伤复发。”说着，忽然停下来怀疑地看着她的眼睛，“可是你还没有告诉我，你爱不爱这个孩子?”

筱月沉默半晌，突然哭着扑进海东的怀里，“……我爱，我爱我们的孩子。”

生日，红烛，解释，理解，承诺，期待，恋人间的一场冲突就这样自然平息。

海东说服了不想要孩子的筱月后，筱月到外地演出去了，他回了东川，准备在筱月回来之后就去办理结婚手续，并在昆明和东川两地分别举行他们的婚礼。可事不凑巧，筱月在外地演出时接到同事的电话，说她居住的房子就要拆除，让她想办法投亲靠友找住处搬家。

筱月出去演出两个月回来后，离搬家的最后期限只剩下两天了。乐团知道筱月在省城没有任何亲友，于是借给她一间音乐排练厅楼底的空房子，让她暂且居住。

这似是一种生命的轮回。

筱月看到乐团借给她居住的这间房子，忽然就想到自己的母亲。她知道，母亲在这里孕育了她，而她将在这里孕育海东的孩子。悲和喜，感和忧，五味杂合地搅动在筱月的内心深处，她说不清心里是一种怎样的感受，也不明白这是怎样的一种巧合。但想，她或是沿着母亲的脚印走回来了，自己的经历和眼前的一切，看起来是如此的不真实，就像一个曾经做过而被遗忘在岁月里的梦。如果不是梦的话，那这一切，不啻就是冥冥中的一种安排。

筱月想打电话给海东回来搬家，但想等海东赶过来或已来不及。于是就在海东没有回来的情况下，她开始一个人搬家。

筱月已经怀孕近五个月，尽管她身体细瘦还穿着宽大的冬衣，但肚子里的孩子还是有些儿显现出怀，行动已经显得笨拙和不方便了。她显然搬不动屋里那些大件的家具，她只能把所有细小的物品用纸箪装好放在墙角，然后打电话请搬家公司的人过来帮忙。

筱月刚把家搬完尚未来得及收拾那天晚上，海东回来了。

海东见这间高顶大窗的屋子里乱七八糟一片狼狈，埋怨筱月不该同意搬到这里来，即使要搬也得等他回来，找到合适的房子再搬。眼看冬天就要来临，他不能让孩子生在这里，不能让妻子在这样一间没遮没拦，四处透风的屋里坐月子。

筱月以为海东在嫌弃这间屋子不好，生气地告诉海东，这里是她的出生地，母亲曾经在这里十月怀胎把她带到人间，她没有觉得这里不好，相反她觉得这里是她可亲可近可住之地。

听罢筱月这些倔犟任性的话，海东心里一沉，说不清缘由的不良感觉涌上心头，且不自觉地想到，被筱月摔碎的那个爱情城堡。

“你把那块石头收在哪里，让我看看?”

筱月指着墙角那些纸箱告诉海东，里面都是家里的小件零碎物品，让海东自己找。海东翻遍墙角所有的纸箱子，除了筱月说的小件零碎以外，没有看见一块石头，问筱月是否记错了放石头的地方。筱月仔细想想记得自己是收了的，跑去翻腾一阵果真没有石头，便有些迷惑地想，是搬家的时候疏漏了一个箱子，或者是那些搬家工人见石头无用就没有装车运过来。她觉得后一种可能最大，于是准备回去寻找，让海东陪她一起去。

“你算了吧。”海东有些烦躁，“我来的时候看老楼都拆了才找到这儿来，现在跑到建筑废墟里找石头无异于大海捞针。”

“大海捞针也得找，它可是我们的爱情城堡。”

“等把这屋子收拾好我有还有论文要写。明天吧?”

“明天有人清除建筑拉圾就更难找。”她仍想让海东陪她去，“你开车陪我去一趟吧，反正离这儿不远，耽搁不了你多少时间。”

“你怎么还这么固执?”海东恼了，“你以为在拆除的楼里找东西那么容易吗?再说天已经这么晚了，你不怕辛苦，我可是怕我的孩子吃不消。”

筱月下意识地看看自己的腹部，没有再说话。她知道海东心里烦躁，也知道海东此时在想什么。是的，爱情城堡。以前被她所珍爱的爱情城堡，现在在海东的心目中似乎比一切都重要。他嘴上说不找，其实心里根本就没有放下。他不敢去找，是怕找不到。如果真的找不到，他将无法用任何东西来替代那座爱情城堡，来弥补他灵魂的缺口。她知道她的爱人变得宿命了，从她无意摔裂那块石头的那天起，他便把碎裂看做一种不祥的预兆，以此来左右自己内心对未来情感命运的心照。她可以设想，倘若那块石头真的无法找到，那么他可能就此失灵落魄惶惶不可终了，直到有一件同样的事物出现来取代替它填补他的灵魂。

直至半夜1点，海东才把这间一片混乱的屋子收拾好。他把墙上的两扇大窗户用床单钉牢蒙好，再把门上的缝隙用纸板粘上封好，用铁线拉在屋子中央后用原来的窗帘把它隔成两半，里面一半睡人，外面一半做书房和吃饭的地方。一切停当之后，他看见筱月已经把床铺收拾好，便来帮她缝被子装枕头。

“月儿，咱们回东川吧？”

“现在吗？”

“当然不是现在。我是说，你不能在这里生孩子，这里的住处和环境太糟。你回东川生孩子我不用来回跑，孩子生下来姐姐也可以帮我们照料。”

“咱们还是先说眼前吧。”筱月疲惫不堪地坐到床边，“你不是回来结婚的吗？我希望你先把结婚手续办完，然后想办法把这个屋子收拾一下。现在离孩子出生还有四个月不到，我不能这么早到东川闲极无聊，我得工作……”

“你要工作？”海东似有些急躁，“你说就这间破屋子，咱能收拾出什么样？”

“不管是什么样，只要能放得下你的一张书桌，能放得下我的一个琴凳，放得下咱们睡觉的大床和孩子的小床，它就是一个家。”

“那婚礼在哪儿办？”

“我们没有婚礼了。”筱月脱口说道，“形式的东西现在并不重要。”

“你说得轻巧！”海东扔下枕头又开始情绪烦躁，“我轰轰烈烈恋爱十年，你怎么想得出让我王海东这场苦等如此收场？你那些眼高眉低的同伴会怎么看我？我那些盼着喝喜酒闹新房的哥们会怎么笑话我？你远在香港的父亲会怎么埋怨我？你想过没有？”

“你就想你自己。”筱月哭了，“你就没想到我很累我经不起折腾？”

海东在筱月的哭泣中似有醒悟，看着爱人微突的腹部神情悻悻道，“对不起月儿，是我不好，我没有考虑到这个。”说罢把床铺好，把筱月抱上床替她脱了鞋子，让她躺下之后出去开水房打一盆热水来，给她洗脚，“咱买房子吧？”

“好的。”筱月脸上有了笑，“我让爸爸给钱，咱们买个漂亮的大房子。”

“千万不要。”海东回绝筱月道，“咱们不能要爸爸的钱，否则让老人家埋怨女婿没有能力养活媳妇。我有钱，如果不够咱让林哲和姐姐凑，葛涛和小吴那里也能借点。咱们明天办完结婚登记就四处去瞧，如果你觉得合适就先买下来搬家。不管大小，那是咱们的家。”

“嗯。”筱月抱着海东的头亲他，“我们快要有家了。”

“对。”海东脸上也有了灿烂的笑，“我们有家了，家里有爸爸妈妈，还有咱们的筱筱。”

“筱筱？”筱月抚摸着自己的腹部，“你是说咱们的孩子叫筱筱？”

“是啊。”海东点头，“孩子的名字我早取好了，只不过没来得及告诉你。我想咱们一定会生一个和你一样美丽可爱的女儿，女儿叫筱筱很合适。”

“筱筱……王筱筱？”筱月回味着这个名字，脸上洋溢着母爱的温存，心里觉得无比的幸福和满足，“你听见了吗筱筱，爸爸给你起的名字多么好听呀？”

筱月半夜从噩梦中醒来，额头上满是冷汗。

她梦见母亲从远处来看她，坐在她的床边跟她说话。想不起妈妈对她说过些什么，唯一记得清楚的，就是妈妈好几次提醒她，让她赶紧去把她和海东的爱情城堡找到，因为有一个美丽的小公主很快就要来到，她和海东不能没有那个爱情城堡。她虽然知道，这是日有所思夜有所梦，但她心里还是觉得有些不踏实，她想这个奇怪的梦或许向她暗示着什么重要的意思。看到布帘外的海东正在赶写论文的背影，她不忍心喊他，不忍心为一个梦去打搅他的工作。她坐起身来，靠在床背上想一阵，觉得心里还是不踏实。于是她穿好衣服下床来，想叫海东与她一起去拆房子的地方瞧瞧。不管能不能找到那块石头，也算是应了母亲在梦里的提醒吧。她掀开布帘出来，看海东竟然已经困得爬在写字桌上睡着了。不忍心去叫醒海东，取了一件衣服给他披好之后，安静坐在他对面的椅子里，等他醒来。

海东睡得深沉没有醒来，他或许太劳累太疲倦太困，搭在手臂上的脸有些发红。

筱月就这么安静地，不以惊扰地，长久地，定睛凝视着睡梦中的爱人，似要把他的浓黑的头发和熟睡的脸，他粗壮的胳膊的和他握笔的手，刻画在心里那样地专注而仔细。

半小时过去，海东依然没有醒来。筱月抬眼看看书桌上的小闹，时针指向 3 三点。她不能再等了，她怕天亮之后拆房子的工地开工之后，那些拉运建筑拉圾的汽车就会把那块地上的东西清理运走。她轻轻抽出海东手里的钢笔，撕一张海东手边的稿纸，趴在桌子上给海东留字条，把梦见母亲的事情简单扼要地告诉海东后，从椅子里站起来，凝视着海东熟睡的脸缓缓俯下身去，在海东的额头上亲吻一下，便轻手轻脚地出了门。

筱月走到被拆成废墟的地方时，已是夜深人静灯影清寂，四处一片黯黑。

她寻着原来所住楼房和单元的方位，往拆成散状的一堆建筑物里走去。她一直低头寻找不以错过任何有石头的地方，但她找遍眼睛可能看得到石头地方，仍然没有找到她所熟悉的爱情城堡，到被一些无处不在的碎砖烂瓦戳痛了双脚。她忽然想到，原来自己家住的楼层应是左面第二个门洞里的三楼，楼上的遗存的东西，可能要在有楼梯的地方才能找到。于是她高一脚低一脚地踩着碎砖烂瓦，爬上那座隐身在残墙断壁中的半截楼梯。

筱月爬到半截梯最高顶时，见十步以外倾倒的水泥柱上有个东西，很像她的爱情城堡。她大喜过望，跨过石坎攀爬过去，未料一脚踩空，从横挡在石阶两端的水泥柱上翻掉下来。

筱月从高处往下坠落以后，她能感觉周遭事物的意识，最多不超过30秒，手电光，人声，血，疼痛，昏迷，成了这场灾难留给她的，最后也是永久的记忆。

十四

海东还爬在书桌上困睡，突被窗外的拍打声和喊声叫醒。

“海东！海东！”是筱月原来歌舞团同事的叫喊，“筱月出事了！”

海东猛一头惊醒，飞快起立起身来奔到屋中央掀起布窗，见原先躺在床上睡觉的筱月突然没有了，不知所措地打开屋门，一头雾水地看着眼前几个情急似火的人。

“快！海东，开车去医院！筱月在医院！”

海东跳上汽车风一般赶到人民医院，在筱月同事的带领下来到急诊手术室门口。当筱月的女友把一件相似从血泊里捞出来的大衣交给他，说这是筱月的大衣时，他还没有完全反应过来是怎么回事。

“谁是伤者的家属？”医生从急救室出来喊，“病人家属是谁？”

“我！”海东快速奔到大夫跟前，“是我，我是她丈夫！”

“签字。”医生把病危通知书递给海东，“病人的情况很危重，术后需转重症监护室。”

“病危？”海东看看手里的病危通知书，心脏一阵颤抖，“什么情况这么严重?”

“你不知道她身怀有孕吗?”主任大夫一脸焦急,“你是不是她丈夫?”

“我当然知道,可我不知道……”海东语勿论次,“那些血……我爱人那些血……”

“海东镇静些,”筱月的女友拉住海东的胳膊,告诉他,“筱月从拆房子的工地摔下来了!”

海东看看手里的血衣,脑袋嗡一声,突然大脑空白,眼睛看着大夫说话的嘴巴,却听不清大夫在对他说什么话,并手足无措抓住大夫的手喃语哀求,“请你们救救我的爱人,救救我的孩子……”

“赶紧签字!”主任大夫被眼前这个突然失去心智的男人急坏了,“你若不当机立断做出决定,延误了抢救时机孕妇就会死亡,那时候你想救谁都晚了!”

海东猛然清醒一般,颤抖着手掏出钢笔,在家属一栏签上自己的名字。

“大夫。”筱月女友抓住正要进手术室的大夫,“她的情况严重吗?”

“想听实话吗?”大夫见对方诚意点头,遗憾道,“存活的希望不到百分之十。”

海东听到了大夫的这番对话,瞬间腿脚瘫软休克过去。

“海东!”几个女友急忙跑向海东,把他从地上扶坐起来,“你怎么啦海东?”

女友们叫不醒海东,便合力将他抱起来放到椅子里,喊叫着救命跑去医生办公室。

医生立即跑来,把海东用平台车推到急救间,查明休克原因是出于身体劳累和情绪紧张后,让护士给他输上葡萄糖液和镇静剂。护士纳闷,想如此健壮的男人怎么说倒就倒了。

女友们看见海东倒下心里都很难过,心想这个身体强壮的男人竟也经不住这种灾难的打击。她们觉得命运对海东不公,他对爱人的等待和付出不该得到这样的结果。虽然她们眼下无法预测手术的结果，但她们心里都明白，女人的生命在女性所经受不起的灾难面前是如此的脆弱，不可挽回的悲剧每时每刻都在发生。流产可能是轻的，子宫破裂大出血才是要命的。抢救对筱月无非意味着两种结果，侥幸生还或者死亡。她们见她流了太多的血，所以她们断定她生还的希望很小。她们不愿意看到那样的结果，但无能阻止那个结果的发生。眼下她们守着这个昏迷的男人心想，他此刻如果有梦，他的梦一定系在那间可感激或者是可诅咒的手术室里。毋庸置疑，如果那间手术室不能为这个男人创造一个生命的奇迹，就将给他一个残忍的结局。

筱月的女同事们流泪了，为生命垂危的同伴焦虑的同时，也在为海东的绝望而揪心。她们不忍心看到，这个男人历尽艰辛的爱情，到头来变成一个在无望的期待中破灭的泡影。

海东在急救间里醒过来时见自己躺在病床上，他立刻意识到，在他昏迷前发生的一切不是噩梦，而是比噩梦还要可怕的事实，他的爱人和孩子在手术间里，她们生死未卜。他毅然拔掉插在自己胳膊上的针管，昏沉沉奔到手术室门口，像一根僵硬的木头柱子般呆滞地栽在墙边。

“别这样海东。”女友们拉劝海东时无比担忧，“你脸色不好，站都站不稳了，赶紧回病房去躺一会，这儿有我们守着呢。”见海东僵直不动，她们忍不住哭出声来，边哭边安慰他，“你不能太难过海东，这个时候你要清醒，还有好多事情等你做呢。再说月儿她人不是还在抢救没有结果吗？弄不好只是一场虚惊呢？万一她们娘俩好好活着出来了，你却倒下了，那我们该怎么办？为了月儿和孩子，你要保重自己。我们替你守着月儿和孩子，你快离开这里，回病房躺下休息！”

海东没有回应，也没有离开，他的目光炯炯地盯着白光灰亮的手术间。他知道他的爱人和孩子在里面，他要自己守护她们，他不能离开，一分一秒都不能离开。他知道筱月胆小，她害怕医院，她害怕每天给她带来治疗疼痛的，穿白大褂的医生。还有他的孩子，孩子会不会也像妈妈一样害怕医院，害怕穿白大褂的医生呢。所以他不能走，不能离开他的爱人和孩子，她们是这世间他深爱的两个亲人。他想让她们知道他在外面，他在心里喊她们。

“亲爱的月儿，不要害怕，我在离你十米不到的地方。我会像过去那样寸步不离地守护着你，直到你战胜死亡。我心爱的孩子，不要害怕，爸爸就在你的身边。如果大夫弄疼你你就哭喊出来，让爸爸听到，爸爸听到就知道你和妈妈还活着，知道你和妈妈会回到爸爸的身边。别害怕我的孩子，你要安慰胆小的妈妈，告诉她爸爸离你们不远。我亲爱的月儿和我心爱的孩子，如果你们听见我说的话，就让天上的星星转告我。如果你们想对我说话，就让天上的月亮转告我。如果你们想要离开这个世界，不管你们要去往哪里，一定要让星星月亮告诉我，我跟你们走，不管多远……。现在我对着天空跪下，求上苍留住你们！”

海东跪下了。

“海东起来！”

女友们赶紧来拉海东，可是无论如何扯不动他高大健壮僵硬如铁的身子。她们只好把自己的大衣脱下来给海东披上。

海东在地上跪了将近五个小时。他絮语叨叨，在心里跟爱人说话。直说到嘴皮起了干裂的茧子，说到脑袋浑浑噩噩四肢没有了气力。当天空渐渐亮起来时，他倒下。

十五

筱月从那场灾难的噩梦中醒来，已经半年多过去，是次年的清明节后。

是单人套间，有各种完备的病房医疗设施，病房里有沙发和茶几，床边柜上有空气补湿器，有漂亮的鲜花，而且有一块青紫色的石头。

筱月用眼睛巡视着病房里的一切，努力回忆着发生了什么样的事情，她如何又一次躺在病床上动荡不了，她一时想不起来，只感觉到身子轻飘飘没有力气。于是，久久地盯着床边柜上那块颜色熟悉的石头看，看了大约十多分钟后，终于想起来，昨天夜里，她跑到一处建筑废墟里寻找爱情城堡，从高处摔下来了，摔昏了。是的，她是被摔昏了。忽又想起，摔下来的不止是她自己，还有她和海东的孩子。她没事了，孩子大概也不会有事吧。可是海东呢，现在天已经亮了，他该睡醒了吧。她摔成这样，他为什么不来看护她。每次她住院都有海东在身边照顾，没有海东她感觉有些害怕。看看头边的紫金石，她又想，海东肯定是在医院里的，只是暂时到病房外面去了。只要有爱情城堡在这里，就说明海东在她身边。

这时两个小护士推着小车进来，走到病床边来，打开进食机，正做准备给病人插食管的时候，看到病人醒着，见了鬼似的叫喊着飞奔出去。

筱月尚未搞清楚护士为何这样怕她的瞬间，病房里已经涌进许多人来，有医生和护士，他们身后站着表情激动的林哲，林哲的身后是表情伤感的葛涛和小吴。她不知道这些人为何突然都聚到一起来看她。海东呢，为何唯独不见她的海东。

看见其他人的表情依然激动和伤感，医生和护士为她查心脏量体温做各种记录，她很想跟他们说话，问他们看没看见海东。但她说不出来，觉得嗓子眼被什么哽东西撑着堵着，有些疼痛。

“小月儿想说话吗?”林哲看着她的眼睛弯下身子来嘱咐她，“你现在还不能说话。进食正常，喉咙里的食管拿走才可说话。”

两天以后傍晚，筱月嗓子里的食管被取出来拿走之后，她吃力地蠕动着干裂的嘴唇说出来的第一句话，让守护在病床边的林哲感到辛酸。

“海东呢?我的孩子好吗?”

“海东……”林哲脸上失去了往日的笑容，表情很不自然，

“海东他……他已经走了，进山了。孩子……孩子没了。”

“海东走了?”

筱月看看自己躺在病床上形如枯槁，四肢细瘦腹部扁平的身体，惶惶不安。林哲的话似乎让她确信肚子里的孩子没有了，她果真谋杀了海东的孩子。她不该不听海东的劝半夜出去找石头，她觉得这是自己有生以来最大的过失。海东肯定是伤心了，他满心希望这个孩子降临人世，而她难以挽回过错让海东失去了这个孩子，他心里怨她怪罪她，才与她不辞而别。她理解海东的心情，正如自己现在的心情。孩子没有了，她才意识到自己有多爱这个孩子。她觉得失去孩子是上天对她的惩罚，因为她不配做一个母亲。她恸哭了。她知道海东走了，但她不明白海东为什么要这样走，为什么在她最需要他的时候毅然离去。

林哲说海东走得很匆忙，临走前给她留下一封信，一封在她的病床前写的长信，就在她的枕下。

她掀开枕头，把信拿出来捧在手里呆愣许久。她无法预料这封沉甸甸的书信将要对她说些什么，无法预料海东怎样对待眼前这个残酷的现实。她在自责的同时也有些害怕，怕海东像过去那样责怪她，怕海东说她的执拗扼杀了他的孩子，她的固执焚毁了他的期待。她害怕得不到海东的宽恕和原谅。归根到底，她害怕失去海东。是啊，她想，海东已经面对过了，现在轮到她来面对了。不管海东要对她说什么，不管他们这段爱情将是如何苦涩的结果，她都要毫无条件地接受。即使，海东不再爱她。

她小心翼翼地打开信封，展开书信。

“月儿，我的爱人：

你在重症监护室昏睡了一百六十六天，于今天上午脱离危险，转到普通单人病房进行正常治疗。虽然眼下你尚未醒来，但医生向我保证，你已经没有生命危险了。

你知道吗月儿，就在得知你生命垂危、命悬一线的瞬间，我魂魄具丧，从未有过的恐慌和惧怕打垮了我，让我这身一百七十多斤的骨头顷刻间瘫软如泥。

月儿，死神的威胁让我骤然明白，我对你的爱和依恋有多么深刻。你在死亡边缘的挣扎每一分每一秒都在折磨和刺我疼的心脏。当手术室的大门打开那一瞬，我希望能够抱回你温热的身子，而不是冰冷的躯体。可是，你不冷不热，你随时都有可能离我而去。从此爱与怨，痛与悔，我将再向谁诉？

你要寻找爱情城堡，我不该拒绝你，更不该沉睡不醒，让怀有身孕的你独自去闯那个该诅咒的废墟。如果那夜你走了，我将被自己的良心打入万劫不复的地狱，灵魂从此不得救赎。

我每天祈求上苍，让我的爱人复活，让我的孩子出世。

记得林哲曾对我说，男子汉跪天、跪地、跪父母。于是我向着冥冥上苍下跪。我何尝不知男儿膝下有黄金，可我，跪了。因为在那一刻，只有天离我最近。

幸而，我对上苍的祈求没有白费，它终于怜悯了我，让死神在我的爱人面前止步。

月儿，在经历了那场极度的恐慌之后，于这一百六十六天的守候中，我于深刻的悔痛煎熬中反省了自己……”

筱月似是没想到，海东在信上依然把她称作爱人，他依然爱她。对她所有的过失，海东不但没有半句怨言，反而用整整六页信纸写下了自己的忏悔。她还是第一次看到海东写这样的长信，虽然她不知道自己出事以后的情形究竟怎样可怕，但她完全可以想象出，海东当时是怎样的焦虑与惶恐。当她看到海东自述在手术室门外，用自己的性命向上苍祈求和起誓的时候，她的心脏紧缩起来。她害怕了，她不愿意海东这样做，哪怕自己当时在手术间果真睡去从此醒不过来，也决不要海东用自己的生命对天起誓。此时她想，如果上天要惩罚的话，她将义无反顾与海东站在一起，哪怕下地狱赴汤蹈火。她继续看信。

“经过那场生死未卜的手术，经过这一百六十六多天惊心动魄的抢救，你的生命体征终于正常了。看见你因失血而灰白的脸和唇一丝一丝恢复血色，并渐渐有了一些活人应有的粉润时，我的不安和恐惧才一丝丝减弱下来。

大夫说你的命捡回来了，而像你这种情况，存活的希望还不到百分之一。也就是说，你是一百个死于孕期失血的女性中唯一的幸运者。大夫还说，除了医院采取正确的抢救措施外，你的复活是你对生命的留恋。我知道你舍不下我，舍不下我们的孩子。于是我想，生命之贵，贵在人有弥足珍贵的情感，但却是爱的支撑让它变得坚强不凡。月儿，你为自己所爱的人和事业付出了一切，甚至险些付出生命。我错了，是我的自私把你推向这场灾难。我心里明明清楚，你身心虚弱精神疲惫，承担不了这个孩子的到来，我却无视你的痛苦，强迫你要这个孩子。你在我的压力面前做了让步，以最大的忍耐宽容了我，并始终坚持自己对事业的信念。你是对的月儿，不管男人女人，人生在世不仅要珍视生命，也要让生命活得有价值。

另外，在你昏然沉睡的这一百六十六天当中，发生了很多事情。你工作的乐团体制改革了，我们单位也面临改革。还有就是，姐姐和林哲于上月离婚了。他们没吵没闹，在民政局办了手续。离婚后，林哲带冬冬在原来的家里生活，姐姐带妞妞去了上海。我同情林哲对这个家庭的付出，痛恨姐姐昧着良心对姐夫的依靠与欺骗。但是仁心宽厚的林哲没有这么想，他说，与其让这桩婚姻维持三个人的痛苦，不如瓦解它让所有人解脱。从林哲的大彻大悟中，我悟出一个道理，有爱的婚姻才幸福，如果没有爱，婚姻只是自欺欺人的摆设。所以，我不再看重婚姻是怎样的形式了。我只要爱情的实质，哪怕这个实质没有婚姻的外壳。

月儿，我们寄以生存的这个世界很大，天地制造的万事万物包含着无穷的情爱。如何把狭义的小爱融入天地的大爱中，让平凡的生命在不平凡的感悟中得以永恒，我想这才是我们今后需要思考的事情。

我希望当我老的时候，仍能与你相亲相爱相携相扶地走完这一生。恐怕这就是我在你生命复活的一瞬间，所能想到的事情了。

月儿，我知道我们有心灵感应。在你深度昏迷的时候，我紧拉住你的手不放开，无数次地对你说我爱你，我不能失去你，请你一定醒来。你一定听到了，你在睡梦中笑，在梦呓中喊我的名字。于是我确信，相爱的人无论被什么隔开，他们的心也息息相通，他们的魂与梦亦然相系相牵。

我要出发了月儿，进乌蒙山。为了完成林哲交给我的研究工作，为了能够自豪地站在你面前，为了重新带回你的喜爱的紫金石。

我向你保证月儿，无论此去山有多高路有多险，为了完成工作任务，为找回我们的爱情的城堡，我将无所畏惧。

我走了月儿。愿你此时的梦，正梦着我的归来。

爱你的海东，1998 年 3 月 15 日”

筱月的眼泪滴落纸上。

她一遍又一遍地阅读，就像以往阅读海东写来的每一封那样，用心用情地阅读这封长长的书信。越读越觉得，海东那些告别的话在她心里重似千斤。

她把目光投向窗外，窗外雨雾迷茫，但远处的山影隐约可见。她不禁为自己远在山里的爱人担忧。她不想他在雨季来临的时候还在山里工作，她不想他为一个石头在野外翻山越岭冒任何风险，她只要海东平安回来。哪怕他回来时两手空空，哪怕她得不到那块石头。她不知道海东此次进山是否带够了衣裳，他是否把治胃痛的药片带上了，他是否记得在寒夜穿上她编织的毛线护膝。她的这些担忧和牵挂，虽然在海东每次外出勘探时都不例外，但这一次不同于以往任何一次。是何道理她自是说不清楚，但凭借她从生死攸关的昏迷中醒来不见海东的情形来判断，她觉得海东走得蹊跷而匆忙。

“请告诉我，”筱月问林哲，“今天是几月几号？”

“是 1998 年清明节后的第十天。”林哲道。

"这么说，我从废墟上摔下来不是昨天的事，我在病床上昏睡了半年多?"

"是的，你睡了有半年多。"

"海东走了有多久?"她盯着林哲问，"海东什么时候回来?"

"海东他……"林哲哽咽地回避着筱月的目光，站起来把床边柜上那块紫金石拿起来凝视一瞬递给筱月，缓步走到窗前站定才道，"海东在山里，他回不来了。"

筱月捧着林哲递来的紫金石，不明白林哲说什么，她并住心跳，听林哲细说下文。

"今年入春后雨水不停，全国有很多地方都遭了洪灾。东川水土流失的情况很严重，时常有山体滑坡导致的公路塌方事件发生。因为雨水不断，海东带领的小队在野外的工作在半个月前就提前结束了。海东没有跟大家一起下山，他要去十五年前找到紫金石的乌蒙山。他风餐露宿在大山里走了五六天。就在他历经艰辛，终于找到这块紫金石那天清晨，在他下山回返公路的途中，暴雨裹着山洪突然袭来。他的右腿被山上的落石砸伤，但他没有停歇，拖着伤腿连滚带爬，用了整整一天的时间才爬出乌蒙大山。就在他好不容易离开山道爬上一条公路时，缘于山体滑坡引发的泥石流向他涌来。他已精疲力竭，无力逃脱了。"

筱月的表情淡然平静，好像在听林哲说一个与她无关的什么人的故事。

这时，林哲将海东的帆布包提到筱月面前，继续对她讲述。

距此一天后那个早上，第三勘探小队一行人出发进山，走在刚刚发生过山体塌方的公路上，被几个本地山民跑来拦住他们，说你们勘探队有位同志遇难了。山民说，昨天山体跨塌时他们就站在对面的山头，眼睁睁看着那个在地上爬行小伙子被山上冲滚下来的泥石埋在路上。等泥土塌方停歇后，他们赶紧飞奔下山赶过来，十几个男人费了好大的力气，才把小伙子从碎石泥堆里挖刨出来。说罢，将一个沉重的帆布背包递给带队的人，说是小伙子去世时背在身上的遗物。队里同事一眼就认出，背包的主人是海东。大家一阵焦急，问山民遇难的同志在哪儿。山民们指着公路前方那段蹋陷了大半的公路，说就在那堆土泥石头边上。

同事们拼命狂奔，离了十几米就看到，血肉模糊的海东躺在路边的花草丛里。

“直到现在我仍不愿意相信这个事实。”林哲心情沉重地说，“海东体力很好，且判断力极强，行动也非常敏捷。如果不是腿重受伤，他完全可以躲开那场灾难。我知道他是想躲开它，因为他想回家。他就是被埋了，身体都朝着回家的方向爬。这个帆布包是三队的同志让我转交给你的，是海东的遗物。背包里有海东的勘测记录和他的日记，还有一块来自乌蒙山的紫金石。就是你现在手里捧着的，你们的爱情城堡。朋友们知道你和海东的爱情故事，也听说过这块神秘的紫金石。他们叮嘱我一定把它交给你，让你对海东有个念想。”

筱月目光呆滞地看着林哲，嘴唇木讷地蠕动着，好像想问他什么却说不出话来。

“海东是个热情正直的人，他的朋友和同事们都很尊敬他，也为他英年早逝感到非常痛心。”林哲说罢，把几张乌蒙山的照片交给筱月，“海东去世后第三天，我们全体同事去了乌蒙山。就在海东遇难的地方，大家用他毕生没有停止过热爱和探索的石头，在山坡上为他垒起一个特殊的坟墓。眼下我们正在为他刻写墓碑，不久将让它立在海东的墓前，告诉过往的人们，这里安睡着一个优秀的地质工作者，他是大山的儿子。”

筱月不相信，她仍然像听故事一样，听林哲讲述海东遇难的经过，讲述亲友们对海东的怀念。她不相信巍然健壮的海东，竟能被区区一堆土石埋葬了身体。她不相信海东竟舍得与她不辞而别，不相信她的寻找只能换来一个，没有男主人的爱情城堡。

显而易见，筱月根本不相信这个悲惨的故事。她不能接受海东的死，不能接受海东与她从此生死两分离。所以，她没有掉一滴眼泪，她只想让自己沉沉睡去。她觉得这一切不过是个可怕的噩梦，等她一梦醒来的时候，海东还会像过去一样出现在她眼前，对她露出男子汉的笑容，并寸步不离地陪伴和守护在她身旁。

“你走吧。”筱月对林哲微笑道，“我要睡了，我等海东回来。”

筱月一直在等。但海东没有回来，她的爱人从此没有再回来。

筱月在等待海东的几个月中，又迷迷糊糊睡了不知有多久。她梦见海东捧着紫金石站在她眼前，眼里闪烁着幸福的泪光，脸上浮着灿烂的笑容。他守在她身边，给她讲故事，哄她睡觉，说他从此往后哪儿都不去了，永远陪伴她，不再让她孤独流泪。他笑着，让她也笑一笑。她喊着海东的名字醒过来，只看见桌上的紫金石，只看见窗外凄清的月光。

她仍然不相信海东去世的事实，她觉得海东不过是像过去那样出勘探任务去了。或者是海东还在生她的气，为了吓唬她，跟她开了一个很过分的玩笑。

于是她挣扎起来，义无反顾地跑到东川，跑到海东能去的所有地方去找他。

她去了她和海东居住的房子里，一切依然如故，但这里没有海东的身影。她跑到街上和她与海东时常散步的公园去寻找，仍然没有海东的踪影。她到海东的朋友们家里去，朋友们就用沉重的口吻让她节哀顺变。她独自跑到大山里去，一心要找到海东的坟墓，来证实这个灾难并非是谎言。如果找不到海东的坟墓，就证明海东还活着。他只是不想见她，所以他把自己藏起来。她无论如何要找海东，看他究竟藏在哪里。

她一趟又一趟地跑上山去寻找海东，撕心裂肺地呼喊海东的名字。

大山深处没有海东的回应，只有她悲号哭喊的回声。

筱月最后去到海东的姐姐家里。海东姐姐家里人去楼空，只有林哲一人守着海东的遗像。林哲不想用貌似安慰的话来欺骗她，他说海东真的走了，让她面对现实。

“不要骗我。”筱月哀求林哲，“在这个世界上，除了海东之外，我只相信你。请你真实地告诉我，海东究竟在哪里？”

“他在坟墓里。”

筱月不相信，她要亲眼看见海东的坟墓。于是林哲带领她，沿着海东进山的路，跋涉进乌蒙山里，来到一处荒凉的，用各种矿石垒成坟堆的墓地。

“海东躺在这里。”

筱月魂飞心颤，浑身发软，感觉自己飘了起来，“他为什么……躺在这里？”

“他安息了。”

筱月最后的希望落空了，她崩溃了，她在这一刻晕死过去。

十六

肖筱月的回忆在一阵风吹草动的沙沙声响中清醒过来。

她含泪凝视看着镌刻在墓碑上的，沉默无语的海东的名字想，如果她和海东相恋十年的爱情悲剧的最后一幕可以重写，那么她愿意跟海东交换角色。她应该躺在这里，让海东在医院醒来，并用对她的爱，把他们的女儿抚养成人。她在海东的墓碑上不仅看到的自己的名字，也看到了女儿筱筱的名字，她们分别被刻碑的人称做海东的爱人和爱女。至此她才知道海东当年的预言是准确的，曾经在她怀里孕育的孩子的确是个小女孩。

筱月知道，她在医院昏睡的那六个多月，是她迷惘失忆的一段时间。虽然她的生命体征没有消失，但她不知道在这六个多月的时间里，她换过了多少家医院，进行过多少恢复意识的治疗。现在她唯一知道的就是，她在那些昏茫不知世事的日子里失去了海东。而关于她和海东的孩子的事情，在她醒来后没有任何人向她提及。亲友们这样做，或是不忍让她在承受失去海东的残酷打击下，同时再承受失去孩子的沉痛罢。此时，她唯愿海东的在天之灵知道，她来了，从千里万里远的地方来看他了，她希望海东在天堂的眼睛看见了她。

她的目光从海东的墓碑上移向高远的天际，对海东的在天之灵倾诉心声。

"或许，根本没有天堂。但为着爱你的缘故，我宁愿相信天堂。无论以怎样的方式，经过怎样的途径，我都相信，你的灵魂已经离开这个黑暗的墓穴，去往明亮的天际。

我时常在夜深人静的时候仰望苍穹，想去天上的某一个地方找你。但我依然活在人世，不管是梦着还是醒着，我的注定无能去往高远的天际与你相见。于是我来到这里，来看望你的在天之灵魂曾经赋予过你生命的，沉睡在这大山深处的躯体。哪怕，我能做到的，只是在你的墓前奉一把花，在你的坟上捧一把土。

今天是清明节，是你去世十周年之祭，我来乌蒙山看你。

我看到了，你的名字和你的为人被活着的人们镌刻在青石碑上。从这里经过的路人会看到，这里安睡着一副不屈男儿的铮铮铁骨，他是大山的儿子。人们也许会说，别用声响惊扰他的睡梦，他累了，让他在这幽静的大山深处好好安息。

海东，现在我该走了。或许，这一去十年二十载；抑或，我将终身漂泊异乡再难回来。但请你相信，我对你的爱与怀念，将伴随我的生命走到人生的尽头。当我归来时，请你给予我灵魂的指引，让我的灵魂脱离人间苦海，与你一道去往冥冥中的高远……"

天近黄昏时分，太阳垂挂在西边的大山顶上。坡地上的青草在乍起的凉风中翻起一道道绿色的波澜，山坡后的竹林在风中唱起阵阵萧瑟的歌儿。在失去光芒的太阳辉映下，这座伫立在山坡上的墓地，显得更加的孤寂与苍凉。

她离开墓地从山里步行出来，钻进停靠在上山路旁的一辆白色尼桑轿车里，沿着乌蒙山下那条绵延百里的山间公路驶向回程。

汽车在蜿蜒盘旋的山道上缓慢行驶，她一路睁大眼睛环视道路两旁的坡地与田野，似要在心里记下这些过往的地方，以待离去后可以在梦中循此而来。

时近傍晚，原来晴朗的天空突然变得阴沉起来，层层乌云从东边的山顶高处向册下滚动而来。眼看就要天降暴雨，肖筱月却毫无知觉，任她驾驶的白色尼桑轿车在下山的路上盘旋慢行。当黑云压顶闪电突烁，暴雨夹着冰雹来临的时候，她似乎才从梦中惊醒，并发现自己驾驶的汽车已经驶进高峻陡峭的两山谷地之间，且座下的车轮正进入一条漫长而颠簸的泥泞之路。她意识到自己似走错路了，她记得来的时候，车轮下的道路很平坦。正在她茫然不知所措的时候，看见前方的山土在暴雨山洪的冲击中崩塌下落，狭窄的道路被瞬间堆垒起来的土石阻断。她只好快速倒车，想找个宽敞之处调转车头寻找出路。但就在车子后退不到二十几米时，她忽然从倒车镜里看见，身后的山体上也有土石松动滑落，并往山下的道路倾淌堆积着，且越堆越多涌向路边的沟壑。前路被阻，后路被截。她在恐惧与慌乱中看到，自己驾驶的轿车离前后泥石滚落的地方距离已不足百米。而随着山上土石不断下落，这个距离还会渐渐缩短，直到道路被埋汽车被葬。

当一堆堆红色泥土裹着石头从山上滚落眼前时，她猛然想到，这就是海东曾经跟她说过的山体滑坡和泥石流。没错，这就是闻名遐迩的东川泥石流。她运气不佳，赶上了。就在她前无进路后无退路，想从车里出来逃生时，从天而降的巨响响彻耳畔，滚落的山土碎石顷刻间掩埋了她的车头。

这一瞬间，她从突来的，灭顶的黑暗中，感受到了死亡般的恐惧，同时体验到自然灾害的强大和人类的弱小。并且确信，一旦这样的灾难来临，绝无任何一种力量可以阻挡和抵抗。

她知道，十年前海东就是这样遇难的。就在与此同样的季节，就在这延绵百里的乌蒙大山里，同样的暴雨山洪和突来的泥石流，夺去了他年轻的生命。她想，莫非十年后的今天，上苍要以同样方式，让他们在此相见。可是，她还没有做好准备，不知道该怎样去面对那个希望她活着的人。不，她不能就这样死去，她不该向暴雨泥石屈服，不能让曾经埋葬他的土石泥沙在她身上得逞。她要冲出这种罪恶的压迫，离开这个黑暗的洞穴。

她重新发动汽车，用力猛踩油门，想让车子拱出淹没了车顶的泥石沙土。可是事与愿违。汽车在黑暗的重压下文丝不动，发动机在空转中颤抖着发出惨嚎一般的轰鸣。她屡试屡败之后渐渐明白，这辆不适合在山地行驶的小车被来势迅猛的土石砸毁了，彻底动荡不了了。但她不愿意被囚禁在这个令人窒息的窄小空间里，不甘心让泥沙土石掩埋自己。她使尽全身的力气，推撞身边的车门。车门已被重力挤压变型，任她怎样推撞也撞不开。于是，她在狭小的车厢里翻前爬后来回折腾，试图用双脚踢开另几扇车门或车窗的玻璃。她失败了，被中控锁死的车门和牢固的耐撞玻璃在她的蹬踢中无动于衷，她在徒劳无宜的挣扎中耗尽了最后的气力。

几十分钟过去后，车里的温度在湿土的掩埋中逐渐下降。

她明显地感觉到，自己的身体正在寒冷的包围中渐渐失去热量，变得僵冷麻木起来。

寂静中，她听到外面的雨越下越大。黑暗中，她感觉到车顶上的泥石沙土越堆堆厚。在无力挣扎近乎绝望时，她感到胸口闷压头痛欲裂，呼吸急促透不过气。车内愈来愈少的氧气让感觉到危险即将到来，快要窒息的生命让她眼前一片漆黑。

尚还清醒的意识告诉她，她的眼睛和灵魂正在一点点地离开人间的光亮，走向恐怖的黑暗和永久的死亡。但她不相信，这就是属于她的归宿。于是她愤怒，并向着灭顶的黑暗，从心底发出悲愤的诅咒。“好吧来吧！你这可恶的泥石沙土，埋葬我了吧！所有的惩罚都向着我来吧！索命的使者，你们把我带走吧！不管天堂还是地狱，不管他愿不愿意见我，我在这儿了！”

没有回应，没有惩罚，也没有地狱来的使者；只有黑暗，只有寒冷和寂静。

她慢慢地合上眼睛，等待无情的黑暗将她吞噬殆尽，等待冥冥中的主宰向她发出死亡的邀请，等待发现她的人们与她做生命的告别，等待他来把她的灵魂引向最后的归宿。

是的，她在安静地等待。这一刻，她忽然什么都不怕了。活着的艰难与痛苦，屈辱与伤害，寒冷和恐惧，以及那些曾在记忆中残留的回忆，在这一刻统统消失无影。她的大脑一片空白，忘记了人间俗世的幸福与悲伤，忘却了红尘世事的情仇恩怨，忘记了所有令她感到惆怅和悲哀的人生往事。此时刻，唯有一种声音鸣告在耳。

她觉得自己并非不幸之人，人世间的酸甜苦辣与悲欢离合她都品尝过了，就这样告别人世已然死亦无憾了。此时她只有一个唯一的愿望，那就是祈愿上苍垂恩，让她死后能够和她曾经深爱的男人葬在一起。这些年她在梦里找他找得好辛苦，她醒着的时候想他想得好悲伤。但愿这次她是真的找到他了，他们从此不用再品尝离愁别恨了。

正当她觉得一切不可挽救，并为自己的愿望祈告上天的时候，囚禁她整整三小时的汽车被一块从山上滚下来的巨石砸中车尾，整个车身被震得从沙石泥土中跳将出来，侧翻在路边的草丛里。她被震昏在车顶与车座的夹缝中间，残存脑海的意识进入真正的黑暗。

十七

在黑夜一般漫长的昏迷中，她游荡身外的灵魂在冥冥之中遇见了海东。她仍然记得他的模样，熟悉他的影子和呼吸，包括声音。

他向她走过来，把她抱在温暖的怀里，守护着她的飘浮的灵魂和僵冷的身体。

她伸出有痛感的双手，想去触摸他泪流满面的脸庞，想抓牢他近在咫尺的身影。但他若即若离的影子总是在她眼前飘浮不定，让她想靠近也无能为力。此刻，她只能听到他熟悉而模糊的声音。

“你为什么来这里？”

“为找你。”她问他，“为什么我看不清你？这里是地狱吗？”

“这里不是地狱。”他说，“你不该来，你命不该绝。”

“你不想我吗？你死后从来就没有想念过我吗？”她向他倾诉，“没有你，我一直生活在孤独与痛苦中，无论活多久都没有意义。”

“忘了吧，忘了就没有痛苦和孤寂。”

“是的，我一生都在试图把你忘记。但命运已经注定，我永远忘不了你。我从小失去亲爱的母亲，然后是被我伤感过的父亲。如今除非自己的生命，我再没有可失去的东西。我所生活的人间没有你的存在，我将不知道自己该怎样活下去。”

“你的姑妈，你的表兄表姐和你现在的丈夫，你还有很多亲人，他们都非常爱你。”

“可是我只爱你。”

“你生活得不好吗？可在我看来，你的丈夫是个有钱人，他可以满足你的所有要求。”

“你说得不对，事情不是这样的。”她替自己分辩道，“你走后我四处流浪无家可归，于是那个人把我捡拾回去。他虽然说爱我让我做他的妻子，可是他没有给我一个幸福和稳定的家庭。我嫁给他，就等于嫁给一种永无止境的漂泊与孤寂。”

“你在哪里认识他？”

“在深圳。”

“我想知道。”

“那是十年前的冬季，我抱着大提琴到深圳机场赶飞机。因为飞机晚点，我被困滞在人满为患的候机大厅。他从贵宾休息厅出来，看见我，就在原地站好半天。然后像熟人一样笑着朝我走过来，帮我把行李提到贵宾休息厅，把他的座位让给我，安慰我出门在外不可着急。他和我坐在一起，问我抱着大提琴去哪里。我说跑马头去北京，到那些豪华的酒店和宾馆为富人们拉琴。他以为我在说笑话，不肯相信。我任他不相信，不向他做任何解释。”

“他什么样子？”

“他身上穿一件中式的黑绸外衣，脚上穿一双黑色的平底布鞋，样子看起来很干净，笑容很和蔼，语言也很风趣，但给人的感觉很神秘。”

“神秘?”

“是的。虽然年龄大一些，但他身上有一种年轻人才有的活力，他对音乐和艺术的事情仿佛知道得很多。他说很慢的普通话，但像是南方人的口音。我觉得他是个艺术家，至少应该是个古典派的画家。我们坐在一起聊了很多，从中国的传统京戏说到外国的古典戏剧，还说到古今中外的绘画和音乐。当然，我的话不多，主讲人是他。五个小时后，我搭乘的晚点班机终于进港，半小时后起飞。我离开时，见贵宾休息厅人渐稀少，问他去哪里，为何人快走光了你还在这里。他笑而不答，跟我说后会有期。我到北京的第二天晚上，我第二次见到这个人，就在我演出的那家酒店里。是一个只能容纳五十多个观众的，富丽唐璜且豪华气派的现代音乐厅。我们演出的是室内四重奏，大部分为欧洲的古典曲目，也有按观众要求临时加演的现代流行曲目。观众三三两两围坐在大厅的四周，坐在一起的人相互都认识或是朋友同仁。唯有他是一个人，西装革履地坐在一蓬绿色植物的前面，手边放着一杯咖啡。我险些认不出他，他像一个商界名流。而他昨天不是这副打扮，眼前像是两个人。能进入这个大厅来听音乐的人一般都是住店的客人，而那个酒店的房价是天文数字，所以我料定他是一个非常有钱的商人，而不是我当初想象的艺术家。”

“你为何去北京的酒店演出?”

“不止是北京，凡有人邀请我就去。先是几个人搭班一起去，后来乐队散了就单飞。”

“为什么这样?你在为生计奔波吗?”

“是的，只能这样。我没有家，没有工作，但我得活下去。”

“这我知道，你原来居住的宿舍被拆除了，你们乐团那块黄金宝地被卖给开发房地产的商人，但你们买不起那些新盖的楼房。可是工作是怎么回事?”

“在你走后不久，乐团进行改革，专业文艺团体没人养活，也没人投资演出，艺术家们无所事事，只能自己想办法养活自己。在朋友们的建议下，我们组建起一个室内音乐小乐队，到大学和一些需要这种演出的宾馆酒店去演出，有时候也去监狱为犯人演出。这个小乐队原来有四个固定的成员，都是没有结过婚的女孩子，一把小提琴，两把中提琴，我拉大提琴。后来，其中一把中提琴在海南演出的时候嫁给当地的一个生意人，再后来，小提琴跟一个日本商人去了东京，剩下一中一大两把琴。两个人没办法演出就散了。几个月后，剩下来的那把中提琴在深圳闯得不错，就约我去搭临时班子。我单飞了几个月，上海、重庆、海南、青岛、厦门、深圳、北京，开始是哪里有演出就去哪里，后来是哪里能挣到的钱多就去哪里。”

“你该有一个稳定的生活环境。那样起码你不用再为生计奔波忙碌。难道你从来没有遇到像你以前同伴那样的事情，比如遇见经济条件好的男性就考虑结婚嫁人?”

“遇见过，不止一次遇见过，多数是无耻之徒，我不齿于出卖自己，我宁愿奔波忙碌。”

“你说那天你从深圳去了北京，在北京的酒店里演出，再次遇见了他?”

“是的，这件事情看起来很凑巧。我们跟那家酒店签下了一个月的演出合同，演到第二十八天的时候，酒店因为要举办重要的接待宴会中止了合同，但仍然履行合同按约定付给我们演出费用。在这二十八天的时间里，他一直观看我们的演出，而且每场必到从不间断。其中，他给我的演出同伴每人送过一个小花篮，给我送过五个大花篮。小花篮五百块，大花篮三千块。我是说，这等于客人奖励给我们的额外收入。有一天中午，我在酒店的大堂里碰上他，他请我到十六楼的咖啡厅坐坐。跟以前一样，我们又聊了很多。我问他是做什么的，他说做一些跟医院和手术有关的生意，目前在香港和台湾各有一个产销点，接下来想在国内几座城市再发展几个点。他问我老家在哪里，结婚没有。我说老家在云南，曾经想结婚但上苍作弄没有结成。他劝我早些结婚不要奔波辛苦，他说女人结了婚生活就会安定下来。”

“后来呢?”

“后来我才知道，他是加拿大籍的华裔商人，那天在机场遇见我以前，他原来打算去台北办公，而不是他从未去过的北京。他笑称自己是被很多大陆人看不起的假洋鬼子，但他的中国血统很纯正。虽然从他曾祖父那一辈起就在西方生活，但被他们娶回家做老婆的都是血统纯正的中国女人。”

“他希望你嫁给他?”

“他有这个意思，但没有明说。有一天早上他约我去天坛和颐和园，下午去了西单和王府井，回来以后他邀请我到他的房间休息。我才发现，他住的是这个酒店里最高级的总统套间，外间白天用来办公会客，里间是私人晚上休息睡觉的空间。他做事很有条理，房间的文件和物品收拾得很干净。我还发现，为了节约时间，他都是在房间用餐，吃的很简单也很随便。而且我还注意到，他用餐之后总是自己动手把碗具清洗干净之后才请餐厅服务员来收走。这样的有钱人，我还是第一次遇见。当然，他并不经常邀请我到他的房间，他对女性很尊重，他看上去很有教养。”

“你开始喜欢他了?”

“有一点。”

“你想过要嫁给他吗?”

“没有。失去爱人的伤痛压迫在我心里，我没有足够的心理准备去面对别人。可后来事情来得很突然，我在手足无措中接受了他的示爱。那是我将离开北京的前一个夜晚。我们出去散步回来，在他的房间里，他开了一瓶红酒，我喝了两杯，其余的他全喝了。我们说了很多话，我困了，洗了澡就睡在客房外间的沙发上。等我醒来的时候，发现自己睡在卧室间里他的床上。他躺在我身边，没穿衣裳，我也没穿衣裳。清醒之后我发现，我并没有反抗……”

“不要自责。这不是你的错，而且你需要男性的关怀。”

“我不知道自己是不是需要这个男人的关怀，但我非常不喜欢一夜情。我回家的机票是他帮忙在酒店预定的，分手前我发现装飞机票的信封里有一张中国银行的信用卡，想是他疏忽大意错放了就跑去还他。他说那张信用卡是给我的，密码是我身份证上的出生日期，说信用卡里的钱足够我在任何地方买房子安家度日。我感觉到自己被这个男人羞辱了，或是被自己出卖了。于是我非常生气地拒绝他，告诉他我不是随便用钱可以收买的女人，这样做朋友不如不做朋友。他向我赔礼道歉，他说他很后悔那样做，让我不要怀疑他的诚意。并让我相信，我们的相识相遇是缘分。”

“缘分？”

“他说是缘分。”

“你觉得是缘分吗？”

“开始不是，后来是。”

“此话怎讲？”

“在北京分手后，我以为我们不会见面了。可世事难料，换个地方，我们又见面了。那是在香港，在玉芹姑妈的家里。”

十年前你离开老家去香港以后发生的一切事情。”

“是一切事情吗？”

“是的，一切。”

她原本不想说起那些遥远的，在身边过往的俗尘旧事。但她想，既然上苍安排她回到他身边，她就该像过去一样坦白，哪怕难以启齿，也应毫无保留。

她重新整理思绪，把他静默的聆听，引向自己对十年往事的回忆。

“我与他在北京分手两个月后，我的老父亲患心脏病在香港去世……”

十八

筱月从云南赶到香港，与玉芹姑妈一家为父亲办理后事。

她在玉芹姑妈家里见到了父亲的所有亲戚。他们有的生活在香港和澳门两地，有的从国外和大陆赶来。有的她认识，有的她不认识。她的两个叔伯三个姑母，六个家庭的长幼几代人聚在一起，足有四五十人之多，不啻是一个她从未见过的大家族。这七天，亲戚们白天聚在玉芹姑妈家为兄弟守灵一并做些叠纸钱折元宝祭灵的杂事，晚上各有住地可回。

筱月父亲的灵堂设在玉芹姑妈家的小客堂里面，那里背离前厅靠近花园很清净。按照老家的规矩和玉芹姑妈的要求，她将在香港为父亲守孝四十九天。

筱月在伤悲的叔伯脸上和姑母们的哭诉中，渐渐知道了父亲的好为人。姑妈对她说，她父亲的一生都在为患者解除痛苦，却无能解除自己思念亡妻和与女儿生分远离的痛苦。他临终时唯有一个遗愿，就是让女儿把他的骨灰带回老家，他要把自己葬在离他早逝的妻子身边。

除了吃饭睡觉，筱月从早到晚都跪坐在父亲的灵位面前。因天天有亲戚朋友过来做祭奠的缘故，玉芹姑妈每天也都来陪一陪侄女，或劝她出去外面走走，别独自闷在屋里。筱月说她在香港没有别的地方可去，也不想去任何地方，只想呆在供有父亲灵位的屋里，送父亲最后一程。她知道对经历坎坷的老父亲来说，她肖筱月不啻是一个不孝之女。父亲生前她不能归顺他照顾他，父亲去了她就要多陪一陪他，尽她这个不顺女儿最后的孝道。姑妈没有办法说服她只好自顾离去，把这个寂静的空间留给这对被生死相隔的父女。每当夜深人静时，筱月用泪眼凝视父亲的遗像，怀着忏悔之心，为多年前对父亲的无理拒绝赎罪，为当年只要爱情不要父亲的过错向父亲赔礼，并向父亲诉说海东去世之后的伤痛与愁怨。

筱月守孝期满，准备带父亲骨灰回老家安葬。

玉芹姑妈不让筱月离开香港，她不希望侄女孤身一人回老家生活，她想让侄女从此留在香港陪伴她。姑妈的三个儿女都已移民国外，姑妈和姑父二老守着一院大宅生活很寂寞。筱月虽然不情愿，但也实在不忍离开，只好答应姑妈在香港住些日子。筱月知道，玉芹姑妈是个讲传统重情义的老人。兄弟去世了，她做姐姐的虽然很伤心也很怀念，但还想把照料兄弟女儿的责任担过来。于是筱月心想，她暂且留在姑妈身边，时时给姑妈看见，或许能给姑妈带来一些安慰吧。

香港于筱月并不陌生，她以前参加交流演出曾来过多次。但香港的气候和香港人的生活方式她并不习惯。对她来说，这个城市到处是陌生的面孔，陌生的语言和陌生的注视，因为她所有的一切，都与它们格格不入。她想，幸好时时处处有玉芹姑妈陪伴着，否则她这个来自中国内地的人在此地快要变成聋子和哑巴了。

筱月喜欢玉芹姑妈，当年她在舞蹈学校时，第一眼看到玉琼姑妈时就很惊讶，觉得好像在哪里见过这位目光慈爱的姑妈。后来渐渐意识到，是她自己的相貌长得像玉芹姑妈。加上与玉芹姑妈多次见面，感觉到姑妈对她的关切与疼爱是可见可感的，于是就对这位喜爱她的姑妈有了一份自然的亲近。

或因为家族祖上有长辈行医的缘故，姑妈和父亲这一辈除了大伯父以外，其他五个兄弟姐妹差不多都是行医的大夫。姑妈从英国来到香港后在业务上很上进，曾做过香港伊丽莎白医院妇幼专科的主任大夫。姑馆妈的丈夫也是一位曾经留学英国的牙科医生，夫妇俩成家以后在香港九龙开了一家私人医。姑父老廖医道精湛声誉不错，玉芹姑妈擅长处世为人交际广泛，于是廖家的牙科医馆生意兴隆门庭若市，很快就发展成为一家有些名气的口腔医院。姑妈家的口腔医院在香港已经做了几十年，论财富虽比不得那些名声显赫的富豪人家，但论社会地位却算得中上等阶层的水平。

姑父老廖人品性正为人通达，整天笑嘻嘻少有言辞。倒是姑妈多愁善感，常因儿女不在身边感到寂寞。所以侄女刚到香港不久时，她就劝侄女定居在香港给二老做伴。姑妈对她说，凭她和姑父在香港的人际关系，为侄女争取到长久居住权没有困难。说如果侄女若愿嫁一个香港人，永久居住更加不成问题。筱月很抵触姑妈的愿望，她不愿意长期住在这个人地生疏的花花世界，也不想嫁一个自己不爱的陌生男人。

“我的傻囡囡哟。”姑妈时常把侄女搂在怀里心疼筱月说，“月儿不要总想着念着过去的那些悲伤的事情，那是生吞黄连苦着自己的心。人的一辈子说短不短说长也不长，何苦拿过往的人和事糟蹋自己？你要从过去的阴影里走出来，活你自己才是对的。”

筱月知道，玉芹姑妈虽然嘴上不说，心里却想在香港为她寻一个归宿。倒的确也有动情动心的长辈主动应诺姑妈，说只要筱月姑娘愿意在香港地嫁人成家，定要帮她找个像模像样的人家。长辈们对哪家子弟如今未娶，谁家公子尚未成家与姑妈论长道短，真把姑妈说的事当作自己的事来操心。对此，筱月一律不插话，全当听不懂他们说的广东话。心想，只要姑妈与老哥姐们在一起说话高兴，也能忘却兄弟去世带给她的伤痛，姑妈想带她走到哪里，她就只管陪着就好。

堂表姐妹们对筱月很好奇，对她早逝的母亲，对她远离父亲的童年，对她的芭蕾舞生涯和她的大提琴，甚至对她过去的恋爱和眼下的无家可归都感兴趣。但筱月看见，这些五官上某些局部与她相似的，堂表姐妹们的脸上，长着一双双与她不同的眼睛，同情弱者或轻视同性的眼睛。在初来乍到的筱月面前，她们或虚假或虚荣，或妒忌或傲慢，往往拿她如林黛玉进大观园的困窘来显示自己的富有和排场。筱月想，抑或在这个家大业大的大家族里面，她这个来自老家的穷姑娘本来就是一个局外人，她的幸与不幸，她的欢乐与痛苦，原本就与她们没有丝毫关系。她们貌似关心的兴趣，不过是拿她寻开心罢了。

筱月在这个到处充满物质诱惑的，五光十色的金钱世界里拼命挣扎，在堂表姐妹们的所谓关心和诱导中保持着清醒。她在拒绝着周遭的一切诱惑，努力活成自己原来的模样。可是，当姑母们把她父亲的家宅和遗产交到她手里，当有人说她长得酷似年轻时的玉芹姑妈并让她做姑妈的女儿，当她把头自然地依靠在姑母们身上，当堂表姑娘们亲热地把她拉到商厦酒店和麻将桌上与她们成为一堆时，当她看见肖氏家族的血液，在她们这一代女人身上延续流淌时，她霍然惊悟。她跟这些曾经被自己有意忽视和疏远的堂表姐妹，其实并没有什么不同。甚至，她跟他们是一样的人。

筱月变了，她在堂表姐妹面前敢于显示自己的衣着和比阔了，她敢说自己的房子和汽车比她们的漂亮了，她会在姑母们面前虚假奉承讨好卖乖了，而且会在有身份的长辈面前垂首拘礼故作娴雅装扮淑女了。因为她尝到了富有的滋味，她获得了被人平视甚至是仰视的自尊和虚荣。她从今往后不会再被人催着搬家，不会再回那间无遮无拦的房屋里受冻，不会再背着大提琴四处奔波为生计忙碌，不会再孤独漂泊无家可归。她决定留下来，留在繁华富裕的香港和宠爱她的姑妈跟前得乐享福，她要忘记过去的苦难和艰难的生活，她要试图改变自己的形象，并把自己从那段痛苦的爱情悲剧中拯救出来。可是为时不长，当堂表姐妹们相继离去姑妈家里人去楼空，当不被人打扰的冷清与寂寞重新回来，当她独自一人坐在自己的书房里对着父亲的日记和母亲的大提琴，当她翻开自己带来的书籍和海东的日记，当捧起沉如泰山的爱情城堡时，站在窗前眺视远山的孤独身影，又变成了过去的肖筱月。

临近新年，筱月见大表兄廖云楚看上去斯文彬彬，风度翩翩，身形长相与她父亲有几分相似，便自然有些好感。表哥初见筱月时很吃惊，说她完全是他童年印象中的母亲。为此，他把从国外带来给母亲的铂金镶钻手镯送表妹，说是兄长给妹妹的见面礼。玉芹姑妈好不高兴，称赞儿子有兄长样，似比她自己得了那番孝敬还要高兴。看大表哥行事做人不同凡响的气派，看姑妈姑父对他万般宠爱，筱月猜他在国外买卖做得不小。

这天午饭后，玉琼姑妈把云楚表哥单独叫到楼上自己的房里说话。

筱月午睡起来想约姑妈出去走动，却见姑妈的卧房门一直闭掩着，心想母子俩有谈不完的事情，这便不以打搅自顾下了楼，去姑妈如今难得一坐的那间书房找书看。她在满是外文书籍和各类医书的书柜里，好容易找到一本繁体中文版的《普希金诗集》捧在手里，刚坐下翻几页姑妈就推门进来。见小侄女阅读的是外国诗集，姑妈便在她对面坐下来，赞扬她有读书的好情致，说自己眼睛渐渐老花了，不如过去那样爱看书了，往后这个书房就归她了。姑妈接着与侄女聊些关于读书的闲话，与她交换读书的领悟，交谈对人生与命运的感悟。

筱月非常喜欢这种午后书房的幽静气氛，也非常欣赏此时的姑妈玉琼。仿佛她年轻时的聪慧与才情，只有在这种特定的氛围里才能表现得淋漓尽致。同样，她也从玉琼姑妈凝视她的眼睛里看到了一种欣慰。她想她是变了，变得让姑妈更加喜欢了。

下午表哥出去办事时，来书房跟母亲和表妹打招呼，请姑妈吩咐家佣准备晚餐，说他有位好朋友要来家里看望二老，他需要要留请这位朋友在家吃饭。

云楚表哥走后，姑妈立刻忙碌起来，对筱月说，表兄的这位朋友不能怠慢。

姑妈摘草插花忙碌着布置厅堂，两个菲律宾佣人采买料理忙得手脚不停。筱月跟着忙碌半天也不知道，表哥将请到家里来的朋友是个什么样的大人物。同时觉得奇怪，表哥一家看起来这么有钱，请朋友用餐为何不到外面酒店，却要把客人请到家里来。因为她来了香港后才知道，下属请朋友和老板到酒店吃饭是常见的事，但把朋友同事请到家里来吃饭是不大可能的事。且不说同事之间关系甚密者少见，就是好朋友之间相互相串门也是为香港人所忌会的。心想，可见表哥与那位朋友的关系非同一般。

傍晚，在主仆数人忙碌了大半天，把一顿地丰富的中国南方菜肴端上餐桌之后，筱月在楼上窗前瞥见，云楚表哥把一个四十多岁年纪，穿着气派举的中年男人领带进花园门。不多时，姑妈就来唤筱月到前厅客堂迎接客人。

从那个男人被大表哥引着走进姑妈家的花园开始，到与筱面对面地站在一起时，筱月才知道，自已在劫难逃了。

此前筱月离开北京回到云南后，这个男人在台北给她打过无数电话，在加拿大给她寄过很多明信片，统统两个内容，求爱求嫁。她要么严词拒绝，要不予理睬保持沉默，始终没给过他任何的机会。她不想见到这个男人，她怀疑他是个走南闯北的江湖骗子，她对发生在北京的一夜情有罪恶感和被污辱感，她对他送她信用卡对她的轻视耿耿于怀。所以不管他在长途电话里整夜整夜地说什么，不管他说的话是真是假，她总在拒绝中躲避他的纠缠。她甚至想要忘记这个男人的存在，把发生在北京的事情一笔勾销。可是现在她却躲不掉了，他所信仰的上帝再一次把他引到她的面前。

筱月想，世事无法意料，人与人之间的聚散说不清也道不明。可能真如这个男人说的那种缘分吧，他们在香港姑妈家里的见面，让他对她的接近跳跃般地进了一大步，同时让他对她的了解创造了机会。

他乍见筱月时睁大惊讶的眼睛，她却用平静不惊的目光回应他。

“我的小表妹，肖筱月，她刚从大陆过来。”表兄将她介绍给来客，继而向她介绍他带来的客人，“令先生。他是我早年留学加拿大的同窗，也是亲兄弟一样的朋友。”

“肖小姐幸会。”他向她伸手过来，微笑自介，“令子豪。”

筱月在与这个男人狼狈的相视中傻愣着，失去了正常反应的能力。在众人静待的注视下，她稍稍低头对他抱以致意。

令先生对筱月此时的尴尬似心领神会，立刻转身朝向姑父和姑妈，向两位老人各鞠一躬道，“廖伯父、干妈，子豪搅扰二老了。”说罢将手里的礼品呈上，“这是美国的西洋参，家父和家母的一点心意，请笑纳。”

玉芹姑妈的态度大方幽雅，她将收下的礼物交给身后的菲律宾佣人罗莉姑娘，把令先生请上宴席，边走边道，“子豪不必每次来香港都这么拘礼客气，以后少给我们带贵重的东西，但要记得帮我和你伯父谢过令先生和夫人才好?”

“区区薄礼不成敬意，干妈不要过意不去。

筱月忍俊不禁，心想这个饱受西方文化浸泡和教育的男人，如此西装革履地来到这个完全西化的香港地，竟与长辈们行一套中国古人的礼节，说一番完全中式传统的老话，让她的视觉与听觉仿佛进入旧文化的时空隧道。但从姑妈与令先生的对话中她渐渐明白，在这个男人生活的那个西方社会里，有一个角落属于完全中国式的传统家庭。

姑妈引客人就座以后，笑着吩咐筱月道，“月儿，你挨我坐下。”

“肖月小姐请坐。”令先生亲自为筱月拉开身后的椅子，为她让座之后，转到桌子对面与姑父和表哥坐在一起，抬起眼睛来坦然地注视着她，“能在这里认识肖小姐，我很荣幸，也很高兴。”

“是啊，”表哥附和令先生说，“我从来没看到过我的老板像今天这么高兴。”

我看着表哥，疑惑顿生，“你的老板?”

“哪有。”他伸手搂住表哥的肩膀对我笑道，“肖小姐别当真，你表兄刚才跟你开个玩笑。我哪里敢做他的老板，我们两个人是生意伙伴和兄弟差不多了。”

“子豪莫要客气。”姑妈对令先生笑容可掬，并亲手给他开了凉菜，“云楚刚才说得没有错啊，子豪可不就是云楚的老板么？云楚在外面做事生存不易，多亏子你处处帮扶照顾。眼下他要把你的公司开到香港来，你不辞辛苦过来帮他料理，连我这个做妈妈的也过意不去。”

“令先生个重情义的人。”不善言辞的老姑父这般赞扬令先生，

“香港刚刚回归一年，眼看原来那些生意做得好的外国公司跑了不少，他们不相信中国人可以管好香港。如今云楚要把国外的生意拿到这边来做，算是有些中国人的志气。但此事在你们外国人眼里，总是有些冒险和周折的。云楚得不到子豪的支持，怕是不行。”

“伯父说此客气话好不应该。”令子豪对老姑父毕恭毕敬道，“不管外国人怎么看待 JE 公司到香港投资，也难更改我的决定，因为我也是中国人。云楚和我多年交情，他要做的事情也是公司的事情嘛。我们在这里做事，今后少不得二老的提携和帮助。香港我好久没有来过，不知回归以后有怎样的变化。我想趁这次机会，好好看看香港。”

云楚表哥举起酒杯对令先生道，“好呀，我也好久没回香港，做完事我们四处走走看看。”

“那你们就带上月儿，也叫她好好逛逛香港。”姑妈道，“年轻人在一起也好多一些共同的话题。”

云楚表哥问筱月，“月儿想跟我们出去逛逛吗?”

“我……”筱月模棱两可地答道，“随便吧。”

“随便?”云楚表哥不大明白筱月不冷不热的态度是愿意还是不愿意，接着问，“月儿是不想出去吗?”

筱月犹豫不知如何应对的时候，令先生用筷子夹起一只醉虾，隔着桌子放到筱月的盘子里，问，“肖小姐是第一次来香港吗?”

“当然不是。”姑妈见侄女对来客冷淡，赶紧替侄女回答客人，“她来过几次的。过去交流演出来过，却没空闲来家看姑妈。她这回在姑妈家里住这么久，倒是头一次。”

“适才路上听云楚说，有个漂亮的小表妹刚从大陆过来，说干妈喜欢这个表妹比喜欢亲生女儿还多。我看，果真如此。”令先生见筱月不说话也不吃东西，尽隔着桌子往她盘里夹菜，无话找话问她说，“肖小姐喜欢香港吗?香港与大陆相比谁更好些?”

筱月不想回答，便无言地笑笑，绝口不作评述。她想，或想引她说话的缘故，令先生自己倒说了不少话，而且是掺杂着英语的，半生不熟的广东话，这让她的听觉很不舒服。

令先生跟筱月说话的时候，眼神与看别人不同；而在跟别人说话的时候，他的眼睛也总是瞧着筱月，好像有意要在筱月的家人面前，戳破他与筱月之间的秘密。姑妈似看出了一些苗头，表哥也似觉察到一些端倪，两个人的眼睛同时在客人和筱月脸上来回探扫，似想看出个究竟。筱月此时脸红心烧，只恨桌子下面没有个地缝让她钻进去。她心里在为北京的一夜情感到羞耻，令先生热炽的目光让她手足无措，并且无地自容。

接下来的半个月，廖云楚和令先生在香港四处忙碌奔波，仅用不到二十天的时间就在香港成立了JE公司分支机构。接下来，他们打算到台北，去做一些台北新公司成立后的善后事情。在廖云楚和令先生临走前的那个傍晚，由令先生做东邀请朋友的全家到香港最豪华的酒楼吃饭。

筱月也去了，姑妈不让她独自待在家里。令先生这回有意坐在筱月身边，说话让菜表现得很殷情也很体贴，这让筱月的姑妈和姑父看了心里很欢喜。筱月却似乎坐不住，听到令先生的声音，嗅到令先生的气息，总让她想起北京那一夜的事情，无论如何不能忍受下去。于是她多次起身上洗手间，以此来回避内心的狼狈。玉芹姑妈见筱月多次起身离座，或想她身体不适，请问令先生是否可以早些散了宴席让小侄女回去休息。令先生对玉芹姑妈的请求当然毕恭毕敬地答应，因为筱月异样的举止完全被他看在眼睛里，他心里比谁都清楚筱月的难为情。且他想宴席早些散了也好，他或可以单独跟筱月说些事情。

当天夜里，在玉芹姑妈家的院子里，在筱月睡房窗户底下的一棵小榕树前令先生一直等站在那里。他刚才让菲佣罗莉去房宅楼上请主人的侄女下来说话，他决定在玉芹姑妈的府邸向筱月摊牌求婚，而且一定要在今夜。如果说，他以前是被筱月的漂亮气质所吸引的话，那么今天是因为筱月有这样一个体面的家庭。在来香港之前，他的确想跟筱月再有聚首的机会，想到云南去找她，就能把她带到台湾旅行，因为他忘不了筱月娇美的身体，他想拥有它的时间更长一些。但现在他不这么想了，他真心想要娶筱月为妻。因为无论从她的气质还是教养，无论从她的模样还是身体，她都配得上他。他等了很久，他很有耐性，就像他当初在深圳看见筱月的那一刻起就知道，他所等待的就是今天一般有耐性。直到深夜，他才看见楼上筱月的窗户里亮了灯。

筱月来了，她裹着披肩来到令先生面前。

令先生对着月亮向筱月起誓说，他是真的爱她，他从前没有要伤害她的意思，北京那夜的事情完全出于爱情。筱月对令先生的话很反感，让他不要说爱情，这两个字不是谁都能随便说的。令先生说她可以不承认，但他自己是这么认为的。他告诉筱月，这次来香港打算办完公事后，请廖先生陪他到云南找她。他不想做儿戏，他要正儿八经地娶她。他和她相识后的事情，他昨天已打电话向温哥华的家里说起过，长辈们听了筱月是怎样人家的姑娘，没有丝毫的不乐意，催促他办妥公事就把她娶回去。

筱月不肯答应，尽管令先生这些说词听起来好像没有掺假，但北京一夜的荒唐总是她心头挥不去的阴影。

令先生情急之下伸手去抱紧筱月，发誓说，那一夜是都是他的错。错在他不该喝酒和让她喝酒。往后把那个罪孽让他自己一个人背，不关筱月的事情，筱月只管撵走心里的阴影做他的夫人。令先生最后对筱月说，苍天在上，天地良心。

玉芹姑妈躲在楼上的窗户后面，把楼下的一切都看在眼里，等到筱月上楼睡觉时才过来审她。筱月不敢把自己在北京丢丑的事告诉姑妈，只说了在深圳和令先生相遇的事情和在北京再遇以后的事情，她生怕姑妈怨侄女做事不顾体统，或丢了肖家祖宗的体面。

姑妈说，令先生喜欢她的侄女是大好的事情。侄女若嫁了她的干儿子，才算得两家缘分不轻。筱月不情愿，她拿不了解令先生为借口搪塞玉芹姑妈。

姑妈说服不了筱月，只好跟筱月交底。姑妈说，令家在加拿大的华人当中，算得一个家大业大的商贾大户。她早年与令先生的母亲在英国读书时认识，后来遇上二次世界大战，她们一起同生死共患难结成金兰姐妹。她和令夫人的这份生死交情，从姑娘时候就一直持续到如今。只可惜天各一方不能常在一起，否则两人的交道会比身边的亲姐妹还亲。姑妈还道，廖云楚少年到加拿大读书时住在令家，跟年龄相仿的令子豪结成异姓的兄弟，若表妹与令家成了这门亲，那令肖两家岂不亲上加亲。听姑妈如此说，筱月渐渐明白表哥与令子豪是怎样结成的兄弟关系，而姑妈为何如此重视她与令先生的关系了。她心想，姑妈与令子豪的母亲固然是异姓姐妹，固然相互把对方的儿女当作自己的骨肉来相待，但这与她似乎没有什么必然的关系。如果硬要将她和令家扯上某种关系的话，她倒宁愿不做姑妈的侄女了。

姑妈当然不知道筱月心里在想什么，或有什么难言之隐使她如此反感自己与令先生的关系扯到婚姻上去。她只管叨唠不休地跟筱月说，筱月只管沉默不语地听。说到最后，听到最后，侄女向姑妈表明心迹。说她不想嫁人，说她的情感和她的爱情已经埋葬在大陆内地，她想回去。

姑妈埋怨筱月，“你不想理这桩亲事就可以不理。可是你离开姑妈独自回去，日后如何养得好自己？你早先不听父亲的话，愧对父亲生疼你的情意。如今有好事上门寻你，这是你父亲在天之灵护佑你。难道你要继续地愧对你的父亲，让他的在天之灵不得安宁？”

姑妈见筱月脸上有了内疚和悔意，把实情告诉她说，她父亲临终之前把多苦多难的女儿托付给姐姐，请姐姐此后为小侄女的生计和终身大事操心。她这个做姐姐的若不尽力称了兄弟死前未了的心愿，百年以后，将无颜回老家见自己的兄弟。

筱月不再说话了，她知道自己的倔犟碰上了玉芹姑妈的固执，她认输了。

"姑妈七老八十了，照看不了我的月儿几年了。"玉芹姑妈拉着小侄女的手一把鼻涕一把眼泪，"姑妈不想睁眼瞧着月儿再回老家受苦，姑妈劝月儿嫁到令家做儿媳，实则就等于去做我好姐妹的闺女。令夫人贤德，月儿有些难堪的过去，在她那里可得理谅和包容。你嫁了子豪，不仅是令肖两家亲上加亲的大好事，也是眼下唯可令我称心如意的事。月儿懂么?"

筱月含泪点头，她答应了姑妈，出买了她自己，做了曾经为她自己所不齿的事情。

筱月和令先生的婚姻是玉芹姑妈一手安排的。当然，这是在令先生主动向筱月的表哥交代北京之行的事情，以及在姑妈跟前向筱月正式求婚以后，玉芹姑妈才代表兄弟，以筱月母亲的身份，将侄女这桩婚事提上肖家的议事日程。

在此之后，由筱月的表兄廖云楚出面，陪同表妹和令先生去云南办理涉外婚姻登记，同时陪同筱月把她父亲的骨灰与母亲合葬于昆明郊外的凤凰山墓地。

在中国的婚姻登记处，筱月总算看清楚了丈夫的中文全名，令子豪。她觉得这是个很怪的姓氏，名字恰如其人。而在加拿大驻中国的使馆，筱月才知道丈夫的英文名字叫大卫。她觉得这个显得有些浪漫和刚毅名字，不太适合丈夫固执刻板的性情。

再后来，筱月在姑妈和表兄的讲述中，知道了令氏家族和她丈夫以往的一些事情。

令家虽是数代旅居加拿大的华裔富商，但祖上却是做木匠雕刻手艺的广东潮汕人。

早年，令子豪的太曾祖父跟外国商人做些中国瓷器和茶叶的营生，发了大不小的财。鸦片战争爆发前夕，清朝政府派卿差林则徐去广东查禁烟土时，有人告发令家老爷常跟外国人打交道做不正当的买卖查据不实以后，就告他私通洋人倒买烟土。这是死罪，官府要抓令老爷去砍头法办。令家老爷吓坏了，于是携家带口躲到香港避难，香港也难立足，他便重金收买洋人，带老婆儿女藏在被驱出境的洋人货船底舱里辗转澳门逃到英国。那时候，令家在英国靠倒卖一些中国的古董和茶叶挣点辛苦钱，算不得什么大户商家。直到第一次世界大战结束以后，令家的太曾祖父病死，令曾祖父就带着小辈重操旧业，在英国靠开作坊做些桌椅家私维持生计。未料，桌子椅子不好买，却靠做拐杖和假肢发了大财。于是，令家把原来的木器作坊正式办成生产假肢的模具工厂，专靠这档子营生发财。令家靠做战争生意发了大财后，这便像模像样开起一间木器厂，做些仿古家具买给喜欢古董的欧洲人，把令家擅长木雕的中国手艺带到了欧洲。未曾想，二战爆发后，声称中立的英国也卷进了这场战事，时时有炸弹落到伦敦的房顶上。令曾祖父怕一家数口客死他乡，只好携家人从英国移居到美国躲难，靠老辈人遗下的家产谨慎度日，以待生机。二战结束后，令曾祖父携带家人和在欧洲积下的财富离开美国展转到加拿大，在温哥华定居下来，同时办厂经商投资实业，成批生产假肢和医用病床，以此染指各种医用设备和手术器件，把巨大的财富累积起来，逐渐成为百年华侨移民当中家道殷实的商贾大户。

如果说，令家上几辈人是靠战争发的财，那么，下几辈人的脑子就更加灵光。他们在父辈创下的基业上学习先进技术，生产多种医用仪器并做起高端医疗设备的买卖，甚至涉足新兴电子医疗领域，在西方人擅长的领域中占据了一席之地，终成卓越的华裔商业集团。

十五年前，令家买下 MAJIONSI 医学研究所麦道·琼斯博士研发的 L 型电子心脏起搏器产销权，由令子豪的 JE 公司出资在温哥华投入生产之后，销往北美和欧洲等地。这种可以植入人体内部替代心脏跳动的钛金属产品价格昂贵，但销路极好利润极丰，大大地出乎令子豪先前的预料。于是，他想通过香港和台湾两条线打开东南亚一带的市场。他打算依靠同窗好友廖云楚父母在香港的关系投石问路，寻找通往内地的可靠的门路，最终让 JE 公司生产的钛金属电子心脏和其他附属医疗产品闯入世界上人口最多的中国内地。

毕业于多伦多商学院的令子豪头脑精明善于鬼算，比起其他不敢问津中国内地市场的令氏兄弟来，常常是未卜先知棋高一招。或在商计上心智用得太多，刚满四十就秃了前顶的令子豪看上去老过五十，始终没有遇到一个可谈婚论嫁的女人。他不喜欢金发碧眼的女人，另一层原因是他惦记着一个叫做文子的日本女人。令子豪对女人的欣赏水平和他的情商一样低，他一直认为，性情温存皮肤白细的文子是他在西方国家见过最美的东方女人。直到他来到中国内地看到太多的东方女人，才知道什么是真正美丽的东方女性。

令子豪在多伦多读大学时认识的文子，她是商学院后街日本面馆老板的女儿。当年文子向他表示爱意的时候他不懂爱，且长辈们不允许他娶日本女人进门，此事就搁置下来不再提及。他毕业回温哥华继承了家业，十年后有了属于自己的财富时已年近三十。此时想起那个日本女人跑回多伦多找她时，她已嫁了他的好友廖云楚，做了两个孩子的母亲。

令子豪是个有独立意识的男人，他有了资本便要摆脱老辈的管束另立门户。于是离开温哥华在多伦多买别墅定居，成立了他个人名下的 JE 国际贸易公司，做的依旧是老辈传下来的医界仪器。他决定在多伦多定居，因为这个世界上最繁华的商业城市东方人很多，寻找东方女人成家的机会也多。但事与愿违，他的 JE 公司在多伦多经营境况虽佳绩频频，但他的婚姻却因了无机缘而没有着落。要么难得与年龄相当模样佳可的女性邂逅，要么喜欢他的女人或与商界的交际圈有不清楚的关系。他不喜欢经商的女人，他的说法是女人一旦沾上硬生生的铜锈就不温柔了。于是他就想再等等，再看看。就这么等着，看着，便在无穷尽的等看之中把自己的婚姻之事耽搁了。

令子豪与筱月在深圳的相遇纯粹偶然，他的目光被这个高挑纤细的漂亮姑娘牵着走了很久。就在他动心动意之时，眼看就有别有男人要向姑娘搭腔，是一种对商业机会的敏感和决策力让他当机立断地走向这个姑娘。走近看了，他觉得姑娘不仅漂亮，还有着中国女孩子内在的修养。看见姑娘怀中抱紧的大提琴，他想这或许是姑娘的职业，这种职业虽然算不得上好的职业却也雅气。与姑娘说道一番后，他决定暂不去台北，改变方向去北京。其实在北京也算不得他决定与这姑娘真正的交往，至少他认为的那种交往在香港以前还不是，以后在香港才算得是一个真正的开端。至此，他打电话与远在温哥华的长辈们交代自己的心想，在完全得到家族的允许后，他决定像做一笔大买卖一样，在筱月和他未来的婚姻上下大注。

此后，玉芹姑妈的丈夫通过关系为令子豪的 JE 公司在香港和东亚打开市场，之后通过玉芹姑妈在大陆的多方关系，又把 JE 公司旗下的生意做到大陆的上海去。廖云楚因为 JE 公司打开香港和中国内地的市场立下汗马功劳，从此成为令子豪的生意伙伴和 JE 公司不可或缺的高层人物，享受比例很大的公司经营管理股份同时，成为 JE 国际商业集团在东南亚分支机构的 CEO 最高主管。

十九

“这桩婚姻给你带来什么？是幸福还是不幸”

筱月还在车祸之后的睡梦里，她觉得自己与海东的漫长对话还在继续，于是她想把真实的想法告诉他。

“很不幸，我与令先生的婚姻是一切没有爱情的婚姻的结局。要么维持现状，要么破裂分手。但一开始还好，我们在多伦多住了五年多。可能由于我不能生孩子的缘故，令先生总觉得这桩婚姻不算太圆满。令先生想要一个孩子，他安排我去香港治病休养，让姑妈为我寻医问药。而他去了台北，在那里长住打理分公司的事务，他说这可离我近一些。我一个人住在半山别墅，那里算是我父亲给我的遗产。令先生初去台北的时候每月来香港一次，以后逐渐减少到三月或半年，有时一年难得到香港一次。但每年我们会在年末回到多伦多，然后去温哥华过中国年。令家长辈对我很好，尤其我的婆母令夫人。或受玉芹姑妈相托的缘故，婆母在家传礼节上没有太为难我，在生活上对我也时有特殊的照顾，并未把我不能生养当做缺憾。因为令先生有三个兄弟，皆有两个以上的儿女，婆母对此事看得开。再者，我和令先生多半在多伦多少去温哥华，家族里的事对我们的要求就淡一些。要说婆母和长辈为令先生和我的事操心得多，也是眼下令先生在台北有了外遇惹出的祸事。听婆母说那个女人是个不入流的三级电影明星，只顾着大把花销令先生的钱，少有大家女人的好德性。令先生自有了这个女人后，去香港的次数少了，总避着玉芹姑妈怕问起他与那个台北女人的事。直到去年令家才知，令先生在台北跟那个已经不演电影的女人有了两个孩子。婆母至今对此事不依不饶，她不允许令先生在台北养二房，其次不允许令先生与自己的原配夫人离婚。这使得令先生很狼狈，与我的关系更加的吃紧了。”

“令先生很难两全，你自己如何打算？”

“要么维持现状，要么破裂分手，我已经无所谓了。这个婚姻已经走到尽头了，只等断了往下走的可能了。”

“你不恨他吗？”

“恨？不恨，没有爱哪儿来的恨？要说恨，我只恨漂泊，恨命。我想结束。”

“人的生命极其宝贵，我们不能因为痛苦而轻视它的存在，更不能因为悲痛放弃生的希望。当十年前那场灾难降临在你的爱人身上时，他希望自己能活着回到人间，他想活着做自己喜爱的事，活着去爱自己所爱的人。尽管他对这一切已经无能为力，但他仍然热爱生命。从此坚强起来吧，对自己的生命不要轻言放弃。如果有一天，你果真厌倦了漂泊和孤独那就回来。这里有属于你的天空和大地，这里有你永远的家和永远的亲人。”

“是的，我厌倦了。”“我想知道你回来的原因。”

“我累了，我厌倦了异国他乡车水马龙的拥挤，厌倦了那些霓虹闪烁的摩天大厦，厌倦了人们急功近利尔虞我诈的争斗，厌倦了那些裹着面纱出场和撕破面具亮相的名利把戏。我想躲到一个清静的地方，解除捆绑身心的绳索，让我将要休止的呼吸和压抑的灵魂得到暂且的自由和宁息。于是我回来，回到我出生的地方。但是很遗憾，我怀念的家乡和我曾经居住过的城市也变了，变得拥挤和陌生了。往昔淡泊宁静的城池如今物欲横流，往日幽静怡然的山乡水域，如今成了旅游者熙来攘往的名胜。似乎这世间已经没有一个真正清静的地方，可以让我心有所属处之安然了。抑或幸运，我来到东川。但对如今的东川来说，我只能是一个来无影去无踪的游魂，悄然地来悄然地走，不去惊扰任何事物也不希望被任何事物打扰。我没有去姐夫家也未寻访爱人生前的同事朋友，为了不让他们因看见我而勾起对往事的痛苦回忆。我去过爱人生前住过的小院，那间屋子门框上仍然放着钥匙，我打开进去了。我在摆放着各种石头的架子间悄然徘徊，在给予过我心灵慰藉的美好记忆中默然行走，而不敢去触及心底的伤痛，不敢轻易惊动爱人安息的灵魂。如果说冥冥中还有什么不能被生与死分离和隔绝的话，我认为是人的灵魂。我相信人是有灵魂的。我在东川住了五天，我看到的东川还是过去的东川。在这里，行人稀少的街道上少有大都市的喧哗和拥挤，自然幽静的街心花园树木葱郁没有人为的雕琢，与我擦肩而过的路人身上没有时尚的衣着脸上却有从容的笑容。这就是为我依恋和魂牵梦萦的东川，这个仿佛与世隔绝的大山深处，淡泊宁静和人情依旧的小城，毋宁是我多年漂泊尘海，心有所归的地方。”

“你想见见你的女儿吗?”

“筱筱吗?”

“是的，你的女儿筱筱，她今年十岁了。长得很像你，很美丽。”

“她在你身边吗?”

“是的，她一直都在我身边。”

“我的筱筱在父亲的身边，这很好。你好好照顾我们的女儿，等着我。等我们一家团圆的那一天，我会对你和孩子尽到一个做妻子和母亲的责任。我对以前的事情很抱歉，希望你和孩子能原谅我。”

“好的小月，我和筱筱等你，等你回来和我们团聚的那一天。”

“小月？你为何叫我小月，不叫我月儿呢？”

“我从未叫过你月儿，我不知道你愿意让我叫你月儿。如果你仍然愿意的话，那我以后叫你月儿。现在你该休息了，不要说话，什么也不要想，你会好起来的。”

“你要去哪里？”

“进山。”

“可是这里好黑，我好怕。”

“别怕月儿，我离你不远。睡吧，做好梦。”

筱月睡了，梦了。她忽明忽暗的意识跟随着海东模糊的身影，穿过一条漆黑而漫长的隧洞，朝着有一线光亮的洞口走去。她迷迷糊糊，步履飘浮地，跟在海东的影子背后，走了很久的路，终于走出黑暗的隧洞，来到一片光亮的洞口。

眼前有一片青绿而宽阔的原野，蓝色的天空里飘着白色的云彩。她问海东这是什么地方，海东的声音回答她说，这是人间，是你和我曾经相知相爱的地方。回去吧。海东说，不要轻易放弃生命，你看人间有多么的美好啊。她兴奋不已地奔向那片绿色的原野，回头四处找寻海东时，海东的身影已经消失隐匿了。

二十

“你别走。”筱月叫喊着眼前突然不见了的人影，“你在哪儿，你快出来！”

“筱月，筱月醒醒！你在叫我吗？你刚才是在叫我吗？”

肖筱月猛一乍睁开眼睛，见病床前站着风尘仆仆赶来的表兄廖云楚。

“我活着吗?”

“你当然活着。”

“我在哪里?”

“你在东川的医院里。你几天前在山里遇到山体滑坡，出了车祸。不过不要紧，没伤到内脏骨头，只是一些外伤而已。”廖云楚坐到表妹的床边，仔细瞧看她那张苍白无血且满是伤痕的脸，将她枯瘦如柴的手捧到眼前，心痛之至难以言表，脸上却泛着笑，“你不声不响离开香港跑了几个星期，我们以为你上月球去旅行了。现在好了，把自己跑伤了，跑不动了吧?”

“你如何知道我在此地?”

“三天以前，有人从这里打电话到香港，母亲得知你的情况后很焦急，令我来接你回香港去。但你这个样子不可以回去，你会吓坏母亲。”

筱月不知道躺在病床上的自己是何等模样，因为病房里没有镜子，但她能感觉到自己的身体很轻，就像一片羽毛从空中飘落到地面时那样轻。于是她想到表哥适才称谓的母亲，那个此时在香港为她担忧焦虑的，年近八十的老人，她很内疚。

“我睡了很久吗?”

“是的你睡了很久，差不多有一个世纪那么久。”

廖云楚告诉表妹，他来的时候她还没有完全清醒，但叫她的时候有反应，闭着眼睛也能与人说几句话。说罢深叹一口气，注视表妹的眼神藏着几多的伤感与忧心。

“你大难不死啊小月！像你这种因大脑缺氧和颅内损伤造成的深度昏迷，有可能导致终身脑瘫而昏睡不醒。听这里的护士说，你在山里出车祸后，幸亏有个男人救了你。在你昏迷这些日子里，也是那个男人在此守护你。他好像认识你。”

“谁?”筱月挣扎着抬起头来四处找寻，“他在哪儿?”

廖云楚无奈地摇摇头告诉表妹，他刚到东川，没见到那个男人，他消失以前没有留下自己的姓名。

“他到底是谁……”

筱月迷惑不已地思来想去，始终想不明白在此守护她两月之久的男人是谁，而她在这里还能认识谁。当然有几个，他们曾经是海东的朋友，但他们不一定记得肖筱月是谁。何况在海东去世以后，他生前那些朋友早已四分五裂，有的人甚至另谋出路离开了此地。她嫁人出去以后与他们之中的任何人都没有联系，谁会知道她独自跑来此地，又有谁会巧然进山与她相遇并把她救到医院里。她用排除法，往与他生前最亲密的人里猜测一阵后，立刻加以肯定。

“我知道他是谁，我应该知道他是谁。他的声音，他的呼吸，他在我的耳边一直说个不停。是他，我知道一定是他。”说罢，她的情绪忽然有些不安和激动起来，“我的上帝，原来这一切都是真的?！可是我以为我死了，我以为找到他了，我的灵魂跟他在一起了。我以为在黑暗里和我说话的那个人是他。我不知道我在哪里，因为那里的天很黑，我好冷，他怀抱着我，让我睡得很温暖。可他看护着我的灵魂，他始终不肯让我睡去。他和我说话，说了许许多多的话。他问我什么，我就跟他说什么，我对他从来都是毫无保留。因此他知道了我太多的秘密！”

“你在说什么小月？”廖云楚一头雾水地看着喃喃自语的表妹，以为她的脑子突然出了什么毛病，于是伸手抬住她的下巴，盯着她的眼球说道，“不要紧张小月，你现在已经离开了那个死亡之地，没有任何人知道你的任何秘密，你明白吗？”

“不！”她使劲推开表哥的手吼叫起来，“他知道，他全知道！”

“别这样小月。”廖云楚捉表妹的手将它使劲攥住，“你能不能冷静下来和我说话？”

筱月呼吸急促地喘息一阵，强迫自己镇静下来后，异常安静地点点头，“这一切仿佛是一个梦。一个来不及让我把梦境看清，就匆忙醒来的梦。”

“这不是梦小月，你在深山里遇上泥石流，你出车祸受伤了，你睡了很久。”

“是的我知道，可是我想让你知道你所不知道的。”

“说吧小月，表哥听你说。”

“我有一个女儿，他说我有一个十岁的女儿。我记得清楚，他说我有女儿……”

“这不是真的小月，”廖云楚急了，“这是你的幻觉。”

“这不是幻觉。”她争辩，“我听见了，只有他才有那样的胸怀，只有他会告诉我实话。”

“你是说，你在演一场人鬼情未了的电影吗？”

“你不相信我？”她反问表哥，“你死过吗？你知道人死后会看见什么吗？”

廖云楚似没想到，情急这下的表妹竟用此种说法将他的军。他沉默一阵，道，“小月是走过几趟生死关口的人，自然跟没有这种经历的人想法不同一些。你所说之事在精神心理学上可能会成立，但在严肃的医学上是永远不成立的。”

“可是你刚才说到了精神。”她依然要努力取得表哥的相信，于是向他强调自己在生死边缘曾经有过的真实感受，“人死了精神不死，那是大自然赋予生命的奥秘。表哥不能用医学来压迫我的自我感知，因为我曾经失去过生命，而你没有。”

“你知道吗小月，人的生命体征就是心跳、呼吸，血压和脉搏，大夫往往用它来区别活着的人与死去的人，而不是精神。我说的幻想就是精神，你懂吗？”

“我知道表哥在为我担心，生怕我患上精神病。你放心吧，我不会疯掉的，我的精神现在很正常。我只是想努力让你知道，在我失去生命的这段时间里，我知了很多事情。”

“那好吧，我们去上海，你慢慢跟我讲。这是我的建议，子豪那边我替你掩盖些。”

“为什么要掩盖？”

“因为你现在还是他的妻子，你是令夫人！”廖云楚喊罢，耐下性子来，“你想改变现实中的许多无奈，你想为自己选择另一种生活方式，甚至你想结束眼下的婚姻，这一切都可以做到，但你必须先站起来强壮自己。去上海吧，我可以安排你到杭州疗养一阵。振作起来是你眼前必须做到的事情，因为以后还有太多的事情需要你从长计义。我希你认真考虑。”

筱月不说话了，她接受表兄这个建议，到上海去。

二十一

筱月在杭州疗养了五个月后，在表兄廖云楚的陪同下回到上海去。进入冬季了，她打算在上海住一个礼拜之后就返回香港，因为她必须在圣诞节前与丈夫一起回到温哥华去。

这天中午，筱月颇有兴趣地参观 JE 公司在上海的办公大楼，并与表哥廖云楚一起去到专供公司员工吃午饭的西餐厅，打算与 JE 公司的雇员一起喝咖啡，吃三明治。

这个西餐厅不太大，是个六七十平方米的内廊自助餐厅，但装修得非常幽雅豪华，西方现代文化的气息很浓。在里面就座进餐的白领们也都穿戴讲究整齐，三三两两坐在一起吃东西的时候也都非常安静，极少有一边进食一边交谈的声音。

筱月取了咖啡和空盘子往餐台走去，用餐叉挑起一块只夹了蔬菜的三明治，刚要转身离去时，一个端着空盘子迎面朝她走来的小伙子吓得她杯盘落地。

“海东!”

小伙子惊愣在筱月面前，不自觉嘴里喊出一个疑问，“小舅妈?”

筱月一愣，仿制不知眼前这个活脱脱的海东为何叫她舅妈。

小伙子立刻有所醒悟地，向筱月表示致歉，“对不对，我认错人了。”说罢放下盘子，大步流星向餐厅门外走去。

筱月仍旧站在原地，呆愣地看着小伙子的背影离去，消失。她忽然醒悟似的摇摇头，想自己果真是产生幻觉了，十年过去了海东怎么能这么年轻。又想，这个世界上相貌相同的人或许有，但她从没见过长得那么像海东的人。

廖云楚把这一切都看在眼里，并为表妹和小伙子适才对视时的表情感到吃惊。

下午，廖云楚把小伙子叫到办公室里，问他如何认识肖筱月。

小伙子眼睛瞟着最高总管的办公台，看见竖在台子上的相框里，有眼前这男人和肖筱月及一个老妇人的合影，心想这无疑是家庭照，便猜想着他和肖筱月的关系回答问题。

“我不认识您说的这位女士。”

“可是你的眼睛告诉我，你认识她。”廖云楚让小伙子坐下，又问，“你叫什么名字，在哪个部门履职？”

“我叫林小冬，是分管苏杭片区业务的经理。”

“你就是林小冬？”廖云楚喜出望外，“这么说，通过总公司考核，将到加拿大总部参加对外贸易培训学习的唯一人选，就是你吗？”

“是。”

“你真的不认识她？”廖云楚把相框挪到小伙子眼前，“你好好看看，想一想？”

“对不起。”小伙子像有意否认，“我不认识您的夫人。”

“我的夫人？”廖云楚反应一瞬，笑了，“她叫肖筱月，她不是我的夫人，她是我的表妹。如果你还想进一步了解她，那我可以告诉你。你刚才称谓的这位夫人，是JE公司的总裁夫人。也就是你们平时议论的，那个假洋鬼子令子豪的夫人。”

小伙子惊愣一瞬，摇摇头，“对不起，我真的不认识令夫人。我可以走了吗？”

廖云楚无奈地点点头，“去吧。”看着小伙子走出门去，他拿起电话打到公司人事部经理那里，“我是廖云楚，请你们帮助查找林小冬的人事档案，我现在就要。”他刚放下电话，转身便看见走进来的筱月，笑道，“令夫人请坐，我给您倒咖啡。”

“不要。”筱月道，“我想知道刚才出去的那个小伙子……”

“我也想知道。”廖云楚边说边去烧了咖啡端来给表妹，“他刚才说不认识，但我觉得他认识你。他或许是怕有不便，因而守口如瓶不敢认你吧。”

“他叫什么名字。”

“林小冬。”

“林小冬？”筱月恍然大悟，立刻激动起来，“我应该认识……”

电话铃响了。

廖云楚示意筱月安静，他先拿起纸笔，再拿起电话，“是我，请讲。”他边重复对方的讲述边做记录，“请说。林小冬，男，二十五岁，复旦大学毕业，经济学硕士，语言主攻方向是英语和法语，通过总公司考核和上海分公司推荐，于明日赴加拿大学习……还有其他情况吗？我希望知道得更多一些？……没有？”

筱月盯着表兄的眼睛渐渐失望，却也兴奋，“林小冬是海东的侄子，他长得很像海东！”

“这不奇怪。”廖云楚说，“中国人说，外甥多像舅，侄女像家姑，你就很像我母亲。”说罢不禁感叹，“上海的年轻人挤破头都想进 JE 这样的外企工作，能进 JE 公司的年轻人都很优秀也很努力，但真正能胜任职责的并不多，能得公司如此重用者更少，说明这个林小冬很勤奋啊。如今遇上世界经济萧条，JE 公司在东南亚裁员三千，上海也减员不少。林小冬不但没有被裁减，且 JE 在整个中国的分支机构，唯有他一人通过总公司考查得升迁，可见业绩不同凡响，是未来的商界精英啊！”

“他要到加拿大学习吗？”

廖云楚点头。

筱月心里觉得很欣慰，“小冬这么有出息，海东的姐姐和林哲可算是熬到头了。海东要是活着，他也会为有这个优秀的侄子感到高兴。”

“把下属提到多伦多总部培训晋升，”廖云楚幽默道，“这就是JE总裁对公司优秀人才的一贯嘉奖方式。”

“如果子豪知道小冬何许人也，他是否还能这样嘉奖培养？”

“当然会，他把公事和家事分得很清，这就是我至今为她效力卖命的原因。”廖云楚说罢，无不担忧道，“子豪这回的麻烦可算大了。令家为他在台北做的椿事重视起来了，上上下下闹得开了祸，他自己好像也不想守住这个秘密了，干脆跟家里挑明。要我说，他当初就不该在台北招惹那样的女人，如今弄得狗咬年糕脱不了牙。只是对你，他总得有个说法和善好的安落吧？”

“我无所谓了。”筱月无奈而惨淡地笑道，“这回令先生可以不用再躲藏了。他可以堂堂正正地娶了那个台湾女人，把她和两个孩子带回温哥华，好叫那些嘲笑他无后不孝的人都看看令家大公子也有光宗耀的本事。在这件事上，令家人不该压制子豪，他也有他难言的苦衷。”

“你倒是愿意这么为他开脱。”廖云楚对表妹无不埋怨，“可你想令家哪里容得下那样的女人？子豪在外面的体面哪里容得下那样的女人？你知道吗小月，那个女人过去是卖的，是子豪在台北闲极无聊招来的祸水！你说那种下贱女人，她在令家人的心目中，如何跟你这种大家闺秀比？”

“什么大家闺秀不大家闺秀，天下的女人都一样。”筱月凄然一笑，“女人就是女人，无论跟过一个还是几个，其实都一样，只要男人对她好，她就会变成好女人。”

“你说什么小月？”廖云楚困惑地看着表妹，“她害了你，你还帮他说好话吗？”

“我没有帮谁说好话，我是在帮自己。”

“你是气糊涂了吧？”廖云楚显然是被表妹弄懵了，“你不怕令夫人和母亲怪罪你吗？”

筱月反问，“她们什么要怪罪我？”

廖云楚说笑道，“因为你是令夫人最喜欢的儿媳妇，是你玉芹姑妈最宝贝的小公主，她们心疼你啊。”

筱月笑了，“她们千万别心疼我，我是一个假公主！”

“你什么时候回香港，准备在香港呆几天？”

“我打算明天就回香港，在香港呆一个礼拜就回多伦多。”

二十二

筱月乘坐的计程车仍旧飞奔行驶在多伦多城通往约克区的路上。

这时，筱月刚刚开通的手机电话响了。

筱月拿起电话便知，这是令子豪的母亲令夫人恰准时间，从温哥华打来的电话。令夫人在电话里问儿媳是否安全抵达多伦多，是否有人到机场来迎候她，她独自一人长途旅行无人陪伴和照顾吃得消吗，是否劳累和害怕。

筱月回答令夫人说，没有人到机场接，但她不怕，她习惯了独自一人。

令夫人随即向她解释说，“子豪在台北有要紧事，圣诞节前恐惧难以抽身回来。他本想让你表哥云楚同你一道回多伦多，路上也好对你有个照应。无奈 JE 公司的设外机构在年末时候总是很忙碌，香港和上海两头的事情还要耽搁云楚几天。委屈你了小月，你身子单薄多病，子豪总叫你独自走远路回来，妈妈的心里难免要多些儿担忧。”

“没有关系的妈妈，我这一路没有什么不好。”

筱月平淡地回应着婆母的解释和歉意，却想婆母这番解释恰好证实了自己的猜测，眼下身在台北的令子豪难以抽身，或因为他眼下面临的麻烦，比陪她回家过节要麻烦得多。而奔波于香港上海两地替令子豪管理中国公司的表哥一年到头总有做不完的事，即使令子豪果真撒手放他走，他也很难从真正的忙碌中脱身出来。所以，像她这种无事可做的闲人是不该期望在旅行中有人陪伴和照顾的。

“有件事情妈妈不知该怎样对你说……”令夫人欲言又止，少刻转变话题，“近些日子天气有些变，子豪的奶奶身体突然不好了，你公公也病倒了。令家上下乱成了一锅粥，就连我这个不爱动脑的人，也伤透了脑筋……”

“要紧吗？”筱月关切道，“要不，我转来温哥华帮妈妈做点事情吧？”

“噢不用，”令夫人立刻阻止儿媳，“子豪不在，你不用着急过来的。”说罢，放缓语气道，“小月，你自顾回家吧，这边的事情用不着你操心的。只是你一个人在多伦多独自守着那个大房子，有个什么病啊痛的身体不适也无人关照，我总是有些不放心。要不我让子豪的小妹琳达过来陪你住几天，你们姑嫂也好在一起做个伴儿说说话？……你怎么不说话了小月，是心里不高兴了吗？”

她心里没有任何高兴与不高兴的感觉，只是不知道该对婆母说什么好。

令夫人没有听到儿媳妇的回答便有意安慰她，“男人总是有男人的事情要做，女人烦了闷了，就拿他们的钱出去逛逛街撒撒气，千万别有气憋在心里委屈了自己。”

筱月答应着令夫人这番并非貌似关怀的话，眼前就看到爱丁堡别墅的大门。

计程车驶入爱丁堡别墅区后，筱月让司机在C5—L座别墅前面的边道上停下来，跨出车门。计程车司机扭头看看眼前这座超大豪华的房子，赶紧从驾驶座里跳出来，跑步到汽车后箱前，拎出客人的行李箱，毕恭毕敬地放到客人的脚下。筱月接过箱子，按规矩付给这个变得客气了些的捷克男人超出车费百分之二十的服务小费后，背上大提琴，拉上箱子从侧门走进别墅花园。

筱月见草坪上刚刚覆盖了一层防雪塑毡，园子里那几棵怕冷的花树也严严实实地拴罩上了黑色的胶袋，于是心想，在这里负责看家守院的花工弗兰克做事真是细心周到，近日或将有大雪来临。想罢，抬脚上了台阶往别墅前门走去。未等她放稳箱子按门铃，就见大牧羊犬‘大卫’兴奋地吠叫着向女主人奔跑而来，雪白柔顺的长毛随着身子的跑动上下颤动飘舞着，幽黑的眼睛里闪烁着激动的光亮，欢蹦乱跳的样子，仿佛要对久别的主人喊出欢迎的话来。

“大卫宝贝！”筱月扔下箱子，把大牧羊犬搂抱在怀，把脸贴在大狗暖毛茸茸的身上，问道，“你还好吗宝贝？你想妈妈了吗？噢，妈妈回来你很高兴了，是吗？可是妈妈很累，妈妈需要休息一下。妈妈明天带你玩，好吗？”

大牧羊犬把头凑近她的脸吠叫两声，好像是对她的回答。

“大卫……”弗兰克听到狗吠，从别墅后的小屋里跑出来，抬眼看见蹲在台阶上的女主人正与大狗玩耍，忙扔下手里的细绳笑着小跑过来，“上午好夫人！”

“嗨，弗兰克。”筱月赶紧站起来，亲切地问候这个性格内向不擅与人打招呼的，来自美国加州的小伙子，“我们快有一年没见，你还好吗弗兰克？”

“是的夫人，我很好。”

弗兰克一边笑容可掬地回答女主人的问话，一边大步跑上别墅台阶，把大狗从女主人身边牵走，指引它趴在别墅走廊里后，用手势示意它没有主人允许不可进屋。大狗乖顺地走进走廊爬在弗兰克指定的地方，对他的意思表示服。弗兰克表扬似的向大狗笑笑，从衣袋里掏出几块狗食饼干扔给它，然后转身去为女主人打开房门，从她手里接过行李，“夫人脸色不好，是旅行很辛苦吗？”

筱月神情疲倦地点头笑笑，跟在弗兰克身后进了屋门，称赞小伙子道，“大卫以前很顽皮，现在很听你的话，你把它调教得很好。谢谢你弗兰克。”

“不客气。”弗兰克憨厚地笑笑，“大卫刚来的时候不会听中国话，我也不会。它跟夫人生活五年，现在完全能懂中国话，可以做我的汉语翻译了。”

“哼哼。”筱月回赠弗兰克一个赞同的微笑，对他美国式的幽默表示欣赏。

走进别墅前厅，刚脱下风衣，筱月就嗅到空气里弥漫着一股潮湿的霉味，并觉感到一阵钻心刺骨的冷寒。这种渗骨之寒比起户外的阴冷之冻，有过之而无不及。她想这是一座东南向的别墅，四季都有阳光照顾，不该有阴潮的气味，即使是冬天来临，房子里也有各种高级的保暖设备，不应该这么渗冷难耐。透过前厅过道间的隔栏，她见寂寥冷清的大客厅里幽暗无光，所有窗帘都没有拉开，沙发椅子和家具都铺上了灰布罩子，中央方墙下的壁炉里没有火碳，就连暖气机也没有开启。她快步走进客厅，拉开屋里所有的窗帘，打开客厅里的所有房门，一边揭去沙发和家具上的盖布，一边问跑来帮忙的弗兰克，"发生了什么事情?"

"不，没有。"

"六婶和庆叔呢?"

"离开了。"弗兰克回答。

"离开了?"她追问，"离开了是什么意思?快说弗兰克，他们去哪儿了?"

"噢，事情是这样……"弗兰克尽量调整着让女主人习惯的语言方式，对她解释道，"半个月前，令先生从中国台北打电话来，说温哥华那边的令老太太身体有病了，需要六婶回去照顾。几天后，令先生的妹妹就来接走他们了。"

"六婶和庆叔都去了温哥华吗?"

见弗兰克点头，她心想，能干的六婶和慈祥的庆叔夫妇走了，难怪家里死气沉沉冷冷清清。但又想，年过九十的令老太太离不开用惯的人似很正常，但令家能干的佣人并非只有六婶一个，他们如何单要六婶过去呢，她想不明白。想不明白，她就不想再想了。只是觉得习惯了六婶和庆叔两位慈祥的老人，这个家里少了他们，就少了一些人情的气息。是的她想，虽然五年间，她和令子豪回加拿大的时间最长超不过三个月，在多伦多居住的时日也不多，但有两个老人在家里做事相伴，总能让她在这异国他乡感受到一些人情的温暖。

筱月想罢问弗兰克，“屋子这么冷，你为何不生壁炉，热空调也不开？”

“壁炉内墙的烟囱堵塞了，空调的入气管道也坏了。”弗兰克说罢，脸上浮起些尴尬的笑容，“先生和夫人走的时候没有吩咐我修缮，所以……”

“我们不说你就不修？你不冷吗？”

“很冷。”弗兰克僵冷的脸上浮起憨厚的笑容，“但我的职责是看好这座房屋，不能擅自进入这座房屋做任何事情。”

看看这个做事认真但性格刻板的年轻人，筱月心想，难怪令子豪如此信任弗兰克，把这座别墅的管理权放心交给他。这除了被她丈夫所重视并习以为常的，西方人驱于理性化的思维逻辑和行为方式外，这个诚实质朴的年轻人的确值得信赖。但对的弗兰克来说，这样的思维和行方式未免过于生硬，生硬到宁愿自己挨冷受冻，也不敢在别人的屋檐下轻举妄动，甚至未经主人许可不敢决定他完全可以决定的事情。

弗兰克似乎从女主人眼里看到了一丝失望，再瞧瞧她身上穿得单薄，有些内疚起来的样子道，“我不知道夫人今天回来，我这就去修理空调机……”

“算了弗兰克。”筱月阻止年轻人，“反正也住不了几日，等令先生回来，我们就得按惯例去温哥华住上一阵子，会在那里过中国年。你在壁炉里生个火吧，不要用柴火，用焦炭好了。”说罢，从地柜抽屉摸出自己的汽车钥匙扔给弗兰克，“拜托弗兰克，把车库里的汽车开去加油，顺便做一下安全检测，我要出去一趟。”

“是的夫人，我就去。”弗兰克握着汽车钥匙跑出门去，少顷又跑回来，脸上露着善意的微笑，“夫人是要去商店买衣服吗？别忘了买圣诞树和彩色小灯泡！顺便给自己买一顶圣诞老人的帽子戴上，这会让您看起来很漂亮！”

筱月看着虽然木讷却善解人意的弗兰克笑道，“是的，我会的，谢谢弗兰克。”

看着弗兰克跑走的背影，筱月心想，这个叫弗兰克小伙子很不幸，吸毒的父亲为索钱杀了他的母亲被关进监狱，他高中还没读完就失去了家庭，沉重的打击使得他沮丧沉默，在任何人面前没有一句多余的话。可是如今，这个因家庭不幸移民到加拿大的小伙子已经有了很大的变化，不再似从前那么的沮丧和沉默了，而且他身上的衣服好像也比过去干净整洁多了，不随意邋遢了。她想，这或许是因为有了爱情吧。她知道弗兰克一年前结婚了，他娶了一位本地的漂亮姑娘，买了一套多伦多城里的小公寓，小两口妻贤夫勤生活很美满也很幸福。看来，爱情不仅能创造奇迹，也能使一个对生活失望的人发生巨大的变化。她又想到自己，觉得自己的变化也很大，但她的变化与弗兰克恰好相反。

她匆忙拿出纸和笔，将要购买的物品一一记上，边记边想，幸好自己先于令子豪回到多伦多，不用像往年那样马不停蹄奔到温哥华，于是有了大把的时间可以出去购一些保暖的衣物来抵御这个冬天冷寒。另外，她还需要购买足够她和弗兰克以及大卫吃上一阵子的食物，再买些漂亮的新年贺卡，写上美好的祝福分寄给家乡的亲人和朋友。至于弗兰克刚才说的那些，西方人过圣诞节必须提前购买的东西对她来说，不过是她到加拿大以后入乡随俗的一种需要，而不是必须。不过她还是得买，因为搞不好，圣诞节云楚表哥的日本妻子和孩子们都要过来。她得准备好平安夜吃的火鸡，并为三个生长在这里的孩子准备一些挂在圣诞树上的小礼物。她认真地想，认真地写，生怕遗漏了一件那般认真。

“夫人。”弗兰克又返回来，眼里浮着一丝不安，“有位先生找您?”

筱月抬眼一看门外，不由惊喜，“快请他进来!”

弗兰克把令子豪的私人律师老乔治引到客厅。

“上午好，令夫人。”白发慈颜的老律师乔治边走与筱月边伸手相握，笑容里有些故作轻松的客气，“几年不见，夫人还是这么年轻。”

"谢谢乔治夸奖。"筱月对老乔治还以客套之礼,"您看上去也很年轻。"

"令先生给我寄来委托书……"老乔治欲言又止地看看弗兰克,道,"能借一步说话吗?"

"好的乔治。"筱月伸手示意老乔治律师随自己去往小会客厅,吩咐弗兰克,"请送一杯意大利浓缩咖啡到小会客室来。"

"不用了,我刚喝过咖啡。"老乔治边随她往小会客厅走边对弗兰克道,"我有要事与夫人商议,请不要随意打扰。"

主客在小会客厅坐下后,相互沉默着对视的一阵,仿佛都在揣摩彼此的心思。

筱月见乔治有些踌躇,便先发话问他,"说吧乔治,我该做什么?"

老乔治定了定神,从黑色公文包里拿出分别用中英文打印的两份文件,动作缓慢地递给她,神情里带着一丝遗憾。她接过文件,认真过目之后,将它放在茶几上。

"这是两份具有法律效应的文件,夫人不需要仔细看看吗?"老乔治提醒筱月。

筱月浅笑着摇摇头,"令先生做事不会不周全的。"

"那好吧。"老乔治从上衣口袋里取出钢笔,"多伦多的别墅和家庭财产归夫人所有,夫人在香港的房产是夫人娘家所赠,不计入夫妻共有财产。另外,令先生决定附加夫人三百五十万美金的离婚补偿。如果夫人对财产分配有疑义,可以提出自己的意见,我们将通过协商来解决。"

筱月让老乔治稍等,跑到大客厅里拿来自己的皮包,刻意里面取出自己珍藏的钢笔,再次翻开那些文件看看,将她不想签署的文件放到一旁之后,在离婚文件上那些需要她签字的签上自己的名字。老乔治对筱月平静的态度大感意外,并用惊异与疑惑的目光注视着她。

筱月脸上仍是平静的笑容,"离婚是我提出来的,我不应该犹豫的，不是吗?”

老乔治脸上的疑惑并没有因为她平静的解释而消除，并注视着她不予签署的那份文件道，“令先生的JE公司在南亚拥有五个资产上亿的分理机构，其股权有夫人的表哥廖云楚先生的一份，自然也有夫人的一份。令先生希望夫人在说服廖先生不撤股的前提下，以继续持股投资的方式，保留自己在JE公司的财产利益。”

筱月微笑着摇摇头。

老乔治见筱月消淡定的脸上没有任何不满意的表情，严肃地问她，“夫人果真对股权没有要求吗?”

筱月反问，“对别人的东西，我应该有要求吗?”

“噢，不不，我不是这个意思。”老乔治赶紧向筱月解释，“令先生很诚恳，他在电话里对我说，他做了对不起夫人的事情，他需要放弃一部分公司股权来对夫人表示歉意。所以我劝夫人不要意气用事，你可以在得到家庭财产的基础上，以持股的形式向令先生追加额外的补偿。只要夫人提出的要求合理，令先生会乐意接受的。”

“他为什么如此慷慨?”

“慷慨?”老乔治不置可否，“令先生很有良心，他很爱你。按你们中国人的话说，这叫一日夫妻百日恩。”

筱月凄楚地笑了。她知道，老乔治所说的令先‘对不起’她的事情，是指令子豪在台北与那个女人同居生下两个私生子的事实。此时她心里非常清楚，如果不是台北那边的事情交代不过去，极要面子的令子豪是不敢顶着家族的压力轻易离婚的。于是心想，尽管令子豪知道这桩婚姻已到山穷水尽之境，仍口口声声对所有人说爱他的夫人。而如果半年前她不去东川为海东扫墓，或半个月前在上海没有遇见林小冬，如果不是许多的困惑让她定要得到解答和解决，恐怕这桩貌合神离的婚姻依然会持续下去。这并不是她相信自己与令子豪之间，还有什么可以挽回的夫妻恩情，而是她不想因为自己的不幸，给表哥与令子豪多年的友情带来影响，不想让姑妈对她的希望落空。这回好了，令子豪同意离婚并找了律师了，她终于可以得到解脱了。她不知怎样才能得到老乔治的理解，怎样才能证明她不重视写在一纸文书上哪些金钱的数字，怎样才能让诸如令子豪这样的男人明白，她重视的是自己的情感和尊严。

"夫人，您真的不需要在文书上增加补偿条款吗?"

筱月坚定地摇摇头，"作为丈夫和男人，令先生或者以为他能给我一辈子享用不完的物质财富。但作为妻子和女人，我所需要的不仅仅是物质和财富。"说罢，她稍加思索地注视着等候她做出决定的白人老律师，一字一句道，"请乔治先生替我感谢令先生的慷慨，并转达我对他这种慷慨的拒绝。"

"您想好了吗，夫人?"

"是的。"筱月坚定地点点头，"太多的金钱对我没有用，而对他有用。"

老乔治深感遗憾的目光中，对筱月的言行所为表露出真实的敬佩之情，并站起来握住透明月的双手，"您不是一个斤斤计较的女人，而是我今生所见过的，最自爱的女性。也是最美丽和可爱的东方女人。"

"谢谢你乔治。"筱月对老乔治真诚的赞美表示接受，"在中国有很多这样的女性。在她们看似平凡的生命之中，蕴藏着善良和宽容的本质。"

筱月走到冷寒扑面的窗前，一直目送着老乔治的背影走远，感觉冷凉的背上忽添一片温暖。回过头来，对将羊毛披肩盖在她背上的弗兰克说声谢谢。

"您的汽车准备好了。"弗兰克提醒女主人道，"冬天雾大，夫人开车小心!"

筱月驾车离开别墅后，沿三号高速公路进多伦多城，往市中心区驶去。

从城西的约克区开车到位于多伦多市中心的繁华商业区只需一个小时。筱月为了图便利就经常去那里购物，并且她只对那个地方熟悉。十年前她初到多伦多时，缘于令子豪需要携新婚夫人去不同的场合交际应酬，就把她被带往市中心的购物大街。这里有各种世界品牌商品，从意大利服饰到法国香水，从日本的手绣服饰到尼泊尔的手工饰品，从印度的宝石挂链到中国的真丝内衣，眼花缭乱应有尽有。令子豪把他认为值得购买的东西一件不漏地介绍给自己的夫人，并引领她熟悉适于商贾太太们消费的商厦门店，用他的信用卡为夫人设立和种会员账户。至此，他便把家庭的消费的主动权，全部地放手交给了自己的夫人。筱月是这个商业街区许多门店的常客，以至服务生见到她就主动招呼把她当做贵客，以至她在多伦多和温哥华两地需要交替佩戴和穿着的所有的衣饰珠宝，几乎全部来自这个街区，以至她对什么样的商品在这个街区的那个门店里可以买到熟门熟路，就算闭着眼睛也不会摸错店门。但可笑是，除了这个外来旅人都知道的中心购物广场而外，她对多伦多这个国际商贸之都尚还有更多的购物场所一无所知。

说起来，筱月也是算定居多城十年有余的加拿大公民，但她对这个不常回来的城市的确并不十分熟悉。她自己似乎也觉得不需要熟悉这个城市，除了令子豪指定她置办应酬所需的穿戴和居家日常生活的必须用品外，她自己对这里的一切没有任何的需求和欲望。她对自己的丈夫也一样，凡事顺其主张而少有自己的要求，全然与世无争。只是五年前，有一件事让她动了心，香港那边有个学校邀请她去做音乐教师。她向令子豪提起此事，希望做丈夫的支持她参与社会工作。令子豪不但不以应允，而且第一次向她发了火，让她注重令氏家族夫人的身份。她抗争五年的结果是，不得以任何理由出去做事以维护丈夫和家族的体面。于是就这样，她在与令子豪争取平等自由的对抗中渐渐冷淡了夫妻关系。所以她要跑，所以她要寻找自己丢失的人格与自信，她要在这场离婚拉锯战中赢回自己的尊严。

筱月在一家意大利品牌店买了两件厚实的过冬的衣物，正想往商业中大厦去采购一些圣诞节物品时，发现有很多勤工俭学的年轻人在中心广场上贩卖各式各样的圣诞贺卡，这便跑去购买了几张，坐在广间的长椅子上，把这些五颜六色的纸片捧在手里一张一张欣赏，盘算着将把它们分寄给哪些亲人和朋友，跟他们道一些怎样问候和祝福。当她看到其中一张画有飞鸟、飘雪和远山的贺卡时，眼神似被刺痛一般凝滞在那些遥远而模糊的山影之中，心绪也似凝重起来。她从山影里看到了遥远的故乡，从飘飞的雪花里想到了远逝的从前，从飞鸟想到了所有的亲人和自己。抬眼注视着这个陌生的异乡城池，她仿佛不知道自己身在何处，从何而来，将往何处去。而这种周而复始的漂泊以及生命中过往的一切，对她的记忆来说不啻是一种近似折磨的无奈与思念，她想变成飞鸟穿越时光回到从前，让她的亲人和爱人在她的记忆中复活。是的，她的父母亲人，她的海东和筱筱，她的所有的亲人。如果他们还在这世间活着，如果他们知道她在异乡孤独地思念着他们，他们将又如何的惆怅。她不知道。是的她不知道。

“下午好，小姐！”一位金发碧眼的画家小伙子把一幅水笔速写画伸到她的眼前，眼里流露着欣赏并好奇的目光，“您是日本人吗?”

“不。”她把100美元的纸币扔给小伙子，“我是中国人。”

“中国人?”小伙子微笑着把画像递给她，“噢，你很美！但你不快乐，为什么?”

她猛一愣，转眼看着小伙子关切的眼神，忽然想起自己曾在什么时候，见过这种关切的眼神，并且听过这种关切的话，只不过，表达它的人和语言有所不同。

小伙子扔掉画板，裹紧身上的大衣坐到筱月身边来，碧蓝色的眼睛看着灰冷的天空，嘴里哈出一口热气，把那张100美元的钞票举到半空，大笑几声之后，伸手抓走她手里的速画像，转目注视着她倍加提防的眼睛。

“您不想看看您的画像吗?”

筱月摇头表示不感兴趣。

“您好像很富有？您给了我画十张画的钱？我是法国人，是一个流浪画家。我需要钱填饱肚子，但我并不贫穷。”小伙子说罢，把那张100美元的钞票还给她，脸上绽出灿烂的笑容，“您知道吗小姐，商业、医学、法律、金钱此类，只是人类的生活工具；诗歌、音乐、绘画、情感和精神，才是人类活着的理由。艺术有高尚的灵魂，有高尚灵魂的人，才是真正的富人。”

“您是说我……没有灵魂……”

“噢，不不，我不是这个意思。”小伙子一边否定，一边把画像在筱月眼前展开，“您的眼睛告诉我，您是一个慈善的好女人，但您并不是一个纯粹的艺术家！”

筱月的眼神是惊讶，是对画家小伙子洞察力的佩服。

“我不是那种遇到有人给钱就动笔的画家，我只画美丽的事物！您的眼睛很美，因为它很善良。”画家小伙子对神情迷惑的筱月解释道，“您的眼睛里有一种与众不同的气质，它能穿透眼前的世界，看到天空与大地之间的生命本质。但它隐藏着一种遗憾，现实与梦想相距甚远的遗憾。”

“是吗……”筱月眼神呆滞地喃喃自语道，“除了遗憾，我还能做什么？”

“您可以做想做的事情，任何事情。比如放飞自己，找回梦想。”小伙子说罢，把手里的画像还给她，满怀真诚地邀请筱月道，“漂亮的女士，我能请您喝咖啡吗？”

筱月心里一阵慌乱，对小伙子表示感谢和拒绝后，匆忙卷起画纸离开了中心广场。

筱月走进第六大街背后的一家中国餐厅，要来一份咖喱饭和一杯红茶。

这时，一个年轻的小伙子来到筱月的桌子旁边，在她对面坐下。

"林小冬?"筱月喜出望外,"你怎么在这里?"

"我在广场上看到您。"

筱月注目凝视着眼前这个相貌酷似海东的小伙子,神情有些恍惚。

"您在上海认出我了,我也认出了您。我不敢与您接近,是怕对您造成不好的影响,因为我听到公司高层人物们称您为夫人。我开初以为您是 CEO 总管廖先生的夫人,可是后来才知道您竟然是 JE 集团总裁令先生的夫人……"

"以后不是了。"筱月平淡地笑道,"你还是叫我小舅妈吧,我很喜欢你和妞妞小时候对我的称呼。"

林小冬愣在筱月的说笑里,半晌不知如何反应。

"你妈妈和爸爸离婚后过得怎样?"

林小冬摇头,"她回到上海后没有工作,在医院给人做护工,过得很苦。"

"你的继父呢?"

"他是个出租车司机,整夜打麻将,跟我母亲经常为几毛钱和鸡毛蒜皮的小事争吵。后来我母亲带着我和妹妹离开了他的家,在外面租房子住。现在好了,我有了好工作,母亲开了一家洗衣房,小妹妞妞也嫁人去了新加坡。"

"这就好。"筱月叹了口气,忽问,"你不是一直跟爸爸生活吗,为什么去上海找妈妈?"

"这个……"林小冬似有难言之隐一般犹豫一阵,把一封书信从口袋里拿出来看了一眼后,脸上有了不必回避的神情,对筱月道,"我父亲一直在养一个孤儿,因为原来的工作单位解体等一些原因,生活压力很大,所以我去到上海,边读书边帮妈妈做一些事情。"

"孤儿?"筱月突然敏感道,"什么样的孤儿?"

"是……是爸爸一个好朋友的孩子,因为他的那个朋友,那个朋友……"

“他死了对不对?”筱月恍然大悟,“你爸爸的朋友是海东对不对?林哲在养育海东的孩子对不对?”

林小冬把手里的书信交给筱月,道,“这是我父亲林哲,让我亲自转交给您的信。”

筱月看看信封,把它装进自己的手袋里。

“您不想打开看看吗?”

筱月摇摇头,“我知道他想对我说什么。现在,我想听你说。”

林小冬点头,“您离开上海后,廖先生跟我谈过。他希望我把所有人对您隐瞒的事情,真实地告诉您。那年您摔伤之后,医院在小舅的恳求下,尽了最大的努力来抢救您。大夫们发现您只是头部受了重伤,但您怀里的孩子没有丝毫的损伤,只要维持生命的给养充足,孩子将会平安出世。整整半年多的时间,小舅没有一天离开过,他把工作也带到了病房里。您虽然昏睡不醒,但您的生命体征完全正常,肚子里的孩子也发育健全。为了救您和保住您肚子里的孩子,小舅把您从伤科医院转到妇产医院又转到神经外科医院,转过无数的医院。第二年春节刚过,在大夫的建议下,医院给您做了剖腹手术,您生了一个小女孩。小舅把孩子抱到您的病床前,流着眼泪跟你说话,让您看看您的女儿,她叫筱筱。”

筱月呼吸急促脸色苍白,惊愕不已地看着眼前这个说了实话的男孩儿,“我不知道是吗?我对自己生过孩子的事丝毫不知情?”

林小冬肯定地点点头“是的,您不知道。您被大夫视为植物人,他们说植物人生孩子是世间奇迹,无不对小舅的坚持和信念而感动。后来您有了一些意识反应的时候,小舅为了工作,也为让您醒过来看到你们的爱情城堡,他进山去了。”说到此处,男孩儿的眼里充满泪水,“小舅遇难以后,您的父亲和姑妈来到昆明。他们和我父母亲商量,把您接走,把孩子留下。他们说您将来还要嫁人重新生活,他们怕您带着孩子不方便……”

“于是他们一拍即合,把我孩子留给了海东的家人?”

“他们是为您好。”林小冬诚恳道,“他们都是您的亲人,亲人们不愿意让你面对孩子时想起小舅，因为您的身体实在太虚弱，独自一人胜任不了带孩子的辛苦。后来筱筱两岁时出麻症生了一场大病，我父亲决定让您知道真情，把筱筱送还给您，还您做母亲的权利。可是我父亲没找到您，因为那时候您已经去了香港，又嫁到加拿大来定居。”

“筱筱呢?”筱月哭出声来，“我的孩子怎样了?”

“后来筱筱好了。”林小冬抹去了脸上的泪水，把钱夹子里面的一张小照片取出来，轻轻放在筱月眼前，“我父亲把筱筱照顾得很好。筱筱长得很美丽也很可爱，现在读小学三年级，功课非常好。我父亲经常送筱筱去业余舞蹈学校学跳舞，告诉她，她的妈妈曾经是一位出色的舞蹈家。”

“我的筱筱。”筱月捧着女儿的照片眼前模糊，声泪俱下，“妈妈对不起……对不起筱筱。妈妈就去接你，你从今往后再不要离开妈妈……”说罢，抬起感激的目光注视着林小冬，“我在山上出车祸后，是你父亲林哲救了我，是他一直在医院守护我，跟我说话，让我从浑噩中醒来。是他抚养了我的女儿，是他让海东的生命在筱筱身上得以延续，我对他的大恩大德没齿不忘!”

“您别这么说。”林小冬却似有着另一种感动，“我父亲跟小舅一样，他们是天底下最好的男人。但我父亲对天底下的女人唯独敬佩的，是您！他说您是一个有情有爱懂得感恩的人，小舅死得值，因为他曾经拥有一个这样的女人!”

“我想见见你父亲林哲，我能邀请他到多伦多来吗?”

“恐怕不行。”林小冬解释道，“我父亲一直在做小舅尚未完成的研究。因为条件不允许中断研究之后，他四处奔忙筹集研究经费。前不久，有个未署名的朋友给我父亲寄来一笔研究经费，葛涛和小吴叔叔他们也从外地回去了，看来他们是要好好干一场了。”

“是吗?”筱月不禁感动，“他们在完成海东没有完成的事业，他们在用自己的努力来实现海东的生命价值，他们是一群重情重义好人。这个世界上这样的人已经不多了，所以他们的品格弥足珍贵!”

“小舅妈。”林小冬以筱月喜欢的称呼喊她一声后，关切地问她，“我父亲什么时候可以把筱筱送还给您?”

筱月缓缓地摇摇头，目视着餐厅楼下车水马龙熙来攘往的繁华大街，似拿定了主意一般，对这个期待听到她作出回答的小伙子道，“筱筱是我的孩子，是海东的孩子，也是林哲的孩子，是所有关爱她的，亲人们的孩子。我想，总会有那么一天，我将回到那个阳光明媚、春色灿烂的遥远故乡，回到我的爱的城堡与亲人们团聚，从此相亲相爱永不离分。”

“遥远故乡?”林小冬回味着筱月的话，有所领悟地注视着问，“你至今忘不了海东，忘不了你们的爱情城堡，忘不了东川，是吗?

筱月没有回答，但她闪烁着柔情与向往的目光已经作出了回答。

是的，她想，海东的石头，她的爱情城堡。直至今日，那块石头依然是沉默的石头，但她可以从石头里感觉到，海东的爱没有逝去，她从石头里仍能听到海东的话语，从石头里看见海东的身影。她可以从石头里看见自己第一次的东川之行，看见海东微笑着把她的脸轻轻捧在手里，问她，你为什么愿意跟我走。

是啊，她忘不了很多事情。

她忘不了十九岁的滇东北之行，忘不了她和海东的一见钟情，忘不了海东给予她的自信与爱情，也忘不了维系半生情感的生死之恋。

是的，她忘不了东川，忘不了那个梦开始的地方。

作者后叙

我是东川的老朋友，从第一次踏上东川的土地至今近二十五年，次数略估少则几十回多则百余回，如同走亲戚串门常来往返乐此不疲。说起来，也算去过许多国家和许多地方，但没有一处去得如东川这般，次数之多年数之久。我去东川，除为工作与杂事等缘故外，或总被一种向往牵着。正如《凝视东川》那篇文章所言，我喜欢东川，喜欢东川的山，喜欢东川的城和东川的人。

2005 年冬，临近新年那些天，作家徐刚先生邀我去东川，说省作协有个创作会在那里召开，将有许多久违的作家和熟人在那里碰头，说我熟悉的诗人雷平阳和作家袁佑学等人也去。

说实话，我这一年是非常忙碌的一年，从年头到年尾泡在全市非物质文化遗产的调查保护中做事，开会下乡写材料几乎没白天没黑夜，故而听见要写东西就头大。但我还是答应要去，因为这回不是去别的地方，而是我熟悉和喜爱的东川。东川我是了解的，但还得听听东川如何说东川，以从客观的角度矫正我对东川过多感性的认识。在会上听区政府领导介绍东川发展滞后的因素，表达改变东川落后面貌的决心；同时听取东川的企业家们介绍自己的产业情况，表达誓与东川同呼吸共命运建设美好未来的信心。我深受震动，因为，这些人的讲说不掖着藏着很真实。说词真实，愿望也真实。最真实的，是对家乡的情感和寄望。于是我的思绪穿越历史的时空，从东川的昨天漫步到今天，以及未知的未来。

昨天的东川是沉重而辉煌的昨天，今天的东川是沧桑与滞后的今天，而明天的东川是怎样的明天，我还没有看见，于是我又有了富于美好的想象。

从事民族民间文化多年养成一个习惯，总喜欢从历史的角度和自然发展的脉络去看待一个地方的经济与文化现状。我认为，关注大自然，关注人在自然环境中的生存与生活方式，关注人与自然产生关系所形成的思维方式和文化现象，是解剖和解决文化研究中若干问题的基础和关键。这本书毕竟不是有关文化研究领域方面的专业书籍，所以只能抛却文化研究，从文学的角度去谈一些自己的看法和想法。但无论怎样说，还是脱离不开人与自然的关系。记得初写诗歌散文是十多年前，刚进艺术学院作家班的时候，对诗的认识很幼稚，且下笔的时候经常没把自己当人，而把自己想象成自然世界中的一棵草或一滴水，去跟一颗星星或者一棵大树对话，结果别人看不懂，说缺少文字感觉和写作技巧。有个老作家看过之后很喜欢，在我的作业本上写过这样一段话，他说：‘我看见你颤抖的指尖在诗里舞蹈，虽然言词幼稚但真性耀于纸上，催我感动。站在什么土地上，呼吸着怎样的空气，四周的颜色和气味，与自然一体，触摸自然的心跳，聆听自然的声音，风、河流、森林、虫鸟和山景……你的喜悦与哀伤都在诗里。’于是我就想，能够敏感于大自然的物像，领悟于大自然的启示和暗示，与大自然相息相生相互依存，为大自然代言说话，对一个作家很重要，否则他的文字就没有色彩。

是的，我喜欢自然的东西。自然界的高山大地森林湖泊，自然界的动植物和人类，自然的爱与情感。人类的生存与发展，建立在感受于自然和得益于自然的基础上。文学也需要寄生于自然，就像人类离开赖以生存的自然物质就无法存活。只要自然世界不灭亡，人类对大自然的感受及领悟就会一直存在下去，思想和文学就不会死亡。东川也一样，自然环境被人为破坏制造出现实的灾难，但它并没有死亡。东川活着，只要还有阳光空气和山河土地存在，这里的人和一切自然所赋予的生命就不会失去生机与希望。

是的，我不啻还是一个感性的人，也是一个时时要在失望的晦暗中寻找希望之光的完美主义者。我不能用数字来证明东川的过去和现在是什么，我只能用心去感受东川的自然山水，让我的视线穿梭于东川历史与现实之间，去感受它曾经的荣辱与沧桑，触摸它理想的未来。这就足够了，我想。作为一个用笔尖耕耘心田的作家，虽然不能为东川的建设添砖加瓦做出什么大的贡献，但能怀着诚挚的情感，种一玫希望之心于这块自己喜爱的土地，让它开出一朵小花或长出一片绿色来衬托这方苍茫的水土，也算尽一份祝福吧。

在写作大纲拟定之前，与区政府领导就创作主题和写作要求做过讨论，他表示无论写什么想怎么写都可以，只要作家把自己眼里的东川以及对东川的情感和希望写出来，就能激励东川人民树立建设美好东川的信心。此后又跟同行长辈就写作思路与文章风格进行过几次交谈，对方认为一本书不一定只有一种风格的文字，说你可以把以前写东川的东西放进去，比如诗歌和散文等等，只要是曾经感动过自己的东西，写出来就会感动别人。除小说和剧本而外，我比较喜欢诗和散文，以前就有过出一本诗歌散文集子的冲动，没想是东川成就了我的这个梦想。当然，我希望这本集子是本纯粹的集子，只写东川而不附带别的东西进来，这样不啻才对得起东川。

从东川回来以后，翻出许多过去写的关于东川文字，也动笔写了一些东西，却无奈公事忙碌不得不搁笔它顾，始终没有一段完整的时间，能够让我将那些散放在书桌上的文字捏拢成章。直到前年开春，集众多作家书稿为一体的《奇美东川》出版后，同行老师去东川开会回来问我的集子何时出书的时候，我才意识到此事拖太久，心有愧疚。于是，除工作而外搁置杂事一心整稿写书，紧赶慢赶有时不得不昼夜鏖战，八个月的时间就基本完成了全书的写作，成果还算满意。未想灾难突降，病毒性的电脑故障将我半年多的心血毁于一旦。

接下来的一年是痛苦而漫长的一年。电脑上的文字踪影全无，我只能凭借以往的纸笔书稿和创作回忆重整旗鼓，让每篇文章尽量恢复原样。同行老师为我揪心，说写作不像织毛衣，大小织错了可以拆掉重来。还说，同篇文章写一千遍各不一样，第一遍的感觉在第二遍里很难找回来。的确如此，我在恢复原文的过程中吃尽了苦头。一本书里有多篇文章，想要让它们统统恢复原貌，比重写一本书还难，只有勇敢没有毅力几乎是办不到的。我答应过写这本书，我不能失言。于是我不得不咬紧牙关，拿出生平最大的耐性来对付令自己吃苦作难的事。

历经一个春夏秋冬的煎熬与汗水，这本书终于完成了，它的字里行间和着我的爱我的痛我的泪和我的疲惫。要说完成这本书的最大动力，我想是来自我对失败的不甘心，来自我把内心情感流淌成文字的冲动与快感。而其最真实的动力，则是来自我行走东川多年的深厚情感。

我怀着感动起笔，梦回东川；我怀着感动落笔，凝视东川；并怀着感动搁笔，怀想东川。

东川让我感动，感动于大山赋予这方水土不畏艰难的雄魂与精神，感动于生活和工作在这片土地上的人们，感动于我所希望它拥有的，美好未来。

昨天已逝，东川依在，东川还有未来。

让我们期待，以祈祷之心。

虽难免落于俗套，可我还是得说：感谢支持和关心此书出版的东川特区政府，感谢予我创作机会的东川区文联和作家协会，感谢鼓励和帮助本书面世的东川区文体局和文化馆，感谢小说故事中赋予我灵感的友人和几位人物原形，感谢关注《梦回东川》问世的师长同仁和朋友们。特别感谢为此书撰序的作家徐刚先生，我喜欢您赋予浪漫诗性的序文。感谢！

作者阳子

于2009年春